庫NV
4〉

誰よりも狙われた男

ジョン・ル・カレ
加賀山卓朗訳

早川書房
7427

A MOST WANTED MAN

by

John le Carré

Translated by

Takuro Kagayama

Published 2014 in Japan by

HAYAKAWA PUBLISHING, INC.

This book is published in Japan by

arrangement with

CURTIS BROWN GROUP LIMITED

through TUTTLE-MORI AGENCY, INC., TOKYO.

この世に生まれた、そして生まれていないわが孫たちに

愛する人々がわれわれから逃げるのを助けること、
それが黄金律である。
――フリードリヒ・フォン・ヒューゲル

本書に登場する人物はすべて架空のものであり、故人あるいは存命の人物になんらかのかたちで似ていたとしても、まったくの偶然である。

誰よりも狙われた男

登場人物

アナベル・リヒター……………………慈善団体サンクチュアリー・ノースの弁護士
トミー・ブルー…………………………ブルー・フレール銀行の経営者
フラウ・エレンベルガー（エリ）……同銀行員
ミッツィ…………………………………トミーの妻
スー………………………………………トミーの最初の妻
ジョージー（ジョージーナ）……トミーとスーの娘
エドワード・アマデウス・ブルー……トミーの父親
ウルスラ・マイヤー……………………サンクチュアリー・ノースの理事
フーゴ……………………………………アナベルの兄
イッサ……………………………………ハンブルクに来た若者
メリク・オクタイ………………………ハンブルク在住のトルコ人
レイラ……………………………………メリクの母親
ギュンター・バッハマン………………ドイツ連邦憲法擁護庁〝外資買収課〟課長
エアナ・フライ…………………………同課員。ギュンターの助手
マクシミリアン、ニキ…………………同課員
アルニ・モア……………………………ドイツ連邦憲法擁護庁ハンブルク支局長
オットー・ケラー………………………同庁の幹部
ミヒャエル・アクセルロット、ディーター・ブルクドルフ……合同運営委員会の幹部
エドワード・フォアマン（テディ・フィンドレー）、イアン・ランタン……イギリス情報部員
マーサ……………………………………ＣＩＡベルリン支局のナンバーツー
ニュートン………………………………同支局員
ファイサル・アブドゥラ………………イスラム学者
グリゴーリー・ボリソヴィッチ・カルポフ……ソ連の赤軍大佐
アナトーリー……………………………弁護士

1

ハンブルクの通りを母親に腕を貸してゆっくり歩いていたトルコ人のヘビー級チャンピオンが、黒いコート姿の痩《や》せこけた若者の尾行に気づかなかったとしても、責めるわけにはいかない。

近所で敬意をこめて〝ビッグ・メリク〟と呼ばれる彼は、見るからにがさつだが気のいい大男で、いつもにこやかな微笑を浮かべ、ぼさぼさの長い黒髪をうしろで束ねていた。巨体を悠然と揺する歩き方で、母親がいなくても石畳の道の半分を占める。歳は二十歳、彼の小さな世界では有名人だったが、それはただボクシングのリングで無敵だからではなく、イスラム系スポーツクラブの青年部代表であり、北ドイツ水泳選手権バタフライ百メートルで三回二位になり、まだ足りないとばかりに土曜のサッカーチームでは花形ゴールキーパーだったからだ。

巨漢の例にもれず、メリクも見ることより見られることに慣れていて、それもまた、痩せこけた若者に三日三晩尾《つ》けられても気づかなかった理由だった。

ふたりが初めて眼を合わせたのは、メリクと母親のレイラが、アンカラ近郊の故郷の村で開かれるメリクの妹の結婚式に出席するために〈アル・ウンマ・トラベルショップ〉で航空券を買って、出てきたときのことだった。メリクが誰かの鋭い視線を感じてあたりを見まわすと、自分ほど背丈がある、ひどく痩せた若者と向き合う恰好になった。無精ひげを生やし、落ちくぼんだ眼を血走らせ、奇術師が三人入りそうな、裾《すそ》の長い黒いコートを着ていた。首に白黒まだらのカフィエを巻き、肩から旅行者用のラクダ革のサドルバッグをさげ、メリクを、そしてレイラをじっと見て、またメリクに眼を戻した。まばたきひとつしないが、落ちくぼんだ燃える眼でメリクに何かを訴えていた。

しかし、若者の必死の形相もさほどメリクをあわてさせなかった。その旅行代理店は鉄道駅の中央広場の端にあり、ドイツ人の路上生活者、アジア人、アラブ人、アフリカ人、そしてメリクほど運に恵まれなかったトルコ人など、魂を失った人々が一日じゅううろついていたからだ。電動カートに乗った脚のない男や、麻薬の売人と客たち、物乞いと犬たち、ステットソン帽をかぶって銀色の鋲《びょう》つきの革の乗馬ズボンをはいた、七十歳のカウボーイももちろんいる。定職についている者は少なく、そもそもドイツの土地にいる理由もない人々だが、意図的な貧困対策なのか、通常明け方に即刻退去を命じられるまで、目こぼしでそのあたりにとどまることを許されていた。危険にさらされるのは新入りと、あえて無謀な行動をとる者だけだ。用心深い不法入国者は駅には近づかなかった。

もうひとつ、メリクにはその若者を無視する理由があった。駅の管理事務所が中央広場のその一画にスピーカーを並べ、人々を狙って大音量でクラシック音楽を流していたのだ。その目的は聞き手に心の安らぎと幸福感を与えることなどではなく、彼らを追い払うことだった。

それだけの問題があったにもかかわらず、痩せこけた若者の顔はメリクに強い印象を残し、一瞬、メリクは自分の幸せを恥ずかしく思ったが、そんな必要はどこにもなかった。これほどすばらしいことが起きたばかりなのだから。メリクは妹に電話をかけるのが待ちきれなかった。母親のレイラが半年間、死期の迫った夫の世話をして、看取ったあとの一年は胸が張り裂けるほど悲しい喪に服していたのだが、いまはもうすぐあの子の結婚式だとうれしそうに話し、何を着ていこうか、持参金は充分だろうか、あの子も含めてみんなが言うとおり、花婿《はなむこ》は本当にハンサムなのだろうかと騒いでいる。そのことを妹に伝えてやりたかった。

メリクもそんな母親のおしゃべりにつき合わないわけにはいかず、家に帰るまでずっと熱心に話を聞いた。あの痩せた若者の静けさが気になったのだ、とあとから考えた。自分と同い年ぐらいなのに顔はしわだらけで、うららかな春の日に冬の雰囲気をたたえていたのが。

それが木曜のことだった。

金曜の夕方、メリクとレイラがモスクから出ると、また同じ若者が、同じカフィエを巻き、大きすぎるコートを着て、汚れた入口の陰にうずくまっていた。今度はその痩せこけた体が横に傾いているのにメリクは気づいた。誰かに思いきり殴られて、まっすぐ立っていいと言われるまでその角度でいろと命じられたかのように。火のような視線は前日よりいっそう燃えさかっていた。メリクは正面からその視線を受け止め、やめればよかったと思いながら眼をそらした。

この二度目の出会いは、ますますありえないことだった。レイラとメリクはめったにモスクに行かないからだ——トルコ語を使うありふれたモスクにさえ。九・一一以来、ハンブルクのモスクは危険な場所になっていた。まちがったところに行ったり、場所はよくてもまちがった導師《イマーム》についたりすれば、自分も家族も、残る生涯ずっと警察の監視リストにのることになる。並んだ会衆の一列にひとりは、当局から金をもらって情報を売る密告屋だということを、誰も疑わなかった。イスラム教徒だろうが、警察のスパイだろうが、その両方だろうが、都市国家ハンブルクが不本意にも九・一一のハイジャッカー三人の潜伏場所になっていたことを、みな忘れようがなかった。当然ながら、実行犯の組織の仲間や立案者がいたことも。あるいは、世界貿易センターのツインタワーに最初に突入した旅客機の操縦者ムハンマド・アタが、この慎ましいハンブルク《ハンブルル》のモスクで、怒れる神に祈りを捧げていたこともみな憶えていた。

夫の死後、レイラと息子が信仰熱心でなくなったのも事実だった。たしかに彼はイスラム教徒で、聖職者ではなかったが、労働者の権利を過激に擁護しすぎたために、生まれ故郷を追われた。この日ふたりがモスクに出かけたのは、レイラが急にそうしなければならないと感じたからだった。レイラは幸せだった。悲しみの重みは消えようとしていたけれども、夫の一周忌が近づいていて、彼と話し、うれしい知らせを分かち合う必要があった。合同礼拝には間に合わなかったから家で祈ってもよかったのだが、レイラの発案にはつねにしたがわなければならない。個人の祈りは夕方唱えると聞き入れられやすいとレイラはもっともらしく主張して、その日の最後の祈禱《きとう》に出かけたところ、やはりモスクには人気《ひとけ》がなかった。

だから、メリクと痩せこけた若者との二度目の出会いは、最初と同じようにまったくの偶然だった。偶然でないわけがあるだろうか。少なくともメリクは、善人らしい単純さでそう考えた。

翌日は土曜で、メリクは街はずれに住む父方のおじを訪ねるために、バスに乗った。家族で蠟燭《ろうそく》工場を経営している裕福なおじと、メリクの父親との関係はときに険悪になることもあったが、父親が他界してからは、メリクはおじの友情をありがたく思うようになっていた。バスに飛び乗ったとき、ガラス張りの停留所に坐って見送っていたのは、ほかならぬあの痩せこけた若者だった。六時間後にメリクが同じ停留所に戻ってきたときにも、若者はまだそこにいた。カフィエと奇術師のコートを身にまとい、同じ場所にうずくまって、待っていた。

その姿を見て、人類を等しく愛することを人生訓にしていたメリクも、ふいに抑えがたい嫌悪を覚えた。痩せこけた若者が何事か非難している気がして、腹立たしかった。しかも、みじめな恰好なのにどこか優越感が漂っている。あの馬鹿げた黒いコートで何を狙っているのだ。あれで見えなくなるとでも？　それとも、西洋のことを知らなすぎて、人の目に自分がどう映るかわからないと言いたいのか。

いずれにせよ、メリクは相手を振り払おうと思った。ほかの場合ならたぶん近づいて、困ったことでもあるのか、病気なのかと尋ねるが、今回は大股で家に向かってずんずん歩きはじめ、痩せた若者はとてもついてこられないだろうと思った。

その日は春にしては暑すぎ、人の多い舗道《ほどう》で太陽がまぶしく照り返していた。だが、痩せこけた若者は何かの奇跡のようについてきた。足を引きずり、あえぎ、ぜいぜいいって汗をかきながら、ときには苦痛を感じたかのように跳び上がり、それでもなんとか横断歩道でメリクの横に並んできた。

それればかりか、家族が何十年も切りつめた生活をして、いまは母親がほとんど借金もなく所有している小さな煉瓦《れんが》の家にメリクが入り、数呼吸したかしないかのうちに、玄関の呼び鈴が鳴った。メリクが階下に引き返してドアを開けると、サドルバッグを肩にかけた痩せこけた若者が立っていた。必死に歩いたせいで眼はいっそう血走り、顔じゅう夏の雨のように汗を流して、震える手で茶色のボール紙を差し出した。そこに書かれたトルコ語の文字は――〝イスラム教徒の医学生です。疲れていて、あなたの家に泊めてもらいたいと思っています。イッサ〟。そのメッセージを念押しするように、手首につけた細い金のブレスレットからは、小さなコーランの飾りがさがって揺れていた。

しかし、メリクは内心烈火のごとく怒っていた。ああ、たしかにおれは学校一の秀才じゃなかったが、申しわけないとも、他人に劣るとも思っていない。無遠慮な物乞いにつけまわされて、食い物にされるのはごめんだ、と。父親が亡くなってからというもの、メリクは誇らしく家長の役割を引き継ぎ、母親を守ってきた。そして立派な人間である証《あかし》に、生前父親がなしとげられなかったことにも取り組んでいた——トルコ系二世の住民として、自分と母親にドイツ国籍を取得するという長い石の道を歩きだしたのだ。審査では家族生活のあらゆる面が顕微鏡の下に置かれ、まず何より過去八年間の完璧な素行が求められる。そんな折、自分にとっても母親にとってもいちばんありがたくないものは、医学生と称して玄関口で物乞いをする、頭のおかしな放浪者だ。

「失せろ」メリクは痩せこけた若者に詰め寄って、トルコ語で乱暴に命じた。「出ていけ。あとをつけるのをやめろ。二度と戻ってくるな」

相手のやつれた顔に、ぶたれてしかめたくらいの表情しか浮かばないのを見て、メリクはドイツ語で同じ命令をくり返した。ドアを荒々しく閉めようとしたとき、うしろの階段にレイラが立っているのに気づいた。彼女はメリクの肩越しに、メッセージを書いたボール紙をわなわなと震わせている若者を見ていた。

母親の眼にはすでに憐れみの涙が浮かんでいた。

日曜がすぎて、月曜の朝、メリクはヴェリングスビュッテルのいとこの青果店に行かない理由をひねり出した。母親には、ボクシングのアマチュアオープン選手権のために家でトレーニングをしなければならないと言った。本当はジムで汗を流して、オリンピックプールで泳がなければならなかったが、誇大妄想のひょろ長い変人と母親をふたりきりにするのは危ないと思ったのだ。若者は、祈るか壁を見つめていないときには家のなかを歩きまわって、まるで遠い昔に見たことがあるかのように、あらゆるものを懐《なつ》かしげに触《さわ》っていた。レイラは息子から見ても比類ない女性だが、夫の死後は移り気になり、感情だけで動くようになった。彼女にとって、愛すると決めた人間が悪さをするわけはないのだった。イッサは、人当たりの柔らかさや、臆病なところ、突然うれしそうに輝かせる顔で、あっという間にレイラの眼鏡《めがね》に適《かな》った。

月曜も、次の火曜も、イッサは寝て祈って沐浴《もくよく》すること以外、ほとんど何もしなかった。何か伝えたいときには、喉《のど》に詰まったような独特の訛《なま》りの片言《かたこと》のトルコ語で、会話自体が禁じられているかのように、こそこそとあわてて話すのだが、メリクには見当もつかない理由から、どこか説教めいて聞こえた。あとは、ひたすら食べた。あれだけの食べ物がどこに入るのだろう。メリクが一日のどの時間に台所に入ってもイッサがいて、ラム肉、米、野菜のボウルに顔を突っこむようにして食べていた。片時もスプーンを休めず、誰かに食べ物を奪われないように左右に視線を走らせながら。食べ終わると、ちぎったパンでボウルをきれいにふき、「神様に感謝します」とつぶやきながらそれを食べ、すばらしすぎて他人には言えない秘密でもあるかのように薄ら笑いを浮かべる。そしてボウルを流しに置いて水で洗うのだが、それはレイラがこのかた息子にも夫にも決してやらせなかったことだった。台所は彼女の領地であり、男はそこに立ち入れない。

「で、いつ医学の勉強を始めるつもりだ、イッサ？」メリクは母親に聞こえるところでさりげなく尋ねた。

「神様の思《おぼ》し召しがあれば、もうすぐ」まず強くなって、物乞いをやめないと」

「わかってるだろうが、居住許可が必要だぞ。十万ユーロも。それから、ガールフレンドと出かけるのに、ふたり乗りのかっこいい小型車も」

「神様の慈悲は無限です。物乞いでなくなったら、みんな与えてくれる」

それほどの自信はただの敬虔《けいけん》さからは生まれない、というのがメリクの考えだった。

「あいつは本当に金食い虫だ、母さん」イッサが安全な屋根裏部屋にいるときに、メリクは台所に足を踏み入れて宣言した。「あの食べっぷり。それに風呂にも入りすぎる」

「あんたほどじゃないよ、メリク」

「ああ、でも、あいつはおれじゃないだろう？　どこの馬の骨かもわからないのに」

「イッサはわが家のお客なの。将来のことは、あの子が健康が回復したあとで、アッラーに助けてもらいながら考えればいい」母親はたしなめるように答えた。

イッサの信じがたいほど控えめな態度は、メリクには、かえって目立って見えた。狭い廊下をこそこそ歩くときにも、レイラがベッドを設《しつら》えてやった屋根裏部屋へのぼる階段梯子《ばしご》をおろすときにも、牝鹿《めじか》のような眼でいちいち許可を求めて、わざと小心ぶっているようだった。メリクやレイラと廊下ですれちがうときなど、一方の壁にさっと張りつくのだ。

「イッサは刑務所にいたのよ」ある朝、レイラがさも当たりまえのように言った。

メリクは愕然《がくぜん》とした。「本当に確かめたの？　おれたちは囚人をかくまってるのか？　警察はその事実を知ってる？　あいつがそう言ったのか？」

「イスタンブールの刑務所じゃ一日にパンひと切れとご飯一杯しか出ない、と言ってたわ」

レイラはメリクに反論する隙を与えず、亡き夫がよく口にした怪しげな金言をつけ加えた。

「客人を敬《うやま》い、困った人を助けよ。慈悲のおこないが天国で報いられぬことはない」と唱えて、「あんたのお父さんだってトルコの刑務所に入らなかった、メリク？　刑務所に入る人がみな犯罪者というわけではない。イッサやお父さんみたいな人にとって、刑務所は名誉の勲章よ」

しかしメリクには、母親が胸に別の考えを秘めていて、それをいまは言いたくないのだとわかった。アッラーが彼女の祈りに応えてくれたのだ。失った夫の代わりに第二の息子を送ってくれた。それがたとえ頭のいかれた不法入国の囚人で、誇大妄想の持ち主だろうと、レイラはいっこうにかまわなかった。

イッサはチェチェン出身だった。

三日目の晩にそこまではわかった。レイラがチェチェン語の文をいくつか口にして、ふたりをびっくりさせた夜だった。メリクは母親のチェチェン語を生まれて一度も聞いたことがなかった。イッサのやつれた顔が驚きの笑みでぱっと輝き、出たときと同じくらいの速さで消えて、そのあと彼はすっかり押し黙った。レイラが急に言語の達人になった種明かしは単純だった。少女時代にトルコの村にいたチェチェンの子供と遊んで、いくつかことばを覚えたのだという。イッサを見た瞬間にチェチェン人だと思ったが、言うのはやめておいた。チェチェン人の場合、見た目で断定はできない。

イッサはチェチェン出身で、母親は亡くなっていた。母の思い出の品は、いまわの際に手首に巻いてくれた、コーランの飾りつきの金のブレスレットだけだった。いつ亡くなったのか、原因は何だったのか、形見のブレスレットをもらったのは何歳のときだったのかは、訊かれても理解できないか、答えたくない質問のようだった。

「チェチェン人はどこに行っても嫌われる」レイラはメリクに説明した。イッサは下を向いて食べつづけていた。「でも、わたしたちは嫌わない。聞いてる、メリク？」

「もちろん聞いてるさ、母さん」

「みんなチェチェン人を迫害する。わたしたちを除いて」レイラは続けた。「ロシアでも世界でもそれが当たりまえ。チェチェン人にかぎらず、ロシアのイスラム教徒をね。プーチンは迫害してるし、ミスター・ブッシュはそれをあおってる。テロとの戦いと言うかぎり、プーチンはチェチェン人になんでも好きなことができて、誰もそれを止めようとしない。ちがう、イッサ？」

だが、イッサの一瞬の喜びはとっくに消え去っていた。苦悩する顔は翳《かげ》り、牝鹿の眼には痛みが閃《ひらめ》き、痩せ細った手で守るようにブレスレットを押さえていた。しゃべれよ、おまえ、とメリクは心のなかで怒りをぶつけたが、声には出さなかった。おれは誰かがトルコ語で話しかけてきて驚かせてくれたら、トルコ語で返す。それが礼儀だろうが！　どうしておれの母さんにチェチェン語でひと言ふた言、親切なことばを返さないんだ。それとも母さんの料理をがっつくのに忙しすぎるのか？

メリクにはほかの心配もあった。いまやイッサが自分の領地と思っている屋根裏部屋を、彼が台所でいつもどおりレイラに話しかけているときにこっそり調べたところ、イッサの意図をうかがわせるものを見つけてしまったのだ。まるで逃亡でも企むかのように貯めこんだ食べ物。メリクの十八歳の婚約中の妹の、金縁の額に入った小さな顔写真。あれは、母親が居間に置いている家族の肖像写真のなかから盗んだものだった。そして父親の虫眼鏡がハンブルクのイエローページの上にのっていて、街の銀行がずらりと並んだページが開いていた。

「神様はあんたの妹にやさしい微笑みをくださったからね」メリクが妹の写真のことを憤《いきどお》って、うちにかくまってるのは不法入国者で性倒錯者だと母親に訴えると、レイラは満ち足りた口調でそう答えた。「あの子の微笑みでイッサの心も軽くなるんだろうよ」

チェチェン語をしゃべるかどうかはともかく、イッサはチェチェンの出身だった。亡くなったという両親について尋ねると、イッサはメリクたちと同じくらい当惑して、両眉を上げ、部屋の隅にやさしい視線を送った。イッサは国籍も家も持たず、元囚人で不法入国者だが、物乞いでなくなれば、医学を勉強する手段をアッラーが与えてくださるという。

じつはメリクも医者になりたいと夢見たことがあり、父親とおじたちに相談して、学費を出してもらう約束まで取りつけていた。もし実現していたら、家族には過大な出費になっていただろう。もう少し成績がよく、出る試合も減らしていれば、いまごろ医学校にいた。医学校の一年生として、家族の名誉のために必死で勉強していた。メリクが明らかに失敗した一方で、イッサはアッラーが願いを叶えてくれると屈託《くったく》なく信じている。だからメリクが母親の警告にも耳を貸さず、寛大な心の許す範囲で、招かれざる客の身辺調査に踏みきったのも無理からぬことだった。

家は自分の家だし、レイラは買い物に出かけて夕方まで戻ってこない。

「医学はもう学んでるんだろう？」メリクはいつもより親しげにイッサの横に腰をおろして、探りを入れた。世界一狡猾《こうかつ》な尋問官になったところを想像しながら。「うらやましいな」

「病院におりました」

「学生として？」

「病気だったのです」

なんだこの丁寧《ていねい》なしゃべり方は。刑務所暮らしで身についた？

「けど、患者と医者は立場がちがうだろう？　医者はどこが悪いのか見つけなきゃならない。患者は坐って、医者が治してくれるのを待てばいい」

イッサは何を言われてもそうするように、複雑なやり方で考えはじめた。中空に向かって含み笑いをし、クモのように細い指で無精ひげを掻《か》き、ついに明るく微笑んだが、何も答えなかった。

「おまえ何歳だ？」メリクは思わずぞんざいな口調で尋ねた。「もし訊いてよければ」と嫌味ったらしくつけ加えた。

「二十三歳です」この答えも、さんざん考えてからだった。

「けっこう歳食ってるじゃないか、え？　明日、研修医になったって、三十五歳かそこらまで一人前の医者にはなれない。それに、ドイツ語も学ばなきゃならないし。そっちの学費もいるぞ」

「神様の思《おぼ》し召しがあれば、立派な妻と結婚して、たくさん子供ができます。男の子ふたりと、女の子ふたり」

「おれの妹とは結婚できない。残念ながら来月結婚するから」

「神様の思し召しで、妹さんにたくさん息子ができますように」

メリクは次の攻撃を考えて、一気に仕掛けた。「そもそもどうやってハンブルクに来た？」

「それは些末《さまつ》なことです」

「些末？　どこでそんなことばを学んだ？　しかもトルコ語で。

「この街では難民の扱いがドイツ一厳しいことを知らなかったのか」

「ハンブルクが故郷になるのです。彼らがここへ連れてきました。アッラーの神聖なる命令です」

「誰が連れてきたって？　彼らとは誰だ」

「組み合わせです」

「何の組み合わせだ」

「たぶんトルコ人。たぶんチェチェン人。われわれが彼らに金を払う。彼らが船に乗せてくれる。われわれをその船のコンテナに入れます。コンテナには空気がほとんどない」

　イッサは汗をかきはじめていたが、メリクはいまさら引き下がれなかった。

「われわれ？　われわれって誰だ」

「集団です。イスタンブールの。悪い集団。悪い男たち。あいつらは尊敬できない」頼りないトルコ語でも、見下した口調になったのがわかった。

「何人いたんだ？」

「二十人ほどです。コンテナは寒かった。何時間かたつと、とても寒くなった。その船はデンマークに行くことになっていました。ぼくは幸せだった」

「コペンハーゲンか？　デンマークのコペンハーゲンだな？　首都だ」

「はい」それがすばらしい考えだとでもいうように、「コペンハーゲンです。コペンハーゲンで手配されていました。ぼくはあの悪い男たちから解放されることになっていた。でもその船は直接コペンハーゲンには行きませんでした。その船はまずスウェーデンに行かなければならなかった。ヨーテボリ、ですか？」

「スウェーデンにヨーテボリという港があるな、たしか」メリクは認めた。

「ヨーテボリで船は埠頭《ふとう》について、荷物を積んで、それからコペンハーゲンに行きます。船の上で、ヨーテボリに着くと、われわれはとても具合が悪くて、とてもお腹が空いています。船の上で彼らに言われます。〝音を立てるな。スウェーデン人は怖いぞ。スウェーデン人に殺されるぞ〟と。だからわれわれ、音を立てません。でもスウェーデン人は、われわれのコンテナが気に入りません。犬を連れています」しばらく思い出している。「〝名前をどうぞ〟」歌うように言うが、声が大きかったのでメリクはびくっと背筋を伸ばす。「〝書類をどうぞ。刑務所から来た？　罪名をどうぞ。刑務所から逃げてきた？　どうやって？〟医者たちは優秀でした。たいしたものです。われわれを眠らせました。あの医者たちには感謝しています。いつかあんな医者になりたい。でも神様の思し召しで、ぼくは逃げなければなりません。スウェーデンに逃げるのは無理です。NATOの鉄線があります。警備員がたくさんいます。でもトイレもあります。トイレから窓へ。窓のあと、港につながるゲートへ。ぼくの友だちがゲートを開けることができる。船員の友だちです。ぼくは船に戻る。船がコペンハーゲンに連れていってくれる。ようやくです。コペンハーゲンに、ハンブルク行きの大型トラックがあった。ぼくは神様を愛しています。でも西の国も愛しています。西の国なら自由に神に祈ることができる」

「大型トラックでハンブルクまで来たのか？」

「そういう手配でした」

「チェチェンのトラックだった？」

「友だちがまずぼくを道まで連れていかなければなりません」

「船員だという友だちか？　ゲートを開けたのと同じ友だちだな？」

「いいえ、ちがいます。別の友だちです。道にたどり着くのはたいへんでした。大型トラックに乗るまえに、ひと晩、野原で寝なければなりません」顔を上げると、やつれた顔に純粋な喜びがぱっと広がった。「星がありました。神様はおやさしい。神様に栄光あれ」

メリクは、とてもありそうにないその話を理解しようと努め、相手の熱心さに気圧《けお》されながらも、語られていない部分と、自分の力でそれを埋められないことに腹を立てていた。苛立ちが腕や拳《こぶし》にまで広がり、胃の腑《ふ》でファイターの血が騒いだ。

「どこでおまえをおろしたんだ？　突然湧いて出たその魔法のトラックは。どこでおまえをおろした？」

しかし、イッサはもう聞いていなかった――いままで聞いていたとすればだが。正直だが物わかりの悪いメリクの眼には、イッサのなかにふくれ上がっていた何かがふいに噴出したように見えた。イッサは酔っ払ったように立ち上がると、片手を口に当てて前屈みでふらふらとドアまで歩き、鍵がかかってもいないのに苦労してドアを開けると、廊下を倒れこむように進んでバスルームに入った。ほどなく家は嗚咽《おえつ》と嘔吐《おうと》の声で満たされた。メリクはその類《たぐい》の音を、父親が亡くなって以来聞いたことがなかった。それは徐々におさまり、やがて水を使う音がして、バスルームのドアが開いて閉まり、屋根裏部屋の梯子《はしご》をイッサがのぼって軋《きし》ませるのが聞こえた。そのあとには、胸騒ぎのする深い沈黙がおりてきて、十五分おきにレイラの電気時計の鳥がさえずるだけになった。

同じ日の午後四時、レイラが買った物を抱えて帰宅し、なかの雰囲気に気づくと、宿主としての義務を果たさず父親の名を汚したメリクを叱りつけた。そのまま自分の部屋に引き上げ、取りつく島もなく閉じこもって、夕食の支度の時間まで出てこなかった。やがて料理のにおいが家を満たしたが、メリクは自分のベッドにもぐりこんでいた。八時半に、レイラは夕食を知らせる真鍮《しんちゅう》の銅鑼《どら》を鳴らした。その銅鑼は新婚の大切な贈り物だったが、メリクにはつねに叱責の音に聞こえた。こういうときに遅れると母親が赦《ゆる》さないのはわかっていたので、ここそこと台所に入って、レイラの視線を避けていた。

「イッサ、お願い、おりてきてちょうだい！」レイラは叫び、返事がないので亡き夫の杖をつかんで石突《いしづ》きで天井を突いた。その間も眼でメリクを責めていたが、その凍りつく視線に耐えられなくなったメリクは、重い腰を上げて屋根裏にのぼった。

イッサは下着姿でマットレスに横向きに寝て、汗だくで体を丸めていた。母親のブレスレットをはずして、汗に濡れた手で握りしめていた。首のまわりには、汚れた革の携帯袋が紐《ひも》でかかっている。両眼をかっと見開いているが、メリクの存在には気づいていないようだった。イッサの肩に触れようとしたメリクは、ぎょっとして手を引っこめた。イッサの上半身は、縦横に入り乱れる青やオレンジの傷だらけだった。鞭打ちの跡のように見えるものもあれば、棍棒《こんぼう》で殴られたようなのもあった。ハンブルクの舗道を歩いたあの両足の裏には、煙草《たばこ》でできた火傷《やけど》ぐらいの大きさの穴があいて化膿《かのう》していた。メリクはイッサをしっかりと抱きかかえ、礼儀上、腰のまわりに毛布を巻きつけてやって、そっと持ち上げた。屋根裏部屋からおろし、なされるがままのイッサを、待っていたレイラの腕にあずけた。

「おれのベッドに寝かせて」メリクは涙声でささやいた。「おれは床で寝るから。それでかまわない。妹の微笑みをやってもいい」盗んで屋根裏部屋に置いてあった小さな写真を思い出し、梯子をのぼって取りにいった。

イッサの打ちすえられた体はメリクのバスローブに包まれ、傷ついた脚はメリクのベッドから飛び出していた。まだ金の鎖をしっかりと握りしめ、まばたきもせず、断固とした視線をメリクの〝名誉の壁〟にすえていた――ボクシングで優勝したときの勇姿、チャンピオンベルト、ウィニング・グローブの報道写真。その横の床にはメリク本人がしゃがみこんでいた。自分の金で医者を呼びたかったが、レイラに、誰も呼んではいけない、危険すぎると言われた。イッサだけでなく、自分たちにとっても。市民権取得の申請はどうなる？　朝には熱も下がって回復しだすだろう。

けれども、熱は下がらなかった。

顔にたっぷりとスカーフを巻き、想像上の追跡者をまくためにタクシーにも乗って、レイラは街の反対側にあるモスクをいきなり訪ねた。新しいトルコ人の医師が祈りにきていると聞いたからだが、三時間後に怒って帰宅した。その若い医師は愚かな詐欺師だった。何も知らず、最低限の資格すらなく、宗教的な責任感のひとかけらもない。たぶん医者ですらなかった。

レイラがいないあいだに、イッサの熱はようやく少し下がっていた。レイラは、家族がとても医療費を払えなかったり、医師を訪ねることができなかったりした時代に学んだ、初歩的な治療をほどこすことができた。もし内臓が傷ついているのなら、あれほどものを食べられるわけがないから、熱冷ましのアスピリンは安心して与えられる。重湯にトルコの薬草を入れたものを手早く作ってもいい。

レイラは、イッサが健康だろうが死んでいようが体に直接触れることは許されないので、メリクにタオルと、額を冷やす布、冷水の入った洗面器を渡して、一時間おきに体をふいてやりなさいと言った。自責の念に苛《さいな》まれるメリクは、そのためにはイッサの首にかかった革の携帯袋をはずさなければならないと思った。

ぐずぐずとためらったのち、メリクはほかならぬ病気の本人のためなのだからと自分に言い聞かせ、イッサが壁のほうに寝返りを打って、ロシア語で寝言を言いながら半睡になったときに、ようやく首の紐をゆるめて、袋の口を広げた。

最初に出てきたのは、色褪《いろあ》せたロシアの新聞の切り抜きを束ねたものだった。丸めて輪ゴムでとめてあったのをはずして、床の上に広げた。どの切り抜きにものっているのは、軍服姿の赤軍の将校の写真だった。粗野な感じのする、広い額に厳《いか》つい顎の男で、六十代なかばに見えた。うち二枚の切り抜きは、正教会の十字架と連隊の記章がついた告別式の案内だった。

次に見つけたのは、アメリカの五十ドル札の束だった。新札十枚がマネークリップでとめてあるのを見て、メリクがかねて抱いていた疑念が一気に甦った。飢えて家も金もなく、打ちすえられた亡命者が、携帯袋に手つかずの五百ドル？　盗んだのか。それとも偽金か。だから刑務所にいたのだろうか。イスタンブールの亡命斡旋《あっせん》集団と、船にもぐりこませてくれた親切な船員と、コペンハーゲンからハンブルクまで急いで運んでくれたトラックの運転手に支払った残りがこれなのか？　いま五百ドル残っているなら、出立したときにはいくら持っていたのだ。医学を勉強したいというのも、あながち高望みでもないのかもしれない。

三番目に出てきたのは、汚れてくしゃくしゃに丸められた白い封筒だった。誰かが捨てようとして、考えを変えたのだろうか。切手も住所もなく、蓋《ふた》が乱暴にはがされていた。メリクは封筒を伸ばして、キリル文字がタイプされたしわだらけの一枚の便箋《びんせん》を取り出した。上部に大きな黒い字で、住所、日付、送り手の名前——のようにメリクには見えた——が印刷されていた。読めない本文の下に、これも読めない署名が青いインクで書かれ、手書きの六桁《けた》の数字が続いていた。数字は、しっかり憶えていろとでも言わんばかりに、何度もインクでなぞって、念入りに書きこまれていた。

そして最後に、鍵が出てきた。細長い軸のついた小さな鍵で、先端はメリクのボクサーの指の関節ひとつ分もない。三方向に複雑な突起がある機械錠だが、刑務所の扉には小さすぎるし、ヨーテボリの船に戻るまえのゲートの鍵にしても小さいと思った。だが、手錠にはぴったりだ。

イッサの持ち物を袋に戻したあと、目覚めたときに見つけられるようにと、汗でぐっしょり濡れた枕の下にすべりこませた。しかし、翌朝になっても、メリクを捕らえた罪悪感は離れようとしなかった。床に横たわり、ベッドの上にイッサがいる不寝《ねず》の番のあいだじゅう、メリクは受難した宿泊客の痩《や》せ細った手足のイメージと、己《おのれ》の不完全さに苦しめられた。

ファイターとして痛みのなんたるかは知っていた――自分としては知っているつもりだった。トルコの通りで生き抜いた少年時代には、殴られも、殴りもした。チャンピオンをかけたこのまえの試合では、パンチを浴びすぎて眼のまえが赤黒くなり、ボクサーがよく言うように、戻れなくなるのではないかと思って怖かった。生粋《きっすい》のドイツ人と競う水泳大会では、我慢の限界をきわめた、と思っていた。

だが、イッサに比べれば、試練など受けていないも同然だった。

イッサは一人前の男で、おれはまだ少年だ。兄弟がいればといつも思っていたが、それがわざわざ戸口のまえまでやってきたのに、拒んでしまった。イッサが信念を守り通す真の男として苦しみ抜いていたときに、おれはボクシングのリングでくだらない栄光を追い求めていた。

夜明けまえの数時間、ひと晩じゅうメリクをはらはらさせていた不規則な呼吸が、ようやく安定したざらつく音に変わった。メリクはイッサの額の布を取り替えながら、熱が引いたのに気づいてほっとした。十時ごろになると、イッサは、レイラが客間から持ってきた房つきのビロードのクッションをうしろにあてがわれて、金色のクッションに埋もれたトルコの高官《パシャ》さながら体を起こし、レイラが調合した元気の源となる粥《かゆ》を口に運ばれていた。母親の金の鎖はまた手首に戻った。

メリクは気分が悪くなるほどの恥ずかしさに青ざめ、レイラが部屋から出てドアを閉めるのを待っていた。イッサの横でひざまずき、頭を垂《た》れた。

「きみの携帯袋を見た」彼は言った。「そんなことをしてしまったのが本当に恥ずかしい。慈悲深いアッラーが赦《ゆる》してくださいますように」

イッサはまたいつもの長すぎる沈黙に沈んだあと、骨張った手をメリクの肩に置いた。「懺悔《ざんげ》しないで、わが友」夢うつつの様子でメリクの手を握って、助言した。「懺悔したら、そこに永遠に閉じこめられてしまう」

2

翌金曜の午後六時、グラスゴー、リオデジャネイロ、ウィーン、そしていまはハンブルクと拠点を変えてきたプライベート・バンクのブルー・フレール銀行が、週末に向けて眠りについた。

五時半きっかりに、屈強そうなビル管理人が、内アルスター湖を望む美しいテラスのついた社屋の正面扉を閉めた。それからほんの数分のうちに、出納《すいとう》課長が金庫の鍵をかけて警報装置をセットし、秘書主任が最後まで残っていた秘書たちを家に帰して、コンピュータと屑籠《くずかご》を確認し、職員の最古参であるフラウ・エレンベルガーが電話を留守番メッセージに切り替え、ベレー帽をきっちりかぶり、中庭の駐輪場の鉄輪から自転車のチェーンロックをはずして、ダンス教室にいる親戚の娘を迎えに走り去っていた。

とはいえ、彼女は帰り際に、雇用主のトミー・ブルー氏にひと言ちくりと言わずにはいられなかった。この銀行にただひとり残った経営者で、行名の由来となった家の主《あるじ》である。「ミスター・トミー、あなたはわたしたちドイツ人よりいけません」ブルーの聖域に顔を突っこんで、完璧に習得した英語で諫《いさ》めた。「どうして仕事で自分を痛めつけるのです。もう春ですよ！　クロッカスやモクレンを見ましたか。さあほら、あなたももう六十歳です。家へ帰って、あのきれいな庭でミセス・ブルーとワインの一杯でも飲むべきなのです。そうしなければ〝よれよれにすり切れて〟しまいますよ」と注意した。雇用主の態度を改めさせたいというより、またもやビアトリクス・ポター（ピーターラビットのシリーズで知られる絵本作家）のことばを引用して、作家への愛着を示すために。

ブルーは右手を上げ、ローマ教皇の祝福のしぐさをまねてひらひらと動かした。

「行きたまえ、フラウ・エリ」皮肉とあきらめの思いをこめてうながした。「うちの行員が週日に働こうとしないなら、私が彼らの代わりに週末に働くしかないからね。じゃあ《チュス》」と言って、キスを送った。

「それでは《チュス》、ミスター・トミー。素敵な奥様にもどうぞよろしく」

「伝えておくよ」

実際に伝わらないことは、ふたりとも知っていた。電話も廊下も静かになり、頭取を出せと騒ぎ立てる顧客も消え、妻のミッツィは友人のフォン・エッセン夫妻とブリッジの集いに出かけているとあって、ブルーは王国をひとり占めしていた。去る週を振り返ることも、新しい週を招き入れることもできた。気が向けば、己の不死の魂に問いかけることも。

季節はずれの暑さに降参して、ブルーはシャツにズボン吊りという恰好だった。注文仕立てのスーツの上着は、ドアの脇にある年代物の木製の物かけにかけてある。タグの文字は

〈ランドールズ・オブ・グラスゴー〉、ブルー家が四世代にわたって贔屓《ひいき》にしている仕立屋だ。使っている机は、銀行の創設者ダンカン・ブルーが、胸に希望、ポケットにソブリン金貨五十枚だけを持って一九〇八年にスコットランドから船で運び出したものだった。

ひとつの壁を埋めつくす大きなマホガニーの本棚も、やはり父祖伝来の品だった。正面の飾りガラスの向こうには、世界の文化を代表する革表紙の傑作がずらりと並んでいる――ダンテ、ゲーテ、プラトン、ソクラテス、トルストイ、ディケンズ、シェイクスピア、そして不思議なことに、ジャック・ロンドンも。その本棚は、焦げついた融資の返済の一部としてブルーの祖父が受け取ったもので、本もいっしょについてきた。祖父はそれを読まなければならないと感じたか？　感じなかったという話だ。彼は銀行に預けただけだった。

ブルーの真向かいの壁には、行く手に永遠に立ちふさがる交通標識のように、金縁の額に入った手書きの家系図の原本がかかっていた。そのオークの古木は、スコットランドの銀色のテイ川の岸辺に深々と根をおろし、子孫の枝は東の旧《ふる》いヨーロッパと、西の新世界に広がっている。そこから金色のドングリがいろいろな街に落ちて、外国人との結婚が血統を豊かにし、もちろん手持ちの資産も増やした。

そしてブルー自身は、たとえ最後のひとりだとしても、この高貴な血筋の価値ある後裔《こうえい》だった。心の奥底では、〈フレール〉――家族だけがそう呼ぶ――は希望のない業務が集まるオアシスだとわかっていたかもしれない。おそらく彼の代でこの銀行も閉業だが、自然なりゆきというものだろう。たしかに最初の妻スーとのあいだにできた娘のジョージーはいる。

しかしブルーが知るかぎり、ジョージーが最後にいたところは、サンフランシスコ近郊の僧院《アシユラム》だった。彼女が銀行業に関心を抱いたことは一度もない。

とはいえ、ブルーの外見はまだ現役そのものだった。がっしりした体で、身だしなみも抜かりない。そばかすの散った広い額、ごわごわしたスコットランド人の赤茶色の髪はどうにか押さえつけて左右に分けている。豊かさから来る自信があふれているが、傲岸《ごうがん》さは少しも感じられない。顔立ちも業務上の不可解な事態に直面していないときには親しみやすい。これまでずっと銀行業にたずさわってきたわりには――あるいは、そのおかげで――顔にしわもなくすっきりしている。典型的なイングランド人ですね、とドイツ人に言われると、肚《はら》の底から笑い、スコットランド人の不抜の精神で屈辱に耐えましょうと応じる。自分は絶滅危惧種だとしても、そのことを心中ひそかに誇りに思っている。トミー・ブルー、地の塩、暗い夜にも頼りになる男、野心家ではないが、だからこそ好人物であり、一級の妻がいて、晩餐《ばんさん》の席では驚くほど人を愉《たの》しませ、ゴルフの腕も確かだ。少なくとも世評はそうだと思っていた。そうあるべきだった。

引け際の市場を最後に見て、銀行の資産への影響を計算した。いつもの金曜夜の下げで、襟元《えりもと》がかっと熱くなるようなことでもないと判断して、ブルーはコンピュータの電源を切り、フラウ・エレンベルガーが注意喚起のために紙の端を折って置いていった、書類の山に目を走らせた。

この一週間はずっと、理解不能なまでに複雑怪奇な現代金融と格闘していた。もはや金を貸す相手を知ることは、その金を刷った人間を突き止めることとくらいむずかしい。だが、この金曜のひとりの〝降霊会〟では、仕事の必要性のみならずその日の気分によって、やることが決まった。やさしい気分なら、ひと晩かけて無償で顧客の慈善信託を組み直すこともある。そわそわしているときには、種馬飼育場や、ヘルススパや、カジノのチェーンを扱う。家系の遺伝子というより、厳しい業界でみずから学んだ技術を用いて数合わせをしなければならない時期には、だいたいマーラーの曲をかけ、ブローカーや、ベンチャーキャピタルや、競合する年金基金の目論見書《もくろみしょ》を読みこむ。

けれどもこの夜は、選択の自由を愉しんでいる場合ではなかった。ある得意客がハンブルク証券取引所の調査対象になってしまい、取引所会長のハウフ・フォン・ヴェスターハイムから召喚はないと確約されていたものの、担当銀行としては、直近の事情をくわしく調べておかなければならなかったからだ。まずは椅子の背にゆったりともたれ、ハウフ老人が守秘義務という鉄の掟をみずから破った、信じがたい瞬間を思い起こした――

大理石に囲まれた壮麗なアングロ・ジャーマン・クラブで、正装の豪華な晩餐会はまさにたけなわ。ハンブルクの金融界を支える最善最高の人物たちが、みなでメンバーのひとりを祝っている。今宵、トミー・ブルーが六十歳になったのだ。嘘ではない。父親のエドワード・アマデウスはよく言っていた――トミー、わが息子、われわれのビジネスで決して嘘をつかないのは算数だよ。会場は浮き浮きした雰囲気に包まれ、食事はすばらしく、ワインはもっとすばらしく、富める者たちは幸せに満ちている。そこで七十代の船団所有者にして陰の実力者、イギリス贔屓《びいき》の知者であるハウフ・フォン・ヴェスターハイムが、ブルーの健康を祝う乾杯の音頭をとる。

「親愛なるトミー、われわれのあいだでは、きみはオスカー・ワイルドを読みすぎるという結論が出ている」シャンパンのフルートグラスを持ち、若かりしころの女王の肖像画のまえに立って英語で朗々としゃべる。「ドリアン・グレイについて聞いたことは？　あるだろうね。きみはドリアン・グレイの本からページを抜き取ったのだ、とわれわれは思う。きみの銀行の金庫には、今日の実年齢どおりのトミーの醜い肖像画が入っているのだろう（美青年ドリアン・グレイは老いないが、彼が悪徳を重ねるたびに、画家の描いた肖像画のドリアンが醜くなっていく）。親愛なる女王とちがって、きみは潔く年老いることを拒み、まるで二十五歳の妖精《エルフ》のように、ここににこやかに坐っている。七年前、われわれが苦労して稼いだ金を奪うためにウィーンからやってきたときと同じ笑みを浮かべてね」

ヴェスターハイムがブルーの妻ミッツィの優美な手を取り、彼女がウィーン生まれであることを考えて、さらに礼儀正しくその手にキスをし、ブルーの場合とちがって彼女の美しさは本当に永遠だと一同に告げているあいだも、拍手は続く。素直に感激したブルーが立ち上がって、お返しにヴェスターハイムの手を握ろうとすると、ワインにもスピーチの成功にも酔った老人は彼を両腕で抱き、しゃがれ声でブルーの耳元にささやく。「親愛なるトミー……きみの例の顧客に関する調査だが……やめさせる……まず専門的な理由で延期して……そのあとエルベ川に流す……誕生日おめでとう、トミー、わが友人……きみはいい人間だ…

……」

ブルーはハーフフレームの眼鏡《めがね》をかけ、顧客に対する嫌疑を改めて検討した。別の銀行家ならいまごろヴェスターハイムに電話をかけて、ひそやかな助言に感謝し、予告どおりに行動してもらうだろうが、ブルーはそうしていなかった。六十歳の誕生日の祝いの席で、年長者があわてて してくれた約束だ。履行《りこう》を迫る気にはなれなかった。

ペンを取って、フラウ・エレンベルガーにメモを書いた——〝月曜の朝一番で倫理委員会の秘書に電話して、日時は決まっているか尋ねてほしい。ありがとう！ ＴＢ〟。

これでよし。これでハウフも聴聞会を開くか、この件はなかったことにするか、心置きなく選ぶことができる。

その夜の二番目の必須課題は、フラウ・エレンベルガーにしか明かしていない呼び名だが〝狂女《マッド》マリアンネ〟だった。ハンブルクの富裕な材木商に先立たれた夫人で、ブルー・フレールにとってもっとも長く続いているメロドラマ、プライベート・バンキングにかかわるあらゆる陳腐な騒ぎをすべて演じてくれる顧客だった。この夜のエピソードでは、最近、三十歳のオランダ人のルター派牧師の差し金で改宗したらしく、俗世の所有物をすべて——業務に関連して言えば、ブルー・フレールが預かっている総資産の三十分の一を——その牧師が運営する非営利基金にすぐにでも寄付したいと言っていた。

ブルー自身が独自に興信所に調べさせた結果が眼のまえにあって、内容は芳《かんば》しくなかった。牧師は最近、詐欺で告発されたが、証人が出てこなかったので釈放されていた。複数の女性とのあいだに私生児を数人もうけている。だが、哀れな銀行家のブルーは、のぼせ上がった顧客にこれをどう打ち明ければいいというのか。よほどうまくやらないと、口座を解約されてしまう。マッド・マリアンネは最高に上機嫌なときでも、悪い知らせには我慢がならない性質《たち》だ。それは過去のやりとりで一度ならず思い知らされている。ゴールドマン・サックスの口のうまい小僧のところに口座を移されないように、ブルーが持つ魅力のすべてを――といっても、究極の魅力はまだとってある！――使わなければならなかった。マッド・マリアンネには身代をつぶしかねない息子がひとりいて、溺愛《できあい》しているが、ここでまたひねりが入って、その息子はいまフランクフルト郊外のタウヌス丘陵にあるリハビリ施設に入っている。これはこっそりフランクフルトに出かければ解決するのかもしれない……

ブルーはどこまでも忠実なフラウ・エレンベルガーに、二枚目のメモを書く――〝病院長に連絡をとって、息子が訪問客（私が行く！）と話のできる状態かどうか訊いてください〟。

机のそばにある留守番電話システムが低い音を立てたので、ブルーははっとして、並んだ小さなライトを見た。非公開のホットラインにかかってきた電話なら取るが、そうではなかったので放っておいて、ブルー・フレールの半年ごとの決算報告書の下書きを読みはじめた。経営は健全だが、輝きが必要だった。取りかかってさほどたたないうちに、また留守番電話システムに注意が向いた。

新しいメッセージだろうか。それとも、先ほどの音で何かの記憶が呼び覚まされたのか。金曜の午後七時に通常回線でかかってくる電話？　番号をまちがえたのだ。好奇心に駆られて、ブルーは再生ボタンを押してみた。ピーという電子音がしてすぐに、メッセージをお残しになるか、営業時間中におかけ直しくださいという、フラウ・エレンベルガーのドイツ語と英語の礼儀正しい案内が入った。

そして女性の声が聞こえた。若いドイツ女性の、少年聖歌隊のように純粋な声が。


気の置けない仲間とスコッチを一、二杯やったあとで、ブルーはよく講釈を垂れる——プライベート・バンカーの生活の糧《かて》は〝現金〟ではない。そう思うのは無理もないけれど。ちなみに、上げ相場でも、下げ相場でも、ヘッジファンドでも、デリバティブでもない。じつは〝ろくでもない事態〟が欠かせないのだ。あけすけに言えば、まわる扇風機の羽根に汚物がしょっちゅう、というより永遠に当たりつづける音を聞いていなければならないということだ。だから、絶えず包囲攻撃を受けているような生活が好きでないなら、プライベート・バンキング向きではない。老ヴェスターハイムの乾杯の挨拶《あいさつ》に対して準備しておいたスピーチでも、似たようなことを言って一定の成功を収めていた。

そんな〝ろくでもない事態〟の達人として、ブルーは長年のうちに衝撃の受け止め方をふたとおり編み出していた。取締役会でみなの注目が集まっているときなら、立ち上がって、両手の親指をズボンのベルトに突っこみ、模範的に落ち着いた表情で部屋のなかをゆっくりと歩きまわる。

一方、誰にも見られていないときには第二の方法をとることが多い。衝撃の知らせを受けた瞬間に凍りつき、人差し指で下唇を軽くはじく。留守番電話のメッセージを二度目に聞くいまも、まさにそうしていた。三度目も、最初の電子音から聞き直した。

「こんばんは。アナベル・リヒターと言います。弁護士で、弁護にあたる依頼人のためにミスター・トミー・ブルーご本人とできるだけ早く話したいと思っています」

弁護にはあたるが、名前は告げないわけだ。三度目の再生でブルーは慎重に考えた。はきはきした、しかし南部の訛《なま》りがあるドイツ語。教養があって、せっかちだが婉曲《えんきょく》な物言いだった。

「依頼人からの指示で、ミスター」――台本を確認するように間を置いて――「リピッツァナーというかたによろしくとのことです。くり返します。名前はリ、ピ、ッ、ツ、ァ、ナ、ー、です。馬の種類にありますね、ミスター・ブルー？　ウィーンのスペイン乗馬学校にいる、あの有名な白い馬です。以前あなたの銀行はウィーンにありましたね。リピッツァナーのことはよくご存知だと思います」

声が明るくなる。白馬に関する説明が、困惑した少年聖歌隊員の声で運ばれる。

「ミスター・ブルー、わたしの依頼人には自由に使える時間がほとんどありません。当然ながら電話でこれ以上話すことは控えたいのです。わたしよりあなたのほうが彼の状況にくわしいかもしれません。であれば、話は早く進みますから。このメッセージを聞いたら、わたわたしの携帯にかけていただけると助かります。どこで会うか相談しましょう」

そこで終わってもよかったが、彼女はそうしない。少年聖歌隊の歌は鋭さを増す。

「夜遅くてもかまいません、ミスター・ブルー。非常に遅くても。いまあなたのオフィスのまえを通りましたが、明かりがついていますね。ご自身はもう働いていらっしゃらないかもしれませんが、誰かがいるということです。もしそうなら、聞かれたかたは、どうかこのメッセージをミスター・トミー・ブルーに緊急用件として伝えてください。この件について行動する権限があるのはミスター・トミー・ブルーだけなのです。お時間をありがとうございました」

あなたの時間もありがとう、フラウ・アナベル・リヒター、とブルーは思った。立ち上がって、下唇を親指と人差し指でつまみながら出窓に近づいた。あたかもそこが最寄りの逃げ道であるかのように。

そう、私の銀行はリピッツァナーを非常によく知っているよ、マダム、もしあなたの言う〝銀行〟が、私と腹心の部下のフラウ・エリのことを指していて、別の人物を指していないなら。私の銀行は、最後まで生き残っているリピッツァナーが地平線を越えて生まれ故郷のウィーンに駆け去り、二度と戻ってこないのなら、喜んで大金を払うだろう。おそらくあなたもそれを知っているのだね。

胸が悪くなる考えが浮かんだ。あるいは、七年間ずっと彼のなかにあったが、このとき初めて影から出てきた考えかもしれなかった。大金、それを狙っているのか、フラウ・リヒター、あなたと、これほど切羽《せっぱ》詰まっているあなたの神聖な依頼人は？ ありえないとは思うが、これはもしかして恐喝なのか？

そして、ことによると、その少年聖歌隊の純粋さと見上げた職業意識でもって、私に次のようなことをほのめかしているのか、あなたと、あなたの共謀者、いや失礼、依頼人は？馬のリピッツァナーは生まれたときには真っ黒で、育つと白くなるという珍しい特質を持っている。だから、名士のエドワード・アマデウス・ブルー、大英帝国勲章第四位を受賞し、ほかのあらゆる点では高潔な銀行の柱石として私が尊敬してやまない、愛する亡父の発案で作られた、ある特別な種類の口座に、そのリピッツァナーの名がつけられたのだと？　あれは父のウィーンでの最後の無謀な日々、どんどんほつれはじめた鉄のカーテンの向こうから、崩壊中の悪の帝国の黒い金が大量に流れこんできていたころだった。

ブルーはゆっくりと部屋のなかを歩いた。

それにしても、いったいなぜあんなことをしたのです、親愛なる父上。

あのときまでずっと、あなたと先祖の名に恥じない商売をしてきて、スコットランド伝統の用心深さと、抜け目なさと、信頼の厚さを存分に発揮しながら、公私を問わず仕事のために生きてきたのに、なぜ？　東から来た渡り者の詐欺師の集団のために、なぜそのすべてを危険にさらしたのですか。連中のしたことといえば、祖国がいちばん入り用なときに、その資産を略奪したことだけだったのに。

あなたが愛した、あなたにとって何より大切だった銀行を、なぜあいつらのために開けてやったのですか。なぜ彼らの違法な略奪物の保管場所を提供して、前例のない機密扱いで守ってやったのですか。

なぜありとあらゆる規則や商慣習を無理に曲げてまで、ロシアのギャング団のウィーンでの取引銀行になるなどという、当時の自分から見ても自暴自棄で向こう見ずなことをしたのですか。

そう、あなたは共産主義が大嫌いで、共産主義は死の床にあった。あなたが葬式まで待ちきれなかったのはわかる。けれど、あなたがあれほど親切にしてやった悪党も、体制の一部だったのに。

〝名前は必要ありません、同志たち！　略奪品を五年間預けてくれるなら、口座番号を設けましょう！　次にお会いするときには、あなたがたのリピッツァナーは完全に成長してユリのように白くなり、立派な投資になっている！　スイスの銀行がやることと同じですが、われわれはイギリス人ですから、もっとうまくやる！〟

やれるものか、とブルーは思って悲しくなった。両手を背中のうしろで組み、出窓のまえに立って外を見た。

うまくやれはしない。老いて頭がおかしくなった偉大な男は死んでしまうから。金は居場所を替え、銀行も移転するから。規制者という他人が現われて、過去は消え去るから。いや、消え去ることは決してない。ちがうか？　少年聖歌隊の声が短いメッセージを残しただけで、過去は襲歩《ギャロップ》で駆け戻ってきた。

五十フィート下では、ヨーロッパ一裕福な街の〝機甲部隊〟が騒音とともに家路につき、子供を抱きしめ、食事をし、テレビを見、愛し合い、眠ろうとしていた。湖では、モーターボートや小型のヨットが茜色《あかねいろ》の黄昏《たそがれ》のなかをすべるように渡っていた。

彼女は外にいる、とブルーは思った。この部屋の明かりを見ている。

リピッツァナーの口座の件を表沙汰にするぞと私を脅していくら強請《ゆす》り取れるか、外で彼女の〝依頼人〟と相談して、演奏家が音階の練習をするように言い方を練習しているのだ。

〝わたしよりあなたのほうが彼の状況にくわしいかもしれません〟

それはどうかな。くわしくないかもしれんよ、フラウ・アナベル・リヒター。正直言って、くわしくなりたくない、たとえそれが自分の職務だとしても。

それに、ありがたい配慮ではあるが、あなたは〝依頼人〟について電話であれ以上話さないし、私は超能力の持ち主ではないので、その彼が半ダースいるリピッツァナーの生き残りの誰なのかわからない——撃たれもせず、投獄もされず、あちこちにしまった数百万の金など忘れてしまうほどの富豪の生き残りがいたとして。だから、強請《ゆすり》に対する古来の流儀にしたがって、あなたの要求は退けるしかない。

ブルーは彼女の番号をダイヤルした。

「リヒターです」

「ブルー銀行のトミー・ブルーだが。こんばんは、フラウ・リヒター」

「こんばんは、ミスター・ブルー。できるだけ早い機会にお話ししたいのですが」

たとえば、いますぐでは？　懸命にブルーの注意を惹《ひ》こうとしていたときより、彼女の口調から音楽のような響きが少し減り、鋭さが少し増していた。

アトランティック・ホテルは銀行から歩いて十分、人で混み合う湖のまわりの砂利敷きの遊歩道沿いにある。その横にはもう一本、帰宅途中の自転車がギアやタイヤの音を立ててさかんに行き交う道があった。冷たい風が立ち、空は暗く青ずんでいた。雨が長い線を引いて落ちはじめた。ハンブルクではそれを〝糸束〟と呼ぶ。ブルーも七年前のまだこの街に来てまもないころなら、イギリス人らしい内気さの名残から、混雑のなかをうまく歩けなかっただろうが、この夜は自分の進路を切り開くだけでなく、攻めこんでくる傘に備えて肘《ひじ》も突き出していた。

ホテルの入口で、赤い上着のドアマンがシルクハットを持ち上げて挨拶《あいさつ》した。ロビーに入ると、コンシェルジュのヘル・シュヴァルツがすっと寄ってきて、銀行の外で話したがる顧客をブルーが連れてきたときにいつもつくテーブルに案内した。大理石の柱とハンザ同盟の船を描いた油絵のあいだにあるいちばん奥の席で、海の青のタイルで象《かたど》られた皇帝ヴィルヘルム二世の気むずかしい眼に見おろされている。

「初対面の女性と会うことになっているんだ、ペーター」ブルーは男として協力を頼むというような笑みを浮かべて、打ち明けた。「フラウ・リヒターという人だ。きっと若い。それに美人だと思うから、よろしく」

「承知いたしました」ヘル・シュヴァルツは二十ユーロ分金持ちになって、恭《うやうや》しく約束した。

　どこからともなく、娘のジョージーと交わした痛ましい会話が甦った。そのときジョージーはまだ九歳で、ブルーは、パパとママはまだ愛し合っているけれど別々に住むことにしたのだと説明していた。喧嘩するより愛し合ったままで別に暮らしたほうがいい、と心底嫌いな精神分析医の助言を伝えた。幸せなふたつの家庭のほうが、不幸せなひとつの家庭よりいい。ジョージーはパパにもママにも好きなだけ会える。ただ、ふたりいっしょに会えないだけだ。しかしそのとき、ジョージーは新しい子犬に気を取られていた。

「この世で最後の一オーストリア・シリングをもらったら、パパはどうする？」子犬のおなかをなでながら訊いた。

「うむ、もちろん投資するさ。おまえはどうする？」

「誰かにチップであげちゃう」

　ブルーは、ジョージーにというより自分自身に当惑した。なぜいまさら、あのときの話で自分を罰しているのだろう。ふたりの声が似ていたからにちがいない。両開きのドア《スイングドア》のほうを見ながら、そう思った。彼女は盗聴器をつけているだろうか。〝依頼人〟はどうだろう、もし連れてくるならだが。まあいい、つけていれば、彼らにとっては運の尽きだ。

　最後に強請られたときのことを思い出した。別のホテルで、別の女性、ウィーンに住むイギリス人だった。この問題を余人にまかせるわけにはいかない、とブルー・フレールのある顧客に説得されて、ブルーはホテル・ザッハーの目立たない分館で彼女と紅茶を飲んだ。夫を亡くして喪服を着た堂々たる婦人で、ゾフィーという娘がいた。

「わたくしのいちばん大切な宝ですの、ゾフィーのことですが。ですから当然、このことをとても恥ずかしく思っております」黒い麦藁《むぎわら》帽子のつばの下から説明した。「新聞社に話すと言って聞かないんですの。おわかりになりますでしょう？　やめなさいと言ったのですが、どうしても話すと。若さというものでしょうね。彼には乱暴なところがあって、あなたのご友人のことですが、ただのいい人というわけではないようです。自分が新聞にのるのは気持ちのいいものじゃありませんわね。新聞なんてね。まして立派な上場企業の社長ともなれば、たいへんな痛手になるでしょう」

しかしブルーはあらかじめ、これもたまたまブルー・フレールの顧客だったウィーンの市警本部長に相談していた。その助言にしたがって、多額の口止め料を払うことにおとなしく同意し、その一部始終を、近くのテーブルについた私服警官が録音していた。

だが今回、味方の市警本部長はいない。そして狙われているのは銀行の顧客ではなく、彼自身だった。

アトランティック・ホテルの大きなホールは、外の通りと同様、混み合う時間帯だった。ブルーは見晴らしのいいその席から、場にふさわしいのんびりした態度で、到着したり出ていったりする客を見ていた。毛皮やボアを身につけている客もいれば、現代の企業幹部の葬儀めいた制服を着ている客も、宿なしふうの裂けたジーンズをはいている百万長者もいた。ディナージャケットの年配の男たちと、スパンコールつきの舞踏会用ドレスの女たちが、セロファンで包んだ花束ののった台車を押すボーイに率いられて、奥の通路からぞろぞろと出てきた。金持ちの老人の誕生日か、とブルーは思い、ふとそれはブルー・フレールの顧客ではないか、フラウ・エリはシャンパンのボトルを贈っただろうかと気になった。きっと私より若い人だからかまわない、とあえて思うことにした。

みな本当は私を老人だと思っているのだろうか。おそらくそうだ。最初の妻のスーは、あなたは生まれつき老人よと文句を言っていた。契約書には何かにつけ六十歳という記載がある、もしそこまでたどり着ければだが。ジョージーが仏教に傾倒しはじめたときにはなんと言ったのだったか。〝死の原因は生よ〟?

金の腕時計をちらっと見た。二十一歳の誕生日に父エドワード・アマデウスから贈られたものだった。あと二分で遅刻だが、法律家と銀行家は決して遅刻しない。おそらく強請り屋も。

スイングドアの向こうの通りを、強い北風《ミストラル》が吹き抜けていた。リムジンからリムジンへ渡り歩くシルクハットのドアマンのコートが、使い物にならない翼のように翻《ひるがえ》っていた。急にたたきつけるような雨が降りだして、車も人も乳白色の飛沫《しぶき》のなかに見えなくなった。そこから雪崩《なだれ》のただひとりの生還者のように、小さくずんぐりした人影が出てきた。服は濡れて崩れ、頭と首にスカーフを巻いていた。肩に子供をかついでいるように見えて、ブルーは一瞬唖然《あぜん》としたが、それは人の大きさのリュックサックだった。

ホテルのまえの階段をのぼり、スイングドアに押されるようにしてロビーに入って、立ち止まった。うしろの人たちの通行の邪魔だが、わかっていたとしても気にしていなかった。雨に濡れた眼鏡をはずし、アノラックの奥からスカーフの端を引っ張り出して、眼鏡をふき、またかけた。ヘル・シュヴァルツが話しかけると、ぶっきらぼうにうなずいた。ふたりがブルーのほうを見た。ヘル・シュヴァルツが案内しようとしたが、彼女は首を振り、リュックサックを一方の肩に引っかけ直して、テーブルのあいだを縫《ぬ》ってきた。まっすぐまえを向き、ほかの客を完全に無視して。

化粧っ気はなく、喉《のど》から下は一平方インチも出していない。ブルーは迎えるために立ち上がりながら記憶に刻んでいった。確固としたなめらかな動き、流行遅れの服を着た小さくて有能な体。少々勇ましいかもしれないが、昨今の女性はみなそうだ。フレームなしの丸眼鏡がシャンデリアの光を受けている。まばたきをしない。子供の肌。私より三十ばかり若く、一フィート背が低いが、強請り屋の背丈はさまざまだし、年齢は日ごとに少しずつ若くなっていく。少年聖歌隊の声に似つかわしい、少年聖歌隊の顔。

共犯者は見当たらない。濃紺のジーンズにミリタリーブーツ。変装した小柄な美人。タフだが傷つきやすい。女性の温かさを断固隠そうとしているが、成功していない。ジョージーを思い出す。

「フラウ・リヒター？　すばらしい。トミー・ブルーだ。何にします？」

相手の手があまりにも小さかったので、ブルーは思わず握手の力を弱めた。

「水はあるかしら」眼鏡越しにぎょろりと見上げて訊いた。

「もちろん」手を上げて給仕を呼んだ。「歩いてきたのかな？」

「自転車で。炭酸なしでお願いします。レモンも入れずに、室温で」

彼女はブルーの向かいに坐った。革の王座の中央でぴんと背筋を伸ばして、両手を肘かけにしっかりと添え、両膝をくっつけ、リュックサックは足元に置いて、ブルーを品定めした──まず手、次に金の腕時計と靴、そして眼。だがどれも時間は短かった。驚くものは何も見つからなかったようだ。ブルーも、いくらか遠慮はあるにしろ、同じくらい相手を探る眼を向けた──肘を引いて体のまえに前腕を添える、教わったような水の飲み方、明らかに本人は気に入っていない裕福な雰囲気のなかで見せる自信。育ちのよさや作法へのこだわりを隠そうとしているが、うまくいっていない。

頭を覆《おお》っていたスカーフをはずすと、ウールのベレー帽が現われた。琥珀《こはく》色の髪がひと房はみ出して、額にかかっていた。それを帽子に押しこみ、水をひと口飲んで、またブルーを検分しはじめた。眼鏡のレンズで大きくなった眼は灰緑色で揺るぎない。〝蜂蜜色のそばかす〟とブルーは記憶した。その表現をどこで読んだのだったか。ミッツィのベッド脇にいつも十冊ほど積んである本のどれかだ。小さく突き出た胸を、できるだけ目立たないようにしている。

ブルーはランドールの上着の青いシルクの内ポケットから名刺を取り出して、礼儀正しく微笑み、テーブルに差し出した。

「どうして〝フレール〟なのですか」彼女が訊いた。指環はなく、爪は子供のように短く切ってある。

「曾祖父の考えでね」

「フランス人だったの？」（フレールはフランス語で〝兄弟〟の意）

「ちがう。フランス人になりたかったんだ」ブルーはすぐにお定まりの答えを返した。「曾祖父はスコットランド人だった。スコットランド人の多くは、イングランドよりフランスに親しみを感じている」

「兄弟がいらしたの？」

「いや。残念ながら、私にもいない」

彼女はリュックサックのほうに屈み、ジッパーをひとつ開けて、もうひとつ開けた。それを肩越しに見て、ブルーは次々と記憶していった——ティッシュ、コンタクトレンズの洗浄液、携帯電話、鍵、法律用箋《ようせん》、クレジットカード、法廷弁護士の提出書類のように通し番号の付箋《ふせん》がつけられた薄茶色のファイル。テープレコーダーやマイクは見当たらないが、近年の技術を考えれば、録音されていないという保証はない。いずれにせよ、服の下に二十五ポンドの爆発物のベルトをつけていてもおかしくないのだ。

彼女はブルーに名刺を渡した。

〈サンクチュアリー・ノース　ドイツ北部にて無国籍者および亡命者を保護するキリスト教系慈善団体〉とあった。ハンブルクの東に複数の事務所。電話番号とファクス番号、メールアドレス。コメルツ銀行の口座番号。月曜にコメルツの支店長とひそかに話して、彼女の与信状況を調べてもらってもいい。〈アナベル・リヒター　弁護士〉。〝美人を信用してはいけないよ、トミー。美人は犯罪者だ、しかも最高の〟という父親のことばが甦って、ブルーに取り憑《つ》いた。

「これも見てもらったほうがいいでしょうね」彼女は身分証も突き出した。

「どうしてこんなものまで」ブルーは反論したが、じつは同じことを考えていた。

「説明どおりの人間ではないかもしれないから」

「本当に？　ほかの誰だというのかな」

「弁護士ではないのに弁護士のふりをして、わたしの一部の依頼人に近づいてくる人もいます」

「それはひどい。驚くね。私には起きてほしくないものだ。いや、もちろん、起きているかもしれない、だろう？　私が気づかないだけで。考えるだけでもぞっとするよ」わざと軽い調子で言ったが、相手がそれに乗ってくると思っていたとしたら、あてがはずれた。

　身分証の写真では、髪をおろして古い眼鏡をかけ、顔は睨《にら》みつけていないだけであとは同じだった。アナベル・リヒターは、フライブルク・イム・ブライスガウで一九七七年に生まれた。事実だとすれば、ドイツで働く弁護士としてはほぼ最年少だ。ラウンドのあいだで休むボクサーのように、だらりと椅子の背にもたれ、相変わらず、おばあさん眼鏡の奥からブルーを見つめている。その下の体は小柄で着ぶくれし、ボタンをきっちりとめて取りすましていた。

「わたしたちについて聞いたことは？」彼女は尋ねた。

「失礼？」

「サンクチュアリー・ノースについて。わたしたちの仕事を耳にしたことがあります？　発表していることの一部だけでも」

「ないと思う」

彼女はゆっくりと首を振りながら、とても信じられないという顔でロビーを見まわした。着飾った年配の夫婦、バーで騒いでいる金持ちの若者、そして誰も聞いていない愛の歌を演奏している専属のピアニストに眼を移した。

「あなたの慈善団体の運営資金を出しているのは誰かな？」ブルーはもっとも実務的な口調で訊いた。

彼女は肩をすくめた。「いくつかの教会。ハンブルク州も、善意に満ちたときには。なんとかやっています」

「このビジネスを始めてどのくらいになる？　あなたの組織、という意味だが」

「ビジネスではありません。無料奉仕《プロ・ボノ》だから。五年になります」

「あなた自身は？」

「二年です、だいたい」

「フルタイムで？　ほかに弁護士の仕事はしていない？」つまり、副業があるのかという質問だ。副業で強請りを少々？

　彼女は質問攻めにうんざりしていた。

「わたしには依頼人がいます、ミスター・ブルー。公式にはサンクチュアリー・ノースが代理業務をしているけれど、少しまえに、彼はあなたの銀行に関する諸事全般についてわたしを個人的な弁護士に選任し、わたしのほうからあなたに連絡をとることに同意しました。それでいま、こうしています」

「同意した？」ブルーの抜け目ない笑みが広がった。

「指示した、でもいいわ。ちがいがあります？　電話で言ったとおり、ハンブルクにおけるわたしの依頼人の立場は微妙です。彼がわたしに進んで話すことはかぎられているし、わたしのほうからあなたに言えることもかぎられている。ただ、わたしは依頼人と何時間も話し合って、少ないながらも彼の言うことは真実だと確信しました。真実のすべてを話しているわけではなく、わたしのために一部編集して伝えている。でも、真実であることに変わりはありません。わたしの組織では、そういう判断をしなければならないことがあります。わずかであっても得られた情報の範囲内で考えて、行動しなければならない。皮肉に構えて何もしないより、だまされるほうを選ぶ。そういう組織なのです。そのために活動しているのです」胸を張ってそう言い、あなたはむしろ逆の立場でしょうと無言で非難した。

「言いたいことはわかるよ」ブルーは請け合った。「立派な活動だ」ごまかそうとしていた。ごまかし方は知っている。

「わたしたちの依頼人《クライアント》は、あなたがふつうに考える顧客《クライアント》ではありません、ミスター・ブルー」

「本当に？　こちらもいままでふつうの顧客に会ったことがあるかどうか、定かではないが」このジョークにも彼女はつき合わなかった。

「わたしたちの依頼人は基本的に、フランツ・ファノンが〝地に呪われたる者〟と呼んだ人々に近い。あの本を知っていますか」

「聞いたことはあるが、読んだことはないと思う」

「彼らは事実上、無国籍者です。多くはトラウマを抱えています。出てきた世界にも、足を踏み入れた世界にも、わたしたちにも、同じように怯《おび》えています」

「なるほど」とブルーは応じたが、じつはよくわからなかった。

「正しいかまちがっているかは別にして、わたしの依頼人は、あなたが救ってくれると信じています、ミスター・ブルー。だからハンブルクに来たのです。あなたの力添えがあれば、ドイツに残り、法的な資格も得て学ぶことができる。あなたの力添えがなければ、地獄に逆戻りする」

ブルーは「それはまた」と言おうか、「なんと悲しいことだ」と言おうか考えたが、相手の食い入るような視線にひるんで、どちらもやめた。

「ミスター・リピッツァナーの名前を出して、あなたにある番号を伝えさえすれば——その番号が人を指しているのか、ものを指しているのか、わたしにはわかりませんし、本人も知らないのかもしれませんが——アブラカダブラ、すべての扉が開くと信じているのです」

「彼がこっちに来てどのくらいいたつんだね？」

「数週間だと言っています」

「ドイツに来たのは私がいるからと言っているにもかかわらず、連絡をとるまでにそれだけかかった？　ちょっと理解しがたいのだが」

「着いたときには体調が悪く、誰ひとり知らなかったので怯えていました。西に来たのは初めてです。ドイツ語はひと言も話せません」

ブルーはまた「なるほど」と言いかけてやめた。

「さらに、わたしにも解明できない理由から、彼はこうしてあなたと会わなければならないということ自体にもたいへんな嫌悪を示しています。少なくとも彼と話し合った時間の半分は、現実を否定して、餓死するほうがましだと思っていました。不幸なことに、彼のここでの状況を考えると、あなたが唯一のチャンスなのです」

今度はブルーが何か言う番だった。だが何を言う？　〝穴に落ちたときには掘ってはいけない、トミー、さらに守りを固めるのだ〟。また父親の声がした。

「申しわけないが、フラウ・リヒター」と丁寧《ていねい》に切り出したが、申しわけないことなど何ひとつしていないという態度だった。「私の銀行がその奇跡を果たせるという情報、というより印象と言いたいところだが、それを彼に与えたのは、正確なところ誰なのだろうね。あるいは何だろう」

「銀行だけではないのです、ミスター・ブルー。あなた個人が必要なのです」

「どうしてそんなことがありうるのだろう。戸惑いを感じる。それはともかく、情報の出所を訊いたのだが」

「弁護士かもしれません。われわれの組織にいる別の」自虐的につけ加えた。

ブルーは別の訊き方をしてみた。「あなたはどの言語を使って依頼人からその情報を引き出したのかな」

「ミスター・リピッツァナーの情報ですか？」

「ほかのことも含めてだ。たとえば、私の名前を」

若い顔が岩のように強張《こわば》った。「その質問は些末《さまつ》だ、とわたしの依頼人なら言うでしょうね」

「教えてもらえないか。彼があなたに指示したとき、仲介者も同席していたのかな。たとえば、きちんとした資格のある通訳とか？　それとも、彼と直接話ができたのかな」

ベレー帽からまた髪がひと房垂れていたが、今度はそれをつまんでひねりながら、しかめ面であたりを見まわした。「ロシア語です」と言って、ふいにブルーへの興味をかきたてられたのか、こう訊いた。「ロシア語が話せるのですか」

「そこそこね。じつはかなりできる」

ブルーが認めたことで、彼女は自分のなかの女性らしさのようなものを刺激されたらしく、微笑んで、初めて彼とまっすぐ向き合った。

「どこで覚えたのですか」

「私が？　ああ、パリだよ。じつに退廃的だった」

「パリ！　どうしてパリに？」

「父に送りこまれた。どうしても行けと言われてね。ソルボンヌ大学で三年学び、大勢の亡命者《エミグレ》の詩人とつき合った。あなたは？」

心の交流は終わっていた。彼女はリュックサックのなかを探っていた。「番号をもらっています。ミスター・リピッツァナーのベルを鳴らす特別な番号だということで。あなたのベルも鳴るかもしれない」

法律用箋の一枚を破り取って、ブルーに差し出した。手書きの六桁《けた》の数字だった。彼女が自分で書いたのだろうなと思った。〝77〟で始まっているのは、リピッツァナーの番号ということだ。

「合います？」容赦のない視線で見すえて尋ねた。

「何が、何に合う？」

「いまお渡しした番号は、ブルー・フレール銀行が使っている番号ですか。それとも、ちがいますか」反抗的な子供に説明しているかのようだ。

ブルーはその質問について考えた――より正確には、どう言い逃れするかについて。「ふむ、フラウ・リヒター、あなたも私と同様、顧客の機密保持をことのほか重視している」すらすらと話しだした。「私の銀行は、顧客の身元や取引の内容を言いふらすようなことはしない。そこはわかっていただけるだろうね。法律で開示が求められないかぎり、何も開示しない。ミスター・リピッツァナーについてそちらが話したいなら聞くし、その番号とやらを与えられれば、記録は調べるがね」うなずく時間を与えるために間を置いたが、相手の顔はそれを断固として拒否していた。「あなた自身は真っ正直な人だろう」ブルーは続けた。「もちろんそうだ。しかし、この世にどれほど多くのいかさま師がいるか知ったら驚くと思うよ」給仕に手で合図した。

「彼はいかさま師ではありません、ミスター・ブルー」

「もちろんちがう。あなたの依頼人だ」

ふたりは立っていた。どちらが先に腰を上げたのか、ブルーにはわからなかった。おそらく彼女だ。ブルーは話し合いがこれほど短時間で終わるとは思っていなかった。身の内では混沌《こんとん》が渦巻いていたが、われ知らず、もっと長く続けばいいと思っていた。「調べてみて、結果がわかったら電話する。それでどうだね？」

「いつになります？」

「調べてみなければわからない。何も出てこなければ、あっという間だ」

「今晩のうちに？」

「かもしれない」

「これから銀行に戻るのですか」

「そのつもりだ。あなたがどうやら言おうとしているように、もしこれが同情すべき状況なら、誰もができることをするよ。明らかに。みなそうだ」

「彼は溺《おぼ》れかけています。手を差しのべるだけでいいのです」

「そう、たしかに、それは私の職業でよく聞く訴えだ」

その口調が彼女の怒りに火をつけた。「彼はあなたを信頼してるんです」

「どうして信頼できる？　会ったこともないのに」

「そうね。信頼してるのは彼じゃないわ。彼のお父さんが信頼してた。そして、彼が頼りにできるのはあなただけです」

「ややこしい話になったね。まちがいなく、われわれふたりにとって」

リュックサックを肩にかけ、彼女は大股でロビーをスイングドアのほうへ歩いていった。その向こうでは、ドアマンが彼女の自転車を支えて待っていた。雨はまだ激しく降っている。彼女はハンドルにくくりつけた木箱からヘルメットを取り出し、かぶって顎の下でバックルをとめ、防水のズボンを手早くはいた。ブルーのほうはちらりとも見ず、手も振らずに、走り去った。

ブルー・フレールの金庫室は社屋の裏手の半地下にあった。間口十二フィート、奥行き八フィートで、債務不履行者をここに何人収容できるかという悪いジョークが建築者とのあいだで交わされたものだった。よって行内では地下牢《ウブリエット》と呼ばれている。技術の発達で、ほかのプライベート・バンクは、記録保管室はもちろん金庫室さえなくしているかもしれないが、ブルー・フレールは歴史を背負っていて、そのひとつの表われが金庫室だった。ウィーンから厳重警備の大型トラックで運ばれ、白塗りの煉瓦《れんが》の霊廟《れいびょう》に納められた。なかは、静かに鼓動する除湿器と、光と数字のコンソールに守られている。開けるには暗証番号と親指の指紋、そして慰めのことばがいくつか必要だ。保険会社は早く虹彩認識を入れろとせっつくが、ブルーのなかの何かがそれには抵抗していた。

金庫室に入ると、かび臭い保管金庫が並ぶまえを通って、突き当たりの壁に寄せてあるスチール製のキャビネットのところまで行った。暗証番号を入れてキャビネットを開け、フォルダーをめくって、アナベル・リヒターが破り取って渡したメモの数字を見ながら、探していたフォルダーを見つけた。褪《あ》せたオレンジ色で、メタルクリップでとめてある。背表紙には番号が書いてあるが、名前はない。天井の黄土色の明かりに照らされて、一定の速度でページをめくっていった。読むというより眺めている感じだった。またキャビネットのなかを探り、端の折れたカードの入った靴箱を取り出した。カードをめくって、ファイルと同じ番号のついたものを抜き取った。

〝カルポフ〟と書かれていた。〝グリゴーリー・ボリソヴィッチ、赤軍大佐。一九八二。創設者〟。

あなたの当たり年《ヴィンテージ・イヤー》だ、と思った。私の毒杯。カルポフという名は聞いたことがないが、それはそうだろう。リピッツァナーはあなた個人の厩《うまや》にいたのだから。

〝この口座にかかわる処理と、顧客からの指示はすべて、行動に移すまえにただちにEABに直接報告すること。エ《E》ドワード・ア《A》マデウス・ブ《B》ルー〟。

あなたに直接報告。ロシアの悪党はあなた自身の担当だった。投資マネジャーや、保険ブローカー、仲間の銀行家といったほかの小物は、待合室で三十分待たされたあげく、出納課長と話すことになるかもしれないが、ロシアの悪党は、あなた自身の命令で直接EAB行きとなる。

印刷した文字ではなく、当時あなたの若くて献身的できわめて個人的な秘書だったフラウ・エリのゴムスタンプでもなく、いつも持ち歩いていた万年筆の細く青い手書きの文字。最後にフルネームを書きこんだのは、不注意な読み手が、EABすなわちエドワード・アマデウス・ブルー、大英帝国勲章第四位の持ち主であることに気づかなかった場合に備えてだが、はたしてそんな人間がいたのかどうか。ブルーの父親は生涯を通じて規則厳守の銀行家だったが、最後の最後でそのすべてを破ったのだった。

キャビネットにまた鍵をかけ、金庫室にも施錠して、ファイルを小脇に挟んだブルーは、二時間前に週末の平和がかき乱された部屋へと優雅な階段をのぼっていった。机に散らばったマッド・マリアンネの残骸《ざんがい》は一年前のものに思え、ハンブルク証券取引所の倫理問題はもう忘却の彼方だった。

また同じ疑問が湧いた――なぜ？

金は必要なかったでしょう、親愛なる父上。われわれの誰も必要なかった。あなたはただ、あなたのままでいられればよかった。裕福で、誰もが尊敬するウィーン銀行界の長老でいられれば。合いことばは〝健全性〟。

私がある夜、あなたのオフィスに押しかけて、フラウ・エレンベルガー――当時彼女はフロイライン、それもとびきりの美人だった――に席をはずしてくれと頼み、固い決意でドアを閉め、ふたり分のスコッチをたっぷり注いで、〝マフィア・フレール〟と陰口をたたかれるのには心底嫌気がさしたと言ったとき、あなたは何をした？

あなたは銀行家の笑みをひねり出し――そう、たしかに痛ましい笑みではあったけれども――私の肩をぽんとたたいて、この世にはたとえ愛する息子でも教えないほうがいい秘密があるのだよと言った。

あなたのことばだ。完全なはぐらかし。フロイライン・エレンベルガーですら私より事情を知っていたが、彼女は見習い期間が始まったその日から、あなたに沈黙を誓わされていた。最後に笑ったのもあなただ。ちがいますか。そのころあなたには死期が迫っていたのに、それもまた私が知りえない秘密だった。死神とウィーン当局と、どちらが接戦を制するかというところで、老ヴェスターハイムの愛するイングランド女王がどこからともなく現われ、凡人には計り知れない理由から、あなたをイギリス大使館に呼び寄せたのだった。大使館では華やかな式典が開かれ、忠順な大使があなたに大英帝国勲章を授けた。その栄誉を私はあとで知らされたが、じつは生涯それを待ち望んでいたとあなた自身の口から聞かされたことはなかった。

叙勲にあなたは喜びの涙を流した。

私も泣いた。

あなたの妻であり私の母も、いれば泣いただろうが、彼女の場合には、死神がはるか昔に勝利していた。

そしてあなたがまたあの伝説的な思慮深さを発揮して、叙勲からほんの二ヵ月後に天空の幸せな銀行で彼女に再会したとき、ハンブルクへの移転はそれまでにも増して魅力的に思えた。

〝わたしたちの依頼人《クライアント》は、あなたがふつうに考える顧客《クライアント》ではありません、ミスター・ブルー〟

顎に手を当て、ブルーは口の堅い薄いファイルのページを行きつ戻りつした。索引には手が加えられ、持ち主の身元を隠すためにページが抜かれていた。リピッツァナーだけにある接触の記録は、怪しい顧客と怪しい銀行家が会った時間と場所のみで、話し合いの内容については記されていない。

口座名義人の資金はバハマのオフショアファンドに投資されている。リピッツァナーの常套手段だ。

ファンドはリヒテンシュタインの財団が所有、管理している。無記名債券のかたちでブルー・フレールに預けられている。

リヒテンシュタインの財団における口座名義人の持ち分は、無記名債券のかたちでブルー・フレールに預けられている。

その債券は、認められた請求者が、関連する口座番号、身分を証明できる書類、そして〝必要なアクセスの道具〟とあいまいに定義されるものを提示した場合、その者に渡されなければならない。

くわしくは口座名義人の個人ファイルを見よ、とあるが、無理な相談だ。大英帝国勲章第四位の受章者エドワード・アマデウス・ブルーが息子に銀行の鍵を手渡したその日に、煙と消えてしまったからだ。

要するに、正式な移動も、実務上の適正な手続きもない。運のいい番号の持ち主が「やあ、ぼくだけど」と現われて、運転免許証と〝アクセスの道具〟なるものを提示すれば、汚れた手から別の汚れた手にジャンク債が無申告で渡る。まさにマネーローンダラーの夢のシナリオだ。

「ただし」ブルーは声に出してつぶやいた。

ただし、グリゴーリー・ボリソヴィッチ・カルポフ元赤軍大佐の場合、〝認められた請求者〟——もし彼がそうだとすれば——は、私と会わなければならないこと自体にもたいへんな嫌悪を示し、話し合った時間の半分は、餓死するほうがましだと思っている〝地に呪われたる者〟だ。また、彼は溺《おぼ》れかけていて、私は手を差しのべるだけでいい。私が救ってくれると信じていて、私の力添えがなければ、地獄に逆戻りする。

しかし、そこでアナベル・リヒターの手を思い出した――指環はなく、爪は子供のように短い。

通りを行く車も人もなかった。金曜だ。ミッツィのブリッジの夜。ブルーは腕時計を見た。いやはや、時間はどこへ行ってしまったのだろう。どうしてこんなに遅い時間になっている？　まあ、遅いことは関係ない。彼らのゲームは朝方まで続くこともまれではないから。ブルーは彼女が勝つことを望んだ。彼女にとっては勝つことが大切なのだ。金よりも、勝つことが。ブルーの娘のジョージーはまったく逆だ。あの子は気が弱い。負けていないと幸せになれない。部屋いっぱい男が集まったなかに目隠しで放りこみ、そこにどうしようもないのらくら者がひとりいたら、まちがいなくジョージーは何分とたたないうちにその男と仲よくなっているだろう。

サンクチュアリー・ノースのアナベル・リヒター、あなたはどちらなのだ。勝者か、敗者か。もし世界を救っているのなら後者だろうが、倒れるときにも、持っている銃は撃ちつくしているにちがいない。エドワード・アマデウスはきっと大好きになっただろう。

それ以上考えずに、ブルーはもう一度、彼女の携帯電話にかけた。

3

イッサがハンブルクにいるという漠とした情報が、連邦憲法擁護庁という大仰な名前をつけられた組織、わかりやすく言えば、国内情報局の〝外資買収課〟の狭苦しい一画に初めて届いたのは、彼が街をうろつきはじめて四日目、ちょうどレイラの家の入口で震えながら汗をかき、なかに入れてくれと懇願していたころだった。

非協力的な親組織からは〝例の課〟と蔑《さげす》まれるその部署は、街の郊外にある擁護庁のビル群の本館ではなく、中庭を挟んだいちばん遠い隅の建物に入っていた。その近くにある敷地の境界の有刺鉄線は、誰でも難なくくぐり抜けられる。総勢十六人の職員にわずかな調査員、監視員、盗聴員、運転手が加わったこのチームの見てくれの悪い職場は、もとはナチス親衛隊の乗用馬厩舎《きゅうしゃ》で、もはや動いていない時計台がついていて、車のタイヤの山と荒れ放題の市民農園を心置きなく眺めることができる。

〝例の課〟は、断片化して機能しなくなったことで有名なドイツの諜報体制を再建すべく、ベルリンに最近発足した合同運営委員会の要請で、擁護庁のなかに作られた。合理的に統合された組織のもとで、従来大事にされてきた境界をなくす計画の先駆けと見なされている。

書類上は地元の組織で、連邦警察が持つ権限もないが、擁護庁のハンブルク支局にも、ケルンにある本部にも所属せず、実態がつかみにくい強力なベルリンの合同運営委員会の下にある。そもそも擁護庁に新しい課を設置させたのは、ベルリンの委員会だった。

このベルリンの全能の委員会を構成するのは誰、または何なのか。その存在自体が、すでに確立しているドイツの諜報官僚組織の中心部に恐怖を植えつけた。たしかに名目上、合同運営委員会は主要な省庁のそれぞれから選ばれたトップの人材の集まりにすぎず、ドイツの地で危うく成功しかけた一連のテロの企てを受けて、省庁間の連携を改善する任務を帯びているだけだ。公式には六カ月の準備期間を置いて、ドイツの諜報の二大権力、すなわち内務省と連邦首相府に提言をおこない、検討をうながす。それが仕事のほぼすべてだ。

そうでもないかもしれない。

現実には、合同運営委員会の権限には地を揺るがすほどの重要性があった。そのほんの一例が、いままでのドイツの連邦体制からかけ離れた、大小あらゆる諜報活動を網羅する新しい指揮系統を一から作り出すことだった。そこを統括する新しいスタイルの諜報の調整役——皇帝《ツァー》——は前代未聞の権力を有している。

その畏《おそ》るべき新しい調整役は誰なのか。

合同運営委員会の謎に包まれた階層のなかから選ばれることは誰も疑わなかった。だが、どの派閥から？　気まぐれな連立によって不安定なドイツの政治のなかで、その調整役はどの集団に与《くみ》するのか。きわめて重い任務の遂行にあたって、どこに忠誠を誓い、何を議題にするのか。どんな約束を守らなければならないのか。新しい力を用いるときに、誰の声に耳を傾けるのか。

たとえば、国内の諜報活動では、連邦警察と憲法擁護庁が長いこと主導権争いをしているが、やはり連邦警察が、苦境に立つ擁護庁を負かしつづけるのだろうか。連邦情報局は、国外で秘密活動をおこなえる唯一の組織でありつづけるのだろうか。であれば、国外の局という局にあふれている役立たずの元軍人や似非《えせ》外交官をついに追い払うことができるのだろうか。みな市内の暴動でドイツ大使館を守る立派な男たちであることは疑いないが、諜報員を雇い入れ、秘密のネットワークを運用する繊細なビジネスにはまったく向いていない。

かくして、ドイツの諜報コミュニティ全体を包みこむ疑念と不安のなかで、ベルリンから図々しく進出してきた謎の組織と、それをハンブルクでいやいや受け入れた組織の仲は、控えめに言っても冷えきっていて、日常のほんの小さなやりとりにも影響を与えていた。イッサの登場が一方の利益になるとしても、もう一方にも利するとはかぎらない。〝例の課〟に所属する激しやすいギュンター・バッハマンの、想像力豊かな——豊かすぎると言う向きもあるが——眼がなければ、イッサなる人物がひそかに到着していたことさえ気づかれずに終わったかもしれない。

ベルリンから来たこのギュンター・バッハマンという男は、そもそもどういう人物か。職業にスパイ活動しか選べない人々がこの世にいるとしたら、バッハマンはまさにそのひとりだった。ドイツとウクライナの血を引く派手好きの女が、異民族間の結婚をくり返した末にできた子で、数カ国語に堪能。部署で彼だけが、中等学校退学処分より先の学歴を持たない幹部と言われていた。三十歳で海に逃げ、ヒマラヤ西方のヒンドゥークシ山脈を踏破し、コロンビアで収監され、千ページの刊行不能の小説を書いていた。

そういう現実離れした経験を積み重ねながらも、バッハマンは国民意識と天職の両方を見つけることができた。最初はドイツ本国から遠く離れた出先機関の臨時のエージェントとして、それから外国で外交官の職位を持たない秘密活動要員として働いた。ワルシャワでポーランド語を使い、イエメンのアデン、ベイルート、バグダッド、ソマリアのモガディシュではアラビア語を使い、罪を犯してベルリンに長くとめ置かれた。かなり大きな醜聞の原因となったからだが、その内容についてはゴシップ好きの報道機関にもごく大まかなところしか伝わらなかった。噂では、熱心さの度がすぎたとも、恐喝の企てが暴走したとも言われる。そういえば誰かの自殺もあった、とあわてて言い添えるドイツ大使もいた。

その後、バッハマンは用心深く別の名前でベイルートに戻り、ほかの誰よりもうまくやれることをもう一度やった。教科書どおりではなかったかもしれないが――そもそもベイルートでいつから〝教科書〟が必要になった？――要するに、あらゆる手段を使って現地のエージェントを網にかけ、引き入れ、運用したのだ。生身のエージェントを使うことこそが、本物の情報収集の要諦《ようてい》である。最終的には、ベイルートすら彼にとって危険すぎる土地になり、突然ハンブルクの事務机がいちばん安全な場所に見えてきた。本人にとってそうでなかったとしても、ベルリンにいる主人たちにとって。

しかし、バッハマンは放牧地でのんびりしているような男ではなかった。ハンブルク行きは左遷だと言った連中は何もわかっていなかった。四十代なかばに差しかかって相変わらずむさ苦しく、いつ吠えかかるかわからない雑種犬で、両肩はがっしりしている。上着の襟《えり》にはしょっちゅう灰が落ちていて、長年の同僚にして助手の女傑エアナ・フライが手で払ってやる。バッハマンは意気旺盛《おうせい》でカリスマ的、人をぐいぐい引っ張っていくワーカホリックだが、笑顔はすばらしかった。くすんだ茶色の髪を無造作に伸ばしているのは、額を十字に走るしわと比べて若すぎた。俳優のように相手を丸めこむことも、魅了することも、脅すこともできるし、同じ一文のなかで相手をなだめ、けなすことができた。

「捕まえず、泳がせておきたい」バッハマンは、親衛隊の厩舎のなかにあるじめじめした調査員用の部屋で、肩を並べて立っているエアナ・フライに言った。眼のまえにいるいちばん腕利きのハッカーのマクシミリアンが、イッサの画像を魔法のように次々と画面に呼び出していた。「彼が話せと言われた相手と話し、祈れと言われた場所で祈り、寝ろと言われた場所で寝るのを見たい。われわれより先に誰にも手を出させるな。とりわけ中庭の向こうのあほうどもには」

こう言ってよければ、イッサの最初の目撃情報はとくに誰の興味も惹《ひ》かなかった。ストックホルムのスウェーデン警察本部が、欧州連合条約の規則にのっとって全加盟国に出した捜索通知で、ロシアの不法入国者一名がスウェーデンの勾留を逃れ、現在居所がわからなくなっていることを、名前、写真、その他の詳細情報とともに知らせたものだった。その手の通知が一日に半ダース出ることもある。中庭の向こうの擁護庁の指令センターでは、その情報は粛々《しゅくしゅく》と読まれ、ダウンロードされ、娯楽室の壁を飾る似たような通知のなかに加えられて、忘れられていた。

しかし、イッサの人相はマクシミリアンの心の網膜に焼きついていたにちがいない。数時間のうちに、バッハマンの調査員の部屋の空気はだんだん濃くなり、厩舎のほかの場所から、チームメンバーが興奮を分かち合おうと三々五々集まりはじめた。マクシミリアンは二十七歳、吃音《きつおん》がひどいが、語彙《ごい》目録十二巻分の記憶力と、一見無関係な情報をつなぎ合わせる直感力の持ち主だった。ただこのときには、夕食の時間を大幅にすぎてから戻ってきて、椅子の背にがくんともたれ、赤茶色の頭のうしろに両手をまわして、そばかすの浮いた長い指を組み合わせた。

「もう一回見せてくれ、頼む、マクシミリアン」教会さながらの静けさを、バッハマンがめったに使わない英語で破った。

マクシミリアンは顔を赤らめて、ふたたび画像を呼び出した。

スウェーデン警察で撮ったイッサの顔写真。正面からと、左右からの三枚が並んでいて、それを〝指名手配〟の文字が横切り、警告するように名前が大文字で示されていた――カルポフ、イッサ。

十行の黒々とした文字の説明によれば、彼はチェチェン共和国グロズヌイ出身のイスラム過激派、二十三歳、凶暴との報告があり、接近には注意を要する。

きつく結ばれた唇。笑みは浮かべないか、浮かべることが許されない。

悪臭がこもったコンテナの闇のなかで何昼夜もすごした苦痛のせいか、眼をかっと見開いている。ひげは剃《そ》っておらず、憔悴《しょうすい》し、必死の形相になっている。

「本名を名乗っているとどうしてわかる？」バッハマンが訊いた。

「名乗らなかった」マクシミリアンが答えようとしているあいだに、今回はエアナ・フライが答えた。「チェチェンの名前を言ったんだけど、同じコンテナに入ってきた人たちが〝こいつはイッサ・カルポフだ〟とばらしたの。〝逃げてきたロシア貴族〟だって」

「貴族？」

「報告書にはそうある。船の仲間は、彼は威張ってると思ったようね。自分は特別だという感じで。コンテナのなかでどうやって威張れるのかは、これから解明しなければならない秘密だけど」

マクシミリアンが吃音を克服した。「スウェーデン警察は、彼が船に戻って船員を買収したと考えてます」ことばがあふれ出すように、一気に言った。「船が最後に立ち寄ったのはコ、コ、コ、コペンハーゲン」その単語が出てきたのは、自然に対する意志の勝利だった。

痩《や》せた無精ひげの男が、長く黒いコート、カフィエ、ジグザグ模様のスカルキャップという恰好で、夜中に大型トラックのうしろからおりてくる不明瞭な映像。

トラックの運転手が手を振る。

去りゆく乗客は手を振り返さない。

見慣れたハンブルク駅中央広場の光景。ずらりと並んだパステルイエローのタクシー。

同じ痩せた男が駅のベンチで横に伸びている。

同じ痩せた男が起き上がり、身ぶり手ぶりのさかんな太った男と話して、飲み物の入った紙コップを受け取り、少しずつ飲んでいる。

イッサの顔写真と、駅のベンチに横たわる痩せた無精ひげの男の拡大静止画像を、切り替えて比較する。

同じ痩せた無精ひげの男が駅の広場で立っている静止画像。

「スウェーデン警察が身長を測りました」マクシミリアンが何度か発言を試みたあとで言った。「背が高い。二メートル近いそうです」

画面に寝そべり、次に起き上がった無精ひげの男の横に、仮の物差しが現われる。数値を見ると、一メートル九十三センチだ。

「それにしても、なんでハンブルク駅の映像なんか調べようと思った？」バッハマンが難癖《なんくせ》をつけた。「スウェーデンからデンマークに逃げた男の顔写真が送られてきた。するとおまえは、ハンブルク駅にいる酔っ払いの怠《なま》け者たちを網にかけようと思ったわけか。頭がいかれてるってことで、おまえを逮捕してもらうべきだったたな」

喜びに顔を赤らめて、マクシミリアンはいまさら注目される必要もないのに手を振り、もう一方の手で画面をクリックした。

駅の広場に停まった同じトラックの拡大画像。横から撮ったもので、目立った印はない。

同じトラックをうしろから撮った画像。マクシミリアンはナンバープレートをさらに拡大する。一部黒い布を巻いて隠してあるが、片側のEUのエンブレムと、デンマーク登録車の最初のふた桁《けた》の番号が見える。マクシミリアンが話そうとして、失敗する。彼の可愛《かわい》いガールフレンドでアラブ人のハーフ、音声分析を担当するニキが代わりに話す。

「スウェーデン警察がほかの密航者を尋問したんです」ニキが言うと、マクシミリアンがうなずく。「彼はハンブルクに向かっていました。ほかの場所ではだめで、ハンブルクに行けばすべてが解決すると言っていたそうです」

「どう解決すると言ってた？」

「それについては何も。口を閉ざして、謎めかしていたようです。みんな、こいつは頭がおかしいと思ったようで」

「コンテナから出るころには全員おかしくなってたさ。彼は何語をしゃべる？」

「ロシア語を」

「ロシア語だけか。チェチェン語は？」

「スウェーデン警察によれば、しゃべらないそうです。たんにチェチェン語で話しかけなかったのかもしれません」

「だが、名前はイッサだろう、イーサーは、イスラムでイエス・キリスト。つまり、イエス

・カルポフだ。ロシアの姓とイスラムの名。またどうしてそんなことが？」

「ニキが洗礼名をつけたわけじゃないわ、ギュンター」エアナ・フライがつぶやく。

「父称もない」バッハマンは不満げに言う。「ロシア語の父称はどうした？　刑務所に忘れてきたか？」

ニキは答えず、恋人の代わりに話を続けた。「マクシミリアンは閃《ひらめ》いたんです、ギュンター。もし船の次の停泊先がコペンハーゲンで、この若者の目的地がハンブルクなら、駅のプラットフォームの監視ビデオを、コペンハーゲンから列車が入ってくるたびに調べてみたらどうだろうって」

バッハマンはいつもながら褒《ほ》めことばを出し惜しみして、ニキの話を聞いていないふりをした。「ナンバープレートを隠したそのデンマークのトラックから出てきたのは、イッサ・〝父称なし〟・カルポフだけだったのか」

「彼だけでした。そうよね、マクシミリアン？　ひとりだけです」マクシミリアンが熱心にうなずく。「ほかには誰も出てこなかったし、運転手も席についたままでした」

「だったら、あの年寄りのでかぶつが誰なのか教えてくれ」

「でかぶつ？」ニキは一瞬途方に暮れた。

「紙コップを持ってたでかぶつだよ。駅の中央広場でわれわれの男に話しかけた、年寄りのでかいやつ。黒い船員帽をかぶってた。あのでかいのを見たのは私だけか？　ちがうな。われわれの男はあのでかぶつに答えてたぞ。ふたりは何語で話したんだ？　ロシア語か？　チエチェン語？　アラビア語？　ラテン語？　古代ギリシャ語？　それともあの男はドイツ語が話せて、それをわれわれが知らないだけなのか？」

マクシミリアンがまた手を上げている。もう一方の手で年寄りのでかぶつの映像をクリックして、近くに引き寄せる。実際の速さで再生し、今度はスローモーションで見る。禿《は》げて体格のがっしりした老人で、軍人のような雰囲気だ。騎兵隊のブーツをはき、儀式めいたしぐさでポリスチレンか紙のカップを差し出している。どこか威厳のようなものが感じられ、所作には聖職者めいたところすらある。そして、そう、この年寄りのでかぶつと、われわれの男は、まちがいなく話をしている。

「手首を映してくれ」

「手首？」

「若者のほうだ」バッハマンがぴしりと言った。「若者の右手首だよ、まったく、コーヒーを受け取るときの。もっと近づいて」

細身のブレスレット、金製か銀製だ。そこから小さな開いた本の飾りがさがっている。

「カールはどこだ？　カールをここに」バッハマンは強盗に遭ったかのように振り返って叫び、両手を広げるが、カールはすぐまえに立っている。かつてドレスデンのチンピラだったカールは、未成年時の有罪記録三件と社会学の学位を持っている。助けを求めているような、おどおどした笑みのカール。

「鉄道駅に行ってもらえるか、カール。年寄りのでかぶつとわれわれの男の出会いは、偶然ではなかったのかもしれん。この男は命令を受けるか、連絡者と会っていたとも考えられる。それともわれわれは、朝二時の駅でハンサムな若いホームレスに紙コップ入りのコーヒーを渡すことが、人生でできる最良のことだという悲しい老いぼれを見てるのか。あそこで路上生活者の世話をしている篤志家《とくしか》たちと話してみてくれ。真夜中、問題の男に何かの入ったコップを渡した人を知らないかと。あそこの常連かもしれない。写真は見せないように。怖がらせるといけないから。言い方を工夫して、鉄道警察からは離れているように。うまいお伽《とぎ》噺《ばなし》を用意しておけ。もしかすると、あの年寄りのでかぶつは、長いこと音信不通だった親戚のおじさんかもしれない。彼に金を借りているのかもしれない。陶器を扱うときのように、とにかく慎重に。静かに、目立たず、おまえならできる。だろう？」

「わかりました」

バッハマンは全員に話しかけている――ニキ、彼女の友人のローラ、カールといっしょに階上《うえ》に上がってきていたふたりの監視者、マクシミリアン、そしてエアナ・フライに。

「さて、友人たち、いまわかっていることは、こうだ。われわれは、父称を持たない、正常からほど遠い男を探している。記録によれば、彼はチェチェン共和国のロシア人で過激派、凶悪犯罪にかかわり、賄賂《わいろ》を使ってトルコの刑務所から出てきて――いったいそんなところで何をしていたのやら――スウェーデンの港湾警察から逃れ、乗ってきた船に金を使って戻り、コペンハーゲンの埠頭《ふとう》からこっそり抜け出して、ハンブルクまで大型トラックを借りきり、年寄りのでかぶつと、神のみぞ知る言語で会話したあと、飲み物のコップを受け取り、手首には金のコーランつきのブレスレットをしている。そういう男はわれわれから充分な敬意を受けるに値するな。アーメン？」

そう言って、バッハマンは足音高く自分のオフィスに戻り、いつものようにエアナ・フライがすぐあとに続く。

彼らは結婚しているのか。

見たところ、あらゆる点でバッハマンとエアナは正反対の人間だ。だからおそらく結婚しているのだろう。バッハマンは運動が嫌いで、煙草《たばこ》を吸い、悪態をつき、ウイスキーを飲みすぎ、仕事がないとほかにやることがなくなるが、エアナ・フライはすらりと背が高く、スタイルもよく、節約家で、髪は常識的に短くまとめ、決然とした態度で歩く。未婚のおばからもらった古臭い名前を背負わされ、裕福な両親の方針で、エリートの娘が集まるハンブルクの修道院付属学校に送られ、貞節、勤勉、敬虔《けいけん》、誠実、名誉といったドイツの謹厳なる美徳を身につけたものの、やがて辛辣《しんらつ》なユーモアのセンスと健全な懐疑主義がそれらをすべて吹き飛ばした。ほかの女性なら、時代遅れの名前を別の新しいものに替えたかもしれない。エアナなどではない名前に。テニスではスライスとボレーで男女を打ち負かし、山歩きでは年齢が半分の男性を追い越す。けれども、いちばん情熱を傾けているのは単独航海で、世界一周ができるヨットを買うために給与はまるごと貯金しているという話だった。

これほど不釣り合いなふたりは、しかし仕事では夫と妻であり、同じ部屋、電話、ファイル、コンピュータ、そして互いのにおいや習慣まで共有していた。バッハマンが規則を無視して、おぞましいロシア煙草に火をつけると、エアナ・フライはこれ見よがしに咳をして、さっと窓を開ける。だが、抗議はそこで終わりだ。バッハマンはそのまま部屋が魚の燻製《くんせい》箱のようになるまでプカプカやりつづけ、エアナはひと言も文句を言わない。彼らはいっしょに寝ているのか。噂によれば、セックスを試したことはあるが、そこは荒廃地だと結論づけた。とはいえ、ふたりで夜遅くまで働いた日など、廊下の突き当たりにある窮屈な緊急用の寝室にためらうことなく入って、同じベッドで寝ている。

厩舎の二階の通路をやっつけで改装した新しい職場に、発足まもないチームが初めて集合したときには、バッハマンが自分の好きなバーデン地方のワインを、エアナ・フライが自宅で作ったイノシシと赤いベリーの料理を持ち寄って、歓迎会が開かれた。ふたりの息はぴったりで、やりとりもじつに自然だったから、呼ばれた客たちは、彼らが手を握り合っているのを見てもべつだん驚かなかった。そんな雰囲気が一変したのは、新たに召集された部隊がこの地上でなすべきことを、バッハマンが己の責務として説明しはじめたときだった。ときに下品になり、ときに救世主めいたその演説は、特殊な歴史の授業でもあり、開戦の宣言でもあった。必然的に、それは〝バッハマンのカンタータ〟と呼ばれるようになった。次のようなものだ――

「九・一一が起きたとき、グラウンドゼロはふたつできた」バッハマンは告げた。部屋の片方の端にいたかと思うと、今度は奥に行き、彼らがいるまえの垂木《たるき》の下に精霊《ジンニ》さながらひょいと現われ、手を振ってことばを強調しながら話した。「ひとつめのグラウンドゼロはニューヨークに、そしてあまり耳にしないもう一方のグラウンドゼロは、ここハンブルクにできた」

腕を窓のほうに突き出した。

「あの中庭は、高さ百フィートの瓦礫《がれき》の山になった。すべて書類だ。で、ドイツの諜報コミュニティの哀れな有力者たちがその山をかき分けて、どこでどうまちがえてこんなにひどいことになったのか、理由を探ろうとした。この街に北半球じゅうから天才を呼び集めて助言をもらい、敗北を取りつくろおうとした。ケルンから来た、われらが聖なる憲法の最高の擁護者たち、神よわれらを擁護者たちから守りたまえ」――笑いが生じたが、バッハマンは無視した――「名高いわれらが連邦情報局の諜報官僚たち、全知の連邦議会《ブンデスターク》情報監視委員会にいるすばらしき紳士淑女、そしてそれまで名前を聞いたこともなかった機関、最後に数えたときには十六だったが、そこから来たアメリカ人たち、その全員が自分以外の家のまえにくそを落とそうと、お互いにつまずいて倒れていた。いいかね。九・一一のあとの何週間かは、あまりに大勢の小利口なケツの穴どもが知恵を授けるものだから、気の毒に、本物の仕事をして瓦礫を片づけようとしている連中は、どうせなら数週間前に立ち寄ってくれればよかったのにと思わずにはいられなかったのだ。それならムハンマド・アタもいなかったし、吠えて小便をかけてくるメディアの猿どももいなかったのに、と」

肘を左右に突き出し、拳《こぶし》を握りしめて、部屋のなかをぐるぐる歩きまわった。

「ハンブルクはへまをした。ほかのみんなもへまをしたが、ハンブルクが割を食った」バッハマンは想像上の記者会見の両サイドを演じてふざけはじめた。「〝すみません、正確な数字を教えていただけませんか。現在この街のあなたの組織で、アラビア語を話す人は何人働いていますか〟」左にぴょんと跳んで金切り声で言った。「〝最近数えたところでは、ひとりと半分でした〟」今度は右に跳んだ。「〝すみません、アルマゲドンに至るまでの数カ月、この街の誰を盗聴し、誰を尾行していたのですか。正確に教えてください〟」また跳んで、「〝ふむ、マダム、いま思いつくかぎりでは……われわれの重要な産業機密を盗んでいる疑いのあった中国の紳士ふたり……ユダヤ人墓地の墓石に鉤《かぎ》十字を落書きしたネオナチの若者たち……次世代の赤軍派《RAF》……あ、それから古き良きドイツ民主共和国の復活を望む老齢の元共産主義者二十八名〟」

バッハマンが視界から消え、部屋のいちばん奥に暗い顔で浮かび上がった。

「ハンブルクは罪の街だ」静かに宣言する。「意識的にも、無意識的にも。ハンブルクはむしろあのハイジャッカーたちを引き寄せたのかもしれない。彼らがわれわれを選んだのか。それともわれわれが彼らを選んだのか。西欧世界を無茶苦茶にしてやると決意した平均的な反シオニズムのテロリストに、ハンブルクはどんな秋波《しゅうは》を送っているのか。何世紀にもわたる反ユダヤ主義の世界に。ハンブルクには彼らがいる。そこの道を少し行けば強制収容所があった。ハンブルクにはたしかに彼らがいた。そう、認めよう。ヒトラーはハンブルクのブランケネーゼの出身ではないが、その可能性がゼロだったとは思わないように。バーダー・マインホフ（ドイツ赤軍派の別称。呼び名は創設者のアンドレアス・バーダーとウルリケ・マインホフの姓から）の連中？　ここからそう遠くないところで生まれたウルリケ・マインホフは、ハンブルクの誇らしい養女だ。アラブ人から訓練まで受けてる。頭のおかしいやつらとつるんでハイジャックをしたりしてな。ウルリケ自身がある種の秋波なのかもしれない。あまりにも多くのアラブ人がまちがった理由でドイツ人を愛してる。われわれのハイジャッカーもそうだったのかもしれん。訊いたわけではないが。今後永遠に訊くこともない」

　しばらく沈黙が流れたあと、バッハマンはまた気力を取り戻したようだった。

「ハンブルクにはいい知らせもある」陽気に演説を再開した。「われわれは海の人間だ。世界に広く開かれた、左派リベラルの都市国家だ。世界一流の港と、世界一流の商売の勘を持つ、世界一流の貿易商だ。外国人は見慣れている。外国人が火星人のように見える、どこぞの貧相な内陸の町ではない。われわれにとって外国人は風景の一部だ。何世紀ものあいだ、ムハンマド・アタに似た人間が何百万人もわれわれのビールを飲み、われわれの娼婦とやって船に戻っていった。われわれは彼らに、こんにちはとも、さようならとも言わず、ここで何をしているのかとも訊かなかった。いて当たりまえだからだ。われわれはドイツの一部だが、ドイツの外にいる。ドイツよりすぐれている。われわれはハンブルクだが、ニューヨークでもある。そう、たしかにツインタワーはないが、ニューヨークにもうない。だが、われわれは魅力的だ。悪いやつらにとっては、まだいいにおいがする」

バッハマンがそのことばの重みを量るあいだ、また沈黙ができた。「しかし、秋波の話をするなら、私としては、宗教的、倫理的な多様性を認めるこのところの卑屈な政策を責めないわけにはいかない。罪の街が、過去の罪を償《つぐな》うために無尽蔵に、見境なく、驚くべき寛容さを誇示するなら、それもある種の秋波だ。事実上、こっちへ来てわれわれを試してくれと手招きしているようなものだ」

バッハマンは十八番の話題に差しかかっていた。みなそれを待っていた。彼らがそれぞれベルリンやミュンヘンの部署から引き抜かれて、ハンブルクの元親衛隊の厩舎などといううらぶれた職場で働くことになった理由についてである。バッハマンは、めぼしいイスラム原理主義者に対して、頼りになる生きた情報源をたったひとりすら確保できない西欧、わけてもドイツの諜報活動のみじめな失墜に苛立っていた。

「九・一一のあとはすべてが変わったと思うか？」一同に、あるいは自分に怒って問い質《ただ》した。「翌日の九月十二日に、優秀なわれらが連邦情報局が地球規模のテロの危機をいち早く察知して、カフィエをまとい、アデンやモガディシュ、カイロ、バグダッド、カンダハールの青空市場《スーク》に出かけたと思うかね？　次の爆弾がどこで炸裂《さくれつ》するか、誰がそのボタンを押すのかという末端のちょっとした情報を買うために？　オーケイ、われわれはみな、つまらないジョークを知っている――アラブ人を買うことはできないが、借りることはできる。借りることすらできるものか！　ここで説明するまでもない貴重ないくつかの例外を除いて、あのとき、われわれに生きた情報源などなかった。そしていまも、生きた情報源はくそほどもない。

ああ、もちろん、われわれが金で抱きこんでいる勇ましいドイツ人ジャーナリストや、ビジネスマンや、援助活動家は掃《は》いて捨てるほどいる。ドイツ人でない場合すらあるが、連中は非課税の副収入と引き替えに、産業廃棄物同然の情報をこちらに売りこんでるだけだ。あれは〝生きた情報源〟じゃない。彼らは現状に幻滅した買収可能な急進派のイスラム指導者ではないし、もうすぐ爆弾ベルトを巻きはじめる若いイスラム教徒でもない。オサマの潜入工作員でも、人材発掘者でも、密偵でも、補給係でも、支払係でもない。そんなのからはかけ離れてる。彼らはただの晩餐《ばんさん》の招待客だ」

バッハマンは笑いが収まるのを待った。

「そして、それがないとわれわれが気づいたときには、もう見つけられなかった」

われわれ、と聞いている者たちは思った。ベイルートのわれわれ。モガディシュとアデンのわれわれ。バッハマンの至高のわれわれ。バッハマンは、生きた情報源、本物の優秀な情報源を見つけていたと裏の世界では誰もが言っていた。買おうが借りようがかまわないが、おそらくバッハマンはそれを失ってしまったのだ。あるいは、保安上、手放さざるをえなかった。

「われわれは、境界線を越えて彼らを魅了できると思っていた。われわれの上品な顔と分厚い財布をもってすれば彼らを誘いこめると。駐車場に夜どおし車を停めて、後部座席に高官の亡命者が乗りこんで取引を持ちかけてくるのを待っていたが、誰も現われなかった。彼らの暗号を破ろうと空中の電波をあさったが、そもそも暗号など流れていなかった。なぜか。われわれが戦っているのは、もはや冷戦ではないからだ。人口十五億のイスラムという国のいくつかの切れ端と戦っている。そこには申しわけ程度のインフラしかない。以前やったようにやれると思っていたわれわれは、単純で、愚かで、完全にまちがっていた」

そこで話を変えて、怒りを鎮めた。「私にとっては一度通った道だった」と打ち明けた。「アラブのターゲットに取りかかるまえ、ソヴィエトにいる相手とやり合ったのだ。彼らを買い、売った。スパイを寝返らせ、また転向させ、しまいに自分が何なのかわからなくなるほどだった。だが、誰も私の首を掻《か》き切らなかった。妻や子供がバリで日光浴しているときにも、マドリードやロンドン行きの汽車で学校にかよっているときにも、爆弾で吹き飛ばしたりはしなかった。ルールが変わったのだ。われわれの問題は、われわれ自身が変わらなかったことにある」指をパチンと鳴らして締めくくり、部屋の別の場所に歩いていって、また気分が切り替わったことを知らせた。

「九・一一のあとですら、われらが愛する祖国――いや失礼、〝ハイマット〟（ドイツ語で〝故郷〟〝郷土〟〝祖国〟）だな――は、無関係だった。もちろんだ！」苦い笑いを吐き出して宣言した。「われわれドイツ人はどこでも丸裸になれる。それでも、誰もわれわれに手を出そうとしない。あまりにもドイツ的で、無関係だからだ。なるほど、イスラム系のテロリストが何人かわが国にいて、そのうちの三人が飛び立ち、ツインタワーとペンタゴンを吹き飛ばした。だから？彼らはそのためにここに来て、目的を果たした。問題解決。大魔王の心臓を狙い撃ちして、その過程で自分たちも死んだ。言うなればドイツは彼らの〝発射台〟であって、標的ではなかった。だったらなぜわれわれが心配しなきゃならない？　われわれは気の毒なアメリカ人のために蠟燭《ろうそく》を灯した。気の毒なアメリカ人のために祈った。無料の連帯感も示せるだけ示した。だがこの国には、〝アメリカ砦〟が敵に仕返しされてもさほど同情しないろくでなしが大勢いる。それは言うまでもない。で、そのろくでなしのいくらかは、ベルリンで昔もいまも高い地位についている。イラク戦争が起きると、われわれ善《よ》きドイツ人は超然と距離を置き、ますます無関係になった。マドリードはやられた。オーケイ。ロンドンもやられた。オーケイ。しかしベルリンも、ミュンヘンも、ハンブルクもやられていない。われわれはそれらすべてについて、くそみたいに無関係だ」

聞き手の斜向《はすむ》かいの一画に移って、バッハマンはいっそう秘密を打ち明ける調子で話した。

「ところが、ちょっとした問題がふたつ生じたのだ、友人たち。最初の小さな問題は、ドイツがアメリカに五つ星の軍用基地を提供していたことだ。彼らがわれわれを負かして、この国を占領していた時代の条約の名残だな。国を代表するお偉方がブランデンブルク門に立派な黒い垂れ幕を飾ったのを憶えてるだろう。〝われわれはあなたがたとともに悼《いた》む〟。あれは何かのまちがいであそこに飾られたのではない。

二番目の小さな問題は、イスラエルに対するわが国の断固たる、無条件の、罪深い支持だ。エジプト、シリア、パレスチナと敵対して、イスラエルを支持している。ハマスやヒズボラと敵対してだ。イスラエルがレバノンをこっぴどく爆撃したときには、われわれドイツ人は穏やかならざる良心と然るべく相談して、勇ましい小国のイスラエルの防衛方法についてだけ語った。そして、まさしくその防衛のために、軍服姿の勇ましい若者たちをレバノンに送りこんだが、それはレバノン人にも、ほかのアラブ人にも歓迎されなかった。彼らにしてみれば、ブッシュ氏、ブレア氏、そして慎み深さゆえにここで名を挙げられる栄誉を望まない、世界のほかの勇ましい政治家たちの許可と激励を得て、ごろつきが暴れまわっており、そのうしろ盾となるためにわれわれがあわてて駆けつけたと感じたからだ。

次に起きた忌まわしいことは、ここドイツの鉄道でレバノンの爆弾が二個見つかったことだった。もし爆発していれば、ロンドンとマドリードの事件が本番前のリハーサルに見えたことだろう。その後は、公《おおやけ》にはアメリカ人に中指を突き立てておいて裏で彼らのケツにキスをすれば代償を払わなければならないことを、わが国の政治家たちでさえ認めるようになった。ドイツの都市は順番待ちの獲物になった。それは今晩このときもそうだ」

バッハマンはぐるりと首をめぐらして、一人ひとりの顔を見つめた。マクシミリアンの手が反対を表明して上がっていた。隣のニキの手も。ほかの職員も続いた。バッハマンはこれに気をよくし、にっこりと笑った。

「わかった。言わなくていい。爆弾を置いたあのレバノン人たちは、計画を立てはじめたとき、最近のレバノンの惨状を知りもしなかった。そう言いたいんだな？」

手がおりた。そのとおり。

「彼らはデンマークの新聞にのった預言者ムハンマドのひどい風刺漫画にむかっ腹を立てた。

ドイツの新聞が、自分たちにも勇気はあるし、ドイツ人にも自由を感じさせたいと再掲したあの漫画に。そうだな？」

そうだ。

「だとすると、私はまちがっているのか。いや、まちがっていない！　何が連中に引き金を引かせたかなど、どうでもいい。重要なのは、われわれが扱っている脅威が個人の罪と集団の罪を区別しないことだ。彼らは〝あんたはいいやつ、おれもいいやつ、ここにいるエアナはものすごく悪いやつ〟とは言わない。〝あんたらはみな、ろくでもない背教者で、冒瀆《ぼうとく》者で、殺人者、姦通《かんつう》者、無神論者だ。死ねるだけ死ね〟と言う。彼らにとって、そしてわれわれが捕まえたい彼らの同調者にとって、これは西半球とイスラムの戦いであって、あいだに介在するものはないのだ」

バッハマンは話の核心に達した。

「今回、ここハンブルクに集まったわれわれ下層民が探すべき情報源は、呪文でこの世に呼び出さなければならない。こちらから指摘してやるまで、彼らは自分が存在していることを知らない。彼らのほうからは近づいてこない。われわれが見つけるのだ。通りで地味に活動し、壮大な計画ではなく、細かい仕事に力を注いでくれ。彼らを導く目標があらかじめ決まっているわけではない。その男を見つけ、才能を開発し、何を持っているかを見きわめ、行けるところまで行かせる。女でもいい。ほかの誰も手を出せない人物に働きかける。ぶかぶかの服を着た小男で、モスクから出てきて、ドイツ語は三語しか知らないような。そういう連中と仲よくなり、彼らの友人たちと仲よくなる。おとなしい移住者や、家から家、モスクからモスクへと渡り歩いて、つねにどこかへ向かっている、人目につかない放浪者に注目してくれ。

中庭の向こうにいるヘル・アルニ・モアと擁護庁の同僚たちの、まだ死んでいないファイルを隈《くま》なく調べて、出だしはよかったのに立ち消えになった古い事例をもう一度確かめるのだ。見込みのあった情報源が逃げ出したり、別の街に落ち着いたりしたときに、そこの支局がくそ無能で、どうすればいいかわからないとか、何もしたくなかったという場合もあるから。擁護庁が何を言おうと気にせず、過去のめぼしい情報源を追う。もう一度彼らの熱を測る。みずから道を切り開くのだ」

バッハマンは最後にひと言注意した。これも彼らしく物騒な話ではあった。

「ひとつ憶えておいていただきたい。われわれは違法な組織だ。どう違法かは、堂々たる同僚たちのように優秀な法律家ではないから、正直言ってわからないが、彼らから聞いた話を総合すると、高等法院、ローマ教皇庁、ベルリンの合同運営委員会、それからスパイと薄《うす》馬鹿のちがいもわからない愛すべきわれらが連邦警察から、事前に書面による同意が得られないかぎり、ケツもふけないそうだ。ただし、情報部がまちがってゲシュタポにならないように当然ながら剝奪《はくだつ》された、あらゆる権力を持っている。さて、本格的な仕事に取りかかろう。飲み物をくれ」

その終夜営業のバーは〈ハンペルマンス〉といい、駅の中央広場にほど近い石畳の脇道沿いにあった。薄暗いポーチの上に、とんがり帽をかぶった踊る男の錬鉄製の飾りがぶら下がり、この夜も、明らかにほかの多くの夜と同じように、当初ギュンター・バッハマンのチームに〝年寄りのでかぶつ〟として知られた紳士がいた。

紳士のありふれた姓はミュラーだった——いまやバッハマンたちにもわかった——が、〈ハンペルマンス〉の常連のあいだではもっぱら〝提督〟と呼ばれていた。ヒトラーの北部艦隊で潜水艦に乗っていたために、十年間ソヴィエトの捕囚となったのち帰還したのだ。ドレスデン出身のチンピラ上がりのカールが彼を突き止め、名前と居場所を電話でチームに知らせてから、隣のテーブルについて静かに監視していた。ことばが出てこないコンピュータの天才マクシミリアンが、ほんの数分で魔法のように男の生年月日、経歴、警察の記録を調べ上げ、バッハマン自身が足を運んで、煙たい煉瓦《れんが》の階段を地下のバーにおりるところだった。すれちがいにチンピラのカールが夜のなかへ出ていった。時刻は午前三時。

最初バッハマンには、階段の明かりが射しこむ最寄りのテーブルの客しか見えなかったが、やがて各テーブルの電気蠟燭《ろうそく》とまわりの顔が見えてきた。黒いスーツにネクタイの痩《や》せこけた男ふたりがチェスをしていた。バーカウンターにひとりでいた女が彼に声をかけ、飲み物をおごってくれないかと言った。「またにしよう、悪いね」とバッハマンは答えた。店の隅では上半身裸の若者が四人でビリヤードに興じ、それを死んだ眼の娘ふたりが見物していた。別の隅にはキツネの剝製《はくせい》、銀の盾、二挺のライフルが交差する模様の色褪《いろあ》せた小さな旗があった。三つめの隅を見ると、埃《ほこり》をかぶったガラスケースに入った戦艦の模型、船で使われる結び目、帽子のほつれたリボン、活躍していたころの潜水艦の染みだらけの写真に囲まれて、十二人でも使えそうな丸テーブルに、見るからに年老いた男が三人ついて坐っていた。痩せてひ弱そうなふたりが、残るひとりに威厳を添えている。つやつやした禿頭《はげあたま》に、樽《たる》のような胸と腹は、ふたりの同席者を合わせたくらいの恰幅《かっぷく》だった。とはいえ、一見して提督に感じられるのは威厳ではなかった。指を丸めてテーブルにじっと置いている巨大な両手は、取り憑《つ》いて離れない記憶をつかみかねているように見え、落ちくぼんで久しい小さな眼は、頭の内側を向いていそうだった。

三人に向けてうなずきながら、バッハマンは提督の隣に静かに腰をおろし、ズボンのうしろから黒い財布を取り出して、相手に写真と住所入りの身分証を見せた。発行元は行方不明者を探すキールの準公的機関だが、実際には存在しない。バッハマンが緊急時のために好んで持ち歩く、ありふれた身分のひとつだった。

「先日の夜、あなたが鉄道の駅でたまたま会われた気の毒なロシアの若者を探しています」と説明した。「若くて、背が高くて、腹を空かせていた。毅然《きぜん》としたところがあって、スカルキャップをかぶっていた。憶えていますか？」

提督はいくらか夢から覚め、大きな頭をバッハマンのほうに向けたが、残りの体は岩のように動かなかった。

「あんた誰だ？」提督は、バッハマンの地味な革のジャケット、シャツとネクタイ、すっかり板についた品よく心配している表情をじっくりと観察してから、ようやく訊いた。

「彼は病気なのです」バッハマンは説明を続けた。「自分を傷つけてしまうかもしれません。あるいは、他人を傷つけるか。うちの職場の医療担当が本当に心配してまして。何か起きるまえに彼と話したがっています。若いのですが、つらい人生を送ってきました。あなたのように」とつけ加えた。

提督は聞いていないようだった。

「ポン引きか？」彼は訊いた。

バッハマンは首を振った。

「警官？」

「もし私が警官より先に彼と話せたら、本人のためになります」バッハマンは、相変わらず見つめつづけている提督に言った。「あなたのためにもなる。あの若者について憶えていることをなんでも話してくれれば、現金で百ユーロ差し上げます。これできれいさっぱり、二度と戻ってこないとお約束します」

提督は大きな手を持ち上げ、口をぬぐうようにしながら考えこんでいたが、巨体を起こして立ち上がると、静かなふたりの仲間には見向きもせず、ほとんど闇に包まれた隣の誰もいない隅に移動した。

提督は礼儀正しく食べた。指をきれいに保つために紙ナプキンを大量に使い、上着のポケットに入れているタバスコをふんだんに振りかけて。バッハマンはウォッカのボトルを注文した。提督はそれに、パン、ガーキン（ピクルスに使う小ぶりのキュウリ）、ソーセージ、ニシンの塩漬け、ティルジット・チーズをひと皿追加した。

「彼らが来たのだ」ついに提督が言った。

「誰が？」

「伝道団の連中。みんな提督を知ってる」

「あなたはどこにいたのですか」

「伝道所だよ。ほかにどこがある？」

「そこで寝ていた？」

寝るのはほかのやつらがやることだと言わんばかりに、提督はひねくれた笑みを浮かべた。

「わしはロシア語が話せる。ハンブルクの埠頭から来た港のネズミではあるが、ドイツ語よりロシア語がうまい。なぜかわかるか？」

「シベリアですね」バッハマンが言い、大きな頭が静かに揺れて同意した。

「伝道団はロシア語ができない。だが提督はできる」ウォッカをぐいとあおった。「医者になりたいそうだ」

「例の若者が？」

「ここハンブルクで。人類を救いたいって。誰から救う？　もちろん人類からだ。タタール人。そう言った。イスラム教徒《ムッスルマン》。アッラーに命じられてハンブルクに勉強しにきた、人類を救うために」

「アッラーが彼を選んだ理由については何か？」

「父親が殺しまくった哀れな連中全員に償《つぐな》いをするんだと」

「〝哀れな連中〟とは誰でしょう」

「ロシア人は誰でも殺すよ、わが友人。司祭も、子供も、女も、宇宙の誰もかも」

「父親が殺したのは、仲間のイスラム教徒でしょうか」

「誰かは言わなかった」

「父親の仕事は何か、言っていましたか。そもそもなぜそんなに哀れな連中を大勢殺せたのか」

提督はまたウォッカをあおった。さらにもう一度。そしてグラスを満たした。「ハンブルクの裕福な銀行のオフィスはどこにあるのか知りたがってた」

熟練の尋問者であるバッハマンは、どれほど突飛《とっぴ》な情報にも驚かない。「それになんと答えました？」

「笑いとばした。笑うこともできるんだ。〝銀行になんの用がある？　小切手を現金に換えるのか？　わしが代わりにやってやろうか〟と答えた」

バッハマンはそのジョークににやりとした。「それで彼はなんと？」

「〝小切手？　小切手って何？〟だ。そして、銀行家は銀行のなかに住んでるのか、それとも別に家があるのかと訊いた」

「あなたの答えは？」

「こう答えたよ。〝なあ、おまえさんは感じがいい。アッラーに医者になれと言われたんだろう。だったら銀行家について馬鹿な質問ばかりするのはやめろ。うちのみすぼらしい宿泊所に来て、くつろぎなさい。本物のベッドで寝て、人類を救いたいほかのちゃんとした大人に会うといい〟」

「すると彼は？」

「わしの手に五十ドル札を押しこんだ。頭がいかれて腹ぺこのタタール人の若いのが、スープのカップを渡した老いぼれの収容所帰りに、まっさらの五十ドル札だぞ」

提督はバッハマンの金も受け取り、テーブルの上に残っていたものをとにかく全部ポケットに詰めこんで、ウォッカのボトルを空け、船員仲間がいる隣の士官室に戻っていった。

この出会いから数日のあいだ、バッハマンはつねづね大切にしている沈黙の時間を持つようになり、エアナ・フライも無理に彼を現実に引き戻そうとはしなかった。デンマーク警察が密入出国請負の容疑で大型トラックの運転手を逮捕したという一報も、最初はバッハマンの耳を驚かさなかった。

「彼の運転手？」彼はくり返した。「ハンブルク駅で彼をおろした？　あの運転手か？」

「そう、あの運転手よ」エアナ・フライが言い返した。「二時間前に入った情報ではね。あなたに転送したけれど、忙しそうだった。コペンハーゲンからベルリンの委員会に来て、委員会からわたしたちに来た。いろいろ書かれてる」

「デンマーク人？」

「そう」

「デンマークで生まれた？」

「そう」

「だがイスラム教に改宗した？」

「それはちがう。たまにはメールを見て。本人はルター派で、親も同じ。唯一の罪は、組織犯罪にかかわる兄がいることよ」

そこでバッハマンは注意を惹《ひ》かれた。

「二週間前、悪い兄が、いい弟に電話して、パスポートをなくした金持ちの若者がイスタンブール発の貨物船に乗ってもうすぐコペンハーゲンに着くと言った」

「金持ち？」バッハマンは飛びついた。「どういう金持ちだ？」

「彼を埠頭から連れ出せば、報酬は五千ドルの前払い。無事にハンブルクに送り届ければ、さらに五千」

「誰が払ったんだ」

「その若者よ」

「無事移動したあと、本人が払ったのか？　自分のポケットからぽんと五千ドルを出して？」

「そのようよ。いい弟は金に困っていて愚かだったから、その仕事を引き受けた。乗客の名前は知らないし、ロシア語も話せない」

「悪い兄はどこにいる？」

「彼も留置場よ、当然だけど。房は別」

「兄のほうはなんと言ってる？」

「ものすごく怯《おび》えていて、ロシアのマフィアに一週間かけて殺されるより刑務所に入りたがってる」

「そのマフィアのボスというのは、生粋《きっすい》のロシア人なのか、それともイスラム系のロシア人？」

「悪い兄の供述によれば、彼のモスクワの連絡先は、尊敬すべき純血種の、金遣いの荒いロシア人のギャングで、最高クラスの組織犯罪を手がけているそうよ。イスラムとはなんのかかわりもなくて、むしろイスラム教徒の大群がヴォルガ川で溺《おぼ》れ死ぬのを見たがってる。その彼が問題の運転手の兄に連絡してきたのは、ある友人に便宜を図るためだったらしい。その友人というのが誰なのか、あるいは誰だったのかは、しがないデンマークの悪党が訊けるようなことではなかった」

エアナは椅子の背にもたれ、視線を落として、バッハマンが話についてくるのを待った。

「委員会はどう言ってる？」彼は尋ねた。

「委員会は興奮状態。いまモスクワで派手に活動している導師《イマーム》がいるんだけど、マフィアのボスの謎の友人というのはその導師にちがいないと注目している。怪しげなイスラム系の慈善事業に流れる金を、彼が仲介しているの。ロシア人はそのことを知ってるし、導師自身も、ロシア人が知ってることを知ってる。ただ、彼の過去の記録を見るかぎり、医学を学ぶためにハンブルクに向かうチェチェンのロシア人の逃亡に資金援助した例は、どこにも見当たらないけれど。あ、そうだ、彼はコートを与えたそうよ」

「誰のことだ」

「いい弟。若者をハンブルクまで乗せていったあと、北部の寒さで風邪を引いて死ぬんじゃないかと心配になったので、防寒用に自分のコートを与えたって。裾の長い黒いコートを。それから、もうひとつ貴重な情報がある」

「それは？」

「中庭の向こうのヘル・イーゴリが、ケルンのロシア正教コミュニティに最高機密の情報源をひそませている」

「で？」

「イーゴリの怖れ知らずの情報源によると、ハンブルクからそう遠くない町の正教会に遁世《とんせい》している尼僧たちが、最近、ロシア人のイスラム教徒をひとりかくまったらしい。飢えて、ちょっと頭がおかしい若者だった」

「金持ちの？」

「金持ちかどうかは確認できていない」

「だが、感じがいい？」

「とてもね。イーゴリは今晩、極秘でその情報提供者と会って、追加の情報がいくらで手に入るか相談することになってる」

「イーゴリはケツの穴で、やつの話はくそまみれだ」バッハマンは言い、机の上の書類をまとめて、誰も盗む気にならないような使い古しのブリーフケースに詰めこんだ。

「どこへ行くの？」エアナ・フライが尋ねた。

「中庭の向こうだ」

「なんのために？」

「勇ましい擁護者たちに、あの若者はわれわれの担当だと言ってやる。われわれから警察を遠ざけておけと。ありえないとは思うが、万一警察が彼を見つけたときには、ありがた迷惑な武力対応で小さな戦争を起こしたりせずに、その場から離れて、すみやかにわれわれに知らせるよう釘を刺しておけと言っておく。この若者には、ハンブルクに来てやりたかったことを、できるだけやらせておく必要がある」

「鍵を忘れてるわよ」エアナ・フライが言った。

4

〝鉄道《Sバーン》を使わないのなら、タクシーでカフェには乗りつけないでください〟

同様にアナベル・リヒターは、服装についてもうるさかった。〝わたしの依頼人にとって、スーツを着た男性は秘密警察です。カジュアルな服にしてください〟。ブルーがなんとか考えついたのは、グレーのフランネルのズボン、ゴルフクラブで着る〈ランドールズ・オブ・グラスゴー〉のスポーツジャケット、また大雨になったときのための〈アクアスキュータム〉のレインコートだった。指示にしたがった証《あかし》に、ネクタイは締めなかった。

ある種の闇が街を包みこんでいた。少しまえの土砂降りで夜の空は澄んでいた。湖から涼しい風が吹き寄せてくる。ブルーはタクシーに乗り、教えられた道順を運転手に伝えた。街の見慣れない貧困地域の舗道《ほどう》にひとりで立っていると、一瞬、自分も困窮しているような気分になったが、言われたとおりの道路標識が見えて、少し持ち直した。ハラールの食料雑貨店の店先に並べられた果物は炎のような赤と緑だった。隣のケバブ屋の白い明かりが、通りの向かいまで照らし出していた。店のなかに入ると、隅のあざやかな紫のテーブルにアナベル・リヒターがついて坐り、そのまえに無炭酸の水のボトルと、学校給食のタピオカに茶色の砂糖をまぶしたようなものが入ったボウルが置かれていた。

　隣のテーブルでは、老人四人がドミノをしていた。別のテーブルでは、めいっぱい背伸びしたスーツとドレス姿の若いカップルがデートをしている。彼女のアノラックが椅子の背にかかっていた。本人はぶかぶかのプルオーバーと、同じハイネックのブラウスだった。携帯電話はテーブルの上、リュックサックは足元。向かいの席に坐ると、彼女の髪の温かいにおいがふっと漂ってきた。

「これでいいかな」ブルーは尋ねた。

　彼女はスポーツジャケットとフランネルのズボンに眼を走らせた。「記録保管室に何がありました？」

「さらに調査を要するそれらしい物件《プリマ・ファキエ》があったよ」

「言えることはそれだけ？」

「現段階では、そう、それだけだ、残念ながら」

「では、あなたが知らないことをいくつか話しましょう」

「知らないことがたくさんあるだろうね」

「彼はイスラム教徒です。それが第一。しかも非常に敬虔《けいけん》な。だから彼にとって、女性の弁護士と取引するのはむずかしかった」

「あなたにとっては、さらにむずかしかったにちがいない」

「頭にスカーフを巻いてくれと言われました。だから巻きます。宗教の伝統を重んじてくれと言われました。だから重んじます。彼はイスラム教徒の名前、イッサを使います。すでに言ったとおり、彼はロシア語を話します。あとは滞在先の人たちと片言《かたこと》のトルコ語を」

「滞在先の人たちとは誰かな、訊いてよければ」

「トルコ人の未亡人と彼女の息子です。ご主人は昔サンクチュアリー・ノースの依頼人でしたが、もうすぐ市民権が取れるというところで亡くなってしまった。いまは息子さんが家族を代表して獲得をめざしています。つまり最初からやり直しで、ひとりずつ取らなければならない。だから怖くなって、わたしたちに連絡してきたのです。彼らはイッサが大好きですが、ほかの人にまかせたいと思っている。不法入国者をかくまったことで、国外退去を命じられるのではないかと怖れているのです。無理に説得することはできませんし、昨今では彼らの見方が正しいのかもしれない。彼らは家族の結婚式に出るためにトルコ行きの航空券を予約していて、イッサをひとりで家に残していくわけにはいきません。それから、彼らはあなたの名前を知りません。イッサは知っていますが、口にしたのは一度きりで、もう二度と言わないでしょう。あなたはイッサを救える立場にある人、それがすべてです。こういう言い方をされても不愉快ではありませんか？」

「だと思う」

「思うだけ？」

「不愉快ではないよ」

「トルコ人のふたりには、あなたが彼らの名前を当局に明かすことはいっさいないと伝えてあります。そう言うしかなかったので」

「どうして私が明かさなければならない？」

ブルーが手伝おうというのを無視して、彼女はかさばるアノラックを不器用に着込み、リュックサックを一方の肩にかけた。ドアに向かいながら、ブルーはやたらと体の大きな若者がひとり、舗道をうろついているのに気がついた。ふたりは充分な距離を置いて若者についていき、脇道に入った。若者は遠ざかるほどにいっそう大きくなっていくようだった。一軒の薬屋のまえで、すばやく通りの前後を見渡した――車、家々の窓、宝石店のウィンドウをのぞきこんでいるふたりの中年婦人を見た。そのウィンドウの隣はブライダルショップで、夢の新郎新婦がワックスフラワーの束を持っていた。もう一方の隣はニスを厚く塗った玄関ドアで、呼び鈴が明かりに浮かび上がっていた。

道を渡る直前にアナベルは立ち止まり、リュックサックを途中までおろしてスカーフを取り出すと、頭に巻き、ふたつの端を丁寧《ていねい》に引きおろして顎の下で結んだ。街灯の下で彼女の顔がふいに緊張し、年老いて見えた。

体の大きな若者がドアの鍵を開け、ふたりを無言で招き入れると、大きな手を差し出した。ブルーは握手したが、名乗らなかった。母親のレイラは小柄で太め、頭にスカーフを巻き、ハイヒール、襞襟《ひだえり》つきの黒いスーツで、客人を迎える恰好だった。ブルーをじっと見つめたあと、不安げに彼の手を取った。眼はつねに息子のほうを見ていた。ブルーはレイラのあとから居間に入りながら、自分が恐怖の館に足を踏み入れたことを知った。

壁紙は茶色がかった赤、家具類は金色。椅子の肘かけにはレースのカバーがかかっている。机のガラスのランプでは、プラズマの小球がまわり、分かれ、またくっついていた。レイラはブルーに大統領席を捧げた。死んだ夫の椅子ですと説明して、落ち着かなげに頭のスカーフを引き下げた。三十年間、わたしの夫はぜったいにほかの椅子には坐ろうとしませんでした、と言った。ごてごてと飾りがついて見苦しく、感心するほど坐り心地の悪い椅子だったが、ブルーは律儀に褒《ほ》めた。彼のオフィスにも、それと似ていなくもない椅子があった。祖父が使っていたもので、やはり坐り心地はひどい。そういうことを言おうかと思ったが、やめておいた。自分は助ける立場にいる人間だ。それがすべて。レイラは、シロップをたらした三角形の胡桃菓子《バクラバ》と、スライスしたレモンクリームケーキを最高級の陶器に盛って並べた。ブルーはケーキとアップルティーのグラスを受け取った。

「美味《おい》しい」とケーキをひと口味わって言ったが、誰も聞いていないようだった。

ひとりは美しく、もうひとりはみすぼらしいふたりの女性は、どちらも暗い顔でビロードのソファに坐っていた。メリクはドアに背中をつけて立っていた。イッサはすぐおりてきます、とメリクは言い、顔を上げて天井を見ながら、耳をすましていた。イッサは準備をしている。イッサは緊張している。祈っているかもしれない。もうすぐ来る。

「あの警官たち、フラウ・リヒターがここから出ていくのが待ちきれなかったんです」レイラがブルーに大声で訴えた。明らかに彼女を苦しめていた感情を爆発させていた。「フラウ

・リヒターが出ていったあと、玄関のドアを閉めて、お皿を台所に運んで洗おうとしたら、五分後に彼らが呼び鈴を鳴らしたんです。わたしに身分証を見せたから、名前を書き留めました。主人が昔そうしていたように。私服でした。そうでしょ、メリク？」

メモ帳をブルーの手に押しつけた。巡査部長ひとりと巡査ひとり、名前も書いてあった。ブルーは扱いに困って、ぎこちなく立ち上がると、アナベルに見せた。アナベルはそれをまたレイラに戻した。

「母さんが家でひとりになるのを待ってたんだ」メリクがドアから言った。「おれはチームと水泳の練習があった。二百メートルリレーの」

ブルーは心から同情してうなずいた。自分が責任者ではない打ち合わせに立ち合うのは久々だった。

「歳とったのと、若いのと」レイラがまた不満をぶつけはじめた。「イッサは屋根裏部屋にいたの。本当によかった。呼び鈴が聞こえると、階段梯子《ばしご》をのぼって扉を閉めた。そのときからずっと屋根裏部屋にいます。彼らがまた戻ってくると言って。いなくなったように見せかけるけれど、戻ってきて、国外退去にするって」

「彼らは自分たちの仕事をしているだけよ」アナベルが言った。「トルコ人のコミュニティ全体をまわって、各家庭を訪問している。それを〝地域貢献〟と呼んでるわ」

「最初は息子のイスラム系スポーツクラブに関することだと言われました。次は来月の娘の結婚式について。結婚式のあと、まちがいなくドイツに戻ってこられる資格がありますか、と訊かれました。わたしは〝もちろん、ありますとも〟と答えました。すると〝人道的配慮からドイツの居住許可を得た場合にはそうはいきませんよ〟なんて言うんです。〝二十年前じゃあるまいし！〟と言い返してやりました」

「レイラ、あなたは必要以上に興奮している」アナベルが厳しい声で言った。「きちんとしたイスラム教徒を、いくつかの悪いリンゴから取り分ける善意の活動よ。それだけです。落ち着いて」

　少年聖歌隊の声に少々自信があふれすぎているだろうか。ブルーは、あふれすぎていると思った。

「笑える話をしようか？」メリクがブルーに尋ねた。顔はちっともおもしろがっていなかった。「あいつを助けるんだから、たぶん聞いといたほうがいい。あいつはおれがこれまでに会ったどんなイスラム教徒ともちがう。信者かもしれないけど、イスラム教徒のように考えないし、イスラム教徒のように行動しない」

　母親がトルコ語で叱りつけたが、メリクの話は止まらなかった。

「弱ってたときがあっただろう？　おれのベッドで寝て、回復を待ってたとき。おれはコーランを何節か読んでやった。父さんのコーランを。トルコ語で書かれたやつ。そしたら、あいつは自分で読みたいと言った。聖なることばはだいたいわかるから、と。だからおれはコーランをいつも開いて置いてある机に行って、父さんが教えてくれたとおり〝神の名において《ビスミラー》〟と言って、コーランに顔を近づけるけどキスはせずに——これも父さんが教えてくれた——額だけ当てて、〝ほら、イッサ〟と渡してやった。〝父さんのコーランだ。ふつうは寝ながら読んじゃいけないけど、いまは病気だからたぶん大丈夫だ〟と。で、一時間後に部屋に戻ってみたら、コーランがどこにあったと思う？　床の上だ。父さんのコーランが床の上に置かれてた。父さんはもちろん、ちゃんとしたイスラム教徒ならぜったいそんなことはしない！　だからおれは思った。わかった、怒っちゃいけない、具合が悪くて手に力が入らなくて、持ってたのが落ちたんだ、赦《ゆる》そう、寛大な心を持つことだって。でも思わず大声をあげると、やつは手を伸ばしてコーランを拾い上げ、それも両手じゃなくて片手で、まるで」すぐにたとえを思いつかなかった。「まるで、本屋のありきたりの本みたいにおれに返しやがった。誰がそんなことをする？　誰もしない！　チェチェン人だろうが、トルコ人だろうが、アラブ人だろうが、要するにおれの兄弟だろう？　あいつのことは大好きだ。本物のヒーローだ。けど、床だぜ。しかも片手。祈りもしないし、何もしない」

レイラはもう我慢できなかった。

「兄弟の悪口を言うなんて、どういう人間なの、メリク」ぴしりと言って、同席者のためにドイツ語でもくり返した。「寝室でひと晩じゅう汚らしいラップミュージックをかけたりして。父さんがあれにどう言うと思うの」

廊下のほうから、ぐらつく梯子《はしご》を慎重におりてくる音がブルーに聞こえた。

「それに、おれの妹の写真を持ち出して自分の部屋に置いてるんだ」メリクは言った。「当たりまえのように。父さんの時代だったら、殺さなきゃいけないところだ。おれの兄弟だけど、ちょっとおかしいよ」

アナベル・リヒターの少年聖歌隊の声が命令した。

「パン焼きの日にパンを焼きませんでしたね、レイラ」台所と居間のあいだにある半透明の間仕切りに意味ありげな視線を送って言った。

「あの人たちが悪いんです」

「だったら、いま焼いたらどう？」アナベルは穏やかに提案した。「そうすれば、近所の人たちにも、あなたがたが隠しごとをしていないのがわかるから」今度は窓辺に移っていたメリクのほうを向いた。「よく注意しているのはいいことよ。続けてください。もし呼び鈴が鳴ったら、誰だろうと入れてはいけません。スポーツ・プロモーターと打ち合わせをしていると言って、追い返して」

「わかった」

「もしそれが警察だったら、出直してもらうか、わたしに連絡をとらせて」

「あいつ、本物のチェチェン人でもないんだ。そのふりをしてるだけで」メリクが言った。

ドアが開き、背丈はメリクほどあるが幅は半分のシルエットがゆっくりと部屋に入ってきた。ブルーは立ち上がり、銀行家の笑みを満面にたたえて、銀行家の手を差し出した。視界の隅でアナベルも立っているのが見えたが、彼女は進み出なかった。

「イッサ、こちらが、あなたが会いたいと言った紳士よ」アナベルが模範的なロシア語で言った。「まちがいなく本人です。あなたの要求に応えて、今晩特別に来てくれたの。彼はこのことは誰にも話していません。ロシア語もできて、これからあなたにいくつか重要な質問をしなければならない。わたしたちは全員、彼に感謝しています。あなたが自分自身のために、そしてレイラとメリクのためにも、できるだけ彼に協力してくれると信じています。わたしは話の内容を聞いて、必要と思ったら、あなたの利益を代表して割りこみます」

イッサはレイラの金色のカーペットの中央にまっすぐ立ち、両腕を体の横におろして命令を待っていた。命令が来ないので顔を上げ、右手を心臓の上に置いて、ブルーに愛情あふれる視線を送った。

「おいでいただき、本当にありがとうございます」とつぶやく唇は、本人の意思と関係なく微笑んでいるように見えた。「お会いできて光栄です。言われたとおり、あなたは立派なかたです。顔立ちと、すばらしい服でわかります。すばらしいリムジンもお持ちですか？」

「まあ、メルセデスだが」

格式張っているのか、自己防衛のためか、イッサは黒いコートを着て、ラクダ革のサドルバッグを肩にかけていた。ひげも剃《そ》り、母親のようなレイラのかいがいしい世話で、頰のひび割れも消えて、ブルーの眼にはまるで熾天使《セラフ》のようにこの世ならざる存在に見えた――こんなにすらりとした美青年が拷問を受けていたというのか？　一瞬、彼に関するすべてが信じられなくなった。輝かしい笑みも、丁寧《ていねい》すぎて堅苦しい話し方も、取りつくろったような落ち着きも、すべて昔ながらの詐欺師の小道具だ。しかし、レイラのテーブルで向かい合って坐ると、イッサの額にはうっすらと汗がにじみ、ブルーが視線を落とすと、両手の手首を合わせて、鎖をかけられるのを待っているかのようにテーブルに置いていた。一方の手首には細い金のブレスレットが巻かれ、魔除けのように金のコーランがぶら下がっていた。やはり虐《しいた》げられた子供を見ているのだ、とブルーは悟った。

しかし、彼は感情を抑えた。相手が拷問を受けたからといって、自分は相手より劣っていると思わなければならないのか。同じ理由から、相手に対する判断は控えなければいけないのか。それは主義の問題だった。

「まあ、とにかく、ようこそ」ブルーはきちんと学んだロシア語を慎重に使って、明るく切り出した。不思議なことに、ロシア語の習熟の度合いはイッサと同じくらいだった。「時間はかぎられているから、手短に、だが効率よく話さなければならない。イッサと呼んでもいいかな？」

「かまいません」また笑みを浮かべたあと、窓辺のメリクをちらっと見て、アナベルを避けるように眼を伏せた。アナベルは部屋の奥で斜めに坐り、少し遠ざけた膝の上に大事そうにフォルダーをのせていた。

「そしてきみは私の名を呼ばない」ブルーは言った。「そういう合意ができていたと思うが、どうかな？」

「そうです」イッサは即座に答えた。「あなたの望むことすべてに同意します。言いたかったことを伝えてもよろしいでしょうか」

「もちろんだ」

「短いので！」

「どうぞ」

「ぼくは医学生になりたい、それだけです。安全な生活を送って、アッラーの栄光のために全人類を助けたい」

「なるほど、それは称讃に値する心がけだし、あとでかならず触れることにする」ブルーは言って、これはビジネスの話だという意図を示すために、内ポケットのひとつから革の表紙のメモ帳を、別のポケットからボールペンを取り出した。「だがそのまえに、もしよければ、ごく基本的な事実をいくつか押さえておこうじゃないか。まず、きみのフルネームから」

しかし、それは明らかにイッサが耳にしたい質問ではなかった。

「失礼ながら」

「なんだね、イッサ」

「フランスの偉大な思想家、ジャン＝ポール・サルトルの著作を読まれたことがありますか」

「ないと思うが」

「サルトルのように、ぼくも未来に憧れています。未来があるとき、過去は振り返らない。ぼくにあるのは神様と未来だけです」

ブルーはアナベルの視線を感じた。見て確かめるわけにはいかないが、たしかに感じた。

少なくとも、そう思った。「だが、今夜は現在について話さないわけにはいかない」もっともらしく反論した。「だからフルネームだけでも教えてもらえないかな」うながすようにペンを構えて。

「サリム」イッサはしばらくためらってから答えた。

「ほかには？」

「マフムード」

「すると、イッサ・サリム・マフムードだね」

「そうです」

「それは生まれたときに与えられた名前かな。それともきみ自身が選んだ？」

「神様が選んだ名前です」

「たしかにね」ブルーはあえて笑みをもらした。ひとつには緊張をほぐすために、もうひとつには主導権を握っていることを示すために。「ではこんなふうに訊いてみようか。いいかな？　われわれはいま、ロシア語を話している。きみはロシア人だ。神様がいまの名前を選ぶまえに、きみにはロシア語の名前があったのかな？　それにはロシア語の父称もついていた？　たとえば、出生証明書にはどんな名前が記載されているのだろう」

イッサは伏し目でアナベルと相談したうえで、骸骨《がいこつ》のような手をコートの内側、そしてシャツのまえに突っこんで、セーム革の汚れた携帯袋を引き出した。そしてそこから褪《あ》せた新聞の切り抜きを二枚取り出し、テーブル越しにブルーに渡した。

「カルポフ」ブルーは読み終わったあと、声に出して考えた。「カルポフとは誰だね？　きみの家族の姓かな。どうしてこの新聞記事を私に？」

「些末《さまつ》なものですが、どうぞ。ぼくには――」イッサはつぶやきながら、汗をかいた頭を振った。

「いや、私にとっては些末ではないよ」ブルーは優位を保てるぎりぎりのやさしさで言った。「じつのところ、非常に重要だと思う。つまり、グリゴーリー・ボリソヴィッチ・カルポフ大佐がきみの親族だ、または親族だったと言っているのかな。そういうことかね？」ブルーはアナベルのほうを向いた。心のなかでは最初から彼女に話しかけていた。「なかなかむずかしい事態だよ、フラウ・リヒター」ドイツ語で不平を言った。頑固に聞こえたので、本能的に口調を和らげた。「あなたの依頼人が何かを請求したいなら、身元をはっきりさせて請求するか、取り下げるか、どちらかにしてもらわなければならない。ネットの両側でプレーできると期待されても困る」

困惑のひととき、台所からレイラがメリクに悲しげなトルコ語で話しかけ、メリクがなだめるようなことばを返した。

「イッサ」みながまた落ち着いたあと、アナベルが言った。「あなたにとってどれほどつらくても、この紳士の質問に答えるべきだというのが、弁護士としてのわたしの意見です」

「お願いです。偉大なる神様のもと、ぼくは安全な生活を送りたいだけなのです」イッサは喉《のど》が詰まったような声でくり返した。

「それでも私の質問には答えてもらわなければならない」

「カルポフがぼくの父だということは、論理的にはまちがっていません」イッサはついに、暗い笑みを浮かべて認めた。「たしかに、父と名乗るのに必要なことはすべてしてくれましたが、ぼくはカルポフの息子だったことは一度もありません。いまもカルポフの息子ではない。神様の名のもと、死ぬまでずっとグリゴーリー・ボリソヴィッチ・カルポフ大佐の息子ではありません」

「だが、カルポフ大佐は亡くなっているようだが」ブルーはふたりのあいだのテーブルに置いた新聞の切り抜きに手を振って、思っていたより乱暴な調子で指摘した。

「ええ、死にました。神様の思《おぼ》し召しがあれば、地獄に堕ちて、永遠にそこにいるでしょう」

「亡くなるまえに、というより、きみが生まれたときにと言うべきか、彼はどんな名をきみに与えた？　グリゴーリーの息子なら、父称はグリゴリエヴィッチだったはずだが」

イッサはうなだれて、首を左右に振っていた。

「彼はいちばん純粋なものを選びました」顔を上げ、おわかりでしょうというようにブルーにゆがんだ笑みを送った。

「純粋とは、どういう意味で？」

「世界じゅうにいるロシア人の名前のなかで、いちばんロシア的な名前です。ぼくは彼のイヴァン、ヴァンでした。チェチェン出身の可愛《かわい》い息子イヴァン」

苦悩の時を長引かせる趣味はないブルーは、話題を変えることにした。

「きみは、、、トルコからここへ来たと聞いた。いわば非公式なルートで?」ブルーはカクテルパーティにいるときのような明るすぎる声で水を向けた。レイラはアナベルの指示に逆らって、台所から戻ってきていた。

「トルコの刑務所にいました」イッサはつけていた金のブレスレットをはずして手に握り、話しながらいじっていた。

「どのくらいのあいだ? 訊いてよければだが」

「正確に言うと、百十一日と半日です。トルコの刑務所に入ると、嫌でも時間の数え方を学びたくなります」イッサは大声で言って、荒々しい不気味な笑い声を立てた。「トルコのまえにはロシアの刑務所にいました。おわかりでしょう! 合計三つの刑務所に入れられて、八百十四日と七時間すごしました。ご希望なら三つを質の高い順に並べてみせますよ」抒情詩を朗詠《ろうえい》するように、声を張り上げて滔々《とうとう》としゃべりつづけた。「ぼくはこの方面の目利きなんです、本当に! ひとつの刑務所はあまりに人気がありすぎて、三分割しなきゃならなかった。そう! ひとつは寝るところ、もうひとつは拷問されるところ、三つめは治療用の病院です。拷問は手際がよくて、拷問のあとはよく眠れるけれど、病院は標準以下なんです。それが近代ロシアの問題です! 看護師は睡眠を奪うことにかけては一流ですが、ほかの医療技術に関しては著しく劣ります。ひとつ意見を述べさせてください。すぐれた拷問者になるには、深い思いやりの心がぜったいに必要なのです。対象者への同情がなければ、最高の技をきわめることはできません。ぼくも、本物の高みにのぼりつめた人には、ひとりかふたりしか会ったことがありません」

まだ話が続くかもしれないので、ブルーはしばらく待っていたが、イッサは暗い眼を興奮で見開いて、彼の反応を待っていた。またしても何気《なにげ》なくその緊張を解きほぐすことに成功したのは、レイラだった。理由はわからないにしろ、とにかくイッサの感情が昂《たかぶ》っているのを心配して、あわてて台所に戻り、グラスにコーディアル（果汁飲料）をついできて、テーブルのイッサのまえに置いた。そうしながら、まずブルー、次にアナベルをとがめるように睨《にら》みつけた。

「そもそもなぜ、刑務所に入れられたのか訊いてもいいかな」ブルーがまた話しはじめた。

「ええ、もちろん！　どうか訊いてください！　いくらでもどうぞ」イッサが叫んだ。「いまや処刑台からなりふりかまわず無実を訴える囚人の学者を思わせた。「チェチェン人というだけで犯罪なのです。請け合います。ぼくたちは生まれたときから重罪人です。帝政時代から、ぼくたちの鼻はぺちゃんこで髪の色も肌の色も濃くて、それだけで糾弾されるべき罪なのです。それだけで永遠に社会秩序を乱す行為です！」

「だが、こう言ってよければ、きみの鼻はぺちゃんこではないね」

「残念ですが」

「とにかく、きみはなんらかの方法でトルコにたどり着き、トルコから脱出した」ブルーはなだめるように言った。「そしてはるばるハンブルクまでやってきた。たいしたものだ、実際」

「アッラーの御心《みこころ》です」

「しかし思うに、自助努力もあったのだろうね」

「あなたのほうがずっとよくご存知ですが、金さえあれば、あらゆることが可能です」

「ああ、だが誰の金かな？」金の話が出たところで、ブルーはすかさず冗談めかして訊いた。

「じつに見事な逃亡を何度も実現した金は、誰が提供したのだろうね」

「名前をあげるとすれば」イッサは内省の長い沈黙のあとで答えた。「アナトーリーになるでしょう」

「ア、ア、ア、アナトーリー？」ブルーはその名前を自分の頭のなかと、亡父の遠い過去の部屋のなかで響かせたあと、くり返した。

「ええ、アナトーリーです。アナトーリーはすべてを支払ってくれる人です。でも、とりわけ逃亡の金を。彼をご存知ですか？」突然問いかけた。「あなたの友人ですか？」

「残念だが、ちがう」

「アナトーリーにとって金は全人生の目的です。そして死の目的でもある」

ブルーがその点を追及しようとしたとき、メリクが窓辺の持ち場で口を開いた。

「あいつら、まだいる」カーテンの端から外をのぞきながら、ドイツ語で憎々しげに言った。

「あの婆さんふたり。宝石店にはもう興味がなくて、ひとりは薬屋のウィンドウの張り紙を読み、もうひとりは建物の入口で携帯電話をかけてる。いくらこのあたりでも、娼婦にしちゃ見た目がひどすぎる」

「ふつうの女性たちよ」アナベルが窓まで行って外を眺め、厳しく言い返した。レイラは両手で顔を覆《おお》い、懇願するように眼を閉じていた。「深刻に考えすぎよ、メリク」

しかしイッサはそれでは安心できず、メリクのことばの意味を悟って、すでにサドルバッグを胸に斜めにかけて立っていた。

「何が見えます？」イッサは責めるようにアナベルのほうを向くと、鋭い声で訊いた。「またKGB？」

「誰でもないわ、イッサ。たとえ問題があっても、あなたのことはまかせて。そのためにわたしたちがいるのだから」

またしてもブルーは、少年聖歌隊の声が平静を装いすぎているような気がした。

「さて、そのアナトーリーだが」まわりがまた落ち着き、レイラがアナベルにしつこく言われて台所で新しいアップルティーを淹《い》れにいったところで、ブルーは決然と会話を再開した。「話を聞くと、彼はきみと相当仲がいいようだね」

「ええ、アナトーリーは囚人たちととても仲がいいと言えるでしょう。まちがいなく」イッサは大げさなほど熱心に同意した。「不幸なことに、たまたま強姦者や、殺人者、ギャング、社会活動家とも仲がいいのですが。アナトーリーはとても交友関係が広いのです」とつけ加えて、手の甲で額の汗をふきながら、怖ろしげな笑みをどうにか浮かべた。

「カルポフ大佐とも仲がよかったのかな？」

「アナトーリーは、殺人者と強姦者にとっていちばんの友人ですが、カルポフのために、ぼくにモスクワでも最高の学校を見つけてくれました。規律上の理由でぼくがほかの学校に拒否されたときにも」

「きみが刑務所から逃げるときに金を払ったのもアナトーリーだった。どうしてそんなことをしてくれたのかな。何か彼に感謝されるようなことでもしたのか」

「カルポフが払いました」

「ちょっと待ってくれ。さっきはアナトーリーが払ったと言ったね」

「お赦《ゆる》しください！　解釈上のまちがいです。非難されてもしかたがありません。このことが記録に残らなければいいのですが」イッサは無防備に話しつづけた。今度は訴えかける相手にアナベルも含めて。「カルポフが払ったのです。これは避けようのない真実です。そのお金は、死んだチェチェン人の首や手首についていた貴重な金の装身具から来たのですが、たしかにカルポフのものでした。ですが、刑務所長や看守を買収したのはアナトーリーでした。敬愛するあなたに渡すべき紹介状をくれたのもアナトーリーです。アナトーリーは賢くて世の中のことにくわしい相談相手で、腐敗した刑務所の役人とビジネスをしながら、卑劣なことをしていると感じさせないやり方を心得ています」

「紹介状？」ブルーはくり返した。「紹介状など、誰からも見せてもらっていないが」アナベルのほうを見たが無駄だった。彼女もブルーと同じように表情を消すことができる。むしろブルーよりうまく。

「マフィアの手紙です。マフィアの弁護士アナトーリーが、元赤軍兵士、殺人者で強姦者のグリゴーリー・ボリソヴィッチ・カルポフ大佐の死について書いたものです」

「誰宛てに？」

「ぼく宛てです」

「いま持っているのか？」

「この胸の上に、いつも」ブレスレットをまた手首に戻して、また黒いコートの奥から携帯袋を引き出して、しわくちゃの手紙をブルーに渡した。ヘッダーには、ローマ文字とキリル文字でモスクワの法律事務所の名前と住所が記されていた。本文はタイプされたロシア語で、〝親愛なるイッサ〟で始まっていた。イッサの父親が、愛すべき戦友の会社で脳卒中を起こして亡くなったことを悼《いた》み、軍葬にされたことを伝えていた。カルポフへの言及はないが、〝トミー・ブルー〟と〝ブルー・フレール〟の名が太字でタイプされ、〝リピッツァナー〟の語に続いて、便箋《びんせん》の下のほうにインクで口座番号が書きこまれていた。署名はアナトーリーで、姓はなし。

「それで、そのアナトーリーという紳士は、私と私の銀行がきみのために何をすると言ったのかな？」

半透明の仕切りの向こうから、レイラがカップと皿を用意する騒々しい音が聞こえた。

「どうかぼくを守ってください。ぼくをあなたの保護下に置いてください、アナトーリー自身がそうしてくれたように。あなたは善良で力のあるかたです。このすばらしい街のオリガルヒ（強大な資金と政治力を持つロシアの新興財閥）です。ぼくをあなたの大学の医学生にしてください。あなたの偉大な銀行の力を借りて、ぼくは神様と人類に奉仕する医者になります。そして、秩序ある生活を送ります。あなたの尊敬する父上が、犯罪者で殺人者のカルポフに厳粛に誓ったことがあるのです。その誓いは、父上が亡くなられたときに、息子であるあなたに引き継がれました。あなたは父上の息子さんですね」

ブルーはすんなりと笑みを浮かべた。「きみとちがって、そう、たしかに私は父の息子だ」と認め、またまばゆい笑みを返された。イッサの取り憑《つ》かれたような視線はアナベルに向けられ、しばらく虜《とりこ》になったようにとどまっていたが、やがて彼女を見捨てた。

「あなたの父上は、カルポフ大佐にすばらしい約束をたくさんしてくれました！」イッサはまたしても恐怖と興奮に駆られてぱっと立ち上がり、勢いにまかせて言った。急いで大きく息を吸うと、ひどく顔をしかめ、独裁者めいた耳障りな声で、想像上のブルーの父親を演じた。「〝グリゴーリー、わが友！　あなたの息子のイヴァンが私を訪ねてきたら――もっとも、それがはるか先になることを祈っているが――私の銀行は彼を親類縁者のように扱わせてもらうよ〟」大声で言って、片手を大きく振り上げ、聖なる誓いを空中に刻みこむように爪を立てた。「〝もし私が地上にいなければ、そのときには息子のトミーがきみのイヴァンを喜んで迎えよう。いまここで誓う。厳粛な、心からの約束だ、わが友グリゴーリー。そしてこれはミスター・リピッツァナーの約束でもある〟」声がねじれて地上におりてきた。「これがあなたの尊敬すべき父上のことばです。マフィアの弁護士アナトーリーから聞きました。そしてアナトーリーは、ぼくの父親に対する屈折した愛情から、さまざまな難局でぼくの救世主になってくれたのです」話し終えた声はかすれ、呼吸も荒々しかった。

そのあとの重い沈黙のなかで、今度はメリクが自分の感情を伝えた。

「気をつけたほうがいい」ブルーにドイツ語で厳しく警告した。「あんまり締め上げると発作を起こすから」それでもブルーが理解していない場合を考えて、「穏やかに接してやってくれよ。な？　こいつはおれの兄弟なんだから」

ようやく口を開いたブルーは、イッサではなくアナベルに、ドイツ語であえてさりげなく尋ねた。

「彼の言う厳粛な約束はなんらかの書面に残されているのかな、フラウ・リヒター？　それとも、あなたの依頼人がアナトーリー氏から聞いたという伝聞証拠に頼らざるをえないのか」

「書面に残されているのは、名前と、あなたの銀行の口座番号だけです」彼女は緊張して答えた。

ブルーは考えこむふりをした。「ちょっとした問題がある。説明させてもらうよ、イッサ」頭のなかで叫びまくっている声のなかから、合理的に計算をする男の口調を選んで、ロシア語で言った。「きみがお父さんの弁護士だと——あるいは弁護士だったと——言う、アナトーリーなる人物がいる。そして、実父だがきみのほうから縁を切ったと言う、カルポフ大佐がいる。ところが、きみ自身がいない。そうだろう？　きみはなんの書類も持っていない。きみ自身の説明では、ちゃんとした刑務所の記録もあるようだが、理由はなんであれ、それはかならずしも銀行家を安心させるものではない」

「ぼくはイスラム教徒です！」イッサは動揺して上ずった声で抗議し、助けを求めてアナベルをちらっと見やった。「色の濃いチェチェン人です。ほかに投獄する理由が必要ですか！」

「私を納得させてほしいのだ、わかるね」ブルーはメリクのしかめ面を無視して、無慈悲に続けた。「私の銀行の大切な顧客に関する特別な情報を、きみがどうやって所有することになったのか、それを知る必要がある。できれば、家庭の事情をもう少しくわしく聞かせてもらいたい。まずは、いいことも悪いこともすべてそこから始まった、きみのお母さんの話から」酷なことを要求しているのはわかっていたし、そうしたくもあった。メリクから警告はされたものの、イッサの奇怪なエドワード・アマデウスのものまねで、気分が悪くなっていた。「きみの愛する母親は誰なのだ、または、誰だったのだ？　存命かどうかは別として、きみに兄弟姉妹はいるのか」

最初、イッサは口をつぐんでいた。ひょろ長い体をまえに出してテーブルに両肘をつき、ブレスレットが痩《や》せ細った前腕の半分まで落ちた。黒いコートの立てた襟《えり》に頭を埋めて、長い手で守るように抱えていた。そこからふいに子供の顔が現われ、大人の顔になった。

「母は死にました。これ以上ないほど死んでいます。何度も死にました。生まれ故郷の村でカルポフの立派な部隊に捕らえられ、車で兵舎に連れていかれて、カルポフに汚された日に、一度死にました。そのとき母は十五歳でした。その汚れた行為に母みずから協力したと村の長老たちに宣告され、民族の伝統にのっとって、兄のひとりが彼女を殺すために送り出された日にも、死にました。それからぼくが生まれるのを待っているあいだ、毎日死にました。ぼくをこの世に産み出したらすぐに手放さなければならないのを知っていたからです。産んだ子は、陵辱《りょうじょく》された母親の子供を受け入れる軍の児童養護施設に送られることを。自分の死が近いと思っていた母は正しかったのですが、死の原因となった男の行動は予測できませんでした。カルポフは、部隊がモスクワに呼び戻されたときに、ぼくを戦利品として連れていくことにしたのです」

「そのときさみは何歳だった？」

「七歳でした。チェチェンの森や丘や川をわずかながら見られた歳です。神様のお赦《ゆる》しがあれば、いつでもそこに戻っていける歳です。もっと話してかまいませんか」

「もちろん」

「あなたは親切で偉大なかたです。ロシアの野蛮人ではなく、名誉あるイギリス人です。チェチェン人はかつて、イギリスの女王にすがってロシアの暴君から守ってもらおうと夢見ていました。ぼくはあなたの保護を受け入れます。あなたの尊敬すべき父上がカルポフに約束したことです。神様の名のもと、あなたに心から感謝します。ですが、カルポフの金の話をしたいということでしたら、残念ながらお断わりしなければなりません。たとえ一ユーロ、一ドル、一ルーブル、一イギリス・ポンドでも話せません。帝国主義の強盗、不信心者、悪い兵士の金です。われわれの神の法に反する、高利貸しでふくれ上がった金です。ここに来るまでの困難な旅には不可欠でしたが、これからは手を触れません。どうかぼくに、ドイツのパスポートと居住許可を与えてください。医学を学んで人類のために祈れる場所を。お願いしたいのはそれだけです。あなたに感謝します」

イッサは急にテーブルの上に突っ伏して、曲げた両腕のなかに頭を埋めた。レイラが台所から飛び出してきて、しゃくりあげむせび泣くイッサを慰めた。メリクがこれ以上イッサを攻撃させまいとするように、ブルーのまえに立った。アナベルもやはり立っていたが、礼儀を考えてか、出しゃばって依頼人に近づこうとはしなかった。

「私もきみに感謝するよ、イッサ」ブルーは長引いた沈黙のあとで応じた。「フラウ・リヒター、私たちだけで少し話ができないだろうか」

ふたりはメリクの寝室に入り、パンチボールの横で二フィート離れて立っていた。もし彼女の背が一フィート高ければ、面と向かい合っていただろう。蜂蜜色のそばかすの顔から送られてくる視線は、眼鏡の奥で岩のように不動だった。呼吸は意識的に遅く、思えばブルーもそうしていた。彼女は片手でスカーフをほどいて顔全体をあらわにし、最初のパンチをよこしなさいと挑んでいた。ジョージーの大胆さと、彼女自身の難攻不落の美しさがあり、ブルーはどこかで、すでに負けていることを悟っていた。

「あなたはこの話をどのくらい知っていた？」ブルーは自分でも聞いたことのないような声で尋ねた。

「それはわたしの依頼人の問題であって、あなたの問題ではありません」

「彼は請求者であって、請求者でない。私はどうすればいい？　彼は請求を取り下げたが、私の保護は求めている」

「そうです」

「保護は私の仕事ではない。私は銀行家だ。居住許可も、ドイツのパスポートも、医学校の斡旋《あっせん》も、私の仕事ではない！」ブルーは自然に手を動かしていた。めったにそういうしぐさはしない。自分の仕事でないものを挙げるたびに、右の拳《こぶし》を左手に打ちつけていた。

「わたしの依頼人から見れば、あなたは地位の高い人です」彼女は言い返した。「銀行を所有しているということは、この街を所有している。あなたのお父さんと彼のお父さんは悪党で、結託していた。だから、あなたがたは義兄弟です。彼を守って当然だわ」

「私の父は悪党ではない！」ブルーは気持ちを鎮めた。「わかった。あなたは感情的になっている。私もなってしまったようだ。理由あってのことだが。あなたの依頼人は悲劇を体験した。そしてあなたは――」

「ただの女？」

「依頼人のために最善を尽くしている良心的な弁護士だ」

「彼はあなたの依頼人でもあるのですよ、ミスター・ブルー」

ほかの状況ならブルーは熱心に反論しただろうが、このときにはやりすごした。「彼は拷問され、見たところそのせいで精神が錯乱している。しかし遺憾ながら、だからといって真実を語っているとはかぎらない。四人仲間の所有物と身元をわがものにして、その人物の相続権を請求する詐欺を働いていないとどうしてわかる？――何かおかしなことを言ったかな？」

彼女は微笑んでいたが、それはたんに自分の正しさが証明されたという笑みだった。「いま、彼の相続権だと認めましたね」

「いや、そんなことは認めていない！」ブルーはいきりたって言い返した。「完全に逆だ。彼の相続権ではないかもしれないと言ったのだ。たとえ彼の相続権だとしても、金の引き出しの請求はしないんだろう。どこにちがいがある？」

「ちがいは、ミスター・ブルー、あなたのくそ銀行がなければ、わたしの依頼人はここにはいなかったってことよ」

彼女の驚くべきことばの選択について両者が吟味するあいだ、武装したままの停戦が続いた。ブルーはもっと攻勢を強めようとしたが、その気になれなかった。むしろ、だんだん彼女の側に近づいている気がした。

「フラウ・リピター」

「ミスター・ブルー」

「有無を言わさぬ証拠がないかぎり、私としては、当行または私の父がロシアの悪党に援助と慰めを与えていたなどと認めるわけにはいかない」

「では、何を認めるのですか」

「まず、あなたの依頼人は金の引き出しを請求しなければならない」

「しません。アナトーリーからもらった金が五百ドル残っていますが、それもここを出るときにレイラに渡すつもりです」

「もし請求しないのなら、こちらも応じようがない。いまの状況すべてが現実から遠ざかってしまう。というより、無だ」

彼女はその点について考えたが、長くはかからなかった。「わかりました。かりに彼が請求するとしましょう。そのあとどうなります?」

ブルーは彼女が不意打ちをくらわせようとしていると感じて、ためらった。「いや、まずそのまえに最低限の基本的な証拠を見せてもらわないと」

「最低限とは?」

ブルーは時間稼ぎをしていた。リピッツァナーがそもそも避けてきた業務上の規制を盾に取っていた。当時ではなく、いまの話なのだ、と自分に言い聞かせた。対応するのは、老いてだいぶ耄碌《もうろく》していたエドワード・アマデウスではなく、六十歳の私なのだ。

「まずはっきりしているのは、彼の身元を証明するもの、手始めに出生証明書だね」

「そんなもの、どこで手に入ります？」

「それを提示できないなら、ベルリンのロシア大使館に援助を求めてほしい」

「そのあとは？」

「彼の父親の死亡を証明するものと、遺言書のようなものがあればそれも。もちろん父親の弁護士の宣誓供述書つきで」

彼女は何も言わなかった。

「ぼろぼろの新聞記事と怪しい手紙を信じて動けとは言わないだろうね」

まだ無言。

「それが通常の手順だ」ブルーは勇敢に続けたが、この件に通常の手順が当てはまらないことは百も承知だった。「必要な証明書が手に入ったら、あなたの依頼人をドイツの裁判所に連れていって、遺言書の検認をしてもらうか、裁判所命令を出してもらうことをお薦めする。私の銀行はここで免許を得て営業している。免許の条件として、ハンブルク州と連邦共和国の管轄下に置かれている」

彼女が不動の眼でブルーの内面を読むあいだ、また気力をくじかれそうな間ができた。

「規則があるということですね？」彼女は訊いた。

「一部については」

「もしあなたがそれを曲げたらどうなります？　たとえば、もし千ドルのスーツを着た聡明なロシアの企業幹部が、モスクワからファーストクラスで飛んできて、預金を引き出したいと言ったら？　〝ハイ、ミスター・トミー。私はカルポフの息子です。あなたの父上と私の父は飲み友だちでした。預金はどこです？〟というふうに」

「いまとまったく同じ対応をするよ」快活に答えたが、自信はなかった。

いまや負けたのはアナベル・リヒターで、トミー・ブルーは勝者だった。彼女はあきらめて表情を和らげ、ゆっくりと息を吸った。

「わかりました。でも助けて。わたしの手に余るんです。これからどうすべきかしら」

「いつもやっていることをやればいいと思う。ドイツ当局の慈悲にすがって、彼の状況を正してもらうのだ。話を聞いたかぎり、早ければ早いほどいい」

「正すってどうやって？　彼は若いの。わたしより若い。もし正せなかったら？　人生最高の時期をあと何年無駄にさせれば気がすむの？」

「それがあなたの世界だ。ちがうかね？　幸い私の世界ではない」

「いいえ、あなたの世界でもある」言い返した顔にさっと血がのぼって、そのまま消えなかった。「あなたはただその世界に住みたくないだけよ。この話の最高のところを聞きたい？　聞きたくないでしょうけど、教えてあげる。あなたは彼を裁判所に連れていけと言った。正式に検認してもらえと。わたしがそうした瞬間に彼は死んだも同然。わかります？　死ぬの。

彼はスウェーデン経由でここに来た。スウェーデン、デンマーク、そしてハンブルク。船はスウェーデンに寄る予定ではなかったけれど、寄った。船ではそういうことがある。スウェーデン警察が彼を逮捕した。そのときには刑務所暮らしと長旅で消耗しきっていて、もう長くはもたないと思われた。ところが彼はなんとか逃げ出した。持っていた金が役立った。その部分は記憶が定かでないふりをしているけれど。でも逃亡するまえに、スウェーデン警察は彼の写真を撮り、指紋を採取した。どういうことかわかります？」

「いや、まだ」

彼女は落ち着きを取り戻したが、保つのはむずかしかった。「警察のあらゆるウェブサイトに彼の指紋と写真がのっているということ。庇護申請に関する一九九〇年のダブリン条約、あなたも隅から隅まで読んでいるはずですけど、あれによって、ドイツ人の選択肢としては彼をただちにスウェーデンに送り返すしかない。不服申し立ても、適正手続きも関係なし。彼は逃亡した囚人であり、スウェーデンへの不法入国者、ロシアとトルコで指名手配され、イスラム系の政治活動にたずさわった記録もある。彼を国外追放するのはドイツ人ではなく、スウェーデン人」

「スウェーデン人も人間だと思うがね」

「ええ、そうね。不法入国者の扱いについてはとりわけ人間的。スウェーデン人から見れば、彼は不法入国者で、逃亡中のテロリスト、以上。残りの刑期に、看守を買収したかどによる数年を加えたいとトルコ人が要求したら、スウェーデン側はさっさと引き渡して、あとは知ったことじゃない。たしかに、千人にひとりぐらい殊勝なスウェーデン人がいて、うまく仲裁してくれるかもしれないけれど、わたしは聖人にあまり期待しないほうなので。トルコ人はさんざん彼をもてあそんだあと、今度はロシア人に同じことをさせるために引き渡す。一方、トルコ人がもう彼にやるべきことはやったと考えて、パスする可能性もある。その場合には、スウェーデン人が直接ロシアに引き渡す。どちらにしても、さらに刑期と拷問が待っている。彼を見たでしょう。あの体であとどのくらいそういうことに耐えられる？　聞いてます？　わたしにはわからない。あなたの顔を見慣れていないから」

ブルー自身にもわからなかった。どういう顔をすべきなのか、何を感じて表情に出すべきなのか。

「同情の片鱗《へんりん》すら見て取れないと言わんばかりだね」弱々しく抗議した。彼女は相変わらず穴があくほどブルーを見つめていた。

「去年、マゴメドという依頼人がいました。二十三歳のチェチェン人で、ロシア人から拷問を受けていた。個人的な恨みでもないし、科学的な拷問でもないし、ただひたすら殴られていただけ。でも彼はイッサみたいにやさしくて、ちょっと頭が弱かった。殴られたのがよくなかったんでしょうね。ぎりぎりだったところで一発よけいに殴られたのかもしれない。わたしたちは精神病院の線でいくことにした。いわば〝同情〟のカード。マゴメドは動物園が好きだった。彼のことが心配だったから、サンクチュアリー・ノースは大枚はたいて大物弁護士を雇った。その弁護士は、同情のカードは法廷で圧倒的な力を発揮したと報告して、その日は帰っていった。表向き、ドイツには人の送還に関して厳密な規則がある。評決を待つあいだ、わたしたちは彼をもう一日、動物園に連れていこうと計画していた。ちなみに、マゴメドにはイッサのような履歴はなかったの。過激派ではないし、イスラム教徒と思われてすらいなかった。国際刑事警察機構《インターポール》の指名手配もない。ところが朝の五時、やつらはマゴメドを宿泊先のホステルのベッドから引きずり出して、サンクトペテルブルク行きの飛行機に乗せた。猿ぐつわまでかませて。そのときの叫び声を最後に、マゴメドの噂はどこからも、何も入ってこない」どうしたのか顔を赤らめて、息を吸った。

「わたしがいた法学校では、法が命に優先することについて侃々諤々《かんかんがくがく》の議論があった」彼女は続けた。「それがドイツの歴史の真理よ——法は命を守るのではなく、命を脅かす、ということが。ドイツ人はユダヤ人にそうした。いまのアメリカでは、それが拷問と国による誘拐の免罪符になっている。しかも、この考え方は伝染するの。あなたの国にも、わたしの国にも伝染《うつ》る。わたしはその種の法律には尽くさない。イッサ・カルポフに尽くします。彼はわたしの依頼人だから。たとえそれであなたを困らせても、申しわけないとは思わない」

しかし、困っているのは彼女のようだった。顔が真っ赤になっている。

「あなたの依頼人は自分の状況をどの程度認識している？」ブルーは長い沈黙のあとで尋ねた。

「本人に状況を伝えるのがわたしの仕事だから、伝えました」

「それで、反応は？」

「わたしたちにとって悪い知らせが、彼にとっても悪いとはかぎらないの。興味は示していたけれど、彼はあなたが解決してくれると信じてる。この家は監視されてるの、あなたは気づいてないかもしれないけれど。レイラを訪ねてきたあの善意の警官たちがいたでしょう。そう、彼らは善意を装うのは得意なの」

「あなたの知り合いかと思った」

「サンクチュアリー・ノースの人間はみんな知ってるわ。彼らは捜索犬」

彼女の凝視から逃れたかったし、いっとき気を休めたくなったので、ブルーは部屋のなかを歩きまわりはじめた。

「あなたの依頼人についてひとつ質問がある」彼女のほうを振り向いて言った。「おそらく彼の代わりに答えられるだろう。彼の亡くなった父親の口座に関連して、〝道具〟ということばが出てくる。この〝道具〟は、口座にどんな請求をするのであれ、不可欠なのだ」

「それは、鍵かしら？」

「かもしれない」

「三方向に突起がある小さな鍵？」

「ことによると」

「本人に訊いてみます」彼女は言った。

微笑んでいたのか？　ブルーにはふたりのあいだに共謀の火花が散ったように思えた。そうであることを祈った。

「もちろん、彼が請求をすればの話だ」ブルーは厳しくつけ加えた。「もしそうするように彼が説得されれば。さもなければ、われわれはスタート地点に戻る」

「大金ですか？」

「もし彼が請求すれば、そして引き出すことに成功すれば、まちがいなくあなたには金額を教えるよ」取りすまして答えた。

しかし、そこで善良な心に支配されたのか、生まれてこのかた堅物の銀行家として育てられたことを一瞬忘れたのかはともかく、ブルーはふいに不気味な感覚にとらわれた。別の誰か、現実にいる誰か、いまの状況を健全な財務運用に対する脅威ではなく、自然な人間らしさを発揮する絶好の機会と考える誰かが、彼の体を乗っ取り、彼の口を借りてしゃべりだしたのだ。

「だが、それまでにもし私のほうで個人的にできることがあったら――つまり、手伝えることがあれば――正直なところ、合理的な範囲でなんでも喜んで手伝おう。というより、手伝えればうれしい。私にとっても光栄なことだ」

彼女はまじろぎもせずブルーを見ていて、ブルーは自分が口を開いたのかどうかもわからなくなった。

「具体的にどう手伝ってくださるの？」彼女が訊いた。

ブルーとしては前進するしかなかった。それでよかった。すでに気持ちはまえに進んでいたのだから。「道理に適《かな》ったことなら、なんでもする。あなたの指示があれば。完全に。彼が本物であることが前提だがね。そう考えるしかない」

「わたしたちふたりとも、そう考えるしかないわ」彼女は苛立って言った。「いまあなたが本気で手伝いたいと言ったときに、具体的に何を考えていたのか知りたいのです」

それが何だったのか、ブルーにも同じくらいわからなかったが、彼女の視線がもう責めていないのはわかった。なんらかのかたちで彼女の目的に適うことを言ったのだ、そのことに彼女自身もようやく気づいたにしろ。

「おそらく金のことを考えていたのだと思う」ブルーは幾分恥ずかしそうに言った。

「たとえば、彼に金を貸すということ？　将来の遺産に対する前金のようなかたちで？」

ブルーのなかの銀行家がまた短いあいだ目覚めた。「銀行を通して？　ちがう。彼の遺産であることは証明されていないし、本人が請求もしていないのだから。論外だ」

「すると、どういうお金を？」

「あなたの組織にこういう緊急事態のための資金はあるのかな？」

「とりあえずサンクチュアリー・ノースには、最寄りの入国管理センターに彼の手続き費用を払うだけの資金はあります」

「では、彼が一時的に滞在できる……施設がないとか？」

「警察が五分以内に彼を見つけて、滞在先を提供してくれるでしょうね」

ブルーはあきらめなかった。「では、もし彼が本当に病気だったら？　病気を理由に嘆願してはどうだろう。重病人を誰も国外退去にはしないだろう、当然ながら」

「亡命者の半分は病気を理由に使いますが――マゴメドのときにもそうしました――旅行は無理ということに医師が同意すれば、厳重警備の病院で治療を受けて、体力が回復したあと国外に追放されます。もう一度聞かせて――どういうお金のことを考えているの？」

「いや、金額は実際にどのくらい必要かによる」ブルーは銀行家の役に戻って言った。「どういうふうに使うつもりか、多少なりとも話してもらえれば――」

「それはできません。依頼人の秘密なので」

「もちろん。そうあるべきだ。明らかに。だがもし、そうだな、比較的控えめな額でいまの事態を乗りきるつもりなら――」

「それほど控えめでは――」

「――その場合には、状況から見て、私個人の蓄えから貸し出せるだろう。あなたの依頼人に対してだ、むろん。あなたを介して彼だけに使わせるということで」

「完済を保証しなければならない？」

「いやいや、まさか！」どうしてショックを受けるのだろう。「誰もがやるように、ただ非公式に貸すだけだよ。そのうち返してもらえるだろうと期待はするが、まあ、返ってこないかもしれない。当然ながら、あなたが考えている金額にもよるが、だが、そう、完済は要求しないし、その必要もない」

言ってしまった。口に出したからには、信じていた。だからもう一度言うこともできた。

必要とあらば、何度でも。

今度は彼女がためらう番だった。「金額は……その……高くなるかもしれません」

「ああ、だがそれは、高いというのがどのくらいかによる」ブルーはそう答えずにはいられなかった。あなたには高く思えても、私には高くないかもしれませんよという銀行家の笑みを浮かべて。

「もし彼のほうで必要なければ、お返しします。それは信じてください」

「信じている。さあ、合計いくらを考えている？」

何を計算しているのだろう。ブルーがどこまで払うつもりか？　それとも彼女が考えていることにいくらかかるか？　ところで、彼女はいったいいつから金のことを考えていたのだろう。ふたりでこの部屋に入った瞬間から？　あるいは、ブルーが彼女の頭にこのアイデアを吹きこんでから？

「もし本人を説得できればですが、彼がやらなければならないことにかかる金額は、おそらく三万ユーロを下まわることはないと思います」彼女は早口で言いきった。そうすれば額が小さくなるとでもいうかのように。

ブルーはめまいを覚えたが、危険を察知したからではなかった。相手は胡散《うさん》臭い起業家ではない。借り越しをする口座所有者でも、不良債権顧客でも、奇天烈《きてれつ》なアイデアで大失敗する負け犬でもない。奇天烈なことを思いついたのは、むしろ自分だ。いや、たしかにアイデアを思いついたのは自分だが、奇天烈なことではない。

「いつまでに欲しい？」つい自分を抑えられずに訊いた。これも決まりきった質問だった。

「できるだけ早く。せいぜい数日以内に。まわりの事態が急展開するかもしれません。だとすれば、資金はすぐに用意しておかないと」

「今日は金曜だ。いますぐでどうだね。それならバスに乗り遅れることもないだろう。使わなかった分は返してくれるということだから、予備も少し出しておこう。いいね？」ふたりで力を合わせて何かを作っているようだ、とブルーは幽体離脱した気分で思った。

いつものように取引銀行の小切手帳は持っていた。だが、ペンはどこだ？ポケットをあちこちたたいたあとで、メモ帳といっしょに居間のテーブルに置いてきたことを思い出した。彼女が自分のペンを渡し、ブルーがアナベル・リヒター宛ての小切手に、金曜の当日付で五万ユーロと書きこむのを見ていた。ブルーはランドールの上着につねに五、六枚しのばせている名刺の一枚に携帯電話の番号を書き、そこでふと思いついて——絞首刑二回分に値する！——職場の直通番号を書きこんだ。

「そのうち電話してくれるだろうね」ブルーはきまり悪そうにつぶやき、彼女がまだ見つめているのに気づいた。「名前はトミーだ、ちなみに」

客間ではイッサがソファに仰向《あおむ》けに寝かせられ、額にレイラが湿布をのせていた。

「もうここには戻ってこないでくれ」メリクがブルーを玄関に連れていきながら、どすの利いた声で言った。「通りの名前も忘れるのがいちばんだ。おれたちも忘れてくれ。了解？」

「了解」ブルーは言った。

「フォン・エッセン夫妻はずるをしてるの」ミッツィが鏡台の鏡のまえでサファイアのイヤリングをはずしながら宣言した。自分を見ている彼女を、ブルーはベッドから見ていた。ミッツィは齢《よわい》五十だが、入念な手入れと有名外科医の配慮のおかげで、まだ女盛りの三十九歳に見える。あるいはそれに近く。

「あのふたり、教科書どおりのあらゆる手口を使ってる」ミッツィは冷静な眼で首のしわを調べながら続けた。「顔に指を持っていったり、カードに指を当てたり、頭を掻《か》いたり、あくびしたり、鏡を使ったり。あのけばけばしい小柄なメイドも飲み物を運びながら、ベルンハルトを見ていないときには、わたしたちの肩越しに手札を見てる」

午前二時だった。彼らはときにドイツ語、ときに英語で話す。愉《たの》しみの最中には両方を。この夜はドイツ語だった。ミッツィの柔らかいウィーン訛《なま》りの。

「つまり、負けたわけだ」ブルーが言った。

「それにフォン・エッセン家って、におうのよ」ミッツィはブルーを無視して続けた。「下水道の上に建てたから、当然といえば当然だけど。ベルンハルトはあそこでキングを出すべきじゃなかった。せっかちすぎるの。もう少し肝がすわってればラバー（二ゲーム先取）だったのに。あの人もそろそろ大人にならないと」

ベルンハルトは彼女のいつものパートナーで、それはブリッジのときだけではないようにも思われる。だがどうすればいい？　人生はでたらめだ。老ヴェスターハイムは、彼女をハンブルク一のファーストレディと呼んだときに、そのことを証明した。

「今日も仕事が遅かったの、トミー？」ミッツィが浴室から声をかけた。

「かなりね」

「かわいそうに」

いつか本気で、あなたはどこにいたのとか、何をしていたのと訊くかもしれない、とブルーは思った。いや、訊かないだろうな。きみは自分が訊かれたくないことは私にも訊かない。頭がいい。私などよりはるかに。きみの頭脳をもってすれば、数年でわが銀行の経営を立て直せるだろう。

「苛立ってる感じ」ナイトドレス姿で出てきて文句を言った。「全然金曜の夜じゃない。顔を紅潮させて仕事中。睡眠薬は飲んだ？」

「ああ、だが効かない」

「お酒を飲んでたの？」

「スコッチを数杯ね」

「何か心配事でもあるの？」

「もちろんないさ。すべて順調だ」

「よかった。六十をすぎると、ただ起きていたくなるのかもね」

「そうかもしれない」

彼女は電気を消した。

「ベルンハルトがね、自家用機でわたしたちをジルト島の家に招待したいって。明日の昼食に。ふた席空けてあるんですって。あなたも来たい？」

「愉しそうだ」

そのとおりだ、ミッツィ、私は顔を紅潮させて仕事中だ。そう、全然金曜の夜ではない。人生最高の五万ユーロを手放したばかりで、そうした理由もわかっていない。時間を稼いでやるため？　あの若者をどうしようというのだ。アトランティック・ホテルのスイートに入れてやる？

この金曜の夜、私は家までひとりで歩いて帰った。タクシーにも、リムジンにも乗らずに。体が五万ユーロ分軽くなり、気分がよかった。尾行されていたか？　されていなかったと思う。少なくともエッペンドルフで迷うまでは。

どこまでも同じに見える平坦でまっすぐな道をずんずん歩いた。頭は行き先について考えようとしなかった。怖くはなかったし、尾行者――かりにいたとして――をまこうとしていたのでもなかった。たんに方向感覚が狂っていただけだ。

この金曜の夜、私は同じ交差点に三回ぶつかった。いまそこに立っていたら、やはりどちらに進むべきかわからなかっただろう。

さしたる出来事もなかった人生を振り返って、何が見える？　逃亡だ。女の問題であれ、銀行やジョージーの問題であれ、トミーはつねに騒ぎが起きるまえに、ドアから体を半分出していた。自分じゃない、別のふたりがやった、自分はそこにいなかった、どっちにしても彼らが先に殴った——それが昔ながらのトミーだった。

一方、アナベル——アナベルと呼んでもいいだろうか——きみはまったく逆だ。ちがうかい？　衝突を怖れない。本物だ。おそらくそれが、アナベル、アナベルと考えつづけている理由だろう。本来なら、エドワード・アマデウス、この世にいない愛すべきいかれ男め、あんたのせいで私がどれほどひどい目に遭っていることか、と考えているべきなのに。

だが、じつはひどい目になど遭っていない。私は幸せな投資家だ。金で外に出たのではなく、金でなかに入った。あの五万ユーロは私の入場券だった。きみが何を隠していたのか知らないが、とにかく私はその計画のパートナーになった。名前はトミーだ、ちなみに。

きみには誰がいる、アナベル？　誰に話しかけている、いまこのとき？　海の底まで行ったとき、誰といっしょにすごす？

ジョージーの知り合いのような男だろうか。長髪の乱暴な自慢屋で、五万ユーロも持っていない礼儀知らずの？

それとも、世界を股にかけた年配の金満家だろうか。きみが限界を超えるときに説き伏せてくれるような？

父親たち、と睡眠薬が効きはじめた頭で思った。私の父親とイッサの父親。犯罪で結びついた兄弟が、白くなることを拒否した真っ黒のリピッツァナーに乗って、沈む夕陽に駆けていく。

きみの父親は、家にいるときどういう人なのだ。もっともな理由から、私と同じように拒まれ、罵《ののし》られているのか。それとも、そんなことが可能だとして、周囲八千マイル以内の誰からも愛されているのか。いずれにせよ、彼はきみの一部だ。私にはわかる。きみのあの自信、そして地に呪われたる者を救っているときにさえ垣間見えるあの高慢さのなかに、それを感じる。

イッサ、とブルーは考えた。彼女の拾い子。彼女の虐《しいた》げられた男児。彼女の色の濃いチェチェン人。半分しかチェチェン人ではないのに、完全なチェチェン人だと言い張り、かつてパリのモンパルナスあたりにたむろしていた、例外なく天才肌のひげ面のロシア人亡命者のように、皮肉をまき散らす男。

エッペンドルフを歩きまわるべきなのは、私ではなくイッサだ。

5

ギュンター・バッハマンは、日曜の真っ昼間に、偉大なる連邦憲法擁護庁ハンブルク支局長、ヘル・アルニ・モアに会うよう命じられたことに最初は困惑し、すぐに警戒した。モアはこれ見よがしのキリスト教徒で、本来なら家族をぞろぞろ引き連れて、街でも最高クラスの教会に出かけているはずだった。バッハマンは前夜、エアナ・フライが用意してくれたチェチェンのジハード戦士に関する調査ファイルを読みこんだところだった。エアナ本人はめったにないわがままで、ハノーファーにいる姪《めい》の結婚式に行って留守だった。ファイルを読み終わったバッハマンは、コペンハーゲンに飛んで、デンマークの保安部にいる気の合う連中とビールでも飲もうかと考えていた。彼らが許してくれるなら、イッサをこっそりハンブルクまで運んで自分のコートまでプレゼントした、人のいいトラック運転手とひと言話したかった。コペンハーゲンの連絡先に電話までしていたのだ――〝いいとも、ギュンター、空港に迎えの車をやるよ〟。

ところが、そうする代わりに、彼は厩舎《きゅうしゃ》のオフィスのなかを不安げに歩いていて、エアナ・フライも晴れの日用の服装で取りすまして机につき、ベルリンに提出する原価計算表作りにいそしんでいた。

「ケラーが来てる」彼女は頭を上げずに知らせた。

「ケ、ケ、ケラー？　どのケラーだ？」バッハマンは苛立って訊き返した。「モスクワのハンス・ケラー？　アンマンのポール・ケラー？」

「ドクトル・オットー・ケラー、擁護者のなかの擁護者が一時間前にケルンから到着したの。窓の外を見れば、駐車場をふさいだ彼のヘリコプターを拝めるわ」

バッハマンは言われたとおりに外を見て、驚きと嫌悪の声を発した。「いまごろオットーおじさんがなんの用だ？　われわれがまた信号を無視したからか？　おふくろさんの盗聴をしたとか？」

「極秘できわめて緊急を要する戦略会議」エアナ・フライは答え、静かに手元の仕事を続けた。「わたしが聞き出せたのはそこまでよ」

バッハマンの気持ちは沈んだ。「つまり、例の若者を見つけたということか」

「〝例の若者〟というのがイッサ・カルポフのことなら、かなり近づいているという噂ね」

バッハマンは絶望して額をぱしんとたたいた。「逮捕したはずはないぞ。こちらに相談せずに警察が逮捕に踏みきることはないとアルニが請け合ったんだから。〝きみにまかせるよ、ギュンター。きみの事件だ、だが相談はしよう〟、そういう取り決めだった」そこで別の考えが湧いた。さらにひどい考えだった。「アルニに誰がボスか教えるために、警察が逮捕したなんて言わないでくれよ」

エアナ・フライは動じなかった。「わたしの〝ディープ・スロート〟、たまたまアルニのとても無能な防諜部門にいる、テニスのとても下手《へた》な人だけど、その彼女が言うには、とにかく擁護庁は彼に近づいてるって。聞き出せたのはそこまで。わたしが二セット連続六-〇で勝ったことを永遠に赦《ゆる》してくれないの。だからときどき食堂で聞く噂話を贈ってくれるだけ。あなたにはぜったい言わないでとしつこいものだから、当然あなたに言いたくなる」彼女はバッハマンに見つめられながら、計算に戻った。

「どうして今朝《けさ》はそう不機嫌なんだ？」バッハマンは彼女の背中に訊いた。「不機嫌になるのは私の仕事だぞ」

「結婚式が大嫌いなの。不自然だし、屈辱的だと思う。出席するたびに、またすばらしい女性がひとり窮地に追いやられるのがわかるから」

「気の毒なだめ花婿《はなむこ》のほうは？」

「わたしに言わせれば、気の毒なだめ花婿そのものが窮地なの。ケラーは首脳だけの会議にしたいみたいよ。あなたと、モアと、ケラーとの」

「警官はいないのか」

「前宣伝ではいない」

バッハマンは少しほっとして、また中庭を見物しはじめた。「だったら二対一、光り輝く擁護者対破門された黒羊一頭だ」

「ただ、みんな同じ敵と闘っていることは忘れないで」エアナ・フライは厳しく言った。

「〝お互い〟という敵と」

彼女の強い不信感はバッハマンを驚かせた。彼の心境そのものだったからだ。

「いっしょに来てくれるな？」鋭く言い返した。

「馬鹿言わないで。ケラーは大嫌い。ケラーもわたしが大嫌い。わたしはこちらの弱みになるだろうし、たぶんよけいな口もきいてしまう」

しかし、バッハマンの断固たる視線を受けて、彼女はすでにコンピュータの電源を落とすところだった。

バッハマンには心配する理由があった。ベルリンからの噂は絶えない。途方もないものもあれば、胸が騒ぐほど可能性の高いものもあるが、ひとつ確かなのは、対抗する部局のあいだの昔ながらの区別がなくなり、合同運営委員会が、当初想定されていた賢人たちによる諮《し》問《もん》機関からかけ離れて、ひどい内部分裂を抱えて抗争する組織になったことだった。いかなる犠牲を払っても市民の権利を守ろうと決意した一派と、より大きな国家の保全のために市民権を制限しようと決意した一派の争いが、核分裂を起こす臨界質量に達しようとしていた。

こういう時代遅れの分類にはもう意味がないかもしれないが、〝最左翼〟には、国外諜報担当の伊達《だて》男ミヒャエル・アクセルロットが君臨していた。熱烈な欧州連合《EU》派で、アラブ支持者、そして、いくつかの条件つきでバッハマンの指導者だった。〝最右翼〟には、内務省から来た超保守主義者のディーター・ブルクドルフがいる。諜報の新組織の構造ができた暁《あかつき》には、彼がアクセルロットと皇帝《ツァー》の座を争うことになる。誰はばかることなくアメリカの新保守主義者とつき合い、ドイツの諜報コミュニティのなかで、アメリカ側の対応機関との統合推進をもっとも声高に唱える人物だった。

共通項がほとんどないこの両人は、これから三カ月間、同等の権力を持ち、同意した職務を果たすことになっていたが、大将ふたりが離れていくにつれ、指揮下の部隊も疎遠になり、どちらも相手より事実上または想像上の優位に立とうと画策し、小ずるく立ちまわっていた。ブルクドルフは内務省からの出向、モアとケラーは国内諜報部門に雇われる身だから、論理的にモアとケラーは、大いに人好きがして恥知らずなほど野心的なブルクドルフに気に入られようとする。これに対して、物腰が丁寧《ていねい》でブルクドルフよりいくらか歳上のアクセルロットは国外諜報畑、バッハマンはその弟子で同僚だから、論理的にバッハマンの心と精神はアクセルロットのものだ。とはいえ、国内と国外の切り分けがつねに変わり、連邦警察の介入が混乱に拍車をかけ、ベルリンの権力のレイライン（神聖な場所や重要な地点が並んでいると考えられる直線）がまだ引かれていない状況で、何が〝論理的〟であるか説明できる者はいなかった。

エアナ・フライと中庭を横切りながら、バッハマンはそういうことをもう少し野卑なことばで表現して、悪態をついていた。中庭の向こうで待っていたのはアルニ・モアで、学校の男子生徒のように垂れた前髪を揺らしてよたよた歩いてくると、肉づきのいい両手を差し出し、落ち着きのない眼で、バッハマンたちのうしろからもっと偉い人物が出てこないだろうかと抜かりなく探していた。

「ギュンター、わが親友！　貴重な日曜を犠牲にしてもらって申しわけなかった。フラウ・フライ、お目にかかれるとはね！　しかも麗《うるわ》しいドレス姿で！　急いで資料をもうひと組コピーしてもらおう」――そこで保安上の理由から声を下げて――「この打ち合わせのあとで返却してくれ。すべてに通し番号がついている。この建物の外に出してはならない。いや、いや、ギュンター、どうぞお先に！　私が迎える側だから」

緊急提案

ドクトル・オットー・ケラーが、長いマホガニー製の会議机にひとりでつき、資料のファイルに顔を近づけて、白く長い指の先で中身を丁寧《ていねい》に確認していた。三人が部屋に入ると顔を上げ、結婚式の装いのエアナ・フライが参加者に加わったのを認めたあと、また資料に戻った。バッハマンの指定席と思われる椅子のまえにも資料のファイルが置かれていた。ファイルの表紙には〈フェリックス〉の暗号名が黒字で記され、これまでどんな合意がなされていたにしろ、イッサ・カルポフはもはやモアの赤ん坊であることをバッハマンに告げていた。その赤ん坊につけた洗礼名がフェリックスであり、モアが受け持っているあいだは極秘中の極秘情報に分類していた。横の入口から黒いスカートの女性が軽やかに入ってきて、エアナ・フライ用の三つめのファイルを置いて、消えた。バッハマンとエアナ・フライは肩を並べて坐り、モアとケラーが試験監督をするまえで勤勉に宿題に取りかかった。

国際指名手配中のイスラム教徒の逃亡者フェリックスおよび彼に関連する人物を、公訴も視野に入れて、ただちに国、連邦警察、および保安機関による包括的な調査対象とする。モア。

報告第一号

連邦憲法擁護庁ハンブルク支局の現地エージェント［名前削除］が提供した情報：

情報源は、最近ハンブルクに移ってきたあるトルコ人医師で、イスラム教徒の患者の治療にあたっている。ドイツに到着した日、情報源は当庁のために注意を怠《おこた》らない旨《むね》、本エージェントに約束した。動機：連邦当局による好意的な評判。報酬：出来高払いのみ。

情報源の供述

「先週の金曜、穏健な運営で広く知られたオスマン・モスクで、昼の祈りに参加しました。去り際に見知らぬトルコ人の女性が近づいてきて、緊急を要する相談がある、診療所でも通りでもないところで話せないだろうか、と言いました。歳は五十代なかば、小太りで、グレーのスカーフをしっかり巻いて、髪はおそらくブロンド、かなり動揺していました。

モスクにつながる階段を半分上がったところに、導師や位の高い人たちが使う事務室があります。誰もいなかったのでなかに入ると、女性は堰《せき》を切ったようにしゃべりだしましたが、私には真実を語っていないように思われました。訛《なま》りから判断すると、トルコ北東部の田舎《いなか》の出身でした。話の内容には矛盾があるし、ひどく泣いて同情を惹《ひ》こうとしているようだったので、何か企む詐欺師ではないかという印象でした。

私には信じがたい彼女の話は、次のようなものでした。彼女はハンブルクの合法居住者だけれども、市民ではない。彼女と同じく熱心なイスラム教徒の甥《おい》が訪ねてきているが、二十一歳になったその甥は興奮しやすく、ヒステリー、高熱、嘔吐《おうと》、精神的ストレスの発作にたびたび襲われる。問題の多くは少年時代の体験から来ている。素行が悪いと警察にしょっちゅう殴られ、非行少年向きの特別な病院に入れられて、そこでも虐待された。昼夜のどの時間でも食欲は旺盛《おうせい》だが、体は痩《や》せ細ったままで、つねに緊張して、夜になると部屋のなかを歩きまわってひとり言を言っている。神経が興奮する発作が起きると、怒って威嚇《いかく》するようなそぶりを見せることもあるが、ボクシングのヘビー級チャンピオンの息子がいるので、怖くはない。殴り合いで彼女の息子に勝てる人はいない。しかし、その甥を寝かせ、精神的に安定させるために、鎮静剤を処方してもらえるとありがたい。甥は善良で、あなたみたいな医師になろうと心に決めている。

私の診療所に連れてきたら、と言ってみたのですが、それは無理だということでした。第一に病状が重いし、第二に本人を説得できない、さらにみんなにとって危険すぎるので、とうてい許すわけにはいかない、と。これら三つの言いわけは、やはり互いに矛盾している気がして、私はますます彼女が嘘をついていると確信しました。

どうして危険なのかと尋ねると、その女性はいっそう動揺して、甥はどこからどう見ても不法入国者なのだと言いました。もうそのころには〝甥〟ではなく〝うちの客〟と言っていましたが。通りに出れば逮捕される危険がつねにある、彼女も息子も国外退去を命じられるかもしれない、警察を金で抱きこめる夫が亡くなってしまったから、と。

それならあなたの家に行こうと提案すると、彼女はそれもいけないと答えました。私の職業人生に危険が及ぶし、危ないから自宅の住所も教えたくないと言うのです。

その彼の両親はどこにいるのかと尋ねると、彼女が当人の話を理解できたかぎりでは、ふたりとも亡くなったということでした。まず父親が母親を殺し、父親はそのあと軍服姿で埋葬された。それが彼のつらい病気の原因である。なぜ甥の話を理解するのがむずかしいのかと訊くと、精神障害でロシア語しかしゃべれなくなったのだとか。そこで彼女はハンドバッグから二百ユーロを出して、処方薬代だと私に差し出しました。お金も受け取らないし、処方も書かないと断わったところ、彼女は怒りの叫びを発して、階段を駆けおりていきました。

モスクでいろいろ訊いてみましたが、誰もこの奇妙な女性のことを知りませんでした。社会が一体となることを望み、あらゆるテロ行為に反対する立場から、以上の事実を当局に報告することが自分の義務と考えました。好ましくない、ことによると急進派の個人をあの女性が意図的にかくまっていると思うからです」

「ここまでは満足かな、ギュンター?」モアが小さすぎる眼を貪欲にバッハマンに向けて訊いた。

「供述はこれがすべて?」バッハマンは訊いた。

「これは抜粋だ。全体はもっと長い」

「それも読めるかな?」

「情報源の保護だよ、ギュンター、情報源の保護」

ドクトル・オットー・ケラーはそのやりとりを聞いていないようだった。聞くべきではないと思ったのかもしれない。ケラーのような人間は往々にしてそうだが、考え方も、受けた訓練も、法律家なのだ。人生の最優先事項は、部下を励ますことなどではなく、ただひとつ知っている武器、すなわち法律書を部下に放り投げることだ。

報告第二号

連邦憲法擁護庁の要請で調査をおこなった、連邦刑事局の現地エージェント[名前削除]の報告抜粋

与えられた指令は、合法居住者でヘビー級チャンピオンのトルコ人ボクサー、ハンブルク市民ではなく、父親は死去し、母親は情報源の描写に合致する人物を特定することだった。調査の結果、ビッグ・メリクとして知られる、メリク・オクタイ、二十歳が候補者として浮上した。メリク・オクタイは現在ヘビー級チャンピオンで、ターキッシュ

・タイガーズ・スポーツ協会の今年度の代表。アルトナ・ムスリム・スポーツセンターの体育館に飾られた写真には、ボクサーショーツに黒い喪章《もしよう》を縫《ぬ》いつけたビッグ・メリクが写っている。メリク・オクタイはトルコ人の合法居住者ギュルとレイラの息子。ギュル・オクタイは二〇〇七年に死亡し、慣例によりハンブルク＝ベルゲドルフのイスラム墓地に埋葬された。メリクと残された母親のレイラは、ハンブルクのハイデリンク二十六番地に家族が所有していた家に住みつづけている。

付録

オクタイ、メリク、一九八七年ハンブルク生まれの個人記録の概要

十三歳。〈ジンギス・キッズ〉と称する非ドイツ人の若者のギャングを率いていたと報告される。同年代の外国人排斥集団との武力衝突に加わり、勾留二回、監視命令も出された。父親が息子の将来の行動に対する損害賠償預託金を提示するも、申し出は拒否された。

十四歳。学校の討論会において、トルコとサウジアラビアを含むあらゆるイスラム国家からアメリカ軍を追放することを提唱。

十五歳。ひげを剃《そ》らず、イスラム的な服装を好む。

十六歳。十八歳未満の全イスラム教徒によるボクシングと水泳の大会で優勝、所属するイスラム系スポーツクラブの代表に選ばれる。ひげを剃り、西欧ふうの服装に替わる。

イスラム系のロックバンドにドラマーとして参加。

フィーレック通りにあるアブ・バクル・モスクのスンニ派の導師の影響を受けたとされる。その導師がシリアに送還され、二〇〇六年十二月にモスクが閉鎖されたのちは、急進的なイスラム教への入信は報告されていない。

宗教活動

「彼らはもぐる」バッハマンが資料を脇に置いて次のに取りかかろうとしたときに、モアが説明した。

「どこに？」バッハマンはわけがわからず訊いた。

「かつての共産主義者と同じだ。幹部の集まりで洗脳されて狂信者になるが、そのあともぐって狂信者でないふりをする。潜伏者になるのだ」モアは独力でそのことばを発明したかのように言った。「そのスポーツクラブだが、われわれのもっとも信頼できる情報屋がひそかに会員になっていて、第一級の情報を提供してくれるのだ、誇張ではなく。オクタイが崇《あが》められているそのスポーツクラブは、その情報屋の意見によると、隠れ蓑だ。会員たちはボクシングや、レスリングや、トレーニングをして、体を作り、女の子の話をする。みなで集まっているときには、狂信的な発言には賛同しないかもしれないが、それはつねにわれわれが耳をそばだてているのを知っているからだ。けれども、二、三人でコーヒーを飲むとか、オクタイの家を訪ねたときには、イスラム教徒になる。過激派に。そしてときどき、これも同じ優秀な情報屋から聞いたことだが、会員のひとりかふたり、選ばれた者がこっそり姿を消す。どこへ行くのか？ アフガニスタンだ！ パキスタンだ！ イスラム神学校だ！ 訓練キャンプだ！ 戻ってきた彼らは訓練されている。訓練はされたが、潜伏者だ。残りを読んでくれたまえ、フラウ・フライ。読み終わるまであわてて判断しないでほしい。われわれは客観的でなければならない。偏見は禁物だ」

「これは私の担当だということで合意したと思ったが、アルニ」バッハマンが言った。

「そのとおりだ、ギュンター！ われわれは合意した。だからきみはここにいるのだ、わが友人。きみの担当だからといって、われわれは目隠しして耳をふさいでいるわけではない。ちゃんと見ているし、聞いてもいるが、きみの邪魔はしない、いいね？ きみと並走する。われわれはきみの走路に入らないし、きみもこちらの走路に入らない。われわれは、わかったことを蓄積する。このメリク・オクタイという男はもうすぐトルコに行く。結婚式に出るために――表向きはね。母親もいっしょだ、当然ながら。もちろん、われわれは調べた。たしかに結婚式があるようだ。彼の妹の。疑問の余地はない。だが、式のあと、あるいは、まえに、どこに消えるだろうね。ほんの数日かもしれないが、彼は消える。で、母親は何をする？ また別の息子を見つけていっしょにドイツに連れてくるのかもしれない、ことによると。いや、たしかに状況証拠ばかりだ。それは認める。あくまで仮説だ。しかし、われわれは仮説を立てることで給料をもらっている。だからそうしないと。あくまで客観的に仮説を立てる。偏見はなしだ」

報告第三号

フェリックス作戦。連邦憲法擁護庁のハンブルク路上監視チームからの報告

バッハマンは怒りの敷居を越え、職業的な冷静さの領域に入っていた。好むと好まざるとにかかわらず、これは情報だ。合意を無視して収集され、いまさら手のほどこしようがない時期に知らされたものではあるが。バッハマンにしても、かつて逆の立場だったとき、数人に似たようなことをした憶えがある。とにかく内容はあるのだから、知っておきたかった。

本人の可能性がある過去の目撃情報十七日前

フェリックスの特徴を備えた男が、ハンブルク最大のモスクのまえを歩いているところが目撃された。防犯カメラの映像は不鮮明。男はモスクを出入りする信者を見ていたが、自家用車に歩いていく中年の男女に目をつけ、十メートルの距離を置いてついていく。何の用だとペルシア語で訊かれると、男は踵《きびす》を返して逃げていった。男女はその後、フェリックスが指名手配写真の人物と一致することを認めた。

エージェントの注記

モスクがちがう？　シーア派のモスク。フェリックスはスンニ派？

事務担当者の追記

同じ日の遅くに、同様の人物が別のふたつのモスクの外をうろついていた、と複数の情報源が報告している。ともにスンニ派のモスクで、情報源はいずれもその人物がフェリックスであることを認定できなかった。

「こいつは誰を探してたんだろうな」バッハマンは何ページも先を読んでいたエアナ・フライにつぶやいた。答えなし。

報告第三号（続き）

メリク・オクタイは、いとこが経営する青果物卸売業に一時的に雇われている。おじの蠟燭《ろうそく》工場でもパートタイムで働く。別件を装った慎重な聞きこみによって、ここ二週間の出勤は、以下の理由により不充分であることがわかった。

風邪《かぜ》を引いて調子が悪い。

ボクシングの試合が近いのでトレーニングしなければならない。

放っておけない大事な客がふと訪ねてきた。

母親が鬱になった。

隣人たちの話では、レイラ・オクタイは同じ時期、興奮していることが多くなったという。アッラーが貴重な贈り物をくださったが、それが何か説明してくださらない、と近所に話している。さかんに買い物をするのだが、病気の親類を介抱しているからという理由で、誰も家のなかに入れようとしない。本人は政治的に未熟だが、ある隣人に言わせると、〝深く〟て〝秘密主義〟で〝急進的、無節操、そしてひそかに西欧に恨みを抱いている〟。

「ところが、次に何が起きたか見るがいい」モアがバッハマンを急《せ》かした。

バッハマンはまだ状況に対応できていなかった。モアはひと言の断わりもなく、オクタイ家に全面包囲の監視態勢を敷いていたのだ。さらにハンブルク警察の広報部まで巻きこんで、オクタイ家を〝親善訪問〟させ、謎の客をひと目見るチャンスに賭けていた。古来知られた諜報ルールの運用をあらゆる面で妨げる男だが、大暴れして戦利品を手にするのもモアだった。

フェリックス作戦
報告第四号、四月十八日金曜の夜に関して

二十時四十分ごろ、監視対象のメリク・オクタイはハイデリンク二十六番地の自宅を出た……二十一時十分に帰宅したとき、十五メートルうしろから、二十五歳前後の小柄なブロンドの女性がついてきた。女性は大きなリュックサックを背負っていたが、中身はわからない。

もちろんわかるわけがない、とバッハマンは思った……

彼女といっしょに、体格のいい男性が現われた。年齢は五十五から六十五歳、黒髪で、民族ドイツ人（二十世紀初めに使われた歴史用語で、ドイツ帝国外に住むドイツ民族を指した）かもしれないし、トルコ人、あるいは肌の色の薄いアラブ人かもしれない。メリクが自宅の玄関の鍵を開けているあいだ、ブロンドの女性はイスラム教徒ふうに頭にスカーフを巻いた。歳上の男性につき添われて、彼女は通りを渡り、ふたりともメリクの母親のレイラによって家のなかに招じ入れられた。レイラはしゃれた服を着ていた。

「写真はないのか？」バッハマンが鋭く訊いた。

「チームはそこまで準備していなかったのだよ、ギュンター。どうしてできる？　偶然の成果だったのだから。その日二回目のシフトでくたびれた女性ふたりが、歩行者のふりをしていた。夜九時で、暗かった。誰からも、今夜はすごい夜になるぞと言われていなかった」

「つまり写真はないわけだ」

バッハマンは読みつづけた。

真夜中から五分すぎ、体格のいい男性がひとりで二十六番地の家から出てきて、通りの先へ歩いていき、見えなくなった。

「家は突き止めた？」バッハマンは次のページをちらちら眺めながら訊いた。

「この男は訓練を積んだプロだったのだ、ギュンター、最高の！」モアは興奮して説明した。「小さな路地を使ったり、すでに通った道を引き返したり。夜中の一時の人気《ひとけ》のない通りで、どうしてそんな男を尾行できる？　監視用に車を六台用意していたが、二十台走らせても、あの男は逃げおおせただろう」と誇らしげに締めくくった。「それに、彼を興奮させたくなかったのだ、わかるだろう。相手が訓練を積んで監視を警戒しているときには、こちらもよくよく注意しなければならない。抜け目なくやらないと」

報告第四号（続き）

二時三十分、二十六番地の家で激しいことばのやりとりが発生。レイラ・オクタイの声がもっともよく聞こえた。正確な内容は把握できなかったが、話されていた言語は、トルコ語、ドイツ語、そしてもうひとつ、おそらくスラブ系の言語だった。断続的に、未知の女性の声が聞こえたが、通訳をしていたのかもしれない。

「彼らは本当に聞いたのか？」バッハマンは読みながら訊いた。

「ワゴン車に新しいチームがいた」モアが満足げに言った。「私自身が命令したのだ。指向性マイクを使う時間はなかったが、彼らが全部聞いた」

午前四時、前記の未知の若い女性が頭にスカーフを巻き、リュックサックを持って家から出てきた。男がひとりいっしょにいたが、すでに当方のエージェントが見た男ではなかった。特徴は次のとおり：二メートル近い長身、スカルキャップ、長く黒いコート、二十代前半、歩幅が広く、動揺した様子、肩に色の薄いバッグ。ふたりが出ると、メリク・オクタイがドアを閉めた。ふたりは狭い通りを早足で歩いていって、消えた。

「見失ったんだな」バッハマンが言った。

「一時的にだ、ギュンター！　ほんの一時間ほど。だがすぐに見つけたよ。彼らは早足で歩き、地下鉄に乗り、タクシーに乗り、また歩きだした。監視をまく典型的な手法だな。先に出発した体格のいい男のように」

「彼らの電話は？」

「次のページだ、ギュンター。すべてそこにある。携帯電話が左、固定電話は右。メリク・オクタイからアナベル・リヒター。アナベル・リヒターからメリク・オクタイ。全部で九回。アナベル・リヒターからトマス・ブルー。トマス・ブルーからアナベル・リヒター。一日に三回。金曜だ。現段階では、かけた記録しかない。会話の内容まではわからないが、あとでそれも一部取得できるかもしれない。明日、もしドクトル・ケラーの許可がおりれば、信号情報も少々取り入れよう。すべて合法におこなわなければならない、言うまでもないことだが。ところで、あのバッグには何が入っていたのかな。教えてくれ。なんだと思うね、フラウ・フライ？　あの怪しいふたりは、オクタイの隠れ家から何を回収して、真夜中にどこに運んだのだろう。その目的は？」

「リヒターとは？」バッハマンが資料から眼を上げて尋ねた。

「弁護士だよ、ギュンター。ロシア語ができる。家柄は最高。ハンブルクの慈善団体、サンクチュアリー・ノースで働いている。彼らの一部は左寄りだが、まあ、気にすることはない。慈善家ぶった連中だ。保護が必要な人々や不法入国者に、住むところを見つけてやったり、申請の手伝いをしたり、あれやこれや」

あれやこれやの言い方に棘《とげ》があった。

「ブルーは？」

「銀行家。イギリス人。ハンブルク在住」

「どういう銀行家だ？」

「個人向け。最高の金持ちだけを相手にしている。船団の所有者とかね。大きな船の」

「その銀行家があそこで何をしていたのか、誰か考えは？」

「まったくの謎だ、ギュンター。もうすぐ本人に訊くことになるかもしれない。ドクトル・ケラーの許可があればだが、もちろん。この銀行はウィーンでいくつか問題を起こした」アは続けた。「さて、聞いたところでは、フェリックスは少々うしろ暗い人物のようだ。用意はいいかね？」

「用意とは？」

モアは興行主さながら人差し指を立てて静粛を求め、ブリーフケースを探って、茶色の封筒を取り出した。その封筒から、電子タイプライターで打った紙を二枚引き出した。バッハマンはケラーのほうを盗み見た――まじろぎもしない。エアナ・フライはファイルを閉じ、椅子の背にもたれて、怒りもあらわに床を睨《にら》みつけていた。

「〝ロシアより愛をこめて《フロム・ロシア・ウィズ・ラブ》〟」モアが耳障りな英語で言い、紙をバッハマンのまえに置いた。

「今朝《けさ》、うちの翻訳部門で作成したばかりだ。読んでもよろしいかな、フラウ・フライ？」

「どうぞ、ヘル・モア」

モアは読みはじめた。

「〝二〇〇三年、ロシア連邦カバルダ・バルカル共和国の首都ナリチクで、凶悪な民兵集団が警官たちに理由もなく武装攻撃を加えた事件について、ロシア連邦の保安機関が調査に乗り出した〟」モアは偉ぶった声で朗々と読み、顔を上げて、全員が注目していることを確認した。

「〝全員が隣国チェチェンから来た反体制派のジハード戦士である、その犯罪集団の首謀者は、ドンビトフという男で、極度に急進的な見解を広める地元のモスクの理事だった。ドンビトフの携帯電話のメモリには〟」――間を置いて――「〝本件フェリックスの名前と電話番号〟」――思いきり強調して――「〝およびほかの構成員である犯罪者の名前と電話番号が登録されていた。当局に尋問されたドンビトフは、携帯電話に登録されている人物はすべて民兵集団サラフィに所属すると告白した。サラフィは恒常的に暴力行為をおこない、そこで用いられるのは〟──充分な間──「〝自家製、低品質だがきわめて殺傷力の強い爆発物である〟」

エアナ・フライの頭がわずかに持ち上がった。「彼らは拷問されたのよ」エアナはわざとさも当然という口調で説明した。「アムネスティ・インターナショナルから聞いた話です。わたしたちは公共の情報源を無視しません、ヘル・モア。アムネスティの目撃者によると、当局は被疑者を殴り、彼らに電気ショックを与えた。まずドンビトフを拷問し、次に彼が名前をあげた全員を拷問した。つまり、そのモスクにかよっていた全員を。彼らの犯罪を裏づける本物の証拠はこれっぽっちもないのです」

モアは顔を曇らせた。「これをもう読んだのかね、フラウ・フライ？」

「はい、ヘル・モア」

「私を飛び越えて、直接、翻訳者から仕入れた？」

「わたしたちの調査員が昨晩、ロシア警察の報告書をダウンロードしたのです、ヘル・モア」

「きみはロシア語がしゃべれるのか」

「はい。ヘル・バッハマンも話します」

モアはすでに立ち直っていた。「では、フェリックスの履歴も知ってるわけだ」

ドクトル・ケラーの苛立った声が割りこんだ。「続きを読んでもらえるかな。始めた以上、最後まで」

モアがまた読みはじめると、バッハマンは机の下で足を伸ばし、エアナ・フライの足の上にそっとのせたが、彼女は自分の足をするりとはずした。もう抑えるすべはない。

「〝フェリックスの過激思想とテロ活動は、共犯者たちも認めるところであり、彼らはフェリックスを〈悪い羊飼い〉と呼んだ〟」モアは根気よく続けた。「〝その結果、犯罪者フェリックスは未決勾留センターに十四カ月入れられ、地元の交番への攻撃二件と、仲間のイスラム教徒をそそのかしてテロ活動に加担させた罪に問われた。フェリックスはそのすべてについて自白し、罪を認めた〟」

「強制されたのよ」エアナ・フライが重々しく言った。

「これがすべて捏造《ねつぞう》だと言いたいのかね、フラウ・フライ？」モアが訊いた。「犯罪とテロの分野において、われわれがロシアときわめて良好な協力関係にあることを知らないとでも？」

返事がなかったので、モアは続けた。

「〝二〇〇五年、ノゲロフなる偽名の身分証明書を持っていた犯罪者フェリックスは、ロシア連邦タタールスタン共和国のブグリマにおいて、ガスパイプラインの破壊工作に加わり、連邦の保安機関に逮捕された。地元組織の迅速な対応により、反社会活動の一派が、その破壊工作の現場から近い人跡まれな納屋に、劣悪な状況で暮らしていることが明らかになった〟」
「そのパイプラインは古くて腐敗していた。ロシアのパイプラインはどれもみなそうだけれど」エアナ・フライが超人的な辛抱強さで説明した。「地元の発電所の酔っ払いの所長が、警察に金を握らせて、それを破壊工作と呼ばせたのです。警察はいちばん近くにいたイスラム教徒の脱落者の集団を引っ捕らえて、無理やりフェリックスを首謀者と認めさせた。ヒューマン・ライツ・ウォッチによれば、警察はその納屋の床下に爆発物を隠したうえで発見し、集団をまるごと捕らえて、ひとりずつ、ほかの仲間が見ているまえで拷問した。いちばん長く持ちこたえた人でさえ二日だった。彼らはフェリックスに、記録を破る自信はあるかと訊いた。フェリックスはがんばったけれど、だめだった」

バッハマンは、そこでやめてくれと祈っていたが、エアナ・フライの正義の怒りはなおも彼女を駆り立てた。

「納屋は爆発の現場から全然近くもなかったのです、ヘル・モア。納屋から道沿いに四十キロメートル離れていて、少年たちには車はおろか、自転車も、バスの運賃もなかった。その月はイスラム教徒の断食月《ラマダン》でした。警察が踏みこんできたとき、彼らは元気を出すために、自分たちで考案したホッケーの試合を、手作りのスティックでしていたのですよ、ヘル・モア」

今度はケルンのドクトル・オットー・ケラーが打ち合わせを主導した。

「すると、きみはこの報告書に異議を唱えるのだな、バッハマン？」

「答えは〝はい〟であり、〝いいえ〟です」

「というと？」

「ほかの人なら、たとえ異を唱えるとしてももう少し穏やかにするでしょうね」

「ほかの人？」

「こういうものを信じやすい人です」

「きみに中庸はないのだね？　フェリックスに対するこの告発が部分的に正しいとも思わないわけだ。たとえば、ここに書かれているように〝ジハード戦士〟でもないというのか」

「もしわれわれが彼を利用するつもりなら、むしろジハード戦士だったほうが好都合です」

「つまり、筋金入りのジハード戦士が喜んできみに協力する、そう言いたいのかね、バッハマン？　その分野でわれわれはいまのところあまり成功していないが」

「かならずしも協力してもらう必要はありません」バッハマンは喉元《のどもと》が締めつけられるのを感じながら反論した。「むしろ協力してもらわないほうがいいかもしれない。こちらから手を貸して、好きにやらせるのです」

「一方的な理屈に聞こえるが」

「いまのフェリックスを見るかぎり、わけがわからないのです。鉄道駅で彼を助けるために現われた、提督と呼ばれる男に関するうちの報告書をお持ちでしょう。フェリックスが乗ってきたトラックの運転手に関するものも。逃亡には大金がかかったはずなのに、あの若者は路上で寝ていました。チェチェン人だと言いますが、本物のチェチェン人ではありません。もし本物なら、ほかのチェチェン人を頼るはずです。イスラム教徒ですが、スンニ派とシーア派のモスクの見分けもつきません。そしてある夜、市民権擁護の弁護士と、イギリス人の銀行家が彼を訪ねた。彼にとっては、ハンブルクでなければならなかった。なぜか。ある使命を帯びてハンブルクに来たのです。それは何か」

モアが飛びついた。「使命！　まさに！　女性テロリストとその息子に近づいて、一般人を装ったジハード戦士のアジトをここハンブルクに作る使命だよ！　フェリックスは逃亡中のテロリストだ。イスラム教徒の民衆扇動家に教化されてひげを伸ばしたが、それを剃《そ》り落として西欧人のふりをしているトルコ人のごろつきといっしょに、潜伏している。真夜中にドイツ人の女性弁護士とどこかに消え、バッグのなかには何を持っていたかもわからない。そんな男を、相手に悟られずに利用したいというのか？」

王座から判定を告げるケラーの乾いた声には、死刑宣告の厳しさがあった。

「責任ある保安担当者ならば、漠とした作戦上の野心のために、いま存在する明確な脅威を無視するわけにはいかない。私の見解では、捜索活動をおこなって逮捕したことが世に知れ渡れば、イスラム同調者への抑止効果になり、ほかの捜索にたずさわる者たちの自信回復にもつながる。確固たる結末がどうしても必要な事件というのがあるが、今回はそれだ。したがって、本件できみたちがどんな利益を見込んで活動してきたにせよ、それはとにかく脇に置いて、連邦警察に対応をまかせ、憲法下の適正な手続きをとってもらうことを提案する」

「つまり、逮捕ということですか」

「なんであれ、法のもとでの妥当な手段だ」

そして、なんであれ、合同運営委員会の最右翼の友人、ブルクドルフの点数が稼げる手段だ、とバッハマンは思った。ぼんくらの連邦警察の陰で、あんたが諜報の大天才に認定されるような手段ならなんでも。結果、おれは何も達成できず、あんたもそれを望んでいる。

しかし、このときばかりは、バッハマンはそんな考えをおくびにも出さなかった。


エアナ・フライとバッハマンは横並びで中庭を横切り、貧相な乗用馬厩舎の職場に戻った。自室に入ると、バッハマンは上着をソファの肘かけに放り、暗号通話用の回線で、合同運営委員会のミヒャエル・アクセルロットに電話をかけた。

「すべてわたしのせいだと彼に説明して」エアナ・フライが両手で頭を抱えて言った。

しかし、ふたりとも驚いたことに、アクセルロットの声は思ったよりずっと上機嫌だった。

「食事はしたのか?」バッハマンからだとわかると、彼はいつもの愛想のよさで訊いた。

「だったらサンドイッチでも食べて、そこにいたまえ」

彼らはケラーのヘリコプターが離陸するのを待ったが、それはいつまでも飛び立たず、ますますふたりの気分を重くした。サンドイッチは食べたくなかった。午後四時になって、ようやく暗号電話が鳴った。

「十日の猶予を与える」アクセルロットは言った。「十日後にいい議論ができていなければ、彼らは逮捕する。ここではそういうやり方になっていてね。十日だ、十一日ではなく。幸運が必要だな」

6

わたしは依頼人のマゴメドのためにこうしている――彼女は心の混乱のなかで、少しでもはっきりさせたい思いから自分にそう言い聞かせていた。

依頼人のイッサのためにこうしている。

法より命を重んじるためにこうしている。

わたし自身のためにこうしている。

わたしがこうしているのは、銀行家のブルーが資金を出してくれて、その資金からアイデアが生まれたからだ。いや、ちがう！　アイデアはブルーの資金が来るずっとまえから、わたしのなかで育っていた。ブルーの資金は天秤を一方に傾けただけだ。イッサと初めて向き合った瞬間から、いまの体制ではどうしようもないのがわかった。これは救わなければならないが救えない命だ、わたしは自分を弁護士ではなく、兄のフーゴのような医師と考えなければならない、と思った。そして自問したのだ。この傷つけられた若者に対するわたしの義務は何だろう。マゴメドのときのように彼を法律の溝に残し、死ぬまで血を流させるとしたら、わたしはどういうドイツの弁護士なのだろう。

そんなふうに考えているかぎり、勇気を持ちつづけられる。

夜が明けかけていた。薄紅《うすくれない》の街の空に、幾ひらかの濃紺の雲が暗い染みを作っていた。アナベルが一メートル先を歩き、イッサはイスラム教徒の慣習にしたがわず、長く黒いコートを着て彼女のすぐうしろを大股でついていった。アナベルの想像のなかでは、ふたりは永遠の難民だった。彼女にはリュックサック、彼にはサドルバッグ。レイラの家であった最後の大声でのやりとりが、まだアナベルの頭のなかで鳴り響いていた。

レイラの横にメリクが黙って立っている。レイラには、なぜイッサが去ろうとしているのかまったくわからない。彼女の叫びは天への叫びだ。レイラはイッサが去ろうとしていることさえ知らなかった。どうして誰も言ってくれなかったの。夜のこんな時間に彼をどこへ連れていこうというの。友だち？　どんな友だち？　わかってたら、食べ物を用意してイッサに持たせたのに。イッサはわたしの息子、アッラーからの贈り物、わたしの家は彼の家、ずっとここにいていいんだよ！

五百ドル？　そんなもの一ペンスだって受け取らない！　お金のためにしたんじゃない。すべてアッラーのため、愛するイッサのためだ。ところでアッラーの名のもと、彼はそんなお金をどこで手に入れたの。さっきまでいた、あの金持ちのロシア人から？　それに、いまどき五十ドル札なんて誰も受け取ってくれないよ！　みんな贋札《にせさつ》だ。イッサが金をくれるっていうのなら、どうして二週間も隠し持ってたの、男らしく最初から出さないでさ。

そのあとメリクも、やはり涙にかきくれてイッサに赦《ゆる》しを乞い、永遠の友情を誓い、その証《あかし》として大切なアザーン（イスラム教の礼拝の呼びかけ）用ポケットベルを贈らなければならない。メリクが愛するおじからもらったイスラム教徒の土産で、祈りの時間を電子音で知らせるものだ。

「持っていけよ、愛する兄弟。これをやるから肌身離さず持ってろ。誰にでも使えて、祈りを忘れないから」

その手のものに慣れていないイッサに、メリクが使い方を説明しているあいだに、アナベルはメリクの定位置の窓辺に立ち、道の五十メートル先に停まっている冷凍食品のワゴン車を観察しつづける。それまで誰もなかから出てきておらず、だから彼女はイッサとその通りに達したときに、右にも左にも曲がらず、ワゴン車から完全に見える場所で適当に渡って、小さな路地に入ったのだった。路地を進んで、運がよければ狭い門を抜け、もっと広い通りに出られるだろうと思った。車が行き交い、バスの停留所もあるような、まえの通りと並行して走る通りに。最初イッサは恐怖で身を強張《こわば》らせ、アナベルは止まらず歩かせるために、コートの袖を――腕そのものではない、たとえ服越しであれ――引っ張らなければならなかった。

「どこへ行くのかわかっている、アナベル？」

「もちろんよ」

だが、たどり着くまで注意しなければならない。合理的なルートはとらない。最寄りの地下鉄駅は歩いて十分。

「車内では話さないわよ、イッサ。もし誰かに話しかけられたら、口を指さして首を振って」おとなしくうなずくイッサを見て、アナベルは思った――わたしもこの人の逃亡を助けるアナトーリーのマフィア仲間だ。

地下鉄は移民のビル清掃員で混雑していた。アナベルの指示でイッサは彼らに混じり、みなと同じように下を向いていた。アナベルは暗い窓に映る彼の姿を見ていた。わたしたちはカップルじゃない。たまたま同じ車輛に乗り合わせた男女だ。現実の世界でもそう。そう思っておくほうがいい。駅に停まるたびにイッサはアナベルのほうに眼を上げるが、彼女は四つめの駅まで無視した。おりて駅前に出ると、クリーム色のタクシーが並んでいた。最前列のタクシーのうしろのドアを開け、先に乗って、イッサが入ってくるのを待った。ところが入ってこないので一瞬ぞっとしたが、消えたイッサはまえの助手席にまた現われた。おそらく彼女と体が触れ合うのを避けたのだろう。スカルキャップを引き下げているので、アナベルが凝視できるのは帽子にすっかり包まれた頭と、そのなかで進行している謎だけだった。自宅の通りの五百メートル手前の交差点で料金を払ってタクシーを返し、ふたりはまた歩いた。まだ時間はある、とアナベルは思った。橋が見えてくると、また勇気がくじけた。彼を連れて橋を渡り、警察に引き渡せばすむのだ。喜ぶ共同体から感謝のことばを贈られ、残りの人生を恥とともに生きればいいのだ。

彼女の母親は地区判事、父親は引退したドイツ外務省の法務担当だった。姉のハイディは検事と結婚している。敬愛する兄のフーゴだけが法律論争にどうにか勝利して、最初は一般開業医、いまはむら気ながら優秀な精神科医になって、地上最後の純粋なフロイト派を自認している。

家族のなかの反逆児だったアナベルが法律に屈したことは、いまだに本人にとっても謎だった。両親を喜ばせるため？　まさか。同じ職業につくことで、彼らとちがう人間であることを、彼らの理解できることばで示せると思ったのかもしれない。安穏と暮らす金持ちから法律を奪い取って、本当に必要な人たちに与えられると。だとすれば、サンクチュアリー・ノースで働いた十九ヵ月は、それがどれほど見当ちがいだったかを彼女に教えていた。

無実の罪を着せる嘆かわしい裁判に延々《えんえん》と立ち合い、依頼人たちの恐怖の体験談が、外の世界といえば二週間の休暇で行ったイビサ島しか知らない低級官僚にいいの悪いのと裁かれるのを、悔しさに唇を噛《か》んで聞いてきた。アナベルには、いつの日か、それまで不承不承受け入れてきた職業的、法的な原則をひとつ残らず捨てなければならないときが来る――そのような依頼人が現われる――のがわかっていたにちがいない。

読みは正しかった。そのとき、その依頼人が、ついにやってきた――イッサが。

ただ、イッサのまえにはマゴメドがいた。あの愚かで、人を信じやすくて、痛めつけられていて、あまり信頼が置けないマゴメドが、もう二度とあんなことがあってはならないと教えてくれたのだ。

手遅れで明け方の空港に駆けこむことも、滑走路で昇降口を開けて待っているサンクトペテルブルク行きの飛行機も、縛られて階段をのぼらされる依頼人も、あってはならない。もはや現実だったのか幻だったのかもわからないが、機内から窓越しに弱々しく別れを告げていた、手錠のはまった手も、二度とあってはならない。

だから、イッサに関して彼女がいっときの感情に流され、衝動的な決断をしたと言ってはいけない。彼女の決断は、あの日ハンブルク空港でマゴメドの死刑囚護送車が低い雲のなかに消えていくのを見たときに、なされていたのだ。先週、レイラの家でイッサをひと目見て、彼から話を引き出したときに、彼女にはわかった。これはマゴメド以来、ずっと自分が待ち望んでいた依頼人だと。

まず彼女は、家族伝来の行動規則をあえて思い出して、冷静に〝既知の事実〟を検討した。スウェーデンに上陸したときから、イッサは救いようがなくなった。

救出に使えそうな法的手段はほとんどない。

彼をかくまう勇敢で貧しい人々は、みずから危険を背負いこむことになる。イッサはこの街に長くはとどまれない。

次に彼女は、現実を直視した。いまのありのままの状況で、テュービンゲン大学とベルリン大学で法律を学んだアナベル・リヒターは、純粋理論的に、現実問題として、この依頼人のためにどういう厳《おごそ》かな義務を果たせるのだろうか。

この依頼人をどう世間から隠し、住まわせ、食べさせるのがいちばんいいのだろう。できることがわずかしかないというのは、何もしないことの言いわけにはならない、というのも家族の教えだった。

〝われわれ法律家は氷山になるために地上に生まれたのではない〟と父親はよく説教したものだ。よりにもよってあの父が！　〝われわれの仕事は、自分の感情を認めて、コントロールすることだ〟

そうね、親愛なるお父さん。でも〝コントロールする〟ことによって、その感情を壊してしまうと思ったことはない？　悲しいと何度言ったら、悲しみを感じられなくなる？　それに、反論してごめん、コントロールするって具体的にはどういうこと？　まちがったことをするために、正しい法的な理由を見つけること？　もしそうなら、それはわれわれ輝かしいドイツの法律家が、偉大なる歴史の空白期、別の言い方ではナチス時代の長い十二年間でやったことじゃない？　どうしたわけか、わが家の会議ではほとんど触れられることがないけれど。いずれにせよ、これからわたしは自分の感情をコントロールします。

人生においては、代償をきちんと最後まで払う覚悟ができているかぎり、何をしようとかまわない。わたしが意に添わない重大な罪を犯したとき、お父さんはよくそう言って諭《さと》した。親愛なるお父さん、いまわたしには覚悟ができています。代償を最後まで払う。たとえそれが、充実はしているけれど短かったこの職業人生を捨てることだとしても、そうします。

そして、やさしい神の思《おぼ》し召しによって――もしそのように信じられるなら――わたしはたまたま一時的にふたつのアパートメントを所有しています。ひとつはすぐにでも手放したいもの、もうひとつは、愛するお祖母《ばあ》さんの遺産の残りで、ほんの六週間前に買って、いま改装に余念のない、港のまえのすばらしい部屋。それで足りなければ、神の思し召しか、罪悪感か、突然予想外に湧いた同情か、どれによるものか考えている暇はないけれど、とにかく自分には資金が与えられた。ブルーの資金だ。ブルーの気前のよさのおかげで、短期的な計画、つまりごく短いあいだの危機をなんとか乗りきる緊急対策のみならず、長期的な計画も立てられるようになった――解決策を見つけるまでの時間を稼いでくれる計画、愛する兄のフーゴの助けを得ながら慎重に実行すれば、イッサを追跡者から安全に隠しておけるだけでなく、彼を回復の軌道に乗せることができる計画を。

「そのうち電話してくれるだろうね」とブルーは言った。まるでイッサと同様、ブルーも彼女に救ってもらう必要があるかのように。

何から救えというのだろう。感情が死んでしまうことから？　ブルーも溺《おぼ》れかかっているのだろうか。彼にもただ手を差しのべればいいのだろうか。

ふたりは彼女の家に着いた。アナベルが振り返ると、イッサは枝を大きく広げた菩《ぼ》提樹《だいじゅ》の陰で、サドルバッグを黒いコートで包みこむように抱えて身を縮こまらせていた。

「どうしたの？」

「あなたたちのＫＧＢが」低い声で言った。

「どこに？」

「タクシーに乗っているときから尾《つ》けてきました。最初は大きな車、次は小さい車で。男ひとりと、女ひとり」

「たまたま通りがかった二台の車よ」

「どちらの車にもラジオがついていた」

「ドイツではすべての車にラジオがついてるの。一部には電話もついている。お願い、イッサ。それから声は大きくしないで。みんなを起こしたくないから」

通りの左右を見て何も異常がなかったので、階段を玄関のほうにおりていった。ドアの鍵を開け、イッサにうなずいて、なかに入れようとしたが、イッサは家の隅に寄って動かず、あとから距離を置いて入ると言って聞かなかった。

部屋は急いで出たときのままだった。ダブルベッドの上がけも枕もくしゃくしゃで、パジャマが脱ぎ捨ててあった。衣装箪笥《だんす》は二面あり、左がアナベル、右がカーステン用だった。三カ月前にカーステンを追い出したのだが、カーステンには服を取りにくる度胸がないようだ。あるいは、服を残しておくことによって、戻ってくる権利を主張している。まあ、勝手にすればいい。最高級ブランドのバックスキンのジャケット、デザイナージーンズ一本、シャツ三着、ソフトレザーのモカシン一足。それらをベッドの上に放り投げた。

「ご主人のものですか、アナベル？」イッサが部屋の入口から訊いた。

「いいえ」

「それなら誰の？」

「つき合っていた男性のものよ」

「亡くなったのですか、アナベル？」

「別れたの」イッサにファーストネームで呼ばせなければよかったと思っていた。依頼人にはみなそうさせて、姓のほうは伏せておくのだが。

「どうして別れたんです、アナベル？」

「お互いに合わなかったから」

「どうして合わなかった？　愛し合っていなかったのですか？　彼に厳しすぎたんじゃありませんか、アナベル？　かもしれない。あなたはとても厳しくなれるから。ぼくにもわかった」

最初、彼女はそれを笑いとばすべきなのか、やめさせるべきなのかわからなかった。しかし、答えを求めてイッサのほうを見ると、その眼には当惑と恐怖しか浮かんでおらず、彼がこちらに逃げてくるまえの世界には、プライバシーなどというものが存在しなかったことを思い出した。同時に湧いた次の考えに圧倒されて、恥ずかしさと不安を覚えた。長年監禁された末、イッサが初めてふたりきりになった女性が彼女なのだ。しかも朝の早い時間に、当人の寝室で。

「あそこのカバンをおろしてもらえる、イッサ？」

イッサが通れるようにうしろに大きく下がりながら、携帯電話を上着のポケットに入れておくべきだっただろうかと思った。もっとも、事態が急迫したときに誰にかければいいのか見当もつかない。箪笥《たんす》の上のカーステンの旅行カバンに、うっすらと埃《ほこり》が積もりかけていた。イッサはそれを持ち上げ、ベッドの服の横に置いた。アナベルは服をカバンのなかに押しこみ、物置の下から丸めた寝袋を取り出した。

「あなたと同じ弁護士でしたか、アナベル？　つき合っていたその人は」

「彼の職業なんてどうでもいい。あなたには関係のないことよ。もう終わったんだし」

今度は彼女がいますぐふたりのあいだに距離を置きたくなった。台所では、イッサはどれほどうしろに下がっていても背が高すぎ、存在感がありすぎた。彼女はゴミ袋をテーブルに置くと、ぞんざいに品物を持ち上げてはイッサに確認した――全粒粉パンは、イッサ？　はい、アナベル。緑茶は？　チーズは？　通りの先のスーパーマーケットではなく、あえて自転車で十分かけてかよっている、かび臭いオーガニック食料品店の生ヨーグルトは？　答えはすべて、はい、アナベル、だった。

「肉はないの、わかった？　わたしは肉を食べないから」

だが、彼女が本当に言いたかったのは、特別なことをしているわけではないということだった。あなたのために危険を冒しているだけ。わたしはあなたの弁護士だし、それがすべて。いましていることは、主義のためであって、人のためではない。

彼らは苦労して荷物を交差点まで運んだ。タクシーが現われて、彼女は運転手に指示し、港を見おろす岬まで行かせた。そしてその日二度目に、イッサの先に立って残りの道を歩いた。

彼女の新しいアパートメントは、港湾倉庫のぐらぐらする木の階段を八階分のぼった屋根裏部屋だった。所有者によれば、イギリスがハンブルクを爆撃して跡形もなく消し去ったときにも、この建物だけ寛大な心で後世に残したのだという。縦横十四メートルと六メートルの船のような形状の部屋で、鉄の梁《はり》がむき出しになっていて、大きなアーチ窓から港が見渡せる。狭くなった一方の軒下に浴室、もう一方に台所が収まっている。彼女がこの部屋を初めて見たのは、売家の一般公開時で、ハンブルクの裕福な若者の半数がわれ先に買おうとしていたが、所有者が彼女にひと目惚《ぼ》れして譲ってくれたのだった。とはいえ、いまの家主とちがって、彼はゲイで、彼女をベッドに連れこもうとはしなかった。

その日の夜のうちに部屋は奇跡的に彼女のものになり、カーステンのいない生活がそこで始まることになった。ここ六週間はわが子のように手をかけていて、配線や漆喰《しっくい》仕上げや塗装の細部にまでこだわり、腐りかけた床板を張り替え、またしても胸が悪くなる裁判や、市当局相手の負け戦《いくさ》が終わった夕方には、自転車で駆けつけて、アーチ窓の下に立って桟《さん》に両肘をつき、夕陽が沈んでいくのをただ眺めていた。港ではクレーンや貨物船やフェリーが、互いに尊重し合ってぶつからずに動き――人間もそうあるべきだ――カモメが飛びまわって争い、子供が遊び場ではしゃいでいた。

そんなときには胸がバラ色の楽観主義で満たされて、近い将来の自分の姿、すなわち、仕事と、サンクチュアリー・ノースにいる家族同然の仲間たちと結婚している姿を祝いたくなった。リサ、マリア、アンドレ、マックス、ホルスト、そして彼らの上司である勇猛なウルスラ——サンクチュアリー・ノースにいる仲間は、彼女と同じように正義の闘いに身を捧げている。人生に起きた事件でゴミ捨て場に送られそうになっている人々を守るのだ。

別の言い方をすれば、疲れきって、自分を待つ部屋と同じくらい空《から》っぽの心で帰宅するということだった。一日じゅうどれだけしゃかりきに働いても、夜そこにいるのは自分ひとり。だが、カーステンより、何もないほうがましだった。

アナベルが先に立って、ふたりはゆっくりと階段をのぼった。一階上がるごとに彼女は食料の入ったゴミ袋をおろし、うしろを振り返って、重い旅行カバンと寝袋を持ったイッサがついてきているか確かめた。もっと自分のほうの荷物を増やしてもいいのだが、持つのを手伝うと言うたびに、イッサは怒ったように手を振って取り合わなかった。しかし、二階分のぼるとイッサは歳とった痩《や》せぎすの子供に見え、三階になると呼吸がぜいぜい言いはじめて、階段室の上下に響き渡った。

アナベルは自分たちの立てている音が気になったが、この日が土曜で、ほかのテナントが留守であることを思い出した。ほかの階はすべて、オートクチュールやデザイン家具、グルメ食品の会社の華やかなオフィスで占められている。彼女が断固振り向くまいと決めた世界だ。

イッサは最後の階段の途中で立ち止まって、彼女の先を見つめていた。顔の表情が恐怖と不安で張りつめていた。部屋のドアは槌目《つちめ》の入った古い鉄製で、重い閂《かんぬき》がかかっている。大きな南京錠はバスティーユ監獄にも使えそうだった。アナベルはイッサに駆け寄り、今度は偶然腕をつかんだが、イッサはびくっと縮み上がっただけだった。

「あなたを閉じこめるわけじゃないの、イッサ」彼女は言った。「自由にしてあげるつもりなの」

「あなたたちのKGBから？」

「あらゆる人からよ。だから言うとおりにして」

イッサはゆっくりと首を振り、屈辱的に下を向くと、一歩一歩、まるで両足を鎖で縛られているかのように苦労して、彼女のあとから最後の階段をのぼりはじめた。そしてまた止まり、頭を垂れ、足をそろえたままで、彼女がドアの鍵を開けるのを待った。しかしアナベルは直感的に、これではいけないと思った。

「イッサ？」

答えはない。イッサの視線に入るまで右手をまっすぐ伸ばし、開いた掌《てのひら》に鍵を置いて、子供のころ馬にニンジンをやったのと同じように鍵を差し出した。

「さあ、あなたが開けて。わたしはあなたの看守じゃない。この鍵を取って、わたしたちのために開けてもらえる？」

一生にも思えるほど長い時間、イッサは彼女の掌と、そこにのった錆《さ》びた鍵を見おろしていたが、とても鍵は受け取れないと思ったのか、それとも彼女の手に直接触れるのが怖かったのか、突然頭が、次いで上半身が拒絶して彼女から離れようとした。アナベルは拒絶を認めなかった。

「わたしに開けてもらいたいの?」と訊いた。「知る必要があるの、お願い、イッサ。わたしがこのドアを開けてもいいの? あなたの許可は得られた? 答えて、お願い、イッサ。あなたはわたしの依頼人よ。指示が必要なの。イッサ、開けろとあなたが指示しなければ、わたしたちはここに立って、凍えるほど寒い思いをして、くたびれることになる。聞いてる、イッサ? ブレスレットはどこ?」

手に持っていた。

「手首に戻して。ここは危険じゃないから」

手首に戻した。

「さあ、ドアを開けろと言って」

「開けて」

「もっと大きな声で。ドアを開けてください、アナベル、と」

「ドアを開けてください」

「アナベル」

「アナベル」

「ではあなたの要求にしたがって鍵を開けるから、見ていて。はい。開けた。まずわたしがなかに入るから、ついてきて。刑務所とは全然ちがうのよ。いいえ、ドアは開けておいて、お願い。必要になるまで閉めないでおく」

最後に部屋を出てから三日たっていた。ざっと見まわすと、内装業者の仕事は思ったより進んでいた。漆喰《しっくい》はほとんど塗り終わり、注文したタイルがいつでも貼れるように積まれていた。母親がシュトゥットガルトで見つけてくれたバスタブも設置され、アナベルが蚤《のみ》の市で買った真鍮《しんちゅう》の蛇口もついていた。水道も開通している。でなければ、どうして流しに内装業者のコーヒーカップが残っている？　頼んであった電話がプラスティック包装のまま床の中央にあり、接続されるのを待っていた。

イッサはすでにアーチ窓を見つけ、彼女に背中を向けてじっと動かずに、明るくなってきた空を眺めていた。また背が高くなった。

「別の手配をするほんの一、二日のあいだだけだから」アナベルは部屋の端から明るく呼びかけた。「あなたをここにかくまいます、あなた自身のために。毎日、わたしが本と食べ物を届けにくる」

「ぼくは飛べない？」イッサはまだ空をじっと見つめながら訊いた。

「残念だけど無理ね。外にも出られない。わたしたちがあなたを動かす準備を整えるまで」

「あなたとミスター・トミーが？」

「わたしとミスター・トミーが」

「彼も来る？」

「彼はいま資料を調べてる。まずそうする必要があるの。わたしは銀行家じゃない。あなたもね。何もかも一度に解決することはできない。一度にひとつずつ片づけていかないと」

「ミスター・トミーは立派な紳士です。ぼくが医者に任命されるときには、彼を式に招待します。誠実な心の持ち主だし、ロマノフ家の皇帝のようなロシア語を話す。あれはどこで学んだのですか」

「パリだと思うけれど」

「あなたもそこでロシア語を学んだのですか、アナベル？」

少なくとも今度はカーステンに関する質問ではなかった。もう汗もかいていない。声もまた落ち着いていた。

「わたしはモスクワでロシア語を習ったの」彼女は言った。

「モスクワの学校にいたのですか、アナベル？　それはとても興味深い！　ぼくもモスクワの学校に行ったから。短いあいだでしたけど、たしかに。どの学校ですか？　何番（ロシアの初等・中等学校には校名ではなく番号がついている）？　よく知っているかもしれない。チェチェンの生徒はいましたか？」自分と彼女の世界がつながることに明らかに興奮していた。学友だったところを想像していたのかもしれない。

「番号はなかったの」

「どうしてです、アナベル？」

「そういう学校じゃなかったから」

「番号がないというのは、どういう学校ですか。KGBの学校？」

「いいえ、ちがうに決まってるでしょう！　私立校だったの」にわかに疲れを覚え、気づくとイッサに残りの説明をしていた。「モスクワに住む外国公務員の子女のための私立校だった。そこにかよったの」

「あなたの父上はモスクワに住む外国公務員だったのですね。どんな公務員です、アナベル？」

彼女は撤退しはじめた。「たまたま、ある外国公務員の家族が住んでいる家に同居させてもらっていたの。わたしも同じ学校にかよう資格があって、そこでロシア語を学んだ」

ここまで話すつもりはなかった。父がモスクワのドイツ大使館の法務担当だったことは、サンクチュアリー・ノースの人たちも知らないし、あなたにも言う気はない。

ベルが大きな音で鳴っていた。彼女のではない。内装業者が残していった高度な警報装置でも作動したかと思い、アナベルは不安顔で部屋のなかを見まわして出所を探ったが、鳴っていたのはイッサのポケットベルだった。メリクが贈ったベルが、一日の最初の祈禱《きとう》の時刻を告げていた。

だが、イッサは窓のまえから動かなかった。どうして？　KGBの尾行者を探しているのか。ちがった。夜明けの光でメッカの方向を確かめていたのだ。イッサはむき出しの床板の上で、鉛筆のように細い体をふたつ折りにした。

「部屋から出ていってもらえますか、アナベル」彼は言った。

彼女は台所で待ちながら、場所を空けてゴミ袋からものを取り出した。ストゥールに坐り、内装業者の作業台に片肘をついて拳を頬に当て、ぼんやりと物思いに沈んだ。意識が移ろい、疲れているときによくそうなるように、いつしかフランドル派の名匠の小ぶりの絵画を眺めていた。父親がフライブルク郊外の自宅の居間に飾っていたコレクションだ。

「ミュンヘンのオークションで、お祖父《じい》さんが買ったものよ」十四歳の反抗期だったアナベルが、ひとりでそれらの来歴の調査に乗り出したときに、母親はそう答えた。「あなたのお父さんが好きなものを集めるのと同じ」

「いくらで買ったの？」

「いま買えばたいへんなお金になることはまちがいないけれど、当時はすごく安かったでしょうね」

「いつのオークション？」彼女は訊いた。「誰から買ったの？　お祖父さんがミュンヘンのオークションですごく安く買うまえには、誰のものだったの？」

「お父さんに訊いてみれば？」母親は言った。アナベルの疑り深い耳には、やさしすぎる声音《こわね》で。「お父さんの親だったんだから。お母さんじゃなくて」

しかし、父親に訊いたとたん、彼はアナベルの知らない人間に変わった。「あの時代は完全に終わったのだ」彼女がそれまで聞いたことのない四角張った口調で、ぴしりと言い返した。「おまえのお祖父さんは絵に鼻が利いて、そのときの価格で買った。だが私が知るかぎり、みな贋作《がんさく》だ。もうこの質問は二度としないように」

だから、しなかった。家族が集まる場では決して。愛から、怖れから、または最悪の場合、反感を抱いていた家族の規律に対する服従から、その質問は二度としなかった。両親は自分たちを急進派だと思っていたのだ！　反乱分子だった、少なくとも一度は。ふたりとも学生運動でバリケードを築き、アメリカ人をヨーロッパから追い出せという垂れ幕を持ってデモをした六八年運動家（一九六八年は西ドイツで社会抗議活動がピークに達した年。バーダー・マインホフ・グルッペ、のちの赤軍派もこの年に結成された）だった。アナベルが道を踏みはずしたときなど、「いまどきの若者は、本物の抗議がなんたるかもわかっちゃいない！」と嗤《わら》ったものだ。

リュックサックから手帳を取り出し、室内に入ってくる空の明るさを頼りに、必要なものを書いていった。彼女のメモは、頑《かたく》なな態度と同様に家族のジョークの種だった。あるときには、人生の混沌《こんとん》をまるごとリュックサックに詰めこんでいる自堕落な不精者が、別のときには、これから作るリストのためのリストを作るような、几帳面《きちょうめん》すぎるドイツ人に変わるのだ。

石鹸《せっけん》
タオル
追加の食料
菓子類

新鮮な牛乳
トイレットペーパー
ロシア語の医学雑誌——どこにある？
わたしのカセットプレーヤー。クラシックのみで、ゴミはなし。

ええそう、ｉＰｏｄなんてぜったいに買わない。消費主義の奴隷《どれい》になるのはごめんだ。

イッサがまだ祈っているのかどうかわからなかったので、足音を忍ばせて広い部屋に引き返した。誰もいない。窓に駆け寄った。鍵がかかっていて、ガラスも割れていない。振り返って、うしろからの光で部屋のなかを見まわした。

イッサは二メートル上にいた。内装業者の梯子《はしご》の上に。ソヴィエト時代の銅像よろしく片手に大きなハサミ、もう一方の手に紙飛行機を持って。梯子の下にある壁紙のロールから切り取って作ったにちがいない。

「いつか、ツポレフみたいな偉大な航空技師になる」彼女のほうを見ずに宣言した。

「医師はやめたの？」自殺者に声をかけるときのように呼びかけた。

「医師にもなる。時間があったら弁護士にも。〝五絶〟って知ってますか（台湾やアメリカに鄭子太極拳を広めた鄭曼青は、詩、書、画、医、武にすぐれ、五絶老人と呼ばれた）。知らなければ知識人じゃありません。ぼくはもう音楽と文学と物理学の基礎を学んでいるから、あなたがイスラムに改宗したら、結婚して、教えてあげましょう。それがお互いにとっていい解決策です。でも、厳しくしないでくださいね。ほら、アナベル」

イッサは長い体を重力の法則に逆らうようなところまでまえに伸ばして、静止した空気のなかに飛行機をそっと放った。

彼もまたひとりの依頼人なのだ。アナベルはアパートメントから出てドアを閉め、年代物の南京錠をかけながら、腹立たしい思いで自分にくり返した。特別な対応が必要な依頼人。それもふつうでない対応、違法な対応だが、依頼人であることには変わりない。医療対応も必要だが、それはもうすぐほどこされる。ひとつの事例なのだ。法的事例。資料つきの。まあたしかに、患者でもある。痛めつけられ、心の底まで傷ついた、子供時代のない子供だ。そしてわたしは彼の弁護士であり、子守であり、世界との唯一のつながりだ。

彼は子供だが、苦痛や、監禁や、人生で最悪のことに関しては、わたしなどよりはるかにくわしい。彼は傲慢《ごうまん》で救いようがなく、口にしていることの半分は、考えていることとはなんの関係もない。

彼はわたしを喜ばせたいが、その方法を知らない。正しいことばは選んでいるが、それを言うべき人間ではない——結婚してください、アナベル。この紙飛行機を見て、アナベル。イスラムに改宗して、アナベル。厳しくしないで、アナベル。ぼくは弁護士と、医師と、偉大な航空技師と、ほかのいくつかのものになりたい、スウェーデンに船で送り返されて、そこから収容所《グラーグ》に移送されるまえに、アナベル。部屋から出ていってもらえますか、アナベル。

港の風景は夜明けから早朝に変わっていた。岸壁沿いの遊歩道を歩きはじめた。新しい住まいができあがるのを待っているこの数週間、この歩道をたびたび歩いては、これから通うであろう店や、友だちと会うときに使いたい魚料理のカフェを少しずつ増やしていた。通勤路を思い浮かべてみたりもした——ある日は最後まで自転車で行き、別の日には自転車をフェリーに乗せて停泊地を三つ通過し、おりたところから自転車を走らせる。しかしこのときには、イッサをまた閉じこめる準備ができたときに、彼が最後に言ったことばしか頭に浮かばなかった。

「もし眠ったら、また刑務所に戻るのですね、アナベル」

いま住んでいるアパートメントに戻って、アナベルは家族にいつもからかわれる几帳面な正確さで動いた。先ほどまで怖かったのだが、それは認めたくなかった。ようやく恐怖を克服したことを祝えるようになった。

まず自分に約束していたシャワーをたっぷり浴びて、そのまま髪を洗った。一時間前の疲労困憊《こんぱい》が、何かをしたくてたまらない活力に置き換わった。

シャワーを終えると、運動をする恰好になった——膝丈のライクラ生地のショーツ、ジョギングシューズ、暑い日用の薄手のブラウス、〈シェルパ〉のチョッキ、そして、入口の横の竹製の机に置いた自転車用ヘルメットと革の手袋。運動に対する欲求はどうにも抑えられない。運動しなければ一週間で贅肉《ぜいにく》がつくと本気で思っていた。

次に、内装業者と職人たちに、同じ内容の緊急メールを送った――〝皆さん、本当に申しわけありませんが、こちらから再度連絡するまで、新しいアパートメントでの仕事は完全に中止してください。賃貸契約に関して予想外の問題が発生しました。しかし、数日以内に解決します。この措置によって収入が減った場合には、全額補塡させていただきます。どうぞよろしく。アナベル・リヒター〟。

そして横にある買い物リストに〝新しい南京錠〟を加えた。週末のメールを読まずに月曜に仕事場に行く人もいないとはかぎらないからだ。

携帯電話が鳴っていた。八時だ。祭日も含めて土曜の朝には、フラウ・ドクトル・リヒターが八時きっかりに娘のアナベルに電話をかける。日曜にはもうひとりの娘のハイディに。ハイディはアナベルの姉だから日曜だ。家族の倫理規定によると、どちらの娘も土曜や日曜に――別の曜日でも同じことだが――朝寝をしたり、愛し合ったりすることは認められない。

まず母親の〝一般教書〟演説がある。アナベルはすでに微笑んでいた。

「わたしも本当に口が軽いけれど、ハイディがまた妊娠したかもしれないんですって。火曜にはっきりわかるらしいわ。それまでは他言無用ですよ、アナベル。わかった?」

「わかったわ、お母さん。でもすばらしいことね、もう四人も孫がいるなんて。お母さんもまだ子供なのに!」

「はっきりしたら、あの子にお祝いを言ってね、当然だけど」

アナベルは、ハイディが妊娠に激怒していたことを言うのは控えた。夫が懇願して、なんとか中絶をやめさせたのだ。

「それから、お兄さんのフーゴはね、ケルンの大きな教育病院の人間心理学棟で働かないかと言われてるんだけど、あそこにいる人たちがみんなフロイト派かどうかわからないから、受けないかもしれないって。あの子、本当に馬鹿になるときがあるのよね」

「ケルンはフーゴに合ってるかもしれない」アナベルは言ったが、兄とは週に平均三回話していて、彼のもくろみをよく知っていることは黙っていた。つまり、十歳上の既婚女性との熱愛が燃え尽きるか眼のまえで破裂するまでベルリンにとどまろうというのだ。フーゴの場合、よくあることだった――どちらも。

「あなたのパパはトリノで開かれる国際法律家会議の基調講演を引き受けたの。あの人のことだから、もう原稿を書きはじめて、九月までわたしとはひと言もしゃべらないと思う。カーステンとは仲直りした？」

「いましてるところ」

「よかった」

短い間。

「検査の結果はどうだった、お母さん？」アナベルが訊いた。

「馬鹿げてるわ、いつもどおり。誰かに結果は陰性《ネガティブ》だと言われると、がっかりするの、なんでも陽性《ポジティブ》のほうがいいと思ってしまう性質《たち》だから。そのあと逆に考えなければならない」

「陰性だったの？」

「ひとつだけ陽性の声が小さくあがったけれど、たちまち陰性の大合唱にかき消された」

「陽性だったのはどこ？」

「馬鹿げたこの肝臓」

「お父さんには言った？」

「あの人は男よ、あなた。もう一杯ワインを飲めと言うか、わたしが死にかかってると思うか、どちらかよ。さあ、自転車に乗りにいきなさい」

　彼女の基本計画はこうだった。

　フーゴの生活は危険と背中合わせだ。彼の愛人の夫は世界じゅうを飛びまわる何かのビジネスマンで、無情にも週末に家に帰ってくる習慣がある。そこでフーゴは、土日の夜は病院の宿泊所で呼び出しを待って勤務し、日中は患者を診《み》る。だからコツは、夜勤明けの午前八時と日勤が始まる午前十時のあいだに捕まえることだ。いまは八時二十分だから、理想的な時間である。

　安全のために公衆電話、心の平安のためになじみの場所が必要だった。そこで、ブランケネーゼの鹿公園にある、狩猟小屋を改装してできたカフェを選んだ。ふつうは自転車を懸命にこいで十五分かかるが、そこを十二分で行って、ハーブティーを注文し、坐って息が整うまでそれを見つめていなければならなかった。手洗いにつながる通路の途中にイギリスふうの古い電話ボックスがある。カウンターで両替を頼んで、小銭をひと握り用意した。

フーゴとの会話はいつもそうだが、半分は冗談、半分は本気だった。本気になりすぎていたせいか、アナベルは冗談をとばしすぎた。

悪夢のような依頼人がいるの、フーゴ、と切り出した。知性はきわめて高いのだけれど、心理学的にはぼろぼろ。そしてロシア語しか話さない。

落ち着かせて、専門的に治療してやらなければならない。

彼を取り巻く状況は苛酷で、いま電話では説明できない。

「彼にはどうしても助けが必要なの。兄さんはそのことに初めて同意してくれる人になると思う」懇願に聞こえないように気をつけたつもりだったが、フーゴのやさしい気持ちに訴えたのがまちがいだった。

「そうなのか？　全然そうは思えないが。おまえから見て、どういう症状が出てる？」専門家の声で鋭く訊いた。

彼女は症状を書き出していた。「妄想。あるときには世界を支配する気になっているのに、次の瞬間にはネズミのように震えてる」

「われわれはみなそうだ。彼の仕事は――政治家か？」

彼女は思わず吹き出したが、フーゴが冗談を言っているのではないという嫌な予感があった。

「予測不可能な怒りの爆発、卑屈に人に頼ったかと思うと、また完全に自信を取り戻す。おかしくない？　わたしは医者じゃないから、フーゴ。状態はもっとひどいの。本当に治療が必要なの。いますぐ、緊急に。組織として秘密を厳守できるところで。どこかそういう場所はない？　あるはずよ」

「ここだというところはないな。おれが知るかぎり。おまえが望むようなところは。彼は危険なのか」

「どうして危険でなきゃならないの」

「暴力の兆候は見られるか」

「自分のなかで音楽を奏でてる。何時間も坐って窓の外を見てる。紙飛行機を作る。暴力を振るうとは思えない」

「窓は充分高いのか」

「フーゴ、やめて！」

「おまえを変な眼で見るのか。真面目に訊いてるんだ。真剣な質問だぞ」

「そもそも見ないの。つまり、眼をそらす。たいてい眼をそらすのよ」彼女は落ち着きを取り戻した。「わかった。だったら、そこそこいい場所はない？　彼を受け入れて、しっかり見ていて、あまり質問せずに、たんにこう、居場所を与えて、立ち直るのを助けてくれるような」

彼女はしゃべりすぎていた。

「金は持ってるのか」

「ええ。たくさん。いくらでも」

「その金はどこから?」

「ベッドをともにする金持ちの既婚女性全員から」

「それを派手に使ってるのか。ロールスロイスや真珠のネックレスを買ったりして」

「自分がお金を持ってることもあまりわかってないの」ほとんど自棄《やけ》になって答えた。「でも持ってるのは確か。彼は大丈夫。お金の面でということだけど。ほかの人たちが彼のために蓄えた資金なの。ねえ、フーゴ。そんなにむずかしいこと?」

「ロシア語しか話さない?」

「そう言ったでしょ」

「で、おまえは彼と寝てる?」

「まさか!」

「寝るつもりなのか」

「フーゴ、お願いだから、たまにはちゃんと考えて」

「ちゃんと考えてるさ。だからおまえは腹を立ててる」

「ねえ聞いて、わたしに必要なのは――彼に必要なのは――要するに、彼をできるだけ早く移せる場所なの、たとえば一週間以内に。完璧でなくてもかまわない、それなりに整っていて、厳しく秘密が守られるなら。サンクチュアリー・ノースの人たちも、わたしたちがこんな会話をしていることは知らない。そのくらい秘密ということよ」

「いまどこにいる?」

「公衆電話ボックス。携帯電話が故障しちゃって」

「今日は週末だ、気づいてないかもしれないが」彼女は待った。「で、月曜は一日じゅう会議。月曜の夜、おれの携帯にかけてくれるか、たとえば九時ごろ。アナベル?」

「何?」

「いや、なんでもない。いろいろ探してみるよ。また電話してくれ」

7

「フラウ・エリ？」ブルーは遠慮がちに話しかけた。

ジルト島への旅と、ベルンハルトのビーチハウスでの昼食会は、予想どおりの展開だった。例によって耄碌《もうろく》した金持ちと退屈した若者の集まりで、ロブスターにシャンパン。砂丘への散歩の途中で、アナベル・リヒターからの電話を受けそびれていないかと、何度も携帯電話を確認したが、悲しいかな、電話はかかってこなかった。夕方には天候が荒れて空港が封鎖され、ブルー夫妻はやむなく客用のコテージに一泊したが、そのせいでベルンハルトの妻のヒルデガルトがコカインをやり、すっかり舞い上がって、ミッツィの欲求にふさわしいベッドのアレンジができなくてごめんなさいと大げさに謝罪した。ひと悶着《もんちゃく》起きそうだったが、そこは如才ないブルーがどうにか取りなした。日曜にはゴルフをしたが、悲惨なスコアで千ユーロを失ったあと、年寄りの船舶王とレバー団子と果実酒《オブストラー》をいやいや飲み食いさせられることになった。そしてようやく月曜の朝、管理者の九時の打ち合わせが終わって、ブルーはフラウ・エレンベルガーに、時間があったらちょっと残ってくれないかと声をかけたのだった。週末のあいだじゅう計画していたことだった。

「ひとつつまらない質問をさせてもらいたいんだがね、フラウ・エリ」芝居がかった英語で話しだした。

「ミスター・トミー、たとえどんなにつまらないことでも、あなたのご要望どおりに」彼女も同じ調子で答えた。

ブルーの父親がウィーンで始め、息子に引き継がれたこの馬鹿げた儀式は、綿々《めんめん》と続くブルー・フレールの営みを祝うためにあった。

「カルポフと私が言ったら、フラウ・エリ——グリゴーリー・ボリソヴィッチ・カルポフだ——そしてそこにリピッツァナーとつけ加えたら、あなたはどう反応する？」

ブルーが質問を終えるはるかまえに、冗談は消え去っていた。

「悲しくなると思います、ヘル・トミー」彼女はドイツ語で言った。

「悲しくなるとは、どんなふうに？　ウィーンを思い出して？　あなたの母上が愛した、オペルンガッセの小さなアパートメントを思い出すとか？」

「あなたの立派なお父様を思い出すからです」

「そしておそらく、リピッツァナーについて父から頼まれたことも？」

「リピッツァナーの口座はどれも正しくありません」眼を伏せて言った。

これは七年前に交わしておくべき会話だったが、ブルーは用もないのに石を持ち上げようとは思わない人間だった。とりわけ石の下に何があるか鋭く察知した場合には。

「しかし、それでもあなたは、きわめて忠実に口座を管理しつづけた」ブルーは穏やかに言ってみた。

「管理はしません、ヘル・トミー。あれがどう管理されているかについて、できるだけ知らないようにするのが自分の仕事だと思ってきました。管理するのは、リヒテンシュタインのファンドマネジャーです。それが彼の仕事で、倫理的にわたしたちがどう考えようと、彼はおそらくそれで生計を立てています。わたしはあなたのお父様に約束したことをしているだけです」

「そこには、過去または現在のリピッツァナーの口座名義人たちの個人ファイルをあらかた破棄することも含まれていた」

「はい」

「カルポフについてもそうしたのだね?」

「はい」

「するとこのファイルにある書類が」──持ち上げてみせて──「われわれに残されたすべてなのか」

「はい」

「この世に残されたすべて。地下牢《ウブリエット》も、グラスゴーの地下室も、ここハンブルクも含めて、すべてだね」

「はい」と力強く言ったが、そのまえに一瞬ためらったのをブルーは見逃さなかった。

「では、この書類のほかに、当時のカルポフについて個人的に憶えていることはないかな。

父が彼についておかしなことを言ったとか、逆に言わなかったとか」

「お父様はカルポフの口座を……」

「口座を？」

「大事にしておられました、ヘル・トミー」顔を赤らめて答えた。

「だが、父はすべての顧客を大事にしていただろう？」

「カルポフの罪はすぐにでも赦《ゆる》してやるべきだとおっしゃっていましたよ。顧客にあそこまで肩入れすることはあまりありませんでした」

「どうして赦すべきか話していた？」

「カルポフは特別でした。リピッツァナーはみな特別ですが、なかでもカルポフは、ことのほか」

「すぐにでも赦してやるべき罪の内容について何か言っていたか」

「いいえ、何も」

「こういうことはほのめかしていなかったかな、なんというか、奔放すぎる性生活があったようなことは？　未婚の母から生まれた子供があちこちにいるとか」

「漠然とおっしゃることはけっこうありましたが」

「とくに具体的ではなかったのだね？　たとえば、愛する非嫡出子がある日、通りから入ってきて名乗ったとか？」

「リピッツァナーについては、そういう思いがけない出来事がいくつも語られていました。

そのうちのひとつを、とりわけしっかり憶えているとは言えません」

「アナトーリーは？　どうしてアナトーリーという名前に聞き憶えがあるのだろう。どこかで小耳にはさんだのだろうか。

「アナトーリーという仲介者がいたと思います」フラウ・エリはためらいながら答えた。

「仲介者――？」

「ミスター・エドワードとカルポフ大佐の仲立ちです。カルポフが出てこないとき、あるいは、出てきたくないとき」

「つまり、カルポフの弁護士として？」

「カルポフの」――そこでためらって――「援助者として。アナトーリーの援助は、法律以外のことにも及んでいました」

「あるいは、法律に反することにも」ブルーは言ってみたが、考えた言いまわしに反応がなかったので、いつものように部屋のなかをひとまわりした。「わざわざ地下牢《ウブリエット》を開けてもらうのも申しわけないから、教えてもらえないか。正確でなくてかまわない、大ざっぱに言って、カルポフの預金は、そのリピテンシュタインのファンド全体の何パーセントを占めているの？」

「リピッツァナーの口座名義人は、投資額に応じて財団の持ち分を所有しています」

「だろうね」

「どの時点でも、名義人が投資額を増やせば、持ち分も増えます」

「筋が通っている」

「カルポフ大佐はリピッツァナーのなかでもいちばん早くからいて、いちばん裕福でした。お父様は、創設者のひとりだと言っていました。彼の投資額は四年で九回増えました」

「カルポフ本人が増資したのか」

「彼の口座に振替があったのです。カルポフ自身が支払ったのか、誰かが代わりに払ったのかはわかりません。振替通知書は、送金が完了したあと破棄されました」

「あなたが破棄した？」

「お父様です」

「直接の入金はなかったのか。たとえば、現金の詰まったスーツケースが持ちこまれたとか。昔のようなスタイルで。ウィーン時代に」

「わたしが見たかぎりでは、ありませんでした」

「見ていないところでは？」

「ときどき現金が入ることもありました」

「カルポフが持ってきたのか」

「おそらく」

「ほかの人も？」

「可能性はあります」

「アナトーリーとか？」

「口座名義人はきちんと身元を証明しなくてもよかったのです。カウンターで現金が渡され、入金先の口座番号が指定されると、申告された預金者名で受領証が発行されました」

ブルーは、なぜ動詞の受動態ばかり使うのか考えながら、部屋をもうひとまわりした。

「最後にカルポフの口座に振替があったのはいつだったと思う？」

「わたしの理解では、まだ振替は続いていると思います、今日まで」

「文字どおり今日まで？　それとも最近までという意味かな？」

「わたしの立場では知りようがありません、ヘル・トミー」

とりあえず今日はわからないということなのだろう、とブルーは思った。「それで、われわれがウィーンを去るころには、リヒテンシュタインのファンドはだいたいどのくらいの金額になっていた？　もちろん、出資者各人に分配されるまえということだが」

「ウィーンを去るころには、出資者はひとりだけになっていました、ヘル・トミー。カルポフ大佐です。ほかの人たちは途中で抜けてしまって」

「ほう、それはまたどうして？」

「わかりません、ヘル・トミー。わたしが思うに、ほかのリピッツァナーの持ち分をカルポフが買ったか、それとも自然に消えていったかです」

「あるいは、不自然に？」

「わたしに言えるのはそこまでです、ヘル・トミー」

「おおよその額を教えてくれ。いまぱっと思いつく範囲でかまわないから」ブルーはうながした。

「リヒテンシュタインのファンドマネジャーの代理を務めることはできません、ヘル・トミー。わたしの能力を超えています」

「フラウ・リヒターという人が電話をかけてきたのだ」ブルーは白状するような口調で言った。「弁護士だ。今朝、あなたも週末の伝言を確認したときに、彼女のメッセージを聞いたと思うが」

「はい、聞きました、ヘル・トミー」

「私にいくつか質問したいようだった……彼女のある依頼人について。当行の顧客でもあると言う。緊急に確かめたいことがあると」

「わたしもそう思いました、ヘル・トミー」

なるほど。そういうことだな。あえて話をはぐらかしている。彼女は私と同い年だ。ことリピッツァナーに関するかぎり、昔からずっと話をはぐらかしてきた。だが、味方につけなければならない。すべてを話して、協力してもらうのだ。フラウ・エリを信用しなくて誰を信用するというのだ。

「フラウ・エリ」

「ヘル・トミー」

「あなたと何もかも隠しだてなく話したいのだが……つまり、靴のことや、船のことや（ルイス・キャロル『鏡の国のアリス』のなかの詩「セイウチと大工」のセイウチの台詞）……」

微笑んでことばを切り、相手がルイス・キャロルの引用を続けてくれるのを待ったが、反応はなかった。

「だから、こんなふうに提案したい」すばらしいアイデアを思いついたように言った。「いつもの美味《おい》しいウィンナーコーヒーをたっぷり淹《い》れてもらって、あなたのお母さんの手作りのイースター・ビスケットと、カップふたつを出してもらえるかな。それから交換台に、私もあなたも会議に入ると伝えてほしい」

しかし、ブルーが提案した内緒話は思惑どおり進まなかった。フラウ・エレンベルガーは、時間こそずいぶん長くかかったものの、ちゃんとコーヒーを淹れてくれたし、相変わらず礼儀正しかった。微笑みなさいよと言われれば、微笑みもした。彼女の母親のイースター・ビスケットは申し分なく美味しかった。しかし、ブルーがカルポフ大佐のことをさらに聞き出そうとした瞬間に、彼女は立ち上がり、小学校のコンサートで正式に挨拶《あいさつ》をする生徒のようにまっすぐまえを見すえて言った。

「ヘル・ブルー、こう申し上げるのは残念ですが、リピッツァナーの口座は法の境界線を越えていると言われています。当時の銀行でのわたしの地位が低かったことや、亡くなられたお父様にした約束のことを考えますと、こうしたことについて、これ以上話すべきではないと思います」

「もちろん、もちろんだ」失敗したときこそ己の真価が発揮されると自負しているブルーは、快活に言った。「よくわかる。そのとおりだ、フラウ・エリ。銀行に代わって感謝するよ」

「それと、ミスター・フォアマンからお電話がありました」フラウ・エリはドアに向かって言った。ブルーは後片づけを手伝おうと、コーヒーの盆を運んでいた。

なぜ彼女は話しながら背中を向けているのだろう。なぜ首のうしろが赤くなっているのだろう。

「また？　いったいどんな用件で？」

「今日の昼食の確認をしたいとかで」

「金曜に確認したばかりだぞ！」

「食べ物について何か要求はあるかということでした。〈ラ・スカラ〉は魚料理の店ですから」

「魚料理の店だということは知っている。少なくともひと月に一回は行くんだから。昼食時には開いていないことも知っている」

「ミスター・フォアマンは、店の支配人と交渉したようです。それから、仕事のパートナーのミスター・ランタンというかたも連れてくるそうです」

「彼にとってはひと筋の光明か、ランタンというだけあって」ブルーは自分の辛辣《しんらつ》なウィットに満足して言った。しかしフラウ・エレンベルガーは、まるでブルーが邪悪な人間であるかのように避けようとしていた。ブルーのほうは、〈ラ・スカラ〉がいくら小さなレストランでも、主人のマリオをどのように説得して、よりにもよって月曜の昼どきに店を開けさせることができたのだろうと思っていた。

フラウ・エレンベルガーはようやく彼と向かい合った。

「ミスター・フォアマンは何の問題もなく信用できます、ヘル・トミー」力強く言ったが、ブルーには意味がわからなかった。「彼を調べろとおっしゃいましたね。調べました。ミスター・フォアマンは、ロンドンであなたが使っている法律事務所からも、シティの大手銀行からも、じきじきに推薦されました。このためにわざわざロンドンから飛んでくるそうです」

「ひと筋の光明といっしょに？」

「ミスター・ランタンは別途ベルリンから来ます。ふだんはそちらにいらっしゃるようで。彼らは、昼食がてら説明したいことがある、どちらかが何かを約束するような話し合いではないと言っています。重要なプロジェクトにたずさわっていて、幅広く現地調査をする必要があるのだそうです」

「初めて連絡が来たのはいつだった？」

「ちょうど一週間前です、ヘル・トミー。先週の月曜のいまごろ、ご相談しました、ありがたいことに」

何がありがたいのだ？　ブルーは思った。「世界が狂ってしまったのだろうか、それとも私がおかしくなったのか、フラウ・エリ？」

「よくお父様がそうおっしゃっていました、ヘル・トミー」フラウ・エレンベルガーはすまして答え、ブルーはまたアナベルのことを考えはじめた——あの生き生きとした、力強くて若い、自転車乗りの女性、自己を見出すのに社会的なしがらみなど必要としない女性のことを。

ブルーが驚き安心したことに、フォアマンとランタンの両氏は思いのほか愉《たの》しい相手だった。〈ラ・スカラ〉に彼が着いたときには、もうマリオをすっかり籠絡《ろうらく》して、ブルーが愛用する窓際の席を案内させ、ブルーの好きなエトルリア・ワインも聞き出して歓迎の準備を整えていた。その白ワインはコルクを抜かれて、アイスバケットに心地よく収まっていた。

ふとブルーは、なぜ〈ラ・スカラ〉が行きつけの店であることを彼らが知っていたのだろうと訝《いぶか》ったが、ハンブルクの銀行関係者の大半は彼がそこで食事をとることを知っているのだから、彼らの耳にも入ったのだと思い直した。あるいは、フォアマンがフラウ・エレンベルガーも首尾よく魅了して聞き出したのか。フォアマンは汲《く》めども尽きぬ魅力の持ち主だった。ときに人は自分とそっくりの人間と出会い、会ったとたんに親しみを覚える。フォアマンはブルーと背丈が同じで、歳も近く、頭の形も同じだった。ブルーも感心する育ちのよさと、肩肘張らない雰囲気で、眼は明るく輝き、見た者が思わずつられて微笑むような人懐《ひとなつ》っこい笑みを浮かべた。世界をあるがままに受け入れることを学んだ、ひそやかな低い声をしていた。

「トミー・ブルー！　よく来てくれた。こうして会えて何よりだ」ブルーが店のなかに入ると、フォアマンは立ち上がりながら言った。「こちらはイアン・ランタン、私の犯罪のパートナーだ。トミーと呼んでもかまわないかな？　はばかりながら、私もエドワードだ、あなたの敬愛するパパと同じく。だが、つづめてテッドでかまわない。パパはテッドなんて呼ばせなかっただろうね。エドワードでなければ意味がない」

「あるいは、たんに〝サー〟と呼ばせるか」ブルーが切り返して、みな笑った。

フォアマンがいかにも親しげに父親の話題を出したことに、ブルーは何か引っかかりを感じただろうか。決して落ち着きを失わない――否、金曜の夜まで落ち着きを失わなかった――心の奥底で。じつのところ、とくに不自然だとも思わなかった。エドワード・アマデウス、大英帝国勲章第四位は生きる伝説だったし、いまもそうだ。ブルーは人々があたかも父を知っているかのように話すことに慣れていて、ある種のお世辞として聞き流していた。

ランタンの第一印象も同じくらい好ましかった。昨今、ブルーのかぎられた人づき合いのなかで、ランタンのような若いイギリス人は見かけなくなった。小柄ですらりとして、なで肩で、よく似合うチャコールグレーのスーツの上着のボタンをひとつ留めている。ブルーがかつてそうだったように、あちこち旅行する上昇志向の企業幹部といった風体《ふうてい》だった。薄茶色の髪を軍隊ふうに短く刈り、思慮深く穏やかな調子で話し、所作にも相手の心をつかむ礼儀正しさがある。が、これもフォアマンと同様、独立独歩の静かな自信をみなぎらせていた。話し方には、ブルーがひそかに定義している〝無階級の訛《なま》り〟があり、平等精神に訴えかけてきた。

「当行の利用を検討していただいて光栄です、イアン」ブルーは明るく言って、即座に結びつきを強めた。「われわれプライベート・バンカーは、このところ隅に追いやられがちですからね。大手銀行がどこも勢力を増してきて」

「こちらこそ光栄ですよ、トミー、本当に」ランタンは握ったブルーの手を離しがたいかのように、もう一度陽気に力をこめた。「あなたのすばらしい評判はあちこちから聞こえてくる、でしょう、テッド？　反対する声はひとつもない」

「あろうはずもない《ネアリー・ア・ワン》」フォアマンも古風に同意し、それを合図に全員が席につくと、マリオが大きなスズキを持って駆け寄ってきて、皆さんのために活け締めにしましたと売りこんだ。一同はしばらくさかんにやりとりしたあと、海塩《かいえん》で焼いてもらうことにした。そして待っているあいだに、ハマグリのガーリックソース炒《いた》めも注文した。

彼らは、食事代は自分たちで持つと言った。

それはいけません、とブルーは抗議した。払うのはつねに銀行です。

だが数で負けた。それに、そもそも彼らから持ちかけた話でもある。そこでブルーは、経験上こういうときにやるべきだとわかっていることをした——ほかのたいていの顧客と同様、フォアマンとランタンも銀行から大金を巻き上げようとしている可能性がきわめて高いが、いずれにしろゆったりと構えて、愉しむことにしたのだ。お手並み拝見といこうか。このふたりは、かりに捕食者だとしても、少なくとも洗練された捕食者だ。そんなことはなかなかない。怖ろしい週末をすごし、アナベルからはなんの連絡もなく、とどめにフラウ・エリとの会話にもならない会話でもどかしい思いをしたあとで、ブルーはとても批判的な気分にはなれなかった。

加えて彼はイギリス人が好きだった。国外居住者として、生まれ故郷を懐かしむ気持ちは抑えられないほど強い。スコットランドの全寮制の学校ですごした陰鬱な八年は、彼の心にうつろな穴を残し、国外でどれだけ長く生活しても埋められなかった。だからこそ、フォアマンと最初から意気投合したのだろう。小柄なランタンは魅せられた妖精のように、左右のふたりに尊敬の眼差しを向けていた。

「イアンは飲まない、残念ながら」フォアマンは、連れがマリオのついだワインに手を出さないのを詫《わ》びた。「新人類だね。われわれ年寄りとちがって。では年寄りに、乾杯！」アナベル・リヒターにも乾杯。緊急時と見ればいつでも私の頭のなかを自転車で走りまわって消えない彼女にも。

あとでブルーは、爆弾が落ちるまえに何を長々としゃべっていたのだろう、と思い出すのに苦労する。彼らにはロンドンに共通の友人がいた。その共通の友人たちがフォアマンを知っているほどには、フォアマンは彼らを知らないという気がどうもしたが、確信は持てなかった。たとえそうだとしても、べつに気にならなかった。人とのつながりにはそういうところがある。不吉な予感がするほどのものでもない。ビジネスの話をしなければと思ったのは確かだ。フォアマンもランタンも、ことさらそうしたいようには見えなかったが、ブルーはとにかくいつもどおり、ブルー・フレールの経営が一貫して健全であることを説明し、幸い当行は用心深く手を出していないけれども、サブプライムローン問題を抱えたウォール街は大丈夫だろうかと疑問を呈した。物価の上昇は、グローバル市場の知的資産への動きに影響を与えるのだろうか。アジアのバブルはさらにふくれるのだろうか、それとも現状にとどまるのか。中国国内の好景気を受けて、われわれはどこかほかに、もっと安い労働力を探さなければならないのか――いずれも経済関連の読み物から知識を得て、業務上支障のない会話ができる話題だが、じつはそのどれについてもブルー自身の意見はなかった。そのため、聞き手に悟られずに、さらにアナベル・リヒターへの思いに浸ることができた。

そして、アラブの話題になった。フォアマンとランタンのどちらが話しだしたのか、ブルーにはどうしても思い出せなかった。ブルーの父親が一九五六年の第二次中東戦争のあと、離れていたアラブの投資家を引き戻そうと真っ先に働きかけたイギリスの銀行家のひとりだった、と正しく指摘したのは、テッドだったか、イアンだったか。まあいい。どちらにしろ、一方がウサギを放って、もう一方が追った。そして、そう、名前こそあがらなかったが、サウジアラビアとクウェートの少々怪しい家族の口座がひとつふたつブルー・フレールにはあると指摘されて、彼は事実を慎重に認めた。もっとも、ヨーロッパ人としての意識が強いブルー本人は、昔からその市場に対して父親ほど熱心ではなかった。

「しかし、悪い印象は持っていない？」フォアマンが心配して訊いた。「嫌悪感とか、そういうものはないいね？」

まさか、あるわけがない、とブルーは答えた。顧客はひとり残らずありがたい。何人かは他界し、別の何人かは解約して、何人かが残っている。金持ちのアラブ人は、ほかの金持ちのアラブ人が金を預けているところに自分も預けたがる。たんにそれだけだ。いまのブルー・フレールには、誰も彼もに黄金の傘を差しかける余力がない。

そのときには、ふたりはブルーの答えに満足しているようだった。が、振り返ると、最初からその質問をチェックリストに入れていて、無理に会話のなかに押しこんだような気がした。だからブルーは、遅きに失したにしろ、無意識のうちに話題を彼らのことに移したのかもしれない。

「ところで、あなたがたはどうなのですか。当行の評判をご存知だからこそ、ここに来られたのでしょう。どんなお手伝いができますか。あるいは、お客様にはよくこう言うのですが、大銀行にはできないどんなお手伝いができますか」銀行の用事でもなければ、あんたたちもこんなところにはいないはずだ。

フォアマンは食べるのをやめ、ナプキンで口をふきながら、まわりの空いたテーブルを見まわして答えを探した。一方、ランタンは対照的に、何も聞いていないかのごとく、入念に手入れされた騎手の手でスズキに外科手術をほどこしていた。皮を皿の端に寄せ、骨を逆の端に置いて、中央に魚肉の小さなピラミッドを作って。

「じつに申しわけないが、そいつの電源を切ってもらえないだろうか」フォアマンが静かに頼んだ。「気になってしかたがないのでね、正直なところ」

フォアマンが言っているのは、万一アナベルがかけてきたときのために、ブルーがテーブルの隅に置いていた携帯電話だった。一瞬まごついたあと、電源を切ってポケットに入れたときには、フォアマンがテーブルの向こうから身を乗り出していた。

「さて、しばらくシートベルトを締めて聞いてもらおうか」秘密を打ち明けるように小声で言った。「われわれはイギリス情報部の者だ。わかるね？　スパイだ。このイアンはベルリンの大使館から、私はロンドンから来た。名前は本物だ。気になるなら、イアンの大使に確認すればいい。私の担当はロシア。この二十八年間ずっとだ、ありがたいことに。だから、きみの敬愛する亡き父上、エドワード・アマデウスと知り合った。そのころ私の名前はフィンドレーだったがね。父上はその名前で私を知っている。ことによると、きみにも私の話をしたことがあるかもしれない」

「ないと思います」

「さすがだ。いかにもエドワード・アマデウスらしい。最後まで黙っている。率直に言えば、彼に大英帝国勲章第四位を贈らせたのは私なのだ」

　ブルーはそこでフォアマンを止めて、頭のなかを駆けめぐる数千の質問のなかからいくつか拾い出して相手にぶつけてもよかった。しかしフォアマンとしては、そんなことを許す気は毛頭なかった。ブルーの防壁に大きな穴をあけると、一気に勝利をものにしようと突撃してきた。とはいえ、実際には、すでに椅子の背にゆったりともたれ、両手の指先を合わせ、外見戸外活動が長かったことを思わせる顔にのどかとも言えるほど温和な表情を浮かべて、は、くつろいだ昼食の客が宇宙の状態について意見を述べているようだった。近くだけに聞こえるように調節された声は軽く、不思議と幸せそうだった。厨房《ちゅうぼう》では音楽が鳴っていた。ブルーの耳にはリュートの演奏に聞こえたが、フォアマンはそれより小さな声で話した。ブルーの父親と同じくらいこの世から消え去ったはずなのに、父親の亡霊と同じくちっとも横たわろうとしない時代の絵を描き出していた――冷戦末期のころだ、トミー、ソヴィエトの騎士が甲冑《かっちゅう》のなかで死にかけていて、ロシア全体が饐《す》えたにおいをぷんぷんさせていた。

フォアマンは、彼のためにスパイをしていたロシア人の偉大な忠誠心や、理想や、見上げた動機については語らなかった――ソヴィエトの高官を誘いこんで、資本主義のために首を賭けさせようと思ったら、トミー、資本主義の真髄を提供しなければならなかった。つまり、あり余るほどの金を。

金だけ差し出してもいけない。スパイをやっているかぎり、その金は使うことも、見せびらかすことも、子供や妻や愛人にこっそり渡すこともできないからだ。そんなことをするのはとんでもない愚か者で、捕まってもしかたない。たいてい捕まる。そこでスパイ候補には、ひとつのパッケージを提案することになる。

そのパッケージに欠かせないのが、長年の伝統を受け継いだ、健全で融通の利く西側の銀行だ。知ってのとおり、トミー、ロシア人は伝統が大好きだからね。そしてもうひとつ欠かせないのが、苦労して稼いだ金を跡継ぎやほかの譲受人に引き渡す、水ももらさぬシステムだ。遺言の検認や遺産税といった、通常必要な手続きなしでそれができなければならない。

情報の全面開示も、当然ありうる金の出所に関する質問も、その他きみが思いつくあらゆるものを回避できるシステムが必要なのだ。

「つまり、鶏《にわとり》と卵だ」ブルーが懸命に考えをまとめようとしているあいだ、フォアマンは親しみをこめて続けた。「この場合、卵が先だった。金の卵だ。風向きを読んでいた赤軍の大佐が〝大暴落〟のまえに自分の資産を売りたいと、いきなりこっちに飛びこんできた。彼はきみたち銀行家が考えるように考えた。ソヴィエト株式会社の株価が落ちつづけているから、株が紙くずになってしまうまえに売ってしまおうというわけだ。売り物は山のようにあった。興味深い知人も何人か紹介してくれた。現金をちらつかせれば母親の首も絞めかねない、似たような連中をね。その彼をウラジーミルと呼ぶことにしよう。いいね？」フォアマンは提案した。

私はグリゴーリー・ボリソヴィッチ・カルポフと呼ぶことにする、とブルーは思った。アナベルもそうする。最初のショックの波がおさまると、ブルーの心に思いがけない平穏が訪れた。

「ウラジーミルは人間のくずだったが、いわばわれわれのくずだ。妙な言い方になるがね。じつに狡猾《こうかつ》で、足の先まで欲深い男だが、持ってくる軍事機密は超一流だった。われわれの仕事では、それが愛のレシピになる。彼は三つの情報委員会に顔を出していて、アフリカ、キューバ、アフガニスタン、チェチェンに派遣されるソヴィエトの特殊部隊で働き、考えの及ぶかぎりの、ときにはわれわれが考えもつかないような悪事を重ねていた。腐った仲間の軍人を全員知っていて、彼らのしている悪事も、どうやって脅せるかも、どうすれば買収できるかもわかっていた。ロシアの外の人間がロシアにマフィアがいることを知る五年前から、赤軍マフィアを率いていた。赤軍の空輸機でアフガニスタンから血に染まった物資や、石油やダイヤモンドやヘロインを運び出していたのだ。自分の部隊が解散になると、ウラジーミルは部下にアルマーニのスーツを着せ、銃はそのまま持たせておいた。ほかに競争を乗りきる方法があるかね？」

すでにブルーは、こうしようと心に決めたことをしていた――何も言わず、注意は払うが、距離は置く。そしてひそかに考えていた。なぜフォアマンはこんなことを、これほどくわしく、ここまで懸命に友人になろうとしながら話しているのか。まるで三人が、これから明らかにされる事業の兄弟経営者でもあるかのように。

「われわれの問題は、このビジネスで最初でも最後でもないけれど、ウラジーミルを満足させておくために、金を送りつづけるだけでなく、洗浄もしてやらなければならないことだった」

相手の人柄がわかってきたブルーは、そこで言いわけが必要だとフォアマンが思ったらしいことに驚いた。

「いや、つまり、われわれがやらなければ、アメリカ人がやって無茶苦茶にしてしまう。そこで、きみのパパにこっそり相談したわけだ。ウラジーミルはウィーンが好きだった。ワルツも、娼館も、ウィンナーシュニッツェルもね。ときどき自分の金を取りにいくのに、古き良きウィーンほどいい場所があるか？　そしてきみのパパは、なんというか、じつに快く協力してくれた。まったくすばらしい。この裏稼業にはおもしろいところがあってね。表の社会で尊敬されている人物ほど、われわれスパイが笛を吹くとすっ飛んできてくれるのだ。リピッツァナーの話を持ちかけるが早いか、父上は大喜びした。もし情報部員にしようなどと言ったら、彼の銀行をまるごと情報部の支局にしてくれたのではないかな。こうやってわれわれのちょっとした問題を説明すれば、きみも同じように感じてくれるのではないかと多少期待もしていた、だろう、イアン？　まあ、支局にしてくれと頼むつもりはないがね」――ふたりで愉しそうに笑い――「そういう方向には進まない、ありがたいことに！　ただ、まあ、あちこちで手を貸してもらえないかということだ」

「頼りにしているよ、トミー」ランタンも北部の柔らかな訛《なま》りで同意し、人に気に入られようとする小男がつねに用意している笑みを浮かべた。

そこでもう一度、フォアマンは親切に休止を入れてもよかった。しかし話は佳境に差しかかっていて、彼は横道にそれたくなかった。マリオがデザートのメニューを持ってさまよっていた。ブルーもまたさまよっていたが、そこはウィーンの父親の書斎だった。ブルーは部屋の鍵をかけ、リピッツァナーについて終わっていなかった父親との口論の最後の台詞《せりふ》を、猛烈な勢いで書きなぐっていた――〝つまり、あなたはイギリスのスパイだったと彼らは言っている。あなたは勲章と引き替えにブルー・フレールを売って、川に捨てた。あなた自身が私に話す気になれなかったのが残念ですよ〟。

ウラジーミルの最後の赴任地はチェチェンだった、とフォアマンが言った。あの地獄さながらの場所については、いままで耳にしたことをすべて集めて十倍すれば、ほぼ実態に近づく。ロシア人が猛攻を加えてあそこを灰に変え、チェチェン人はチャンスがあるたびに報復している。

「だが、ウラジーミルと部下たちにとっては、延々《えんえん》と続く愉しいパーティだった」フォアマンは相変わらず親しげな口調で打ち明けた。長年心の奥にひそんでいた話だが、ブルーがいることによってようやく外に出てきたとでもいうかのように。「爆破、酒盛り、強姦、略奪。石油を横取りして、最高値をつける相手に売る。地元民を並ばせて、おまえらのしたことのお返しだとばかりに撃ち殺し、面倒を起こした分だけ昇進する」このときには珍しく、話の方向が変わったことを知らせるためにひと息入れた。「とにかく、それが背景だ、トミー。その背景幕のまえで、ウラジーミルは恋に落ちた。世界じゅうに妻がいたのだが、どうしたわけかその女には惚《ほ》れこんだ。どこかで拾ったチェチェンの美人で、グロズヌイの将校用の兵舎に連れこんで心置きなく愛した。彼女のほうもウラジーミルを愛した。あるいは、ウラジーミルはそう思いこんでいた。愛とウラジーミルがしっくりこないのは認める。とにかく私やきみが考える意味ではね。だがウラジーミルにとっては、彼女はついに見つけた本物の相手だった。少なくとも彼が私に語った話ではね、モスクワで、酔っているときに。もらって当然の一時休暇で、チェチェンの前線から戻ってきていたときのことだ」

フォアマンはみずからの物語の登場人物になり、顔つきも、打ち明けるような声も、いっそう穏やかになっていた。ブルーは彼の奇妙な友情の輪のなかに誘われていた。アナベルと、彼女の自転車もいっしょに。

「われわれのビジネスでは、トミー、歳をとるにつれて、自分の眼と引き替えでもいいからしゃべりたいのに、しゃべれないことができる。銀行の世界でも同じだろうね」

ブルーは当たり障りのない返答をした。

「モスクワ郊外のつまらない住宅地にある隠れ家で、ひどいにおいのする部屋に鍵をかけてスパイと話し合う。大使館の護衛がついていて、誰にも見とがめられずにその家に行くまでに、まる一日かかる。彼と話せるのはせいぜい一時間だ。階段の足音に耳をすまさなければならない。彼はテーブルの向こうからマイクロフィルムを差し出す。こちらは説明を聞くのと与えるのを同時にやろうとする。〝誰それ大将はなぜあなたにそんな話をした？　どこそこのロケット基地について話してほしい。われわれの新しい暗号手順についてどう思う？〟だが、スパイは聞いていない。頬に涙を流して、自分が強姦した驚くべき娘のことだけを話したがる。そして、あろうことか、その娘も彼を愛していて、彼の子を妊娠している。彼は世界一幸せな男だ。世界が自分にとってこれほどすばらしいものになるとは夢にも思わなかった。こちらも幸せになり、ふたりで彼女のために乾杯する。イェレナに乾杯、まあ名前はなんでもいいが。赤ん坊にも乾杯。神の祝福がありますように。それが私の仕事だ。いや、仕事だった。半分はスパイ、半分は福祉担当。あと七カ月この仕事をする。そのあとどうするかは神のみぞ知るだ。無数の警備会社から声をかけられているが、それよりすぎ去った日々を思い出しているほうがいいかな」無防備にそんなことを言って、寂しそうな笑みを浮かべた。ブルーは律儀に同じ笑みを返そうとした。

「そうしてウラジーミルは愛を知った」フォアマンは少し明るい声で話を再開した。「多くの偉大な愛がそうなるように、その愛も長続きしなかった。息子が生まれたとたん、彼女の家族は兄弟のひとりを駐屯地に送りこんで、彼女を殺そうとした。ウラジーミルは絶望した。そりゃそうだろう。部隊がモスクワに戻って解散するときに、息子を連れていった。モスクワの本妻は全然喜ばなかった。色の濃い腹ちがいの子をわたしに押しつけるなんてとウラジーミルを恨んだが、ウラジーミルは息子を手放さなかった。生涯最高の愛から生まれた少年を愛し、隠し財産の相続人に指定し、何があっても変えられないようにした」

話は終わった？　フォアマンは両眉を持ち上げ、それが世の中だ、ほかにどうしようがある、とでも言いたげに肩をすくめた。

「それで？」ブルーは訊いた。

「歴史の大きな車輪がひとまわりしたのだよ、トミー。過去は過去、ウラジーミルの息子は父の遺産を譲り受け、エドワード・アマデウスの息子のところに、引き出しの請求にやってくる」

このときには、ブルーは彼らが期待しているほどあっさりと協力しなかった。自分の役柄がなんであれ、それに近づいているところだった。

「失礼ながら」銀行家の静かな内省のあとで口を開いた。「あなたの愉しみを妨げたくはありませんが、もしこれから銀行に戻って、リピッツァナーのファイルを選び出し、いま説明された人物にもっとも近い顧客を探して、相続人に対する条件を確かめれば――」

それ以上言う必要はなかった。フォアマンは上着のポケットから白い封筒を取り出した。ブルーはそれを見て、べたべたするウェディングケーキが紙ナプキンで包まれて入っている白い小箱を思い出した。娘のジョージーが、ミラードという五十歳の芸術家と短いあいだ結婚したときに、式に来られなかった友人たちに贈ったものだ。封筒のなかには白いカードが一枚入っていて、ボールペンで〝カルポフ〟と書かれ、裏には〝リピッツァナー〟とあった。

「ピンと来るかね？」

「この名前が？」

「そうだ。馬のほうではなく、人間のほうが」

それでもブルーは容易に折れなかった。体のなかに、銀行家の職務上の慎重さを上まわる、ラバのような強情さが生まれていた。ときおり発作のように湧いて出て、いつもあわてて引っこめるスコットランド人の頑固さをも超える、多くの糸が絡まり合ったような強情さだった。いずれ解きほぐさなければならないが、いまはそのどこかにアナベル・リヒターが編みこまれていて、彼女は自分が守ってやらなければならない。それはつまり、イッサも守ってやるということだった。とりあえずブルーは、自分にとっていちばん自然な対応をすることにした。エドワード・アマデウスが昔言っていたように〝ハリネズミ〟になるのだ。体を丸めて針を立てる。最小限のことだけを言って、空白は彼らに埋めさせる。

「出納課長《すいとう》に相談しなければなりません。リピッツァナーはブルー・フレールにとって別世界ほど種類がちがう顧客なので」ブルーは言った。

「私に説明してもらう必要はない！」フォアマンは大声をあげた。「父がそれを望んだのです」

「エドワード・アマデウスに比べたら、墓石だっておしゃべりなくらいだ。きみがここに来るまえ、まさに同じことをイアンに言っていたのだよ。だろう、イアン？」

「そのとおりだ、トミー。一言一句たがわずね」小柄なランタンが心地よい笑みを浮かべて言った。

「では、彼らについてはあなたのほうがくわしいのでしょう」ブルーは言った。「私にとって、リピッツァナーは黒とも白とも言えない分野でした。二十年以上にわたって当行の棘《とげ》だったのです」

ランタンは、フォアマンのようにテーブルに身を乗り出して小声でしゃべらないが、フォアマシと同じ北部訛《なま》りで音楽より小さく話す方法は知っていた。

「トミー。ひとつ手順を教えてもらえないだろうか。もし問題の若者本人か、必要なパスワードなり参考情報なりをたずさえた彼の代理人が、あなたの銀行を訪ねてきたら――わかるね？」

「続きをどうぞ」アナベルも聞いている、真剣に。

「そしてその人物がリピッツァナーの口座から、たとえば全額を引き出したいといった請求をしたら、どの時点であなたの知るところとなるだろう。すぐに？　それとも数日後？　どうなのかな」

ハリネズミのブルーは、質問の意味がわかっているのだろうかとランタンが訝《いぶか》りはじめるまで答えなかった。

「まず、彼が当行の予約をとって、用件を伝えることが大前提です」注意深く言った。

「それができたら？」

「その場合には、私の上級秘書のフラウ・エレンベルガーがまえもって私に知らせます。そしてすべてがうまく運べば、私自身が対応します。もし個人的な要素があった場合、今回の件に当てはまるかどうかはわかりませんが、議論のために仮定すると、たとえば彼の父親が私の父を知っていて、私にそのことを告げた場合などには、もっと温かく歓迎する理由になります。ブルー・フレールはそのような長い関係を大切にしますから」相手に理解させる間を置いた。「一方、もし予約がなく、私が会議中だとか席をはずしていた場合には、可能性は低いとはいえ、私の知らないところで処理が進められることもありえます。そうなると非常に残念で、私も悔やむことになると思いますが」

心ここにあらずというブルーの様子は、すでにそれを悔いているかのようだった。

「リピッツァナーはもちろん、完全にほかとは切り離された口座です」不満そうに続けた。

「正直に言えば、あまり恵まれた口座でもない。いままで長く残っているものについて検討すれば、休眠口座か、長期運用債券の口座と見なしていたでしょうね。名義人との直接のやりとりもなく、たんに口座と書類が銀行に残っているだけ。その手のものです」見下したようにつけ加えた。

　フォアマンとランタンは眼を見交わした。明らかに、どちらが先を続け、どこまで伝えるか決めかねていた。ランタンがそれを引き受けたのには、ブルーは意表をつかれた。

「察しがつくだろうが、問題の若者といますぐ話さなければならないのだ、トミー」今度は中部訛《なま》りの声をさらに低くして説明した。「若者とわれわれだけで、緊急に、オフレコで。彼が現われたら、ほかの誰かと話すまえにできるだけ早く。だが、あくまで自然にやらなければならない。誰かが窓から彼を見張っているとか、職員が警戒しているとか、彼をめぐる作戦が進行しているとか、そういったことはぜったいに考えさせたくないのでね、銀行のなかだろうと、ほかの場所だろうと。彼がそう考えたら、何もかも台なしになってしまう。だろう、テッド？」

「そのとおり」フォアマンはいまや脇役となって同意した。

「彼がふらっと入ってきて名乗り、通常会うべき人に会う。口座の請求をして手続きをしているあいだに、あなたがボタンを押してわれわれに知らせる。いまの段階でお願いしたいのはそれだけだ」ランタンが言った。

「どうやってボタンを押すのです」

　フォアマンがランタンの副官としてまた出てきた。「ベルリンのイアンの電話番号にかける。すぐにね。若者と握手するまえ、あるいは、きみのオフィスでコーヒーを飲むために階段を上がりはじめるまえにでも。〞若者が来た〃。それだけでいい。残りはイアンがやる。彼には部下がいる。電話は一日二十四時間出られるようにしてある」

「一日二十四時間、週に七日」ランタンが念を押して、テーブルの向こうからブルーに名刺を差し出した。

国章によく似た白黒の紋章。〈在ベルリン・イギリス大使館　イアン・K・ランタン　国防・連絡担当参事官〉とある。いくつかの電話番号。そのうちのひとつに青いボールペンで線が引かれ、星印がついている。どうして彼らは私のオフィスが二階にあることを知っていたのだろう。アナベルに倣《なら》って自転車で窓の下を通ったのか？　招待主ふたりと眼が合うのを避けながら、ブルーはランタンの名刺を、〞カルポフ〃と〞リピッツァナー〃と書かれたカードと同じポケットに入れた。

「すると、そちらが提案する筋書きはこういうことですね」ブルーは言った。「まちがっていたら教えてください。新しい顧客が私の銀行に入ってくる。彼は亡くなった重要顧客の息子で、口座から預金を引き出したいと請求する。それはまちがいなく大金である。そして私は、いつもどおりその金の保管方法や運用方法を助言する代わりに、本人に相談すらせず、彼をあなたがたに引き渡す」

「ちがう、トミー」ランタンが微笑みはそのままで訂正に割りこんだ。

「なぜ？」

「助言する代わりにではない。助言するのに加えてだ。両方やってもらいたい。まずわれわれに知らせてから、何事もなかったかのようにふるまう。彼はわれわれに連絡が入ったことは知らない。人生は完全にふだんどおりに続いていく」

「つまり、だますわけだ」

「そう言いたければ」

「どのくらいの期間？」

「悪いがそれはわれわれが決めることだ、トミー」

そのランタンの言い方が唐突だったのかもしれない。あるいは、年長者のフォアマンがそう感じただけかもしれないが、とにかくフォアマンは言い直した。

「イアンが言いたかったのは、これをその若者にとってきわめて内々の、きわめて有益な話し合いにしたいということだ、トミー。きみの新しい顧客を髪の毛一本傷つけるわけではない。こちらの話をすべて聞かせることができれば、きみにも彼を大いに援助していることがわかってもらえるんだがね」

〝彼は溺《おぼ》れかけています。手を差しのべるだけでいいのです〟。少年聖歌隊の声がブルーにささやいていた。

「それでも、あなたがたは銀行家にとってかなりむずかしいことを要求している。そこには同意してもらえますね」ブルーは食い下がった。ふたりは眼で相談していたが、今度はフォアマンが答える仕事を引き受けた。

「歴史のよからぬ一部分をきれいにすると考えようじゃないか、トミー。それで納得できないかな。そちらの顧客だったある故人が、やりかけの仕事を残していったと」

「いま片づけておかなければ、あとでわれわれ全員に取り憑《つ》いて、深刻な悪影響を及ぼすのだ、トミー」ランタンが熱心に同意した。明らかに、やりかけの仕事のことを言っている。われわれに取り憑くやりかけの仕事。

「われわれ全員に？」ブルーはくり返した。

またランタンのほうをちらりと見て、フォアマンがあきらめたように肩をすくめた。ここまで来たら、いっそ全部ぶちまけてしまえということなのだろう。

「これを話してもいいという許可はもらっていないのだが、トミー、話してしまおう。いま放置しておくと、このこと全体がきみの銀行にどんな影響を与えるかわからないという心配が、ロンドンにはあってね。言いたいことがわかるかな」

ランタンが即座に請け合った。「われわれは、できることをすべてしているのだ、トミー。もっとも高いレベルで」

「これ以上高くはなれない」フォアマンも同意した。

「もうひとつだけ、トミー」ランタンが警告ともとれる口調で言いたした。「今後、おかしなドイツ人があなたのまわりを嗅《か》ぎまわることがあるかもしれない。万一そんなことがあったら、われわれのほうで対処できるように、やはりすぐに知らせてもらえるかな。もちろん、遅滞なく対処させてもらう。その機会さえ与えてもらえれば」

「ドイツ人がいったい何を望むというんです」ブルーは訊いて、少なくともすでにひとり、ドイツ人に嗅ぎまわられているなと思った。ただ彼女は、注意しろと彼らが警告したくなるようなドイツ人ではない。

「たとえば、自分たちの縄張りでイギリスの銀行家が怪しい口座を運用するのを喜ばないかもしれない」ランタンが若々しい眉をすっと上げて言った。

タクシーのなかで、ブルーは携帯電話を調べて、フラウ・エレンベルガーに電話をかけた。いいえ、彼女からひと言も伝言はありません、ヘル・トミー。あなたの直通回線にも。

ブルーには、公《おおやけ》に開かれているが自分ひとりになれる場所がひとつあった。人生が耐えがたくなったときに訪ねる、貴重な場所。それは彫刻家のエルンスト・バルラッハの作品だけを集めた小さな美術館だった。ブルーは芸術通ではないし、バルラッハは彼の頭のなかでただの名前、それもぼんやりしてとらえどころのない名前だった。しかし、二年前のある日、大西洋の向こうからジョージーが抑揚のない声で電話をかけてきて、産後六日目の息子が死んでしまったと告げた。知らせを聞いたブルーは通りに出て、最初に来たタクシーを呼び止め、年寄りで免許証の名前から推測するとクロアチア人の運転手に、どこでもかまわないからひとりきりになれるところに連れていってくれと伝えた。それきりひと言も交わさず、三十分後に車は、大きな公園の遠い端に建つ煉瓦《れんが》造りの低い建物のまえに停まった。ブルーは火葬場に連れてこられたと思ってぞっとしたが、女性が机について入場券を売っていたので、一枚買って、ガラスに囲まれた中庭に入った。なかには誰もおらず、夢とも現《うつつ》ともつかぬ世界から来た神話の人物たちだけが住んでいた。

　ひとりは風に流れる修道衣を着ていて、別のひとりは鬱に沈み、また別のひとりは瞑想《めいそう》か絶望に身をゆだねていた。叫んでいる者もいたが、苦痛からなのか、歓喜からなのかはわからない。ただはっきりわかったのは、どの人物もブルーと同じくらい孤独で、どれも何かを伝えようとしていることだった。ところが誰も聞いていないので、みな手に入らない慰めを探し、探すこと自体がある種の慰めになっている。

　全体として見ると、バルラッハが世界に発したメッセージは、世界の受難に対する深い、複雑に入り組んだ憐れみだということもわかった。だからブルーはその日以来、おそらく十回以上ここに来ていた。一時的に絶望したとき――エドワード・アマデウスはかつてそれを〝黒い犬〟と呼んだ――にも、銀行の仕事で大失敗をしでかしたときにも、ミッツィからあなたは恋人としてのわたしの厳しい基準を満たさない、とほぼこのままのことば遣いで言われたときにも。それについては、おおかたそんなところだろうと思っていたが、できれば聞きたくなかった。ともかく、ブルーはこのときまで、あとから湧いてくる怒りと困惑をこれほど抱えてここに来たことはなかった。

　私は約束を守った、とバルラッハの彫刻たちに言った。彼女のために立ち上がり、ごまかした。彼らと同じ方法で嘘をついた――省くことによって。彼らの話には省略することによる嘘があまりにも多く、終わるころには嘘しか聞こえなかった。スパイの嘘は、声には出されないが、何かのまんなかにあいた穴のように、語られなかったことによってその形がわかる。

イッサは昔もいまもイスラム教徒ではない――そう言わないことによって、彼らは嘘をついた。

イッサがチェチェンの活動家だったことはないし、何かの活動家でもなかった。それも口にされない嘘だった。

イッサは、私と同じくごくふつうの、ありきたりのスパイの息子で、汚れた遺産を引き出すために私のところに向かっている。それも嘘。

イッサはぜったい拷問など受けていないし、刑務所にも入れられていないし、脱獄などしていない。ありえない！　それも嘘。

イッサはスウェーデンで指名手配され、警察のあらゆるウェブサイトにのっている――ということは、全知のイギリス情報部のサイトにものっていると考えるのが妥当な――イスラム系テロリストとはなんのつながりもない。それも嘘。

私はそんな嘘には耳を貸さない！　イッサにもし問題があるとすれば、たんに歴史のよからぬ部分に関することだ。それが何であれ。われわれの父親が残した、厄介なやりかけの仕事にかかわることだ。だから私とイッサはこの件について共同で責めを負っている。それがどういう内容かはわからないまでも。

だが、私がすべて言われたとおりにすれば、慈悲深いフォアマン、ランタン両氏は、もっとも高いレベルの助けを得ながら、私を救ってくれるらしい。ついでに、ドイツ人からも救ってくれる。

バルラッハに別れを告げて、陽光に照らされた公園を歩きはじめたブルーは、まだ自分と折り合いをつけていなかった。道をあやまってはいない。自分の現実の感情に目覚めるにつれ、彼のなかでバルラッハ的な苦痛と歓喜の叫びがふくれ上がった。もはや太古の昔に思えるが、アトランティック・ホテルで会って以来、アナベル・リヒターは彼に教育的、さらには道徳的な影響を与えていた。あのときから、心のなかで彼女に相談せずには何も考えられなくなっている。これは正しい進路なのか、アナベルは認めてくれるだろうか、と。

最初は自分のことを、敵対的に乗っ取られた悲惨な犠牲者と見なしていた。そのあとは、みずからを嘲《あざけ》った――六十歳の大人、減っていく男性ホルモンにしがみついているこの私が。〝愛〟などというぞっとすることばは、その意味がなんだろうと、自分との対話では一度も出てこなかった。愛はジョージーの専門だ。べたつく熱いささやきだとか、永遠の誓いだとか、そのようなものは、正直なところ、ほかの人にまかせたい。遠慮なく言えば、ほかの人たちにも必要だろうかと思うくらいだが、それは彼らが判断すればいい。ただし、自分の半分の歳の女性が人生に飛びこんできて、あなたの道徳の指導者になると言ったら、背筋を伸ばして話を聞く。それは聞かなければならない。もしその女性がとびきり魅力的で興味深く、これまで現われたなかでいちばん彼にとってありえない恋人だとしたら、なおさらそうだ。

セックスはどうか。ミッツィと結婚するころには、実力より上の階級でボクシングをしていることがわかっていた。べつにそのことで彼女を恨んではいないし、彼女のほうも見たところ同じだ。ミッツィは彼が慣れた方法にとどまることを認めて、公正な値段の請求書を送っている。あえて見解を訊かれれば、ブルーはおそらくそう答える。彼が満足させることのできない欲望を持っているからといって、彼女を責めるわけにはいかない。

ブルーにはようやく自分自身が理解できた。自分に必要なものを見誤っていたのだ。まちがった市場に投資していた。彼が求めていたのは性行為ではなく、これだったのだ。重大で驚くべき自己の本質を発見すること――ようやくそこにたどり着いた。問題は減っていく男性ホルモンではなく、自己発見ができないことだった。アナベルのおかげで、いまはわかる。

ほかの理由と同じくらい、これのために、ブルーはランタンとフォアマンに嘘をついた。彼らはブルーの父親をまるで自分の所有物のように話していた。父親を持ち出して息子に圧力をかけ、息子も自分たちの所有物になったと考えていた。ブルーとアナベルだけがいる場所にふらふらと近づいてきたが、ブルーは彼らをなかに入れなかった。その過程で意識的かつ慎重にアナベルの危険地帯に踏みこんだ結果、ブルーの人生は活力を得て、みずからにとって貴重なものになった。ブルーはそのことについて彼女に心から感謝した。

「ブルー・フレールはこれから落ちぶれるって噂ね」同じ日の夜、ミッツィが言った。彼らはサンルームに坐って、美しい庭を愛《め》でていた。ブルーはフランス人の顧客から贈られた年代物のカルバドスをちびちびやっていた。

「そうなのか？」ブルーは明るく答えた。「知らなかったよ。どこからそんな噂を聞いた？もし尋ねてよければ」

「ベルンハルトよ。彼はあなたの耄碌《もうろく》した友だちのハウフ・フォン・ヴェスターハイムから聞いた。あの人、そういうことを知ってるんでしょう？」

「まだ知らない。私が聞いたかぎりではね」

「あなた自身は落ちぶれてる？」

「気づく範囲では、そんなことはないと思うがね。なぜ？」

「いろいろ兆候が現われるのを止められないようだから。子犬みたいに喜んで飛び跳ねてるかと思えば、次の瞬間にはわたしたちみんなを嫌ってる。女でもできた、トミー？　このところ、わたしたちの関係をあきらめてるような印象を受けるの」

ふたりがしたがうゲームの規則においてさえ――したがわない規則に照らしても――ミッツィのいまの質問は異常なほど単刀直入だった。ブルーも異常なほど長い時間、押し黙ったあとで返事をした。

「じつは、男だ」心のなかでイッサに逃げこんで答えた。ミッツィは、なるほどといった笑みを浮かべ、また手元の本を読みはじめた。

8

その建物は、少なくとも外から見るかぎり聖域《サンクチュアリー》ではなかった。交差点の隅に押しこまれたナチス時代の罪深くみすぼらしい〝共犯者〟で、けばけばしい煙草《たばこ》の広告掲示板に囲まれていた。水のしみ出る壁に描かれた落書きは、熱帯の夕景と、猥褻《わいせつ》なあれこれ。隣にあるのはブリキ板を張った〈避難所《アジュル》〉というカフェ、もう一方は古着を扱うアフリカ・アジア系の商店だった。が、建物のなかに入ると、誰もがきびきびと効率よく、決然たる楽観主義で働いていた。

晴れた春の月曜の朝、アナベルはできるだけふだんと外見が変わらないように努めながら、自転車を押して階段をのぼり、玄関ロビーのいつもの垂直パイプにチェーンでつなぐと、光るペンキの矢印にしたがって進んだ。タイル張りの階段を上がって、いつものようにガラスドアの向こうに手を振り、受付のワンガザが気づいてブザーで解錠してくれるのを待った。なかのロビーに入り、茶色のスーツの男たちと、ヒジャブを着用した女たち、ガラスの囲いのなかで積み木を積んだり、カメの家族にレタスをやったり、ウサギ小屋の網に物憂げに指を突っこんだりしている、暗い眼の子供たちのまえを通りすぎ――それにしても、今朝《けさ》はどうしてみんなこんなに静かなのだろう。それともいつもこうだった？――アラブ人の職員、リサとマリアがすでにこの日の最初の依頼人と差し向かいで坐っているオープンスペースに入った。一人ひとりに短く挨拶《あいさつ》して笑みを向けたあと、弁護士たちがいる廊下に入ると、朝の光が射しこんでいて、天国に通じる道にいるような気がした。ところで月曜のこんな早い時間に、どうしてウルスラのドアは閉まっているのだろう。おまけにその上の〝入室禁止〟の赤いランプまでついている。ウルスラは全世界に対してドアを広々と開けていることが自慢で、みんなもそうしろとしきりに勧めているのに。アナベルは自分のオフィスに入り、リュックサックを肩からはずし、いまや罪の重荷のように感じられるそれを床に落として、机のまえの椅子に坐った。眼を閉じて、しばらく顔を両手で包んでいたが、コンピュータに逃げこむことにして、画面を見るともなく見はじめた。

急に静かになった自分のオフィス、ロシア語しか話せない友人をどうか助けてほしいというメリクの最初の電話が、ウルスラから転送されてきたまさにその部屋で、アナベルは、まるで全人生のように思える週末の出来事を振り返った。

記憶の断片はどうしてもきちんとつながらなかった。二昼夜のあいだ、彼を五回訪ねた。いや、六回だったか。あそこへ連れていったときも数に入れれば、七回？　土曜の夜にもう一回。日曜に二回。今朝未明、彼が祈っている最中に訪ねたのが一回。それで何回になる？けれども、実際に何時間いっしょにいたのか、おのおの会話の綱渡りをしながら何を話したのか、どこで笑って、どこで部屋の別々の隅に坐っていたのか。そんなことを考えながら、起きたことを順に並べようとすると、すべては渾然として、どれが先でどれがあとだったかわからなくなるのだった。

暗いなかでキャンプファイヤーを囲む子供のように、彼女の携帯用コンロでいっしょにジャガイモとタマネギのスープを作ったのは、土曜の夕食だっただろうか。

「どうして明かりをつけないんです、アナベル？　あなたは空襲を警戒するチェチェン人？　今晩は明かりをつけるのが違法ですか？　いずれにしろ、ハンブルクでは何もかも違法です」

「不必要に注意を惹《ひ》かないほうがいいから。それだけ」

「明るいより暗いほうが注意を惹くこともある」長々と考えたあとで、彼は言った。

イッサにとっては、あらゆることに意味があるのだった。といっても、彼女の世界ではなく、彼の世界において。あらゆることに、絶望と向かい合って苦しみながら得た深みがあるようだった。

鉄道駅の売店でロシアの新聞を買って持っていったのは、日曜の朝だっただろうか。それとも午後？　自転車で駅まで行って、《アガニョーク》誌、《ノーヴィ・ミール》誌、《コメルサント》紙にけっこうな金を使い、そのあと思いついて駅前の屋台で花も買った。最初は、ベゴニアなら彼にも世話ができるだろうと考えたが、今後の計画もあるから切り花のほうがいいだろうと思い直した。でもどれにする？　バラだと愛情の告白と取られるだろうか。

それはまずい。やむなくチューリップにしたが、自転車のまえの荷物入れに入らなかったので、港のまえまでずっと片手でオリンピックの聖火トーチのように持っていくしかなかった。着いてみると、花びらの半分は吹き飛ばされていた。

ふたりで屋根裏部屋の端と端に坐って、チャイコフスキーを聞いたのはいつだったか。そのとき彼がふいに立ち上がり、テープレコーダーを止めて、いつもいるアーチ窓の下の荷箱の上にのって、雄大なチェチェンの詩を朗唱しはじめた。山、川、森、そしてチェチェンの狩人の破れた恋を歌う詩で、気が向くと一部をロシア語に訳した。あるいは、彼にもすべての意味はわからず、わかるところだけ訳してくれたのかもしれない。詠じながら金のブレスレットを握りしめていた。あれは昨晩だったのか。それとも土曜？

そして、まとまりのない回想のなかで、彼が部屋から部屋へと引きずられて殴られたことを語ったのはいつだっただろう。殴ったのはふたりの〝日本人〞だったと言っていたが、それが本当に民族を指しているのか、たんに刑務所内での呼び名だったのか、また打擲《ちょうちゃく》はロシアであったのか、トルコであったのかも、本人にははっきりわからなかった。あの部屋で足を打ちすえられた、この部屋で体を殴られ、また別の部屋で電気ショックを与えられた、と部屋だけにこだわっていた。

実際にいつだったかは別として、彼をいちばん愛しそうになったのは、そのときだった。そこまで他人に打ち明けるのは、途方もなく心の広い行為という気がして、アナベルは自分の全存在をかけてそれに応えた――この人にはすべてを返さなければならない。こうしてわたしに自分を知らせ、癒《い》やしてもらうために、恥辱の体験を話しているのだ。何を返せるだろう。しかし、答えが浮かびそうになった刹那《せつな》、彼女は完全に尻込みしていた。このままでは、みずからに誓った約束を反古《ほご》にすることになる——法のもとで彼の人生を守るという約束を。守るべきものは彼の人生であって、愛ではない。

ひとりで生きてきた人間の例にもれず、イッサがほとんどしゃべらないか、まったくしゃべらない長い時間があったことも憶《あかし》えていた。だが、彼の沈黙は苦にならなかった。ある種の感謝の表われ、さらなる信頼の証だと思った。そんな時間が終わると、彼はいきなり饒舌《じょうぜつ》になって、ふたりは再会した古い友人同士のように語らった。アナベルは相手をするうちに、いつしか姉のハイディや、ハイディの三人の子供のこと、誇らしくてしかたない名医のフーゴのこと——イッサもいくらでも聞きたがった——そして母親の癌《がん》のことまで、打ち解けてざっくばらんにしゃべっていた。

父親のことだけは話さなかった。なぜかはわからない。おそらく、かつてモスクワで法務担当官として働いていたから。あるいは、カルポフ大佐の長い影が射すのを感じたからかもしれない。それとも、彼女の人生をコントロールしているのが、ついに父親ではなく、彼女自身になったからか。

とはいえ、依然として彼女はイッサの弁護士であり、たんなる保護者ではなかった。遺産の引き出しを正式に請求するようにと、一度どころか五、六度は説得を試み、急《せ》きたて、事実上命令したが、まったく無駄だった。請求で彼が手に入れるものについては、あえて考えなかった。しかし、ブルーがほのめかしたほどの大きな遺産であるなら、イッサのまえですべての扉が魔法のように開くことを疑う者はいないだろう。悪臭が天にも届くようなことをしてきたアラブやアジアの大富豪が、ドイツの立派な資産や銀行口座を持つがゆえにこの国で優遇されているという話は、アナベルも聞いたことがあったし、いくつかはサンクチュアリー・ノースのなかでもささやかれていた。

まず世話をすること、と自分に言い聞かせた。そうして彼が落ち着き、元気になったら、真剣に対策を講じる。フーゴの提案を待ちましょう。

では、ブルーは？　彼女は現実を見すえながらも直感的に、ブルーの人となりがわかってきたと思っていた――人生の終わりの部分に差しかかった孤独な金持ちで、尊厳ある愛を求めている人だ。

電話が鳴っていた。ウルスラからの内線だった。

「いつもの月曜の打ち合わせは午後二時に延期よ、アナベル。それでいい？」

「いいわ」

よくなかった。ウルスラのはきはきした声は警告だ。誰かが彼女の部屋にいる。ウルスラは誰かに聞かせるために話している。

「ヘル・ヴェルナーがいます」

「ヴェルナー？」

「連邦憲法擁護庁から来られたの。あなたの依頼人についていくつか質問したいそうよ」

「それは無理。わたしは弁護士よ。その人の質問は認められないし、わたしも答えられない。あなたやわたしと同じくらい、その人も法律にはくわしいでしょうに」ウルスラが何も答えないので、続けた。「ところで、どの依頼人?」

彼はウルスラのすぐそばに立っているのだろうと思った。わたしたちの会話をひと言ももらさずに聞いている。

「ヘル・ヴェルナーといっしょに、ヘル・ディンケルマンも来られてるわ、アナベル。やはり擁護庁から。ふたりともとても真剣で、〝いますぐ起きるおそれのある破壊活動〟について話したいって」

彼らのことばをそのまま引用して、この人たちはあなどれないとわたしに伝えている。

ヴェルナーは三十歳前で肥満型、潤んだ小さな眼に、灰色がかったブロンドの眉で、食べすぎの青白い顔をてかてかさせていた。アナベルが部屋に入ると、まさに想像したとおり、ウルスラが自分の机について坐り、ヴェルナーがうしろに立っていた。彼は振り返って横柄《おうへい》そうに口角を下げ、アナベルが被験者であるかのように、視覚によるボディチェックを長々とおこなった――顔、胸、ヒップ、脚、また顔。検査が終わると、ぎこちなくまえに出てきて、勝手に彼女の手を取り、その上で四十五度のお辞儀をした。

「フラウ・リヒター、私はヴェルナー、偉大なドイツ国民に夜間安心して眠ってもらうために給料をもらっている人間のひとりです。わが庁は法律で職務が定められていますが、執行権限はありません。つまりわれわれは役人であって、警官ではない。あなたは法律家ですから、すでにご存知ですね。紹介させてください、わが庁の調整担当部門から来たヘル・ディンケルマンです」

しかし、わが庁の調整部門から来たヘル・ディンケルマンは最初姿が見えなかった。ウルスラの机の奥の角に坐っていて、ようやくそこから出てきた。歳は四十代なかばで、くすんだ茶色の髪、ずんぐりした体軀《たいく》。全盛期がすぎたことをみずから認めているような、申しわけなさそうな雰囲気を漂わせていた。図書館の司書を思わせるしわくちゃの麻のジャケットを着て、古い格子縞のネクタイを締めている。

「調整担当？」アナベルはウルスラのほうをちらっと横目で見て、くり返した。「いったい何を調整するんですか、ヘル・ディンケルマン？　それとも、わたしたちには教えられないことですか」

ウルスラの笑みはよくて生ぬるいといったところだったが、ディンケルマンは短いながらもにっこりと笑った——両方の頬骨まで広がる道化師の笑いだった。

「フラウ・リヒター、私がいないと、調整のない世界はまたたく間に崩壊してしまうのです」陽気な声でそう言って、アナベルの考えるふつうの握手よりほんの少し長く手を握っていた。

四人は松材の低い円卓のまわりに坐った。青い眼で、頑固で、若白髪を丸くまとめたウルスラが〝母親〟役を務めた。ウルスラの椅子は深々と沈みこむので、威張って坐ることができない。どの椅子にも彼女自身が刺繡《ししゅう》したクッションがのっていた。針仕事がわたしの怒りの管理法なの、と雑談ついでにアナベルに言ったことがある。業務用の大きなコーヒーポット、ミルク、砂糖、マグカップ、誇らしく選び出した数種類の水が並んでいる。ウルスラが水にうるさいのは、わたしと同じだ。そして、コーヒーと水をのせたトレイのあいだに、正面と左右から写したイッサの高光沢の写真があった。

だが、イッサの写真を見ているのはアナベルひとりだった。残る三人はアナベルを見ていた。ヴェルナーは職業的な狡猾《こうかつ》さをのぞかせて、ディンケルマンは道化師の笑みを浮かべて、そしてウルスラは危機のときに用いる無表情をたたえて。

「この人が誰かわかる、アナベル？」ウルスラが訊いた。「あなたは弁護士として、あなた自身が捜査対象でないかぎり何も言う必要はない。あなたもわたしも、そのことを知っている」

「われわれも知っています、フラウ・マイヤー！」ヴェルナーが大げさな身ぶりで叫んだ。「新人訓練の初日に習うことですから。弁護士の領域に立ち入ってはならない。弁護士に触れてはならない、とりわけ女性の場合には！」当てこすりを愉《たの》しんでいた。「もちろん法律上、あなたにも依頼人に関する守秘義務があることは忘れていません、フラウ・リヒター。われわれはそれも尊重する。完全に。そうでしょう、ディンケルマン？」

道化師の笑みが静かに〝完全に〟の部分を認めた。

「フラウ・リヒターに守秘義務の放棄を迫ったとしたら、それは完全に違法です。あなたがそうしてもですよ、フラウ・マイヤー。あなたですら、彼女を説得することはできない！ただし、彼女自身が捜査の対象になれば別です。彼女は対象ではない、少なくともいまは。弁護士であり、おそらくは忠実な市民であり、誉《ほま》れ高い法律家の家族の一員です。そんな人は捜査対象にはならない、よほど例外的な状況でもないかぎり。それがわが国の憲法の精神であり、われわれは精神と法の両面で憲法を擁護します。ですので、当然ながら、われわれは知っています」

そこでようやく口を閉じ、アナベルを見ながら待っていた。みながそうしているあいだ、ディンケルマンひとりが微笑んでいた。

「じつは、この人を知っています」職業上の懸念を示すために長い間を置いたあとで、アナベルは認めた。「わたしたちの依頼人のひとりです。最近の」──ウルスラのほうを向き、ウルスラだけに話しかけて──「あなたは彼に会っていないけれど、わたしに対応をまかせました。彼がロシア語しか話せなかったから」アナベルは静かに写真を取り上げ、仔細《しさい》に眺めるふりをして、また置いた。

「彼の名前は何ですか、フラウ・リヒター」すかさずヴェルナーが彼女の左耳に言った。

「無理しないでください。名前自体も秘匿《ひとく》事項かもしれない。もしそうなら強要はしません。たんにこの街で破壊活動がいつ起きてもおかしくないというだけで。でも気にしないで」

「名前はイッサ・カルポフ。本人が言うには」――相変わらず断固としてウルスラだけに――「ロシア人とチェチェン人のハーフです、これも本人のことばです。依頼人のなかには、どうしても確認しきれない人がいる。あなたもわたしもよく知っているとおり」

「あ、われわれはしっかり確認していますよ、フラウ・リヒター！」ヴェルナーは思いがけず生き生きと反論した。「イッサ・カルポフはイスラム系ロシア人の犯罪者で、破壊活動の前科が多々ある。ほかの犯罪者たち、おそらく同じイスラム教徒でしょうが、彼らの手引きでドイツに不法入国し、この国に滞在できる権利はまったくない」

「誰しも権利は持っています、まちがいなく」アナベルはやんわりとたしなめた。「彼の場合にはちがう、フラウ・リヒター。彼の場合にはね」

「ですが、ミスター・カルポフは状況を正常化するために、サンクチュアリー・ノースを頼ってきたのです」アナベルは言い返した。

ヴェルナーは笑うふりをした。「なんと！　依頼人はあなたに話していないのですか。船がヨーテボリに着いたときに、ドイツに密入国するために勾留から逃れたことを？　コペンハーゲンでまた逃げたことも？　そのまえにはトルコから、さらにそのまえにはロシアから逃げたことも？」

「依頼人がわたしに話したことは、依頼人とわたしだけが知っていることで、彼の同意なしに第三者には伝えられません、ヘル・ヴェルナー」

ウルスラは手持ちのなかでいちばん読み取りにくい表情を浮かべていた。隣のディンケルマンは短く太い指で唇をなでながら考えこみ、父親のように微笑んでアナベルを見ていた。

「フラウ・リヒター」ヴェルナーが、そろそろ我慢も限界だという口調でまた話しだした。「われわれはイスラム過激派の亡命者をいますぐ見つけなければならない。彼は追いつめられているし、テロリストとのかかわりも疑われる。われわれの仕事は彼から人々を守ることです。あなたも守る、フラウ・リヒター。あなたは独身で、無防備な女性だ。しかもこう言ってよければ、非常に魅力的でもある。ですから、あなたと、ここにおられるフラウ・マイヤーに、われわれの職務遂行を手伝ってもらいたい。この男はどこにいます？　そして二番目の質問、いや、最初にすべき質問かもしれないが、彼を最後に見たのはいつです？　ですがこれも当然、お答えはあなたの意思にまかせます。あなたはテロリストをかくまおうが、そのせいで破壊活動が起きようが、とくに気にしないかもしれないし」

　この質問の妥当性について、アナベルはウルスラの意見を求めようと彼女のほうを向いたが、ヴェルナーにはとうてい待ちきれなかった。

「理事に訊く必要はありません、フラウ・リヒター！　私が質問して、あなたが依頼人の利益に適《かな》う答えは何かを判断すればいい。誰も強制しているわけではない。ここに証人もいる。さあ、土曜の朝四時にミセス・レイラ・オクタイの家から出たあと、イッサ・カルポフをどうしたのですか」

　要するに、知っていたのだ。

いくらかは知っているが、すべてではない。

外側は知っているが、内側は知らない。せめてそう信じなければならなかった。もし内側まで知っているなら、イッサはいまごろサンクトペテルブルク行きの飛行機に乗せられ、マゴメドのように、手錠をかけられた手を窓越しに振っている。

「フラウ・リヒター、もう一度訊かせてください。オクタイの家を出たあと、イッサ・カルポフをどうしたのですか」

「ある場所へ連れていきました」

「徒歩で？」

「徒歩で」

「朝の四時に？　すべての依頼人にそうするのですか？　夜明けに通りを歩く？　それが魅力的な若い女性弁護士の通常の手順なのですか。もしまた依頼人との守秘義務を犯す質問をしているようでしたら、完全に取り下げます。われわれの捜査は行きづまりますが、気になさらず。たとえ手遅れになったとしても、彼は捕まえます」

「話し合いが深夜まで続きました。東洋やアジアから来た依頼人の場合には、よくあることです」アナベルはしばらく考えてから続けた。「オクタイ家のなかで緊張が高まりました。ミスター・カルポフは、それ以上厚意に甘えられないと考えました。繊細な心の持ち主なので。自分の特異な状況が心配をかけていると察したのです。それに、彼らはもうすぐ休暇でトルコに行くことになっていました」

　彼女はまだヴェルナーではなくウルスラに答えていた。短い文をひとつウルスラに投げては、次に移った。ウルスラは眼を半分閉じて、スフィンクスさながら中空を見つめていた。その横でくつろぐディンケルマンは、やさしい笑みを消していなかった。

「たどった経路を正確に説明してもらえますか、フラウ・リヒター。使った移動手段も。ひとつ警告しなければなりませんが、あなたはいま危険な状況に置かれているかもしれない。それはイッサ・カルポフによるものだけではありません。われわれは警察ではないが、いろいろ責務を負っている。さあ、続けてください」

「エッペンドルファー・バウム駅まで歩いて、地下鉄に乗りました」

「どこまで？　細切《こまぎ》れではなく全体を聞かせてください」

「依頼人は精神的に弱っていて地下鉄がつらそうだったので、四つめの駅でおりてタクシーに乗りました」

「タクシーに乗った。いつも一度にひとつずつだ。どうして金貨のように事実を出ししぶるのですか、フラウ・リヒター。タクシーに乗ってどこへ？」

「最初は目的地がありませんでした」

「ご冗談を！　運転手に行き先を告げたでしょうが。それはアメリカ領事館から一キロと離れていない交差点だった。どうして運転手に行き先を告げたのに、目的地がないなどと言うのですか」

「簡単なことです、ヘル・ヴェルナー。もし一瞬でもわたしたちの依頼人の典型的な精神状態に入りこめれば、そういうことが毎日起きているのがわかるでしょう」すばらしい説明だった。一語もはずしていない。一歩も踏みちがえていない。家族でやる法律の嘘つき合戦でも、これほどうまくやったことはなかった。「ミスター・カルポフの頭のなかには目的地がありましたが、彼なりの理由から、わたしには教えたくなかった。あの交差点に立てばどの方向にも行けるし、わたし自身にとってもたいへん好都合だった。たまたまあの近くに住んでいるからです」

「だが、あなたはタクシーで直接アパートメントのまえまで行かなかった。なぜです？　彼はそこから歩けばいいし、あなたはすぐに安全な自宅に入ることができるのに。それとも、これもまたあなたの説明のなかの対処不能な障害物でしょうか」

「いいえ、わたしはあえてアパートメントまでタクシーで行かなかったのです」まっすぐヴェルナーの顔を見て言った。

「なぜ？」

「おそらく自分のアパートメントに行きたくなかったから」

「なぜ？」

「依頼人に自分の住まいを見せたくなかったのかもしれないし、たくさんいる恋人のうちの誰かのアパートメントに行くことにしたのかもしれない」あなたもそのひとりになりたくてたまらないんでしょう、と考えながら。

「だがとにかく、あなたはタクシーを帰した」

「ええ」

「そして歩いた。どこへ行ったのかは、わからないかもしれない」

「そうです」

「そしてカルポフもいっしょに歩いた、まちがいなく！　あなたほどの美人を朝の四時半に通りに置いていくわけがない。繊細な心の持ち主だから。彼はまったく危険ではない、あなたはそう言いましたね？」

「いいえ」

「何がいいえ？」

「いいえ、彼はわたしといっしょに歩きませんでした」

「つまり、歩いたのは歩いたが、あなたとは別の方向だった！」

「そうです。北に向かって、消えました。脇道に入ったのだと思います。わたしは彼がどこへ行ったか見きわめるより、ついてこられることのほうを心配していたので」

「それで、そのあとは？」

「そのあとといいますと？」

「それ以来会っていないのですか？　接触は何もなかった？」

「ありません」

「誰かを介しても？」

「ありません」

「ですが、自分の電話番号は知らせているでしょう、当然ながら。住所も。追いつめられた不法入国者が、才能ある若い女性チャンピオン弁護士をある日雇って、次の日に馘《くび》にするとはとうてい思えませんが」

「電話番号も、住所も知りません、ヘル・ヴェルナー。わたしたちの仕事では、それもよくあることです。彼はサンクチュアリー・ノースの番号を知っています。また連絡があることを当然望みますが、ないかもしれない」またウルスラの無言の同意を求めたが、あるかなきかのうなずきが返ってきただけだった。「ここサンクチュアリー・ノースの仕事とは、そういうものなのです。依頼人がわたしたちの生活に入ってきては消えていく。彼らには、苦しんでいる仲間と話したり、祈ったり、回復したり、身を隠したりする時間が必要なのです。ミスター・カルポフには奥さんがいるのかもしれない。家族がすでにここにいるのかもしれない。わたしたちが何から何まで話を聞かせてもらうことは、めったにありません。友だちがいるのかもしれないし、仲間のロシア人やチェチェン人がいるのかもしれない。宗教関係の団体に身を寄せているのかもしれない。わたしたちにはわかりません。彼らは翌日戻ってくることもあれば、半年後に戻ってくることもある。二度と戻ってこないことも」

ヴェルナーがどう反撃しようか考えているときに、ここまで沈黙を守ってきた彼の同僚が会話に加わることにしたようだった。

「金曜の夜、そのトルコ人の家にいたというもうひとりの人物についてはどうですか？」パーティで愉しむのが好きな社交家の口調で訊いた。「大柄で、堂々としていて、いい服を着ている。歳は私と同じか、もう少し上かもしれない。彼もカルポフの弁護士なのですか？」

アナベルはテュービンゲンの法学部の教師を思い出していた。反対尋問の技術に関する講義だった。証人の沈黙を見くびってはいけない、と彼はよく言っていた。雄弁な沈黙もあれば、有罪の沈黙、本物の当惑による沈黙、創意に富んだ沈黙もある。直面している証人の沈黙の種類を知ることがコツだ。しかし、アナベルの沈黙は、ほかにはない彼女だけの沈黙だった。

「その質問も〝調整〟のひとつですか、ヘル・ディンケルマン？」彼女はからかうように訊いて、裏で懸命に考えをまとめていた。

また道化師の笑み。完璧な口の曲がり具合。「誘惑しないでいただきたい、フラウ・リヒター。ひどく影響を受けやすいのでね。たんに答えてくれればいい――彼は誰だったのですか。あなたがあそこへ連れていった。そして何時間も家のなかにいて、ひとりで出ていった、かわいそうに。そのあと、ものでもなくしたみたいに街じゅうを歩きまわっていた。何を探していたのです？」そしてウルスラに訴えた。「この話ではみんなが歩いていますね、フラウ・マイヤー。こっちが疲れてしまう」ゆっくりとアナベルに眼を戻して、「さあ、彼が誰か教えてください。名前を。どんな名前でも。でっちあげて」

しかしアナベルは、もうこの話題は二度と出さないようにと命じる父親の顔になっていた。

「わたしの依頼人には、ここハンブルクに後援者になってくれそうな人物がいます。地位のあるかたなので、当面は匿名《とくめい》でいたいと言っています。わたしはその希望を尊重することにしました」

「尊重するのは大いにけっこう。彼は話したのかな？　それともただ坐って見ていただけだろうか、その匿名の後援者は」

「話すとは、誰に？」

「あなたの若者にだ。イッサに。あるいはあなたに」

「わたしの若者でありません」

「訊いているのは、依頼人のその匿名の後援者が会話に加わったかどうかだ。会話の内容を尋ねているのではないよ。もう一度訊く。彼は会話に加わったのか、それともただ黙って聞いていただけなのか」

「加わりました」

「すると三者会談だったわけだ。あなたと、後援者と、イッサとの。それは教えてもらえるね。べつに何かの規則に違反するわけじゃない。あなたがた三人は坐って、気軽におしゃべりした。それには〝はい〟か〝いいえ〟で答えられるでしょう」

「〝はい〟です」と言って肩をすくめた。

「自由に意見を交換した。話すべき問題があった。内容はここでは明かせないが、なんの障害もなく自由に話し合った。そうかな？」

「何をおっしゃりたいのかわかりません」

「わからなくてもいい。答えてくれさえすれば。三人で完全になんの制約も受けずに会話を愉しんだのだね？　すらすらと流れて、邪魔するものもなく？」

「馬鹿げてるわ」

「そのとおり。で、答えは？」

「〝はい〟です」

「ならば、彼はロシア語をしゃべるわけだ、あなたのように」

「そうは言っていません」

「そう、言っていない。誰かが代わりに言わなければならない。まったく感心するよ。あなたの依頼人は運がいい」

ヴェルナーは優位な立場を取り戻そうと悪あがきしていた。

「そこだ！　イッサ・カルポフが朝の四時半にあなたと別れてから行ったのは！」と叫んだ。

「その匿名の後援者のところに行ったんですよ！　テロリストの資金提供者かもしれない、もしかすると。あなたは街の裕福な地域の交差点で彼と別れた。あなたが無事いなくなったと見るや、彼は後援者の家に行ったのです。合理的な仮説だと思いませんか」

「合理的かどうかは知りませんが、仮説は仮説です、ヘル・ヴェルナー」アナベルは言い返した。

驚いたことに、そこでフラウ・マイヤーとフラウ・リヒターの時間を取りすぎていると判断したのは、がむしゃらな若い上司ではなく、働き盛りをすぎた穏やかなディンケルマンのほうだった。

「アナベル？」

ふたりだけが部屋に残った。

「ええ、ウルスラ」

「午後の打ち合わせは、やめにしたほうがよさそうね。いまあなたは重要な仕事で手いっぱいという気がするから。いなくなった依頼人について追加で話しておきたいことはある？」

話しておきたいことはなかった。

「わかった。わたしたちの世界は、その場しのぎで成り立っている。完璧な解決策には手が届かない、いくらそうしたいと願ってもね。こういう話はまえにもしたと思うけど」

していた。マゴメドのときに。一人ひとりのユートピアを実現してくれる施設なんてないの、とウルスラは言った。アナベルがほかの職員を率いて、彼女のオフィスに抗議に乗りこんだときだった。

これはパニックではない。アナベルがパニックに陥ることはなかった。彼女の辞書にそれはない。いまにもばらばらになりそうな危機的な状況に対応しているだけだ。

サンクチュアリー・ノースから全速力で自転車を走らせて、街はずれのガソリンスタンドまで行った。尾行されていないか、ハンドルの両側に取りつけたバックミラーで確認していたが、何を探せばいいのかはまるでわからなかった。

レジで小銭をたくさん作った。

フーゴの携帯電話にかけると、留守番メッセージにつながった。それは予想していたことだった。

番号案内にかけ、兄が働いている病院の電話番号を調べた。

フーゴは、月曜は一日じゅう会議だと言っていた。月曜の夜にかけてくれと。だが、月曜の夜ではもう遅い。会議はたしか精神科病棟の改装に関することだった。まず病院の交換台につながり、必死の交渉の末に病院事務長の秘書につないでもらった。医師のフーゴ・リヒターの妹ですが、と説明した。家族の緊急の用事がありまして、少しだけ話したいので電話口に呼んでいただけないでしょうか。

「本当に大事な用件でないと困るぞ、アナベル」

「依頼人がわたしの眼のまえでおかしくなったの、フーゴ。いますぐ病院に行かないといけない。本当にいますぐ」

「いま何時だ？」

フーゴは世界でただひとり、時計を持っていない医師だ。

「十時半、朝の」

「昼休みに電話する。十二時半に、おまえの携帯に。動いてるか？　それともまだ充電してない？」

携帯はやめて、と言いたかったが、「ありがとう、フーゴ、本当に」と言い、「大丈夫、動いてる」とつけ加えた。

店のまえのガレージで、ふたりの女性がおんぼろの黄色いワゴン車に何かしていた。アナベルは心から彼らを締め出した。もしヴェルナーのワゴン車なら、汚れひとつないはずだ。時間をつぶすために、愛用しているショッピングモールに自転車で移動した——イッサの好きな浅漬けのニシン、オーガニックのダークチョコレート、できればあのアパートメントでの最後の夕食に出したいエメンタール・チーズを買った。自分の好きなブランドの無炭酸の水も。それはいまや彼も好きになっていた。

フーゴはきっかり十二時半にかけてきた。腕時計があろうがなかろうが、かならずかけてくると思っていたとおりだった。アナベルは公園の街灯に自転車を立てかけ、ベンチに腰かけていた。フーゴはたたみかけるように話しだし、アナベルはそれがいい兆候であることを祈った。

「本当におれがそいつを紹介するのか？　名前すら知らないのに紹介状に署名して？　それじゃうまくいかないだろう。まあいい、じつは偽の紹介状すらいらないんだ」アナベルが答えるまえに続けた。「脈を取って処方を書くのに一日千ユーロの藪医者《やぶいしゃ》がいるところだ。入れそうなのはふたつ。どちらも五つ星のぼったくり病院だけどな」

最初の候補はケーニヒスヴィンターだったが、遠すぎるので断わった。二番目は理想的——ハンブルクから列車で北へほんの二時間のフーズムにある、農家を改造した場所だった。

「ヘル・ドクトル・フィッシャーを呼んでもらえ。鼻を洗濯ばさみで挟んどくんだな。これが番号だ。感謝のことばはいらないぞ。彼が役に立つことを祈ってるよ」

「役に立つわ」アナベルは言い、その番号にかけた。

ドクトル・フィッシャーはすぐに状況を理解した。

アナベルが親しい友人のために話していることをすぐに理解したが、どんな友人なのかと突っこんだ質問はしなかった。

電話での会話には配慮が必要であることもすぐに理解して、協力した。

匿名の患者がロシア語しか話さないことも理解したが、問題はないだろうと言った。経験豊富な看護師の何人かは、ドクトル・フィッシャーが気を遣って〝東〟と呼んだ地域から来ていたからだ。

患者はいかなる暴力も振るわないが、くわしい内容については直接会ったときに説明すべき不幸な出来事が続いたために、心的外傷を負っていることも理解した。

完全な休養とたっぷりの食事、つき添われての散歩という養生が、効果的な治療法になるかもしれないという彼女の意見にも賛成した。もちろん最終判断は、本人をくわしく診《み》てからになる。

ドクトル・フィッシャーは、これが緊急事態であることも理解し、患者、介護者、医師のあいだで最初にざっくばらんな面談をおこなうことを提案した。

ええ、明日の午後ですとても都合がいいですね。四時はいかがですか？　では四時ちょうどということで。それから、細かいことをもう少し。患者さんはひとりで移動ができますか、それとも手助けが必要ですか。訓練を積んだ補助員と適切な移動手段の手配もできますが、追加料金をお支払いいただければ。

ドクトル・フィッシャーは最後に、アナベルが病院のおおよその基本料金を知りたがっていることも理解した。それは追加の専門家による介助を抜きにしても、天文学的な料金だった。だが、ありがたいことに、ブルーがいた。ええ、と彼女は言った。幸いわたしの病気の友人は、費用のかなりの部分を前払いできます。

では、明日の四時にまた、フラウ・リヒター。残りの手続きについては、できればそのときにまとめて片づけましょう。お名前をもう一度うかがえますか。ご住所は？　ご職業は何でしょう。こちらはふだんお使いの携帯電話番号ですね？

アナベルは祖母のチェスセットを運びこんだ。家宝だった。もっと早く思いついていればよかった。イッサにとってチェスはスポーツのようなものだった。駒を動かすまえは、ひとりのときには一日じゅうそこにいるのではないかと思われる場所に、じっとしている——煉《れん》瓦《が》のアーチ窓の窓台に坐り、両膝を顎に引き寄せて、クモのように細い哲学者の手で抱きかかえている。そこから飛びおりてきて駒を進めると、またさっと立ち上がって、部屋のもう一方の端にすべるように移動して紙飛行機を飛ばし、彼女が自分の手を考えているあいだ、チャイコフスキーの曲に合わせてピルエットを踊るのだ。音楽は礼拝の妨げにならないかぎりイスラム法には反しない、とイッサは彼女に請け合っていた。宗教に関する彼の発言は、信仰からというより知識の受け売りに聞こえることがあった。

「明日あなたに新しい場所へ移ってもらう手配をしているの、イッサ」アナベルは打ち解けた雰囲気になったときに言った。「もっときちんと世話してもらえる快適な場所よ。いいお医者さんに、いい食べ物、西欧の退廃的な心地よさがすべてそろっている」

音楽が止まっていた。イッサの軽やかな足音も。

「ぼくを隠すために、アナベル？」

「そう、短いあいだね」

「あなたもいっしょに来る？」手が母親のブレスレットを探った。

「訪ねていくわ、何度も。まずいっしょに行って、そのあと時間ができたらかならず会いにいく。それほど離れたところじゃないの。列車で二時間ほどだから」考えていたとおり、さりげない口調で言った。

「レイラとメリクも来る？」

「それはないと思う。あなたの居住許可が取れるまでは」

「これからぼくを隠すのは刑務所ですか、アナベル？」

「まさか、刑務所なんて！」気を鎮めた。「休養する場所よ、一種の」――言うつもりはなかったのに、口をついて出た――「特別な病院なの、ミスター・ブルーを待つあいだに、あなたが体力を回復できる」

「私立のね。でも、ものすごくお金がかかる。それだけの価値があるいいところだから。そういうわけで、ミスター・ブルーが預かっているあなたのお金について、また話さなければならないの。ミスター・ブルーは、あなたがそこに滞在するための費用を親切に前払いしてくれている。それもまた、あなたが正式に引き出し請求をしなければならない理由なの。ミスター・ブルーに返済できるように」

「KGBの病院？」

「イッサ、この国にKGBはありません！」

アナベルは己の愚かさを呪っていた。イッサにとって、病院は刑務所より悪い場所なのだ。イッサは祈らなければならなかった。彼女は台所に引き上げた。戻ってくると、彼はいつもの窓のまえにひっそりと坐っていた。

「お母さんに歌を教えてもらったことがありますか、アナベル？」物思いに沈んだ声で訊いた。

「若かったころ、教会に連れていってもらったわ。でも、歌を教えてもらったとは思わない。誰からも教えてもらわなかった。誰にも教えられないのかもしれない。たとえ最高の教師でもね」

「ぼくはあなたが話しているのを聞くだけで充分です。お母さんはカトリックですか、アナベル？」

「ルター派よ。キリスト教だけど、カトリックではない」

「あなたもルター派ですか、アナベル？」

「ルター派として育てられたから」

「イエスに祈りますか、アナベル？」

「もう祈らない」

「唯一神には？」

彼女はそれ以上我慢できなかった。「イッサ、わたしの話を聞いて」

「聞いてます、アナベル」

「話さないことでこの問題からは逃げられないの。立派な病院よ。立派な病院はあなたにとって安全な場所。そして、立派な病院ですごすためには、あなたのお金が必要なの。これはあなたの弁護士として言っています。銀行に請求しなければ、ここだろうと世界のどこだろうと、医学生にはなれない。あなたの人生でほかに何をしたいと思っても、できないのよ」

「神様のことばが先です。神の御心《みこころ》です」

「ちがう！　あなたなの。いくら祈っても、あなたが最後に決断しなければならない」

どうしても彼を説得できないのだろうか。できそうになかった。

「あなたは女性です、アナベル。理性で考えていない。ミスター・トミー・ブルーはお金が大好きだ。ぼくが保管しておいてと言えば、感謝して、引きつづきぼくを助けてくれる。お金を引き出せば、もう助けてくれない。腹を立てる。それが論理的な彼の立場です。その論理はぼくにとっても都合がいい。ぼくにとってお金は穢《けが》れていて、それで手を汚したくないから。あなたは自分のためにお金が欲しいのですか」

「馬鹿なこと言わないで！」

「それなら、ぼくたちにとってお金は役に立たない。あなたもぼくと同じくらい、お金が嫌いだ。神の与えたもうた現実を受け入れるほどではないけれど、道徳を大切にしている。だからこそ、いまのぼくたちの関係がある。今後のことはそこから築いていかなければなりません」

望みを絶たれて、アナベルは両手に顔を埋めたが、そんなしぐさも彼の興味を惹《ひ》かないようだった。

「どうかぼくをその病院に送らないで、アナベル。あなたのこの家にいるほうがいい。あなたがイスラムに改宗したら、ここがぼくたちの住むところになる。ミスター・ブルーにも同じように伝えてください。さあ、もう行って。でなければ怒ります。握手はしないほうがいい。神様とともに行ってください、アナベル」

自転車は玄関ホールに置いてあった。霧のかかった港の灯が黄昏《たそがれ》の向こうでまたたいていた。何度かまばたきをして、ようやくはっきり見えた。道の向こう側に自転車道があることを思い出し、横断歩道のまえで待っている歩行者に加わった。誰かが彼女の名前を呼んでいた。頭のなかの声かとも思ったが、そんなはずはない。頭のなかの声はイッサだが、聞こえてくるのは女性の声だったから。ちゃんと聞こえるようになったその外の声は、姉について語りかけていた。

「アナベル！　なんてこと。元気にしてた？　ハイディはどうしてる？　またすぐに赤ちゃんができたってほんと？」

同年代の大柄な女性だった。緑のビロードの上着とジーンズ。ショートヘアで、化粧っ気はなく、大きな笑みを浮かべていた。アナベルは現実世界に心を引き戻すのに苦労しながら、動くに動けず、相手とのつながりを思い出そうとした。フライブルクだったか？　学校？　オーストリアでスキーをしたとき？　それともヘルスクラブ？

「ええ、元気よ」と応じた。「ハイディも。今日はお買い物？」

歩行者用の信号が青になった。ふたりはアナベルの自転車をあいだに挟んで横断歩道を渡った。

「ねえ、アナベル。街のこっち側で何してるの？　ヴィンターフーデから引っ越した？」

二番目の女性が、自転車のないアナベルの左側についた。胸が豊かで頬はバラ色、頭にジプシーふうのスカーフを巻いていた。横断歩道を渡りきると、三人だけになった。力強い手が、自転車のハンドルを握っていたアナベルの手首をつかんだ。別の手がアナベルの左腕をつかみ、愛情表現と見えなくもないしぐさで、ぐいと背中のうしろにまわした。その痛みでアナベルは疑いの余地なくはっきりと、その日の朝にガソリンスタンドにいたふたりの女性を思い出した。

「このまま静かに車に入って」二番目の女性がアナベルの耳に唇を近づけて説明した。「後部座席の中央に坐ってください。騒がないで。すべてふだんどおり、友好的に。自転車はわたしの友人が片づけてくれる」

おんぼろの黄色いワゴン車のうしろのドアが開いていた。男性の運転手と男性の同乗者がまえの席に坐って、じっとまえを見ていた。女性の腕が肩にまわってきて、アナベルは後部座席に押しこまれた。うしろで自転車がガチャンと鳴り、ズンと倒れる音がした。追い立てられていたので、彼らにリュックサックを奪われたことに気づかなかった。ふたりの女性がゆったりした雰囲気でアナベルの両側に坐り、それぞれ彼女の手を取って、見えなくなるまで座席の体と体のあいだに押しこんだ。

「彼はどうするの?」アナベルはささやいた。「閉じこめられてるのよ。わたしがいないあいだ、誰が食べ物を運ぶの?」

黒いサーブのセダンが前方から発車した。ワゴン車はそのすぐうしろについた。誰も先を急がなかった。

9

事実をひとつひとつ明らかにして、冷静に検討しなさい。

あなたは弁護士よ。

こんな仕打ちを受けて、怒りの火山が噴火しそうになっている女性かもしれないけれど、あなたの代弁ができるのは女性ではなく、弁護士のほう。

あなたが乗ったガタゴトうるさいこの鉄のエレベーターは、上に向かっている。下ではなく。胃の感覚でわかる。それとは別に感じていることもある。吐き気とか、蹂躙《じゅうりん》されたことによる激しい心の痛みとか。

とにかく地下室ではなく、上の階に連れていかれることに、用心しながらも感謝した。

このエレベーターは途中の階には止まらない。操作ボタンも、鏡も、窓もない。ディーゼル油と原っぱのにおいがする。牛用のエレベーターだ。秋の学校の運動場のにおいがする。

このエレベーターに乗る人は、みずからではなく他者にうながされて乗る。あなたも、友人のふりをしてあなたを誘拐したふたりの女性のあいだに立っている。そのふたりを三番目の女性が助けているが、彼女はあなたの友人のふりをしない。誰も自己紹介しない。耳に入るかぎり、あなた自身の名前以外には、どんな名前も口にしない。誰も、イッサでさえ、自由を奪われるというのがどういうことか説明できなかったが、あなたはいまそれを学びつつある。

あなたは学びつつある弁護士だ。


先導する黒いサーブを見ながら、彼らは教会の尖塔《せんとう》や造船所のまえを堂々と通っていった。赤信号ではきちんと止まり、右左の方向指示も出し、明かりの灯った快適そうな邸宅が並ぶ大通りを穏やかな速度で横切って、荒れ果てた工業団地に入った。かつて鉄の対戦車障害物が置かれていた跡をすり抜け、有刺鉄線のバリケードに挟まれた衛兵所のまえでスピードを落とすも停まらず、サーブの要請で赤と白の遮断棒が上がるのを見たあと、まばゆく照らされたアスファルトの中庭に到着すると、片側には停まった車の列と明かりの消えたオフィス棟、もう一方にはフライブルクの家族の敷地にある厩《うまや》の遠い親戚のような、古い乗用馬厩舎《きゅうしゃ》があった。

けれども、ワゴン車は停まらなかった。中庭の暗い側を選んでゆっくりと、アナベルにはこそこそしているように思えたが、さらに進んで、厩舎の数メートル手前につけた。捕獲者のふたりはおのおの座席のクッションのあいだからアナベルの手を引き出して自由にすると、彼女を舗装の上におり立たせ、人の背丈ほどの入口まで歩かせた。その扉が開き、アナベルがなかに押しこまれると、顔にそばかすが散り、少年のように短く髪を切った三番目の若い女性が、手助けしようと待っていた。そこは馬具のない馬具室で、鉄釘と鞍の棚が壁から突き出していた。ステンシルで部隊の番号がふられた古い飼葉桶《かいばおけ》。毛布が一枚のったクッションつきの低いベンチ。病院にありそうな洗面器。石鹸《せっけん》。タオル。ゴム手袋。

三人の女性が三分の一ずつ彼女を見張っていた。そばかすの女性の眼の色はアナベルと同じで、だから代表者として話しかけたのかもしれなかった。南部、おそらくはアナベルの故郷でもあるバーデン＝ビュルテンベルク州の出身で、それも理由のひとつだったのか。あなたには選択肢がある、アナベル、と彼女は話しかけた。わたしたちはテロリストと交流のある人物に対する通常の手続きにしたがっている。おとなしく服従するか、抵抗して拘束されるか。どちらがいい？

わたしは弁護士です。

服従するの、しないの？

アナベルは服従し、公判の直前に依頼人に言って聞かせる、役にも立たない助言を自分につぶやいていた。誠実に……怒らないで……泣かないで……静かな声で、相手に媚《こ》びないで……彼らはあなたを憎みたくも愛したくもない。憐れみをかけたくもない……ただ仕事を片づけて、給料をもらって、家に帰りたいだけ。

エレベーターの扉が開き、小さな白い部屋が現われた。アナベルの祖母の通夜で使ったような部屋だった。祖母の遺体が横たわるべきだったむき出しの木の机に、この日の朝はディンケルマンと名乗っていた男がついて坐り、ロシア煙草を吸っていた。においですぐにわかる。モスクワで父親が豪華な食事をしたあとに吸っていた煙草だった。ディンケルマンの隣に、白髪まじりの髪に茶色の眼、すらりとした長身で強そうな女性がいた。見た目はどこもアナベルの母親と似ていないが、母親と同じ深い知性が感じられた。

彼らのまえの机には、アナベルのリュックサックの中身が法廷の証拠のように、ただしビニール袋とラベルなしで並べられていた。そして、机のいちばん手前に、被告アナベルの椅子が一脚置いてあった。彼女はふたりの判事と向き合って立ち、ガタゴトとおりていく牛用エレベーターの音を聞いた。

「私の本当の名前は、バッハマンだ」いきなり反論でもするかのように、ディンケルマンが言った。「われわれを訴えたいときのために言っておくと、ギュンター・バッハマンだ。こちらはフラウ・フライ。エアナ・フライだ。ヨットに乗る。スパイ・アンド・セイルズ《スパイス・アンド・セイルズ》スパイと帆船。私はスパイだが、ヨットはしない。坐ってくれたまえ」

アナベルは机に近づいて、坐った。

「ここで抗弁して、けりをつけてしまいたいかな？」バッハマンは煙草を吸いながら尋ねた。「弁護士としての特別な立場とか、その手の戯言《たわごと》をまくしたてて。揺るぎない特権だの、依頼人に関する秘匿義務だの？　私を明日馘《くび》にしてやるとか、私が守るべき規則をどれもこれも破っているとか？　憲法の根幹を踏みにじる行為？　そういうゴミを私に全部投げつけるか。それとも、そこは前提として飛ばして話をしようか。あ、ところで、あなたが自分のアパートメントにかくまっている指名手配のテロリスト、イッサ・カルポフと次に会うのはいつかな？」

「彼はテロリストではありません。テロリストはあなたです。いますぐ弁護士と話をさせて」

「母上のことか？　偉大なる判事の」

「わたしの代理人になってくれる弁護士です」

「著名人の父上はどうかな。それとも、ドレスデンにいる義兄《にい》さんとか？　いやまあ、たいした人脈だ。いくつか電話をかければ、法制度をまるごと私の頭に落とすことができる。問題は、そうしたいかどうかだ。あなたはそうしたくない。そんなのはゴミだから。あなたはあの若者を救いたい。この件で望んでいるのはそれだけだ。それは一マイル先からでもわかる」

エアナ・フライがもう少し思慮深い意見を述べた。

「あなたの選択肢は、われわれか、何もないかよ。残念だけど、そういうこと。わたしたちがいるここからそう遠くないところに、イッサを警察に逮捕させて自分の大手柄にすることしか考えていない人たちが大勢いる。もちろん警察は、彼の共犯者と見なす人を逮捕できれば大喜び。わたしたちが知るかぎりでも、レイラ、メリク、ミスター・ブルー、そしてことによるとあなたのお兄さんのフーゴまでね。結果はどうあれ、警察にとってはすばらしい見出しになる。サンクチュアリー・ノースのことはもう言ったかしら。気の毒なウルスラの支援者がどう言うか、想像してごらんなさい。あなたも、ヘル・ヴェルナーが舌なめずりする不愉快な用語で言えば〝正式な捜査対象〟になる。弁護士資格も危うい。指名手配のテロリストを故意にかくまい、当局に嘘をつき、その他いろいろなことをしたのだから。刑務所から出てきたときには、あなたのキャリアは、どのくらいだろう、まあたとえば、四十歳で終わる」

「あなたがたがわたしに何をしようと、どうでもいい」

「でもいまの話題はあなたではない。でしょう？ イッサよ」

バッハマンは注意力を集中できる時間がかぎられているらしい。説明の途中ですでに興味を失い、彼女のリュックサックから取り出したものをひとつずつ眺めていた——螺旋綴《らせんと》じのノート、手帳、運転免許証、身分証、頭に巻くスカーフ。スカーフはこれ見よがしに鼻に持っていき、彼女がつけていない香水のにおいでも確かめるように嗅《か》いでみた。しかし、彼が何度も戻っていくのは、トミー・ブルーの小切手だった。光に斜めにかざし、裏表を何度も確認し、手書きの数字や文字に眼を凝らして、どうしてもわからないというふうに、わざとらしく首を振った。

「どうしてすぐに換金しなかった？」バッハマンは訊いた。

「待っていたのです」

「何を？ 病院のドクトル・フィッシャーを？」

「ええ」

「これじゃ長くはもたんだろう。五万ユーロでは。あの病院だから」

「充分な長さでした」

「何をするのに？」

アナベルはあきらめたように肩をすくめた。「まえに進むのに。それだけです。たんにまえに進む」

「ブルーは、これの出所にはもっとたくさんあると言わなかったか」

アナベルは答えようとして、急に考えを変えた。「あなたがたふたりはちがう、と考えるべき理由を教えてください」エアナ・フライのほうを向いて挑むように言った。

「誰と比べて？」

「彼を警察に逮捕させてロシアかトルコに送り返したがっている、とあなたがたが考える人たちです」

代表して発言するまえに、バッハマンはもう一度ブルーの小切手を手に取り、そこに答えが書いてあるかのようにしげしげと眺めた。

「ああ、われわれはちがうさ、それは」うなるように言った。「もちろん。だが、あなたが訊きたいのは、われわれがあなたの若者をどうするつもりかということだろう」小切手を眼のまえに置いたが、そのまま見つめていた。「それがわかっているかどうか、いささか自信がないのだ、アナベル。じつはわかっていないと思う。みずから道を切り開いて、望ましい結果は出したいとは思っているが、いまのところのんびり構えて、できるだけ長く待ち、アッラーがくれるものを確かめる」指で小切手をつつきながらつけ加えた。「そしてアッラーがやるべきことをやってくれれば、どうだろう、おそらくあなたの若者は自由な人間になって、西欧に住み、希望だの夢だのを好きなだけ追えるようになる。もしそうならなかったら、つまり、アッラーがやりとげられなければ、というより、あなたがやりとげられなければと言うべきか、そのときには彼は振り出しに戻る。だろう？　ただそれも、アメリカ人がしゃしゃり出てこなければだ。そうなった場合には、彼がどこに行くかはわからない。おそらく本人にさえ」

「わたしたちは彼のために最善を尽くしているの」エアナ・フライが辛抱強く誠実な声で言い、アナベルは一瞬、彼女を信じそうになった。「ギュンターにもそれはわかっている。ただ素直に言えないだけでね。わたしたちはイッサを悪人だとは思わない。その種の判断はまったくしないの。彼が少々変わっているのも知っている。まあ、誰しも変わったところはあるけれど。それでもわたしたちは、彼の力を借りて、とても悪い人たちにたどり着けると思っている」

アナベルは笑おうとした。「スパイになるということ？　イッサが？　あなたたち、頭がどうかしてる！　彼と同じくらい病気だわ」

「なんだろうと知るか」バッハマンが苛立って言い返した。「この劇じゃ誰の役柄もまだ書かれてないんだよ。あんたの役も含めてな。はっきりしてるのは、あんたがこっちに協力して、われわれが行きたいところまで行ければ、サンクチュアリー・ノースでくそウサギに餌をやってるより、はるかに多くの無辜《むこ》の命が救えるってことだ」

机から小切手を取ると、もう我慢できないというように立ち上がった。「だからまず知りたいことは、ロシア語を話し、あまり商売がうまくいっていない元ウィーンっ子のイギリスの銀行家がいったい何をしているのかということだ。金曜の夜に、ミスター・イッサ・カルポフに表敬訪問？　あんたももう少し上品なところに行きたいだろう、それとも、その机でいつまでもすねてる気か？」

しかし、エアナ・フライがかけたことばは、いくらかやさしかった。「わたしたちは真実のすべてを話さない。それはできないけれど、あなたに話すことはすべて真実よ」

真夜中をだいぶすぎたが、彼女はまだ泣いていなかった。

知っていることも、なかば知っていることも、推測していることも、なかば推測していることも、塵芥《ちりあくた》に至るまで何もかも話したが、まだ泣いていないし、不平すら言っていなかった。どうしてこれほど早く彼らの側についてしまったのか。自分のなかの反逆者に何が起きたのか。家族にも称《たた》えられる伝説の弁論力と抵抗力はどこへ行ったのか。なぜヘル・ヴェルナー相手についたような嘘を、ここでもつきとおさなかったのか。これはストックホルム症候群（犯罪被害者が犯人といっしょにすごすことによって特別な依存感情を抱くこと）？　アナベルは昔飼っていたポニーを思い出した。モーリッツという名前だった。モーリッツは怠《なま》け者で、まったく言うことを聞かないし、乗ることもできなかった。飼いたい家族はバーデン＝ビュルテンベルクにひとつもなかったが、アナベルが聞きつけて、持ちまえの力で両親を説得し、学校の友だちのあいだで寄付金を募って、モーリッツを買った。モーリッツは、初めて来たときには厩務員《きゅうむいん》を蹴り、厩舎の壁も蹴って穴をあけ、パドックに飛び出した。しかし翌朝、アナベルがこわごわ近づいていくと、彼女のほうに寄ってきて、首をおろしておとなしく端綱《はづな》をかけられ、永遠に彼女の僕《しもべ》になった。憤懣《ふんまん》を腹いっぱいためこみ、誰かが責任をもって彼の問題を解決してくれるのを待っていたのだ。

自分のしたこともそれだったのだろうか。タオルを投げ入れて降参し、「わかった、もう好きにして」と言ったのだろうか。男たちのただしつこいだけの下品さに閉口して、怒りながらも何度か降参したときのように？

ちがう。悪魔は論理のなかにひそんでいた。彼女はそう確信していた。一歩下がり、弁護士として意識的に距離を置いて見たときに、今回の件では依頼人も、自分も、抗弁すらできないし、まして勝つことなどありえないのがわかったのだ。もっとも、自分のことなど本当にどうでもよかったが。彼女のなかの不屈の弁護士が、唯一の希望は裁判所の慈悲にすがること、つまり、彼女の〝調教師《ハンドラー》〟にしたがうことだと告げたのだ。あくまでそう信じたかった。

そう、たしかに感情はぼろぼろだった。当たりまえだ。そう、これほど大きな秘密を自分ひとりの胸に長くしまっておいた孤独感と緊張で、たしかに忍耐は尽きかけていた。それに、自分より賢くて歳上の人たちに一世一代の決断をまかせて、自分はまた子供に戻れることに安堵《あんど》し、喜びすら感じた。それでも、たとえこれだけの要素を秤《はかり》にかけたとしても、知っていることを洗いざらい打ち明けさせたのは、弁護士としての論理だった。彼女は断固自分にそう言い聞かせた。

ブルーのこと、ミスター・リピッツァアナトーリーのこと、鍵とアナトーリーの手紙のことを話した。イッサとマゴメド、そしてまたブルーのことを話した――彼がどんな表情でしゃべっていたか、このとき、あのとき、アトランティック・ホテルで、レイラの家に行くまえのカフェで、どう反応したか。パリで学んだことについて、もう少しくわしく？　突然お金を出してくれたのはなぜ？　あなたのパンティのなかに入るため？　そう訊いたのはバッハマンではなく、エアナ・フライだった。こと美女に関しては、バッハマンは多感すぎた。

しかしそれは、だましや脅迫や誘惑によって彼女から引き出された告白ではなかった。恥ずかしいことにアナベル自身が、あまりにも長く閉じこめておいた知識や感情を一気に吐き出す快感に身をゆだねたのだった。イッサ、フーゴ、ウルスラ、配管や内装や配線の業者、なかんずく彼女自身に対して、心のなかに設けていた障壁をすっかり取り払う快感に。

彼らは正しかった。アナベルに選択の余地はなかった。彼女はモーリッツのように、己の反抗心で疲れきっていた。イッサを救いたいなら、彼女には敵ではなく友人が必要だった。その友人が本当にほかの人たちとちがうのか、たんにそのふりをしているのかは別として。

狭い通路の先に小さな寝室があった。ダブルベッドに新しいシーツがきちんと敷かれていた。アナベルは疲労のあまり立ったままでも寝られそうだったが、エアナ・フライがシャワーの使い方を説明しているあいだ、おずおずとあたりを見まわした。エアナ・フライは汚れたタオルに舌打ちして、さっと取り払い、抽斗《ひきだし》から新しいタオルを出してかけた。「あなたたちはどこで寝るの？」アナベルは、なぜそんなことが気になるのかわからないながらも、訊いた。

「心配しないで。ゆっくり休みなさい。とてもたいへんな一日だったから。明日も同じくらいたいへんよ」

〝もし眠ったら、また刑務所に戻るのですね、アナベル〟

トミー・ブルーは刑務所にいないが、眠ってもいなかった。

同じ日の朝四時、夫婦のベッドから静かに抜け出し、裸足でひそかに階段をおりて、住所録を置いてある書斎に入った。〝ジョージー〟の下には六つの番号がある。五つは線で消されていて、六つめには〝Kの携帯〟と自分の字で書いてあった。Kは〝ケヴィン〟、彼女が最後にいたところだ。最後に電話をかけてから三カ月、ケヴィンより先につないでもらえたのは、それよりはるかまえだった。だが今回はジョージーに緊急事態が発生している。ブルーにはわかった。

虫の知らせでもない。パニック発作でもない。ありていに言えば、父親の心配だった。

ミッツィの枕元の電話機のライトがついていて、使用中であることがばれないように、ブルーは自分の携帯電話でケヴィンの番号を押した。眼を閉じ、口がゆるんだようなのんびりした声が聞こえるのを待った。ああ、いやまあ、申しわけない、トミー、けどジョージーはいまあんたとは話したくないらしくて、元気だよ、それはもう、でもなんか、ときどきうろたえるというか。しかし、今回はどうしても話したいとケヴィンに要求するつもりだった。父親の権利だと主張する、そんなものは露ほどもないにしても。ふいに耳元でロック音楽が炸裂し、決意がぐらついた。ケヴィンの録音した声も同じ効果を及ぼした。伝言を残したいなら勝手に残せばいいけど、どうせここじゃ伝言なんで誰も聞きゃしないから、さっさと切って、またかけたほうがいいぜ――だが、そのメッセージが途切れて、女性の声が聞こえた。

「ジョージー？」

「誰？」

「本当にジョージーか？」

「もちろんよ、パパ。娘の声がわからないの？」

「直接出てくるとは思わなかったから。驚いた。どうしてる、ジョージー？　元気かい？」

「すごく元気よ。どうかしたの？　声が変だけど。新しいミセス・ブルーはどう？　うわ、そっちはいま何時、パパ？」

気持ちを落ち着けるあいだ、電話を少し耳から離していた。新しいミセス・ブルー。新しいといっても八年だ。決してミッツィとは呼ばない。

「べつに何もないよ、ジョージー。こっちも元気だ。彼女は眠ってる。なぜだか知らないが、おまえのことが急に心配でたまらなくなってね。だが、元気でよかった。声を聞くかぎり、ぴんぴんしてるな。先週、六十歳になったよ。ジョージー？」

彼女を急《せ》きたててはいけない、とウィーンの鼻持ちならない精神科医がよく言っていた。黙りこんだら、彼女が口を開くまで待ちなさい、と。

「本当に声がおかしいわよ、パパ」毎日欠かさずふたりで話しているかのように文句を言った。「ケヴィンがスーパーマーケットからかけてきたかと思ったの。でもパパだった。もうびっくり」

「おまえたちがスーパーマーケットに行くとは思わなかったよ。彼は何を買いに？」

「店全部。カンカンに怒ってるの。十年間、松の実で生きてる四十一歳の男が、子供ができたら人生終わりだ、みんな知ってる、だって。いまあの人の頭にあるのは、おむつ換え用のマットと、〈ベビーグロー〉のウサギの耳つきの服と、横にフリルのついた揺りかごと、日除けつきのベビーカーだけ。ママが妊娠したとき、パパもこうだった？　で、ママが、これじゃもう破産だから全部返さなきゃならないと言うの」

「ジョージー？」

「何？」

「驚いたよ。すばらしい。知らなかった」

「わたしもよ、五分前まで」

「予定日はいつなんだ？　訊いてよければだが」

「まだ五十年先。信じられる？　ケヴィンはもうすっかり赤ん坊の父親の気分。本が出ることになったら、わたしと結婚したいとまで言ってるの」

「本？　彼が本を書いてるなんて誰も教えてくれなかった」

「ハウツーものよ。脳、食事法、瞑想《めいそう》の」

「すばらしい！」

「それから誕生日おめでとう。いつか会いにきて。愛してる、パパ。きっと女の子よ。ケヴィンはもう決めてる」

「お金を送ってもいいかな。多少の足しになるかもしれない。赤ちゃんのために？　フリルつきの揺りかごでもなんでも」思わず五万ユーロと提案しそうになったが、そこはどうにかこらえて、娘の返事を待った。

「もう少しあとでね。ケヴィンと話して電話する。フリルつきの揺りかごのお金はたぶん大丈夫。愛の代わりのお金じゃないわよね。もう一度パパの番号を教えて」

この十年間で十九回目か、九十回目かわからないが、ブルーは番号を教えた——携帯電話、家の電話、銀行の机の電話。ジョージーは書き留めただろうか。おそらく今回は。

ブルーはスコッチを注いだ。じつにすばらしい、信じられないような知らせだ。夢見ることができたなかで最高の。

アナベルが彼に大丈夫と伝えることができないのは残念だった。夜中に飛び起きて、忍び足で階下《した》におりてきてまで心配していた相手は、ジョージーではなく、アナベルだったことに気づいたからだ。

要するに、方向を誤った偏執症ですな、とウィーンの鼻持ちならない精神科医なら言うかもしれない。

この階段は馬鹿げてる。

こんな物件、買うんじゃなかった。

危険な狭い場所や、螺旋《らせん》や、折り返しの踊り場。首が折れてもおかしくない。

このリュックサックは一トンにも感じられる。何を入れたんだっけ。

ストラップが針金のように肩に食いこむ。

部屋まであと一階分。

彼女は熟睡した。アパートメントの天井を見つめて一睡もできなかったふた晩のあと、それは深い、夢も見ない、子供の眠りだった。

「イッサはあなたに会えて喜ぶでしょうね」エアナ・フライがコーヒーカップを持ってきて彼女を起こし、ベッドの端に腰をおろして請け合った。「まさに望んでいたとおりの知らせをあなたが持ち帰るのだから。それと、美味《おい》しい朝食も」

エアナ・フライは同じことを車のバックミラーにも言った。アナベルは自転車といっしょにうしろに乗って、車が丘を港のまえまでおりるのを待っていた。「これからあなたがすることは、決して彼をだますことでも、不名誉なことでもないのを憶えておいて。あなたは希望を運ぶのだし、彼はあなたを信頼する。最後にヨーグルトを入れておいたわ。鍵はアノラックの右のポケット。準備はできた？　じゃあ行って」

新しい南京錠をあけ、両手で鉄のドアを押し開けると、ラジオから静かな音楽が流れていた。ブラームスだと思った。これからすることに対して、恐怖と恥辱と、胸が悪くなるほどの絶望と悲しみに満たされて、部屋の入口に立った。イッサはアーチ窓の下に置いたベッドで、うつぶせに横たわっていた。長い体を頭から爪先まで茶色の毛布で包み、一方の端からスカルキャップの先、もう一方からカーステンのデザイナーものの靴下をのぞかせて。その横には、次の刑務所に持っていかなければならないもののすべてが、きれいに並べてあった——ラクダ革のバッグ、小さくたたんだ黒いコート、カーステンのローファーと、デザイナーもののジーンズ。靴下と帽子以外は裸なのだろうか。彼女はドアを閉めたが、入口のまえから動かず、部屋の端から端までの距離を置いていた。

「いますぐ病院に行かないと、アナベル」イッサが毛布の下から言った。「ミスター・ブルーは、武装警備員と、窓に鉄格子の入ったひどいにおいの灰色のバスを用意してくれましたか」

「バスはないし、武装警備員もいないの」彼女は明るい声で呼びかけた。「病院もなし。結局、あなたはどこへも行かない」——横歩きで台所に向かいながら——「お祝いにとても素敵な朝食を持ってきた。起きてこっちへ来ない？　それともお祈りが先？」

沈黙。靴下をはいた足が歩いてくる音。彼女は冷蔵庫のまえに屈み、扉を開けて、リュックサックをその横に置いた。

「病院はない、アナベル？」

「病院はない」彼女はくり返した。足音が聞こえなくなった。

「昨日、病院に行かなければならないと言いましたよ、アナベル。それが行かなくてよくなった。なぜ？」

イッサはどこにいるのだろう。振り返るには怖すぎた。「あれは思ったほど名案じゃなかった」大声で言った。「手続きばかり多くて。申込書を山ほど書いて、気まずい質問にたくさん答えなきゃならない」――エアナ・フライの提案した言いわけだった――「だからわたしたちは、あなたはいまいるところにいたほうがいいと判断した」

「わたしたち？」

「ミスター・ブルー。わたし」

ブルーをつねにふたりのあいだに置くように、とバッハマンが助言していた。イッサが彼を尊敬しているのなら、そのままにしておくように。

「あなたの動機がわからない、アナベル」

「気が変わったの。それだけ。わたしはあなたの弁護士で、彼はあなたの銀行家。ふたりで選択肢を検討して、あなたはわたしのこのアパートメントにいるのがいちばんいいと判断した。あなたがいたいこの場所に」

勇気を出してまわりを見た。彼は玄関のまえに立ちふさがっていた。茶色の毛布に身を包み、石炭のように黒い修道士の眼で、彼女がリュックサックの中身を出すのを見ていた。彼の好物だとエアナ・フライに伝えたものがすべて入っていた——フルーツヨーグルト六つのパック、オーブンで温めたケシの実入りのロールパン、ギリシャの蜂蜜、サワークリーム、エメンタール・チーズ。

「ミスター・ブルーは、病院に大金を払わなければならないので落ちこんでいましたか、アナベル？　それが気が変わった理由ですか？」

「理由は説明したでしょう。あなた自身の安全のためよ」

「あなたは嘘をついている、アナベル」

彼女はいきなり立ち上がって、イッサと向き合った。一メートルと離れていなかった。ふだんなら、ふたりのあいだの見えない立入禁止区域を尊重するところだが、このときには一歩も引かなかった。

「嘘はついていません、イッサ。あなた自身のために計画を変更したと言ってるの」

「眼が血走っている、アナベル。アルコールを飲んでいたのですか」

「いいえ、もちろん飲んでないわ」

「なぜもちろんなんです、アナベル？」

「わたしはアルコールを飲まないからよ」

「彼とは深い知り合いですか、あのミスター・トミー・ブルーとは、アナベル？」

「何を言ってるの？」

「ミスター・ブルーとアルコールを飲んでいたのですか、アナベル？」

「イッサ、やめて！」

「まえのアパートメントにいた問題のある男と同じような関係を、ミスター・ブルーと持っているのですか？」

「イッサ、言ったでしょう、やめて！」

「ミスター・ブルーは、あの問題のある男の後釜《あとがま》ですか。ミスター・ブルーはあなたに過度の圧力をかけているのですか。レイラの家で、彼は欲望もあらわにあなたを見ていた。あなたはミスター・ブルーの卑しい願望に屈したのですか、彼が物質的に豊かだから？ ミスター・ブルーは、ぼくをこの家に置いておくことによって、あなたを意のままに操り、KGBの病院に大金を払わなくてもよくなると信じているのですか」

アナベルは自制を取り戻していた。言いなりにはならないでほしい、とバッハマンは言っていた。創意工夫を発揮してもらいたい。氷のように冷静な頭と、小ずるい法律家の精神が必要なのであって、なんの成果ももたらさない未熟な感情の爆発は必要ない。

「いい、イッサ」またリュックサックのほうを向いて、説得にかかった。「ミスター・ブルーはあなたに何か食べさせたいだけではないの。彼が送ってくれたものを見て」

ツルゲーネフの『春の水』と『初恋』が入ったロシア語のペーパーバック一冊。

『チェーホフ短篇小説集』、これもロシア語。

彼女の古いテープレコーダーに代わる小型のCDプレーヤーと、ラフマニノフ、チャイコフスキー、プロコフィエフのディスク、そして——エアナはあらゆることに気がまわる——

予備の電池。

「ミスター・ブルーはわたしたちふたりが好きだし、わたしたちを尊重してくれる」アナベルは言った。「彼はわたしの恋人ではない。それはあなたが想像しているだけで、まったく事実ではない。わたしたちは一日でも早くあなたをここから出したいの。あなたを自由にするために、できることはなんでもする。どうか信じて」

黄色いワゴン車は、彼女をおろした場所に停まっていた。同じ若者が運転席につき、エアナ・フライはまだ助手席に坐っていた。ラジオをつけて、チャイコフスキーを聞いていた。アナベルは車の後部に自転車を、次いでリュックサックを入れ、後部座席に飛び乗ってドアを勢いよく閉めた。

「これまでの人生でしてきたことのなかで、いちばん穢《けが》らわしいことだった」フロントガラスの外を見ながら言った。「本当にありがとう。心から愉しめたわ」

「ナンセンスよ。あなたは見事にやりとげた」エアナ・フライが言った。「彼は喜んでる。聞いてごらんなさい」

チャイコフスキーがまだラジオから聞こえていたが、不思議と受信状態が悪くなり、ようやくアナベルには、イッサがカーステンのモカシンで部屋のなかを歩きまわり、調子はずれのテノールで声をかぎりに歌っているのがわかった。

「わたしはこれもやりとげたわけね」彼女は言った。「完璧だわ」

10

木造のポーチに藤の枝が垂れかかっていた。小さいながらも完璧に手入れされたローマふうの庭園にはバラが植えられ、ハスの池にはカエルの置物から水が注がれている。家そのものも小さいが、じつに可愛《かわい》らしかった。素朴なピンクの屋根瓦《がわら》や風変わりな煙突は、白雪姫の家を思わせ、ハンブルクでもひときわ魅力的な運河の脇に立っていた。時刻は午後七時ちょうど。バッハマンは時間を守ることの大切さを知っていた。持っているなかでいちばん官僚ふうのスーツを着て、公用のブリーフケースを持っていた。黒い靴も磨《みが》き、エアナ・フライのヘアスプレーの助けを借りて、はねまわるぼさぼさの髪を一時的に屈服させていた。「シュナイダーです」入口のインターフォンにつぶやくと、玄関ドアがすぐに開き、彼が入るとまたすぐに、フラウ・エレンベルガーがそれを閉めた。

エアナ・フライがアナベルをベッドに送ってから十八時間かそこらのうちに、バッハマンはマクシミリアンの助けを得て、連邦情報局の中央コンピュータで世に知られたカルポフを全員洗い出し、オーストリアの内務省の知り合いに電話をかけて、ウィーンのブルー・フレールの不幸な落日の歴史を調べてもらい、アルニ・モアの路上監視チームの短気なリーダーを呼び止めて、生き残りを図るブルー・フレールの日々の業務について話を聞き、ハンブルクの金融当局に調査員を送りこんで過去の資料をあさらせ、午《ひる》すぎには合同運営委員会のミヒャエル・アクセルロットを急襲して、まる一時間、ベルリンとの暗号回線で話したあと、北ドイツに住み、穏当な見解とテレビ受けのする行動で知られたある徳望の高いイスラム学者に関する資料を、すべて集めさせていた。

一部の資料を入手する際には、委員会のマネーローンダリング担当部門の特別許可が必要だった。エアナ・フライの眼には、バッハマンは頭が弱ったようにも見えた。調査員の部屋と自室のあいだをよろよろと往き来し、のべつまくなし煙草《たばこ》を吸い、机に散らかした資料に俄然《がぜん》没頭したかと思うと、エアナ・フライに渡したきり忘れてしまい、いまは彼女のコンピュータの奥深くに埋もれているメモをもう一度見せてくれと言ったりした。

「どうしてよりにもよって、ろくでもないイギリス人なんだ？」バッハマンは知りたがった。「なぜロシアの悪党が、オーストリアの街にあるイギリスの銀行にのこのこ出かけていく？たしかにカルポフ・シニアはイギリス人の偽善を称《たた》えていた。彼らの紳士的な嘘に敬意を表していた。だが、いったいどうやって彼らを見つけた？　誰がカルポフを彼らのところに送りこんだのだ」

そしてこの日の午後三時——これだ！　ついに手に入れたのだった。それは検事局の共同墓地から拾い出してきた薄っぺらい茶色のファイルだった。破棄の印がついていたが、何かの奇跡で焼却を免《まぬが》れていた。バッハマンはまたしても、みずから道を切り開いた。

彼らは塵《ちり》ひとつない客間の窓辺で、花柄の肘かけ椅子に坐って向かい合った。そこはイギリスを切り取ってきたかのようだった。ミントンの最高級のボーンチャイナからアールグレーの紅茶が注がれ、壁にはロンドン旧市街の写真と、コンスタブルの風景画が飾られ、シェラトンふうの本棚には、ジェーン・オースティン、トロロープ、ハーディ、エドワード・リア、ルイス・キャロルが並んでいる。出窓ではウェッジウッドの鉢に植えられた春の花のつぼみがふくらんでいた。

長いあいだ、ふたりのどちらもしゃべらなかった。バッハマンは穏やかに微笑んでいたが、おもに自分に向けた笑みだった。フラウ・エレンベルガーはレースのカーテンのかかった窓をじっと見ていた。

「録音には反対ですね、フラウ・エレンベルガー?」バッハマンは訊いた。

「ぜったいにやめていただきます、ヘル・シュナイダー」

「では、テープレコーダーはなしにします」バッハマンはきっぱりと言い、機器のひとつをブリーフケースに戻して、もうひとつはこっそり動かしておいた。

「メモはとってもかまいませんか」メモ帳を膝に置き、ペンを構えて言ってみた。

「記録に残すものについては、すべて複写をいただきます」彼女は言った。「もう少し時間の余裕をいただければ、弁護士の弟をここに呼んで対応させたのですが。あいにく今夜は別の仕事が入っていました」

「われわれが残す記録については、いつでも弟さんに確認してもらってください」

「そう望みたいところです、ヘル・シュナイダー」

玄関のドアを開けたときの彼女は顔を赤らめていた。それがいまは幽霊のように青白く、美しかった。傷つきやすそうな大きな眼、うしろにとかしつけた髪、すらりとしたうなじ、若い娘のような横顔で、気づかれないまま中年になり、消えてしまう美人のようにバッハマンには思われた。

「始めてもよろしいですか」バッハマンは訊いた。

「どうぞ」

「七年前、あなたは私の前任者で同僚のヘル・ブレナーに、当時のあなたの上司の不審な活動について、自主的に宣誓供述をしました」

「上司は当時もいまも変わっていません、ヘル・シュナイダー」

「それは重要な事実として承知しています」バッハマンは恭《うやうや》しく答え、相手を安心させるために見せかけのメモをとった。

「そう望みたいところです、ヘル・シュナイダー」フラウ・エレンベルガーはレースのカーテンに向かってくり返し、相変わらず両手で椅子の肘かけを握りしめていた。

「すばらしい勇気だと申し上げてよろしいですか」

よろしいかどうかは、彼女が聞いているそぶりをいっさい見せないので、わからなかった。

「高潔でもあります、もちろん。しかし、何をおいても勇気ですね。あえてこういう行動に踏みきった動機をうかがってもかまいませんか」

「わたしからもうかがえますか。いったいなんの用事で来られたのでしょう」

「カルポフです」バッハマンは即答した。「グリゴーリー・ボリソヴィッチ・カルポフ。いまはハンブルクにあるブルー・フレール銀行のウィーン時代の上得意。リピッツァナーの口座の名義人です」

　言っているあいだに彼女の頭がさっと振り向いた。いくらかは嫌悪感から、いくらかは罪深いと知りながらも急にこみ上げた喜びからだったように見受けられた。

「まだ彼が悪さを働いていると言うんじゃないでしょうね」彼女の声が大きくなった。

「こうお伝えしても残念ではありませんが、カルポフ自身はもうこの世にはいません、フラウ・エレンベルガー。しかし、本人がいなくなったあとも、彼の仕事は生きている。彼の犯罪仲間と同じように。今晩うかがった理由として、公式の機密に触れずに言えるのはここまでです。歴史は止まってひと息ついてくれない、と俗に言われる。掘れば掘るほど、時をさかのぼっていくようです。質問させてください。アナトーリーという名前に聞き憶えはありませんか。カルポフの顧問役《コンシリエーレ》だったアナトーリーですが」

「なんとなく。名前だけは。解決屋でした」

「だが、会ったことはない」

「カルポフに仲介者はいませんでした」彼女はそう言って、すぐに訂正した。「もちろん、アナトーリーを除いてですが。カルポフのとびきりの解決屋、とミスター・エドワードは言っていました。けれども、アナトーリーはただの解決屋ではなくて、いわば偽装屋でした。カルポフの悪事の数々を、すべてまっとうなことに見せてしまう」

バッハマンはこの怖ろしい発言を記憶にとどめたが、追及はしなかった。

「イヴァンはどうです？　イヴァン・グリゴリエヴィッチは？」

「イヴァンという人は知りません、ヘル・シュナイダー」

「カルポフの私生児で、のちにイッサと名乗るようになった」

「私生児にしろ何にしろ、カルポフ大佐の子供については何も知りません。たくさんいたことはまちがいないでしょうが。ミスター・ブルー・ジュニアも、このまえ同じ質問をしました」

「本当に？」

「ええ、本当に」

このときにもまた、バッハマンは感想を述べなかった。ごくたまに、情報部の新入りに講義する機会を与えられたときには、よく説教したものだ――多少なりとも心得のある尋問者は、ドアを蹴破るようなことはしない。玄関の呼び鈴を鳴らして、裏口から入るのだ、と。しかし、このとき黙っていたのは、あとでエアナ・フライに明かしたように、そういう理由からではなかった。別の音楽が聞こえていたのだ。相手が話しているあいだ、彼は別の音楽を聞いていて、彼女自身もそうしているように感じたからだった。

「訊いてもよろしいですか、フラウ・エレンベルガー、時をさかのぼらせていただいて。七年前、あなたがとても勇気ある陳述をしたのは、そもそも何がきっかけだったのですか」その声が届くまでにしばらく時間がかかった。

「わたしはドイツ人です。おわかりになりません？」バッハマンが質問をくり返そうとしたときに、彼女は苛立ったように答えた。

「ええ、わかります」

「わたしはドイツに帰るところでした。生まれ故郷に」

「ウィーンから」

「ブルー・フレールはドイツに支店を設けようとしていました。わたしのドイツに。わたしの望みは……そう、わたしの望みは」怒ったように言い、顔をしかめて、レースのカーテン越しに遠い庭を見た。まるでそこに責任を負わせるかのように。

「あなたの望みは、もしかすると、一線を引くことだった？　過去とのあいだに？」バッハマンは言ってみた。

「自分の国に純粋な状態で帰りたかったのです」急に勢いをこめて言い返した。「汚れていない状態で。わからないのですか？」

「まだあまり。ですが、わかりかけています、まちがいなく」

「最初からきれいに始めたかったのです。銀行の仕事も、わたしの人生も。それが人間というものじゃありません？　新しくやり直したいと思うのが。でも、あなたはそう思わないかもしれない。男性はまたちがいますから」

「あなたの誉《ほま》れ高い長年の雇用主が亡くなって、ブルー・ジュニアが」——と彼女自身の呼び方にしたがって——「銀行を引き継いだという事情もあった」

「それもありました、ヘル・シュナイダー。宿題をやってこられたようね、喜ばしいことに。最近、宿題をきちんとする人はまれですから。わたしは極端に若かったのです」厳しい自己分析の口調で報告した。「実年齢よりはるかに。本当です。いまの若いかたたちと比べたら、まるで赤ん坊でした。貧しい家の出で、広い世界のことは何ひとつ知らなかった」

「とはいえ、業界に初めて入った新人だったわけでしょう、失礼ながら」バッハマンは彼女の怒りに対抗して言った。「命令が上からおりてきて、あなたはしたがった。あなたは若く、無邪気で、信頼される立場にいた。自己評価が少し厳しすぎるんじゃありませんか、フラウ・エレンベルガー？」

彼女は聞いているのだろうか。聞いているのだとしたら、なぜ微笑んでいるのか。相手の声が変わってきた。若くなっていた。ふたたび話しだした声には、より明るいカデンツァが加わっていた——柔らかく、初々しく、ウィーンふうの軽快さが増して、彼女のもっとも厳しい意見も寛大に受け入れたくなるような艶《つや》が出ていた。声が若くなるのにともなって、見た目も若くなった。堅苦しいくらい礼儀正しく、厳格なのはそのままだが、身ぶりが活発になって、色気も感じられた。ただ、歳上で目上の人間の耳を快くくすぐる話し方を、あえて選んでいるように思えるのは不思議だった。バッハマンはそのどちらでもなかったのだが。

過去を語るときの無意識の腹話術で、彼女はたんに消え去った若いときの声だけでなく、いま描写している人物との関係を築いた、まさにその声を呼び出しているのだった。

「わたしのまわりには積極的な人たちがいました、ヘル・シュナイダー」彼女はそれでも懐かしそうに思い出した。「ミスター・エドワードの注意を惹《ひ》けるなら、なんでもするというくらい積極的な人たちが」大切に胸にしまっておくべき名前。味わうべき名前。「でもそれはわたしのやり方ではなかった。まったくちがいます。わたしがあのかたの眼に留まったのは、積極的だったからではなく、逆に控えめだったから。ご本人がそう言っていました。〝エリ、女性事務員を雇うときには、集団のいちばんうしろにいる娘を選ぶほうがいいのだ〟。あれはあのかたのちょっと乱暴なところでした」そして夢見るようにつけ加えた。「最初、あの乱暴さには驚きました。慣れるのに時間がかかりました。ミスター・エドワードほど洗練された紳士から、あんなことばが出るなんて。でも大丈夫。あれもまた、あのかたの真実でした」胸を張って言い、また押し黙った。

「あなたはそのとき、ほんの——何歳でした？」バッハマンはややあって訊いたが、せっかくの雰囲気を壊してしまわないように気をつけた。

「二十二歳で、秘書のなかでは最高の地位でした。父はわたしが幼いときに亡くなりました。告白しますと、父の死には暗い雲がかかっています。首を吊ったのだと聞きましたが、公式にはそうなっていません。家族はカトリックでしたから。母方のおじがパッサウで司祭をしていて、わたしたちを受け入れてくれました。しかし、時がたつうちに、おじがわたしに愛情を抱きすぎ、わたしは母を怒らせても家を出るのが良識だと思って、ウィーンの秘書学校に入りました。ええ、そう、つまり、おじはわたしを陵辱《りょうじょく》したのです、お知りになりたければ。そのときにはよく理解できませんでした。無垢《むく》な人間には理解できないものです」

　また黙った。

「ブルー・フレールは最初の職場だったのですね」バッハマンはうながした。

「ひとつだけ言えるのは」フラウ・エレンベルガーは話を再開し、バッハマンがしていない質問に答えた。「ミスター・エドワードは模範的な態度でわたしに接したということです」

「それはまちがいないでしょう」

「ミスター・エドワードは礼節の見本でした」

「異論ありません。彼はどこかで道に迷ってしまったのだと思います」

「あのかたは最高の意味でイギリス的でした。ミスター・エドワードが秘密を打ち明けてくださったときには、うれしかったものです。たとえば、ちょっとした夕食とか、公《おおやけ》の場に連れていっていただいたときにも」――彼女は英語を使っていた――「一日の長い仕事が終わって、ご家族とくつろぐまえの時間です。そんなときにも、選んでいただいたことを誇らしく思いました」

「思わない人がいますか？　いないでしょう」

「あのかたは、わたしのおじどころか祖父ぐらいの歳でしたが、わたしをひどく心配させたりはしませんでした」記録に残すためというふうに断言した。「もうそのころには、わたしも歳上のかたの関心に慣れていましたから、自分のような地位にいる者にはふつうのことと受け止めました。ちがったのは、ミスター・エドワードには熱意があったことです。彼はわたしのおじではありませんでした。起きたことを母に話すと、母はわたしの状況を不幸だとは思わず、むしろつまらない配慮でせっかくの関係を台なしにしてはいけないと助言しました。記憶にとどめる子供として息子ひとりしかいないミスター・エドワードは、衰えつつある時期に愛情と友情を与えてくれた若くてきれいな娘を決して忘れないだろう、と」

「彼は本当に忘れなかったのですね？」バッハマンは言って、よき理解者の眼で部屋のなかを見まわしたが、彼女はバッハマンの存在を忘れているようだった。そしてほとんど、われを忘れているようにも見えた。

「フラウ・エレンベルガー、正確なところどこでしょう」改めて明るく尋ねた。「こう言ってよければ、あなたがたふたりの幸せにカルポフ大佐が割りこんできて、暗い影を投げかけたのは」

彼女は本当に聞いていないのだろうか。

まだ？

彼女は両眉を上げられるだけ上げ、耳をすますように頭を片側に傾けて、また記録用の陳述に取りかかった。

「グリゴーリー・ボリソヴィッチ・カルポフがブルー・フレールの上得意になった時期は、

わたしとミスター・エドワードの関係が信じられないほど豊かに花開いた時期と重なります。どちらが先だったのかは、当時もいまもわかりませんが。ミスター・エドワードはそのころ、第二の、あるいは第三の青年期としか言い表わしようのない状態でした。わたしに対する態度もつねに前向きでしたし、精神的にも、ウィーンの銀行業界の多くの若い人たちよりはるかに大胆でした」そこでしばらく考えこみ、何か言いかけて、首を振り、思い出ににやりとした。「とても前向きでした、勘ぐっておられるのなら」愉《たの》しい瞬間は消えた。「いつ、と訊かれたのですよね。いつわたしたちのまえに現われたのかと。カルポフが。そうでした？」

「まあ、そういうことです」

「ではカルポフについて話しましょう」

「お願いします」

「あの人をつい典型的なロシア人と見なしたくなりますが、それは話の半分にすぎません。ミスター・エドワードに対して、カルポフは強壮剤のような働きをしていました。あのかたはわたしに〝カルポフは私のスパニッシュフライ（ツチハンミョウ科の昆虫で媚薬の成分に使われた）だ〟と言っていました。伝統的な規範など見向きもしないカルポフは、ミスター・エドワードの心に親近感の火花を散らしたのです。リピッツァナーの運用が始まるまでの数週間、ミスター・エドワードはこの新しい顧客と会うためだけに、プラハ、パリ、東ベルリンに出かけました」

「あなたといっしょに？」

「ときには、ええ、いっしょでした。いいえ、ほとんどです。ときどき小男のアナトーリーがブリーフケースを持ってついてきました。彼に祝福を。わたしはいつも、あのブリーフケースには何が入ってるんだろうと思っていました。銃とか？　ミスター・エドワードは、パジャマだよと言っていましたが。ナイトクラブにブリーフケースを持ちこむのです。想像してみてください。すべてそこから支払っていました。ブリーフケースの手前のポケットのひとつに現金が詰まっていて。大きなところに入っているものは見えませんでした。それは最高機密。そのくせ本人の頭が禿《は》げているのが、妙におかしくて」

こらえきれなかったのか、若い娘のようにくすくす笑った。

「退屈な時間はほんの一瞬もありませんでした、カルポフといるときには。会っているあいだは無秩序と文化が入り乱れて、そのどちらが出てくるのかわかりませんでした」鋭く眉をひそめて、言い直した。「これは伝えておきますが、ヘル・シュナイダー、カルポフ大佐はあらゆる形態の美術、音楽、文学、そして物理学に正真正銘の情熱を注いでいました。もちろん、女性にも。それは言うまでもありません。ロシア語で自分自身のことを〝クルトゥルニー〟と言っていました。〝文化的《カルチャード》〟」

「ありがとうございます」バッハマンはせっせとペンを走らせながら言った。

同じ厳格な口調で、「ナイトクラブで明け方まで飲み騒ぎ、途中で二回、三回と階上《うえ》の部屋に上がり、その合間に文学について論じたあと、カルポフは休む間もなくその街の画廊や文化遺産を訪ねなければなりませんでした。一般人にとっての睡眠は、彼には必要ありませんでした。ミスター・エドワードにとって、そしてわたしにとっても、あれはもう二度とない研修旅行でした」

厳格さが消え、首を振りながら静かに笑いはじめた。つき合ってバッハマンも道化師の笑みを送った。

「そういうとき、リピッツァナーの口座があからさまに話題になることはありましたか」彼は尋ねた。「それとも、口座のことは何も話されず、ふたりの男のあいだの秘密だったのか。あるいは、アナトーリーがいるときには三人だけの？」

また気力をくじくような沈黙が流れ、当時を思い出す彼女の顔が急に寂しげになった。

「ええ、ミスター・エドワードは、いちばん自由を感じているときでも人並みはずれて秘密主義でした。それはまちがいなく！」質問を受けながら、直接には答えなかった。「銀行業務に関しては、それもまあ当然でしょうが、プライベートな領域に関しても。わたしひとりなのだろうか、と思ったこともときどきありました。ミセス・ブルーは別格としてです。そのミセス・ブルーが亡くなると」不満げに唇をとがらせて続けた。「あのかたはひどく取り乱しました。それはもう悲しそうで。お察しのとおり、わたしたちは結婚するかもしれないとも思いましたが、結局空きはありませんでした。エリのためにはなかった」

「すると、彼はイギリスの友人のミスター・フィンドレーについても、秘密主義だったのですね。あなたの供述書を読んだ記憶によれば」バッハマンはこのためにわざわざ出向いてきた質問を、羽毛のように軽く投げかけた。

彼女の顔が翳《かげ》った。拒絶して顎を突き出し、唇を固く結んでいた。

「そういう名前じゃありませんでしたか。フィンドレー？ 謎のイギリス人ですが」バッハマンはそっとうながした。「供述書にはそうあった。それとも私の勘ちがいでしょうか」

「いいえ、勘ちがいではありません。フィンドレーは悪い男です。本当に悪い」

「リピッツァナーの口座の裏には〝悪の天才〟フィンドレーがいたというような？」

「ミスター・フィンドレーには誰も興味を持ってはいけません。ミスター・フィンドレーはこの先永遠に、忘却の彼方に追放すべきです。われらがミスター・フィンドレーにはそれがふさわしい」怒りながら童歌《わらべうた》の調子で言った。「ミスター・フィンドレーはぶつ切りにして、鍋に放りこんで、なくなるまでぐつぐつ煮てやるべきです！」

この突然の宣告にこめられた爆発的なエネルギーで、バッハマンが少しまえから考えていたことが確かめられた――彼らは銀の盆で運ばれた高級陶器のカップと、銀の茶漉《ちゃこ》しと、銀のミルク入れと、湯の入った銀のピッチャーで、イギリスの紅茶を飲み、手作りのショートブレッドを美味《おい》しそうに食べているかもしれないが、彼女の息にときおり混じってバッハマンに届く香気は、紅茶よりずっと強いものから来ている。

「それほど悪人だったのですか、え？」バッハマンは感心した。「ぶつ切りにして、あの男にふさわしいことをしてやれと言うほど」しかし、彼女は自分の記憶のなかに引っこんでいて、バッハマンはひとり言をつぶやいているも同然だった。「たしかに、あなたの言いたいことはわかります。私とて、もし自分の上司がだまされたら、相当腹が立つ。あなたの上司が庭の小径《こみち》を連れていかれるのを、坐って見ていなければならないとしたら」答えなし。

「それでも、たいした人物だったのではありませんか、われらがミスター・フィンドレーは。ちがいます？　あのミスター・エドワードを正道からはずして、カルポフのようなロシアの悪党どもに紹介し、おまけにとびきりの解決屋にまで」

　魔法が解けた。

「フィンドレーはたいした人物ではありませんでした。それはもう全然！」フラウ・エレンベルガーは烈火のごとく言い返した。「そもそも一個の人物でもなかった。ミスター・フィンドレーは、ほかの人たちから盗んだ特徴だけでできていたのです」

「どんな男でした、フィンドレーは？　描写してみてください、ミスター・フィンドレーを」

「伊達《だて》男で、邪悪で、輝いていて、鼻が乾いていて」

「歳は？」

「四十。そのふりをしていたのかもしれないけれど、彼の影はそれよりずっと歳をとっていました」

「身長は？　大まかな外見は？　身体的特徴を何か憶えていませんか」

「角が二本と、長い尾、そしてすさまじい硫黄のにおい」

バッハマンはあきれて首を振った。「心の底から嫌いだったんですね」

フラウ・エレンベルガーはまた突然変容していた。女性校長のようにすっと背筋を伸ばして坐り、唇を引き結んで、容赦なく非難の眼差しを向けてきた。「自分の人生から――人生ですよ、ヘル・シュナイダー――ひとりの男が奪われたら、それも心を捧げた相手、女性としての自分をすべて捧げた相手が奪われたら、その原因となった人間に憎悪と疑念を抱くのは理不尽ではないでしょう。ましてその人間がわたしの――ミスター・エドワードの銀行まで悪事に引きこみ、腐敗させたとあっては」

「彼には何度も会ったのですか」

「一度だけです。判断するには一度で充分。通常の見込み客のふりをして予約を入れてきました。銀行に入ってきて、待合室でわたしが気軽なおしゃべりの相手をしました。それがわたしの仕事の一部なので。フィンドレーが銀行に姿を見せたのはその一度きりです。以後は邪悪な魔法のせいで、わたしは完全にはずされました。ふたりがそうしたのです」

「もう少し説明してもらえますか」

「ミスター・エドワードとわたしが親密な時間をすごしている最中だとします。ふたりきりで。口述筆記をしている最中でもかまいませんが、そのとき電話が鳴る。フィンドレーです。するとミスター・エドワードは彼の声だけを聞かなければならず、〝エリ、ちょっとはずして化粧を直しておいで〟。フィンドレーがミスター・エドワードと会いたくなれば、銀行のなかではなく、街のどこかで会って、わたしはまた仲間はずれ。〝今晩はだめだ、エリ。家に帰って、お母さんに鶏料理を作ってあげなさい〟」

「その薄情な仕打ちについて、ミスター・エドワードに苦情を言いました？」

「あのかたの答えは、この世にはわたしですら知らないほうがいい秘密がある、でした。テディ・フィンドレーはそのひとりだと」

「テ、テディ？」

「それが彼のファーストネームです」

「いま初めて聞いたかな」

「言いたくなかったので。わたしたちはテディとエリでした。もちろん、電話のなかだけで。それも、中身のあることは何ひとつしゃべらなかったあの待合室の出会いだけで、そうなったのです。すべて見せかけ。それがフィンドレーでした――見せかけ。電話でのわたしたちの親しさは、実際に会えば死に絶えるものでした、おわかりでしょうが。ただ、ミスター・エドワードはわたしがあのあつかましさを愉しむことを望んでいましたので、当然わたしはそうしました」

「フィンドレーがリピッツァナーの運用の裏にいたことを、どうしてそこまで確信しているのですか」

「あの人があれを計画したのです！」

「カルポフといっしょに？」

「アナトーリーとです。ときどきカルポフのために活動していたアナトーリーと。わたしはそのように理解していました、遠く離れて。ですが発案はフィンドレーひとりのものでした。

自慢もしていました。私のリピッツァナー。私の小さな厩《うまや》。私のミスター・エドワード、と本当に言っていた。すべて計画されていたのです。気の毒なミスター・エドワードには逃れようがなかった。誘いこまれたのです。最初は不躾《ぶしつけ》な電話。とても魅力的な態度で予約を入れました――ごくごく内輪で、ほかの誰も交えずに、オフレコでご相談したい。そして胸躍るイギリス大使館への招待。大使と一杯飲んで公式な話になったというのですが、何が公式なのでしょう。リピッツァナーで公式なことなど何もなかった。公式の正反対です。最初から嘘でがんじがらめだった。サラブレッドのふりを装う、がに股のいかさま馬。それがリピッツァナーでした！」

「ああ、そうだ、大使館」バッハマンはぼんやりとくり返した。大使館が一瞬記憶から抜け落ちていたかのように――多少なりとも心得のある尋問者は、ドアを蹴破るようなことはしないから。だがじつは、イギリス大使館は彼にとってまったく新しい情報で、おそらくエアナ・フライにとってもそうだった。七年前のフラウ・エレンベルガーの供述書のどこにも、ウィーンのイギリス大使館は出てこなかった。

「どこで大使館が登場したのですか」バッハマンは当惑した顔で尋ねた。「よろしければ、もう一度説明していただけませんか、フラウ・エレンベルガー。思ったほど宿題をやっていなかったのかもしれない」

「ミスター・フィンドレーは最初、イギリスのある種の外交官だと自己紹介しました」吐き捨てるように言った。「非公式の外交官だと。そんなものがあるとすればですが、ないに決まってます」

バッハマンも顔では同意したが、そのじつ彼自身がそういう身分だった。

「あとで代わって、財務コンサルタントと称していました。わたしに言わせれば、どちらでもなかったのです。あれは最初から最後までただのペテン師でした」

「すると、リピッツァナーは、在ウィーン・イギリス大使館の肝いりで誕生したわけだ」バッハマンは声に出しながら考えた。「もちろんそうだ！　思い出した。いや、失礼、こちらの話です」

「リピッツァナーの全計画が練られたのはあそこです。まちがいありません。初めてミスター・エドワードが大使館での打ち合わせから帰ってきた夜、わたしに全体の仕組みを説明してくれたのです。驚きましたが、わたしはそれを外に出していい立場ではありません。そのあとは、ミスター・フィンドレーと相談するたびに、更新だとか改善が提案されました。相談する場所は外国の町だったり、ウィーンだったり。電話で話すときには、わざと別の仕事のふりをして。ミスター・エドワードはいつも〝符丁〟だと言っていましたが、あのかたがそんなことばを使うのは聞いたことがありませんでした。では、おやすみなさい、ヘル・シュナイダー」

「おやすみなさい、フラウ・エレンベルガー」

しかし、バッハマンは動かなかった。フラウ・エレンベルガーも。そのあとバッハマンはエアナ・フライに、自分の職業人生であのときほど〝第六感〟に近づいたことはなかったと打ち明けた。フラウ・エレンベルガーは去ってくれと指示したが、彼は去らなかった。彼女にはまだ、言いたくてたまらないのに怖くて言えないことがある。それがわかったからだ。彼女の一方の手には忠誠心、もう一方の手にはすさまじい怒りがあった。突然、怒りのほうが勝利した。

「彼が戻ってきたのです」フラウ・エレンベルガーは驚きで眼を見開いてささやいた。「また同じことを、かわいそうなミスター・トミーにやっているのです。人間の大きさがお父様の半分もないあの人に。電話を受けた瞬間、あの声がにおいました。硫黄のにおい。あれは悪霊の頭《ベルゼブブ》です。フォアマン。今回はフォアマンと名乗っています。あの男は親方《フォアマン》でいなければならない。つねにそうでした。来週にはファイヴマンになっていることでしょう」

車を待たせていた通りのほんの百メートル先は湖畔の森で、なかへ入っていく遊歩道があった。バッハマンはブリーフケースを運転手に渡すと、なぜか無性にそこをひとりで歩きたくなった。ベンチがあったので坐った。黄昏《たそがれ》がおりてきた。ハンブルクの魔法の時間が始まっていた。物思いに耽《ふけ》りながら、暗くなってきた湖と、まわりに浮かび上がる街の明かりを見つめていると、一瞬、良心のある泥棒さながら、まちがった人からものを盗んだのではないかという感覚にとらわれた。一時的な意志の弱さを頭から振り払い、官僚ふうのスーツのポケットから携帯電話を取り出して、ミヒャエル・アクセルロットの直通番号を選んだ。

「なんだね、ギュンター？」

「イギリス人がわれわれと同じものを欲しがっています」バッハマンは言った。「われわれ抜きで」

電話で話すイアン・ランタンはこれ以上ないほどの好人物だ、とブルーも認めざるをえなかった。終始腰が低く、ブルーがおそろしく忙しいことは重々承知していると言った。過密なスケジュールを変更してもらえるとは夢にも思っていないが、ロンドンがあなたの首に息を吹きかければまた別でしょう、と。

「あいにく、この回線ではこれ以上話せない。すぐにでも会って話したいのですよ、トミー。一時間ですむ。どこでいつ会うかだけ指定してもらえれば」

ブルーは馬鹿ではないので、最初は警戒した。「ひょっとして、このまえ昼食でじっくり話し合ったのと同じ件ですか」一歩も譲らず訊いてみた。

「関連はある。完全に同じではないけれど、近い。過去がまた醜い頭を持ち上げているのです。といっても、脅威ではありません。誰かの不利になるような話でもない。むしろあなたの得になる話だ。一時間だけ、それでおしまいなので」

ブルーは安心して手帳を見たが、じつは見るまでもなかった。水曜の夜はいつもミッツィがオペラに出かける。ミッツィとベルンハルトは予約ずみだ。ブルーは冷蔵庫の薄切り肉を食べるか、アングロ・ジャーマン・クラブで食事をして、スヌーカーのゲームをする。つまり、水曜なら問題なかった。

「私の家に、七時十五分ではどうです？」住所を伝えはじめたが、ランタンが途中で止めた。

「すばらしい、トミー。ではそのときに」

そしてランタンが現われた。車と運転手を外で待たせて。ミッツィには花を持ってきた。レモンスライスを添えた氷入りの炭酸水をちびちびやりながら、例のいまいましい笑みを浮かべた。

「いや、よろしければ立ってます、ありがとう」ブルーが椅子を勧めると、ランタンは気さくに答えた。「三時間ぶっ続けで高速道路《アウトバーン》を走ってきたので、凝った脚を伸ばすのにちょうどいい」

「鉄道がいいかもしれませんね」

「まったくだ。今度試してみるかな」

しかたなく、ブルーも両手をうしろにまわして立っていた。自宅にまで乗りこんでこられた多忙な男が、礼儀は保ちながらも腹を立て、説明を求めている雰囲気が出ればいいと思った。

「言ったとおり、かなり時間が押してきているので、トミー、まずあなたの苦境について説明し、そのあとわれわれの苦境を見ることにしたいのだけれど、かまわないかな？」

「どうぞご自由に」

「ちなみに、私はテロを担当している。昼食のときには話に出なかったと思うけれど」

「たしか出ませんでしたね」

「あ、それからミッツィのことはご心配なく。もし彼女とボーイフレンドが幕間《まくあい》にもう帰るという決断をしたら、部下がすぐに知らせてくれることになっている。坐って、さっきまでやっていたウイスキーを飲んでしまうといい」

「このままで大丈夫です、ありがとう」

ランタンはそれにはがっかりしたようだが、かまわず続けた。

「ドイツの連絡先から話を聞いてね、トミー、あまり気分がよくなかったのですよ。あなたはイッサ・カルポフの行方を知らないどころか、夜の半分を彼とすごして、目撃者までいるらしい。これではわれわれが少々まぬけに見える。まるであなたに訊かなかったかのようだ」

「彼が遺産を請求したら知らせてほしいということでした。彼はあのとき請求していなかったし、いまもしていない」

ランタンは歳上の人間に対する態度として、その点は認めたが、まったく満足していないのは明らかだった。「率直に言えば、あなたがわれわれに知らせていれば、こちらで対処できた情報がたくさんあった。そうすればこのゲームで先行できて、不味《まず》いパイをたらふく食べさせられずにすんだ」

「なんのゲームです？」

ランタンの笑みはわずかに悲しんでいるようだった。「ノーコメント、残念ながら。知るべきことだけを知らせるのがわれわれの仕事なので、トミー」

「私の仕事でも同じだ」

「じつはあなたの動機について少し調べさせてもらいましたよ、トミー。われわれとロンドンのほうで。あなたの家族の歴史や、最初の夫人とのあいだにできた娘さん――ジョージーだったかな――スーとのあいだの娘さんのことを。あなたがたが別れた理由は誰にもわからない。悲しいことだ。私に言わせれば、不必要な離婚はある種の死のようなものです。私の両親は踏みきれなかった。それはわかっている。私も同じだ、ある意味でね。それはさておき、彼女は妊娠している。ジョージーのことだけれど。あなたも大喜びでしょうね」

「だらだらといったいなんの話をしてるんです。あなたは自分の仕事の心配をしてればいい」

「なぜあなたがあそこまで妨害したのか知りたいだけですよ、トミー。あなたは何を守っていたのか。あるいは、誰を。自分だけを守っていたのか、とわれわれは自問した。それともブルー・フレールを？ 若いカルポフのことが何かしら気に入っていたのか。ここには嘘が絡んでいる、トミー。あなたはわれわれを見事にだました。不本意ながらそこは称《たた》えたい」

「それを言えば、あなたがたも真実を洗いざらい語ったとは言えない気もしますがね」

ランタンは聞こえなかったふりをした。「しかしながら」と愉しげに続けた。「ブルー・フレールのいささか危うい財務状況を見たうえで、父親のカルポフがこっそり預けているにちがいない金額を計算したときに、もっとあなたのことが理解できたと思った。ああ、トミーはこれを気にかけていたのか、と。自分が年老いるまで、父親のカルポフの何百万ユーロという金がきちんと残っていることを望んでいたのだ。誰も請求にこないでほしいと願うのももっともだ。これについて何かコメントは？」

「正しいと思っていればいい」ブルーは鋭く言い返した。「そうしてさっさとこの家から出ていってくれ」

ランタンの若々しい同情の笑みが広がった。「無理です、トミー、残念ながら。あなたもいまの話を聞いていたなら出ていけない。さらにこの件には、若い女性もかかわっているらしい」

「馬鹿な。若い女性などいない。でたらめにもほどがある。ただ、あの若者の弁護士のことを言っているのなら」――必死で記憶を探るふりをして――「フラウ・リヒターのことを言っているのなら別だが。ロシア語ができて、亡命申請その他を手配する」

「こちらが聞いたかぎりでは、かなりの美人でもある。小柄な女性が好きなら、という条件つきだが、私は好きだ」

「気がつかなかった。この歳になると、女性を見る眼も以前とはだいぶちがっているから」

ランタンは、ここでブルーがわざわざ年齢を持ち出して責任逃れをしたことについて考えながら、サイドボードまで歩き、すっかりくつろいだ様子で炭酸水をつぎ足した。

「とりあえず、以上があなたの苦境です、トミー、あとでまたくわしく話すけれど。しかし、ここで私の苦境を説明しておきたい。率直なところ、あなたのおかげで、困り具合は似たり寄ったりだ。よろしいかな？」

「よろしいとは？」

「いま言った。あなたがわれわれを放りこんだ肥溜《こえだ》めの深さについて説明するのだ。聞く気があるのか、ないのか」

「もちろん、ある」

「けっこう。というのも、明日の朝九時ちょうどに、私はきわめてデリケートな極秘の打ち合わせに参加しければならないからだ。議題はほかならぬイッサ・カルポフ、あなたが見たこともないふりをした男。だが、実際には見ていた」

ランタンは別人になっていた――ナポレオンはだしの有無を言わさぬ説教調で、その声はひどい調律のピアノの演奏のように、思いがけないことばを放った。

「あなたのおかげでおそらく窮地に立たされるその打ち合わせで、トミー、私も、わが省も、このきわめてデリケートな状況でやるべきことをやろうとしている全員、すなわちロンドンも、ドイツ人も、あえてここで名を出すには及ばない友好的なほかの機関もみな、あなたに次のように要求することになる。ブルー・フレール銀行のミスター・トミー・ブルー、イギリスのよき愛国者であり、テロリズムにとって公然の敵であるあなたは、あらゆる方法、形態、手続きにおいて私に協力する用意があるだけでなく、みずから進んで協力し、あなたには少なくとも一時的《プロ・テム》に内容が知らされていないこの極秘の作戦で、命じられるとおりに行動しなければならない。よろしいか？　あなたは協力するのか、それともテロとの戦いにおいて、これまでのようにわれわれの邪魔をするのか？」

ランタンはブルーに反撃の隙を与えなかった。叫ぶのはやめ、すでに憐れんでいた。

「わかるかな、トミー、いまわれわれが訴えかけているあなたの善意とはまったく別のところで、どのくらい不利な証拠がそろっているか。あなたはマネーローンダリングにたずさわっているとは言わないまでも、その種の資金の管財人にかぎりなく近い。かつ、考えたくもないことだが、この土地で、逃亡中の有名なイスラム系テロリストと陰で仲よくしているイギリス人の銀行家に対して、ドイツ人がなんと言うだろう。あなたは袋のドブネズミだ。だったらなぜおとなしくわれわれにしたがって愉しまない？　言いたいことがわかるかな？　わかっていない気もする。アナベルの話をしようか？」

「要するに、脅迫しているわけだ」ブルーは言った。

「アメとムチだよ、トミー。もしこれをうまくやりとげられれば、銀行の過去の罪は忘れられ、シティでのあなたの評判は高まり、ブルー・フレールは明日も闘うことができる。これほど公正な取引があるかな？」

「あの若者は？」

「誰？」

「イッサ」

「ああ、なるほど。あなたは利他的な人だ。ふむ、それは当然ながら、あなたがどれだけ自分の役割を果たすかによる。彼はドイツのものだ。われわれもドイツの主権に口を出すわけにはいかない。基本的には彼らが決めることだが、このあと誰も彼をひどい目に遭わせたりはしないよ。そんなことをする人間はまわりにいない」

「フラウ・リヒターは？　彼女はどうすべきだったのだろう」

「アナベルね。そう、彼女も窮地に陥っている、理論上。彼と共謀し、彼をかくまい、おそらくは彼と快楽に浸ったのだから」

「彼女がこれからどうなるのか訊いたのだ」

「いや、訊いてないよ。あなたは彼女が何をしたのかと訊いた。だから答えた。彼女がこれからどうなるのかは誰にもわからない。ドイツ人に多少なりとも分別があれば、埃《ほこり》を払ってやり、立ち直らせるだろうね。彼女にはおそろしく立派な人脈があるから、あなたもよく知っているとおり」

「まったく知らなかった」

「由緒正しい最高の法曹一家だ。ドイツ外交官、用のない数々の肩書き、フライブルクの所有地。手首にぴしりとお仕置きして家に送り返すといったところだろうね、この国のやり方からすれば」

「つまり、これからの行動についてあなたに白紙小切手を与えろ、と言っているのかな？」

「まあ、だいたいそういうことだね、率直に言って、トミー。あなたは点線の上に署名する。われわれは過ぎ去ったことは過ぎ去ったこととして、ともに将来を見すえて前進する。価値ある偉大なことをしているのだと認識していただきたい。われわれのためだけでなく、商売でよく言うように、すべての人々のために」

ブルーが異様に思ったのは、本当に署名する文書があったことだった。さらに調べると、白紙小切手には多くの面があった。それはランタンの上着の内ポケットから取り出された分厚い茶封筒のなかに入っていて、ブルーに漠然とした〝国家的に重要な任務〟を課し、公職秘密法の数ある厳格な条項と、それを破った場合に適用される罰則に注意をうながしていた。わけがわからず、ブルーは助けを求めてまずランタンを見、次にサンルームを見まわしたが、どこからも助けは得られなかったので、署名した。

ランタンは去った。

怒りのため身動きもできず、ランタンが思いやり深く勧めたスコッチも腹が立ちすぎて最後まで飲めず、ブルーは玄関ホールに突っ立って、閉まったドアを見つめていた。ホールの机に置かれた、まだ紙に包まれたままの花束に眼が止まった。取り上げて、においを嗅《か》ぎ、またもとの場所に置いた。

クチナシ。ミッツィの大好きな花だ。高級な花屋。われらがイアンはしみったれではない、政府の金を存分に使えるときには。

なぜこんなものを持ってきたのか。知っている、ということを教えるためか。何を知っている？　クチナシがミッツィの好きな花だということ？　私が〈ラ・スカラ〉で魚料理を食べることを知っていたように。そして、月曜の昼食時にマリオに店を開けさせる方法を知っていたように？

それとも、私が知らないことを教えるためだろうか——彼女が愛人とオペラ鑑賞に行っていることを。それはもちろん私も知っていた。が、ブルーの商売では、知っていることは知らないふりをする。つまり、公式には知らないことになっている。

アナベルは？　〝そう、彼女も窮地に陥っている〟

ランタンの言ったことをあまり信用するつもりはないが、あの発言だけは正しいと思った。ブルーは四昼夜にわたって、彼女にこっそり連絡する方策はないものかと頭をひねっていた。ブルー・フレールの配達人を使って、サンクチュアリー・ノースに手書きのメモを届けさせるとか、彼女のオフィスの留守番電話か携帯電話に、当たり障りのないメッセージを残すとか。

しかし、ランタンのことばを借りれば〝デリケート〟な配慮からか、それともたんなる臆病からか、説明はともかく、行動には移さなかった。オフィスでも、ともすると高額融資について考えていなければならないときに頬杖をついて電話を見つめ、鳴るのを待っていた。電話は鳴らなかった。

そして怖れていたとおり、彼女はいまや厄介なことになっている。なんでもないというふうにランタンは言ったけれど、彼女がいまの状況から無傷で逃れられるとはとても思えなかった。必要なのは彼女に電話をかける理由だけだったが、怒りのなかでそれを思いついた。ランタンなどくたばれ。私には経営すべき銀行がある。飲み終えるべきスコッチも。スコッチをひと息で飲み干し、家の電話から彼女の番号にかけた。

「フラウ・リヒター？」

「はい？」

「ブルーだ。トミー・ブルー」

「ハロー、ミスター・ブルー」

「都合が悪いときにかけてしまったかな？」

抑揚のない声を聞くかぎり、都合が悪そうだった。

「いいえ、大丈夫」

「ふたつの理由であなたにかけたほうがいいと思ったのだよ。もしいま時間があればだが、どうだろう」

「ええ、はい、あります、もちろん」

薬でも飲んでいるのだろうか。縛られているとか？　命令されているのだろうか。答えるまえに誰かに相談している？

「最初の理由から。もちろん電話でくわしいことは話せないが、最近、小切手が振り出された。まだその引き落としがないようなのだ」

「状況が変わったのです」また果てしなく長い間のあとで言った。

「ほう、どんなふうに？」

「わたしたちは別の手配をすることに決めました」

わたしたち？　きみと誰なのだ。きみとイッサ？　イッサが意思決定に加わるとは思えない。

「そちらのほうが望ましい手配なんだろうね」あえて楽観的な声で訊いた。

「たぶん。でも、ちがうかもしれません。とにかく実現できなければ意味がないでしょう？」やはり感情のない、深淵からの声だった。「あれは破り捨てましょうか？　それとも送り返します？」

「いや、だめだ！」――力が入りすぎている。落ち着け――「まだ使うチャンスが少しでも残っているうちは持っていてほしい。たとえば、先行きがまったく見えなくても、換金してもらってかまわない。何事もなければ、まあ、使わなかった分をあとで返してもらえば」二番目の理由をあえて話すべきか迷った。「それから、銀行に関してもうひとつ質問がある。そちらのほうは多少進展しているのかな？」

答えなし。

「つまり、われわれの友人が持っている資格のことだが」ユーモアを加えてみた。「芸当を仕込まれた例の馬だよ。われわれの友人が譲り受けようかどうしようか考えている」

「それはまだ話せません。本人と相談しないと」

「では、私に電話してくれるね？」

「おそらく、彼ともう少し話したあとで」

「その間に例の小切手も換金する？」

「おそらく」

「あなた自身は大丈夫なのかな。むずかしいことになっていない？　何か問題があるとか。つまり、私に手助けできることがあればという意味だが」

「大丈夫です」

「よかった」

どちらも長いあいだ無言だった。ブルーのほうは、いかんともしがたい心配から、彼女のほうは、どうやら完全な無関心から。

「では、もうすぐ愉しい会話ができるね？」ブルーは最後の熱意を振り絞って言った。できるかもしれない。できないかもしれない。彼女はすでに電話を切っていた。誰かが聞いているのだ、とブルーは思った。彼らがいっしょに部屋にいる。彼らがアナベルの少年聖歌隊の声を操っている。

携帯電話をまだ持ったまま、アナベルは自分の古いアパートメントの小さな書き物机のまえに坐り、窓から外の暗い通りをちらちら見やっていた。うしろにひとつだけある肘かけ椅子には、エアナ・フライが坐り、目配りしながら緑茶を少しずつ飲んでいた。

「イッサが預金の引き出しを請求するかどうか知りたがっています」アナベルは言った。

「そして、自分の小切手はどうなったのかと」

「あなたはそれをかわした」エアナ・フライが満足そうに答えた。「とてもうまくやったと思う。次にかけてきたときには、彼にとっていい知らせを伝えられるでしょう」

「彼にとって？　あなたがたにとって？　誰にとってなの？」

携帯電話を机に置き、両手で頭を抱えてじっとそれを見つめた。あたかもそこに、宇宙に対する答えが示されているかのように。

「わたしたちみんなにとってよ」エアナ・フライが言って、立ち上がりかけたところでまた携帯電話が鳴った。手遅れだった。すでにアナベルは中毒者のように電話を引ったくって名前を告げていた。

メリクからだった。母親とトルコに発《た》つまえの挨拶《あいさつ》だったが、イッサはどうしているかも知りたがった。ずっと罪の意識を抱えているのだ。

「いいかい、おれたちが帰ってきたら、いつでもいいからって、おれの兄弟に――おれたちの友だちに――伝えてくれる？　居住許可がもらえたら、いつでもうちで歓迎するから。自分の部屋を取り戻して、家じゅうの食べ物をたいらげるといい。おまえはすごい男だって伝えてくれ。いいね？　メリクがそう言ってたって。一ラウンドでおれをノックアウトできる。リングのなかじゃたぶん無理だけど、あいつがもといた土地ならね。言いたいことわかる？」

ええ、メリク、言いたいことはわかる。レイラにくれぐれもよろしく。伝統的なすばらしい結婚式を愉しんでとレイラに伝えて。あなたもね、メリク。妹さんと旦那《だんな》さんが末長く幸せになりますように。おふたりにたくさんの祝福を。それから無事に帰ってきて、メリク。お母さんの世話をしっかりして。お母さんは勇敢で善良な人よ。あなたを愛していて、あなたの友だちにとっても、よき母親だった……

そんなことを話しているうちに、エアナ・フライがアナベルの強張《こわば》った指から携帯電話をそっと取り上げ、電源を切った。彼女のもう一方の手は、アナベルの肩にやさしく触れていた。

11

生まれ変わったアナベルにとっては、メリクへの大げさな反応も、ブルーへの冷めきった反応も特段変わったものではなかった。一日がすぎるたびに、彼女の気分は恥辱と、調教師《ハンドラー》に対する憎しみと、理性を失ったのかというほど明るい楽観主義と、いまの苦難を無批判に受け入れる一定の時期とのあいだを、くるくると移り変わった。

サンクチュアリー・ノースでは、ヘル・ヴェルナーがバッハマンにうながされて礼儀上ウルスラを訪ね、当局がもうイッサ・カルポフの件に積極的な関心を抱いていないことを伝えていたが、ウルスラはあくまで修道女の沈黙を守っていた。

エアナ・フライはアナベルの隣人かつ守護者になっていた。黄色いワゴン車で彼女を港まで運んだその日のうちに、そこから百メートルと離れていない鉄筋コンクリートの賃貸アパートの一階に入居した。徐々にそこは、アナベルがイッサを訪ねるまえとあとにかならず立ち寄る第三の自宅になった。安らぎを求めてそこで眠ることもあった。通りのネオン広告のせいであまり暗くならない子供用の寝室で。

日に二度イッサに会いにいくことは、もはや危険な冒険ではなく、エアナの微に入り細をうがった指示のもとで――日がたつにつれてバッハマンの指示も加わった――リハーサルつきの演劇になった。曲がりくねった木の階段をのぼるまえと、おりたあと、隠れ家のひっそりとカーテンの引かれた客間で、アナベルはエアナとバッハマンのふたり、またはどちらかひとりと打ち合わせた。過去のシーンが再現、分析され、将来のシーンが予想、改善された。それもこれも、イッサに遺産の請求をさせ、国外追放の恐怖から彼を救い出すためだった。

アナベルは、彼らのもっと大きな狙いをうっすらと感じることもなくはなかったが、それでも指導に無言で感謝し、いつしか頼っていることにも気づいて絶望した。テープレコーダーの上で額を集めて相談しているとき、アナベルが現実を知る手がかりはイッサではなくエアナとギュンターであり、イッサはそこにはいない問題児だった。

混み合った舗道《ほどう》で、百メートルの十字架の道行き《ヴィア・ドロローサ》をおこなって、イッサのいる部屋に入るときにだけ、彼女の胃はよじれ、恥ずかしさで舌がまわらなくなり、調教師から引き受けた仕事を全部踏みにじりたくなるのだった。さらに悪いことに、そんな彼女の態度の変化と、エアナたちの支配下に入ったことで抑えがたく湧いてくる自信を、イッサが囚人の共感力で感じはじめていた。

「彼にはできるだけありのままの自分を見せること、安全な距離を置いたうえで」エアナはそう助言した。「ゆっくりと水辺に連れていくの。彼が決意するとしたら、頭で考えてというより、気持ちが動かされてのことだから」

アナベルは彼とチェスをし、いっしょに音楽を聞き、エアナの提案で、ほんの二日前には議論できなかったさまざまな話題にも触れた。だが不思議なことに、仲が深まるにつれ、アナベルはイッサが西欧の生活習慣をけなすことに黙っていられなくなった。とりわけ、彼が喜んで着ているらしい高級服の持ち主である、カーステンを悪く言うことに。

「あなたは女性を愛したことがあるの、イッサ、お母さんは別として」アナベルは部屋の端から、もう一方の端にいる相手に尋ねた。

ある、と長い沈黙のあとでイッサは打ち明けた。十六歳のときだ。彼女は十八歳で、すでに孤児だった——母親と同じ生粋《きっすい》のチェチェン人、誠実で美しく、慎み深かった。互いに感情を体で表現することはなかった、とアナベルに請け合った。あれは純粋な愛だった、と。

「彼女はどうなったの」

「いなくなりました」

「名前は？」

「それは些末《さまつ》なことです」

「いなくなったって、どういうふうに？」

「イスラムの殉教者でした」

「あなたのお母さんのように？」

「彼女は殉教者でした」

「どんな殉教者？」沈黙ができた。「自発的な殉教者？　つまり、イスラム教に進んで自分を捧げた？」沈黙。「それとも、なりたくなかったのになってしまったの？　犠牲者、あなたのように？　あなたのお母さんのように？」

それは些末なことです。永遠とも思える時間のあと、イッサはくり返した。神様は慈悲深い。彼女を赦《ゆる》し、天国に迎えてくださる。しかし、エアナ・フライがあとですぐ指摘したように、人を愛したことを認めたというそれだけでも、防御が弱くなっていることの証《あかし》だった。

「鎧《よろい》にへこみができたぐらいじゃすまない。穴があいたのよ！」エアナは大声で言った。「愛について話すのなら、なんだって話す。宗教、政治、何から何まで。本人は気づいていないかもしれないけれど、あなたに説得してもらいたいのよ。だから彼にとっていちばんないのは、こちらから絶えず働きかけること」そのあと、アナベルがもはやそれなしではいられない、いつもの砂糖のひとかけを与えた。「あなたは本当によくやっている。彼は運がいいわ」


アナベルは絶えず働きかけた。翌朝六時の朝食。コーヒーと焼きたてのクロワッサンはエアナ・フライの差し入れ。ふたりはすでに定位置になった場所に坐っている——イッサはアーチ窓の下、アナベルはいちばん遠い隅で膝を抱え、長いスカートの裾《すそ》を不恰好な黒いブーツまで引きおろしている。

「バグダッドで今日また爆発があった」とアナベルは知らせた。「今朝《けさ》ラジオを聞いた？八十五人が死んで、何百人も怪我をした」

「神のご意志です」

「イスラム教徒同士が殺し合うのを神が認めていると言うの？　それはわたしのよく知っている神ではないと思う」

「神様を裁いてはいけません、アナベル。あとで試練を与えられますよ」

「あなたは認めるの？」

「何を？」

「殺し合いを」

「無実の人を殺しても、アッラーは喜ばない」

「誰が無実なの？　誰なら殺してもよくて、アッラーもお喜びになるの？」

「アッラーにはわかる。つねに知っている」

「わたしたちはどうすればわかるの？　アッラーはどうやって教えてくれるの？」

「聖なるコーランを通じて、預言者を介して、教えてくださる。アッラーよ、安らかに」

〝ガードが下がったと確信するまで待って、一気に仕掛けなさい〟とエアナは助言していた。アナベルはいまだと確信した。

「このところ、ある有名なイスラム学者の本を読んでるの。ドクトル・アブドゥラという人だけど、聞いたことはない？　ドクトル・ファイサル・アブドゥラ。ここドイツに住んでいて、ときどきテレビにも出ている。そうしょっちゅうではないけれど。敬虔《けいけん》な信者だから」

「どうして聞いていなければならないのです、アナベル？　西側のテレビに出ているのなら、立派なイスラム教徒ではない。腐っている」

「そういう輩《やから》とはちがうの。信心深くて禁欲的で、とても尊敬されているイスラム学者。イスラム教の信仰と実践についてすぐれた本を書いている」すでにイッサの顔に浮かんでいる疑念の薄笑いを無視して、言い返した。

「何語で書いているのですか、アナベル？」

「アラビア語よ。でも各国語に翻訳されている。ドイツ語、ロシア語、トルコ語、あなたが思いつく世界じゅうのほぼすべての言語に。イスラム系の慈善団体の代表も数多く務めている。それから、イスラムの贈与の教えについても、さまざまなところに書いている」と補足した。

「アナベル」

彼女は待った。

「そのアブドゥラの仕事にぼくの注意を向けて、カルポフの汚い金をおろさせるのが目的ですか」

「だとしたら？」

「ぼくが決して思いどおりには動かないことを肝に銘じておいてください」

「もちろんよ！」アナベルは我慢できなくなって強い語調で応じた。「肝に銘じてる」本当だろうか。それとも装っているだけ？　もう自分でもわからなかった。「医者だろうとなんだろうと、あなたがいま望んでいるものになれないことも、わたしが自分の人生を取り戻せないことも、ミスター・ブルーがあなたのためにわたしに預けたお金を返せと言わないことも、全部肝に銘じてるわ。なぜなら、いますぐにでも彼らがここへやってきて、あなたを見つけ、トルコとかロシアとか、それよりもっとひどい場所に送り返すから。ちなみにそれは神の意志じゃない。あなたの愚かで頑固なこだわりのせいよ」

体の一部はイッサへの怒りをたぎらせ、別の一部は氷のように冷たくなったアナベルが荒い息をついているうちに、イッサは立ち上がり、アーチ窓の下に広がる、陽に照らされた世界を見つめていた。

〝怒って当然のときには、彼に怒ることだ〟とバッハマンは助言していた。〝われわれがあなたを通りから連れ去って成長させたあの夜に怒ったように〟

隠れ家に戻ってみると、エアナ・フライとバッハマンは大喜びしながらも、今後の動きを決めかねていた。エアナ・フライの称讃はとどまるところを知らなかった。アナベルは最高にうまくやった。あらゆる期待を上まわった。おかげで事態は期待していたよりずっと早く進展した。次なる問題は、イッサにまる一日ひとりでじっくり考えさせるか、この上げ潮に乗って、アナベルが何かの口実でサンクチュアリー・ノースの昼食時に抜け出し、アブドゥラの本を手渡してやるかだった。

しかし彼らは、やるべきことをやったあとのアナベルの突然の気力の落ちこみを計算に入れていなかった。最初は直近の成果に夢中になるあまり、彼女の雰囲気が変わっていることに気づかなかった。アナベルはテーブルの端について坐り、顔に手を当てていたが、彼らはそれを、重労働のあとでひと息入れているのだろうと思いこんだ。やがてエアナ・フライが手を伸ばして彼女の腕に触れると、咬《か》みつかれたかのようにさっと引っこめた。バッハマンはそれでもエージェントの気分につき合おうとしなかった。

「いったいどういうことだ？」バッハマンは訊いた。

「わたしは紐《ひも》でつながれたヤギなんでしょう？」アナベルは自分の手のなかに答えた。「なんだって？」

「わたしはイッサを誘いこむ。次にアブドゥラを。そしてあなたたちはアブドゥラを滅ぼす。それがあなたたちの言う無辜《むこ》の命を救うことなんだわ」

バッハマンはテーブルをまわって、アナベルのまえに立った。

「戯言をほざくな！」アナベルの耳元で叫んだ。「あんたがちゃんと協力すれば、あの若者にはフリーパスが与えられるさ。ちなみに言っとくが、私はアブドゥラの尊いくそ頭の髪の毛一本にも触れる気はない。アブドゥラは愛情と寛容と一体感の象徴だ。私の仕事は暴動を引き起こすことではない！」

昼食時にどうするかが決まった。アナベルは急遽《きゅうきょ》、真っ昼間にイッサを訪ね、アブドゥラの本を何冊か渡して、時間がかぎられていることを念押しし、今晩また訪ねてイッサの意見を聞く。アナベルはすべてに同意した。

「甘いことは言わないでくれよ、エアナ」自転車といっしょに黄色いワゴン車に乗ったアナベルを見送ったあとで、バッハマンが言った。「この作戦にそんなものが入る余地はない」

「いままで余地があったのなら教えて」エアナ・フライが言った。

アナベルとイッサはいつものように部屋の両端に坐っていた。夕方だった。アナベルは昼食時の電撃訪問で、ロシア語に訳されたドクトル・アブドゥラの小さな本を三冊残して去り、また戻ってきた。彼女はアノラックのなかから一枚の紙を取り出した。それまでふたりはほとんどしゃべっていなかった。

「これをダウンロードしてきたの。聞きたい？　ドイツ語だから訳さなきゃならないけれど」

答えを待ったが、なかったので、自分にも相手にも聞こえるように大きな声で読みはじめた。

「ドクトル・アブドゥラはエジプト生まれ。五十五歳。世界的に知られた学者であり、父親も祖父も、導師、イスラム法学者、教師だった。カイロですごした動乱の学生時代にムスリム同胞団の教義に染まり、過激派として逮捕、投獄され、拷問を受けた。釈放後、今度は神の創ったものすべてに対する兄弟愛と誠実、忍耐と尊敬を説いたために、かつての同志たちの手でふたたび命の危険にさらされる。ドクトル・アブドゥラは、預言者とまわりの仲間が示した模範を重んじる、改革派正統主義の学者である」

そしてまた待った。「聞いてる？」

「ツルゲーネフの小説のほうが好きだ」

「それは心を決めたくないから？　それとも、馬鹿で不信心な女が本を持ちこんで、善《よ》きイスラム教徒が自分のお金で何をすべきか教えるのが気にくわないから？　わたしはあなたの弁護士だと何度言わなければならないの？」

　まだらの薄闇のなかで彼女は眼を閉じ、また開けた。もうこの人は何も急いでいないのだろうか。わたしたちが小さな決断をみな奪い去ってしまったから、いまさら大きな決断をする必要はないのだろうか。

「イッサ、目を覚まして、お願い！　世界じゅうの敬虔《けいけん》なイスラム教徒がドクトル・アブドゥラの助言を求めるの。なぜあなたもそうしないの。彼は重要なイスラム系の慈善事業も手がけていて、そのうちのいくつかはチェチェンを支援している。ドクトル・アブドゥラのように聡明なイスラム学者が、あなたのお金の正しい使い途《みち》を教えてくれようというときに、どうして耳を傾けようとしないの」

「ぼくのお金ではありません、アナベル。母の同胞から盗んだ金です」

「だったらなぜ、それを彼らに返す方法を見つけようとしないの。返しながら、あなたは本当に医者になって故郷に帰り、彼らを助けてあげればいい。そうしたくないの？」

「ミスター・ブルーはこのアブドゥラを高く評価しているのですか」

「彼は知らないと思う。テレビでは見たことがあるかもしれないけれど」

「些末なことです。ドクトル・アブドゥラについて、信者でない人の意見を聞いてもしかたがない。自分でこの本を読んで、神様の助けを得ながら判断するしかありませんね」

ついに最後の障壁が崩れようとしているのだろうか。ことばにならない恐怖の瞬間、アナベルは、崩れないでくれと祈っていた。

一時代ほどの時間がすぎたあと、イッサがまた口を開いた。「しかし、ミスター・トミー・ブルーは銀行家です。世俗の観点からこのドクトル・アブドゥラと話し合いたいでしょう。まず彼はほかのオリガルヒにいろいろ尋ねて、ドクトル・アブドゥラが世俗の取引で本当に誠実かどうか確かめる。抑圧されたチェチェンの人々は、カルポフにかぎらず、ことあるごとに金品を奪われてきました。もしこのドクトルが誠実だとわかったら、ミスター・ブルーは次に、ぼくの代わりに一定の取引条件を示し、ドクトルはそれを聞いたうえで神のご意志を解釈する」

「それから？」

「ぼくの弁護士でしょう、アナベル。あなたが助言してください」

〈ルイーズ〉というその小さなレストランは、アンティークの店や健康食料品店、快適な近所で飼われる高級犬の手入れの店などが並ぶ、都市内集落の大動脈、マリア＝ルイーズ通りの三番地にあった。アナベルが自分を自由人と見なしていたころ、日曜の朝によく来ていた店だった。ラテを飲み、新聞を読み、世界が動くのをゆったりと眺めるのが好きだった。彼女はそこを、ブルー・フレール銀行のミスター・トミー・ブルーとの密会場所に選んだ。このくらい高級で安全な環境なら、彼も不安を感じないだろうと思ったからだ。

エアナ・フライの提案にしたがって、会うのは午前中にした。店内がいちばん空いている時間だし、ブルーもいきなりの連絡で出てこられそうだからだ。ミスター・トミーがそもそも銀行家と呼ぶにふさわしい人なら、かならず昼食を兼ねた打ち合わせを入れているはずだから、とエアナはもっともな指摘をした。それに対してアナベルは、あらゆる面からブルーの心情を推察するかぎり、自分のためなら世界銀行総裁との打ち合わせも蹴ってくるだろうと答えてもよかったが、やめておいた。

とはいえ、なんの感慨もなく長いこと鏡を見つめたあとで、ふと、会うならそれなりの恰好をすべきではと自分に提案した。ミスター・トミー・ブルーもそれを望むはずだ。なにも眼をみはるような装いでなくてもいいが、彼はいい人だし、好意も持ってくれている。このくらいのお返しはしないと。たまには西欧人らしい姿を見せるのもいい！　すでに囚人服のように思えてきた、イッサのイスラム教に配慮した服装は放っておいて、今回はとっておきのジーンズと、カーステンに買ってもらったきりで一度も着たことのない、フロントクロスの白いシルクのブラウスはどうだろう。あまり重くないあの新しい靴も？　あれならそのまま自転車にも乗れる。考えながら少し化粧もしようか。血色の悪い頬を明るくしたり、隠れてしまったいいところを目立たせたり？　イッサに会ったあと、エアナの部屋に囚われて、朝一番で電話をかけたときのブルーの素直な喜びようには、本当に胸を打たれた。

「すばらしい！　いやじつに！　よくやりとげたね。よくぞ説得してくれた。あなたには無理なのではないかと思いはじめていたところだったが、見事なものだ！　場所と時間を指定に言わせてもらえるかな」ブルーは急かし、アナベルがアブドゥラのことをほのめかしたときには——名前を出すのはまだ早いとエアナに言われたので話さなかった——こう言った。「倫理的、宗教的な問題？　われわれ銀行家は毎日彼らと取引しているよ。いちばん重要なのは、あなたの依頼人が遺産の引き出しを請求することだ。その処理さえ終われば、ブルー・フレールは彼のために天地だって動かせ《せ》る」

ブルーと同年代の別の男性がこれほど興奮したら心配になったかもしれないが、アナベルは前回生気のない会話をしたばかりだったので、ずいぶんほっとして、幸せに包まれたほどだった。もしかすると、全世界がわたしの行動をあてにしているのではないだろうか。イッサ、バッハマン、エアナ・フライ、そしてサンクチュアリー・ノースのウルスラや、以前の家族全員——わたしを所有する誰もが、わたしの発する一言一句や、笑みや、心配顔や、しぐさのすべてをあたかも自分のもののように考え、わたしの視線を避けながら、こっそりこちらをうかがっていないだろうか。

彼女が眠れなかったのも無理はなかった。枕に頭はのせてみたものの、その日のさまざまな出来事があざやかに甦るだけだった。サンクチュアリー・ノースの交換手と話したとき、彼女の娘の病気について心配しすぎただろうか。しばらく休暇をとったらどう、とウルスラに言われたときに、なんと答えたのだったか。そもそもウルスラはなぜあんなことを提案したのか。こっちはただおとなしくドアを閉め、ひたすら真面目に働く印象を与えているはずだったのに。そしてわたしはなぜ、自分をオーストラリアのかの有名なチョウだと思うようになったのだろう。羽をひと振りすれば地球の反対側で地震が起きるという、あのチョウだと。

前夜はイッサが請求に同意したことで火がつき、自分のアパートメントに戻ってからドクトル・アブドゥラのウェブサイトをもう一度訪ねて、彼が出演したテレビ番組やインタビューの抜粋を見た。ギュンター・バッハマンが彼の尊いくそ頭の髪の毛一本にも触れる気はないと言ったことが、とりわけうれしかった。もっとも、触れようにも毛はなかったが。ドクトル・アブドゥラは小柄で禿頭《はげあたま》で、明るく輝いていて、ぼんやりと憶えている寄宿学校の神学の教師が好んで使ったことばを借りれば、気高い《エデルハーベン》という感じがした。ドクトル・アブドゥラの気高さは、イッサのそれと同じく、善人に彼女が期待するすべてを包含していた——心と体の純粋さ、絶対的な愛、そして神であれ別の呼び名であれ、その存在に至る多くの道を知っていること。

難を言えば、イスラム教が実践されたとき、他者の眼には負の面として映りそうなことにドクトル・アブドゥラが言及しないのは、いささか不自然な気もしたが、いかにも学者らしい温和な笑みと、機転の利いた楽観主義は、そうした粗《あら》探しの批判を軽々と乗り越えるものだった。すべての宗教には、熱意によって道を誤ってしまう信者がいて、イスラム教も例外ではない、とドクトルは言っていた。すべての宗教は悪人による誤用から逃れられない。多様性は神がわれわれに授けたものであり、われわれはそのことを称《たた》えるべきである。目下の状況でいちばんアナベルの心に響いたのは、寛大に与える必要があるというアブドゥラの主張と、イスラムの〝地に呪われたる者〟に対する感動的な説話だった。アナベルの依頼人も、彼に頼る人々も、みなそういう者たちだ。

そんな取りとめもない考えに不思議と慰められて、ようやくアナベルは深い眠りにつき、すっきり目覚めたときには、活動を始める準備ができていた。

レストラン〈ルイーズ〉で、ブルーの望外に幸せそうな顔を見たときにも心が慰められた。ブルーはガラスのドアを開けて颯爽《さつそう》と入ってくると、歩きながらロシア人のように彼女のほうに両手を広げた。アナベルはいっそレストランはやめにして、自分の部屋でコーヒーを出すことにしようかと思った。困ったときの友人としてどれほど彼を大切に思っているか、伝えるために。だが、そこで自分に注意をうながした。頭のなかにあまりにも多くのことがたまりすぎている。ここでちょっとでも解き放ったら、すべてがわっとあふれ出して即座に後悔することになるだろう。誠意の借りがある人たちをことごとく悲しませることになる。

「さて、何を食べようか。いや、そういうのは私らしくないか」ブルーは彼女のバニラ風味のミルクのグラスにおどけた顔をして、自分にはダブルエスプレッソを注文した。「トルコ人はどうしてる?」

トルコ人? どのトルコ人? トルコ人の知り合いなどいない。心があらぬ場所をさまよいすぎて、思い浮かぶ大勢の顔のなかからメリクとレイラを見つけ出すのにしばらくかかった。

「ああ、元気ですよ」アナベルは言い、上《うわ》の空で腕時計を見て、いまごろ彼らは飛んでいる最中だと思った。サンクトペテルブルクへ。いや、アンカラだった。

「わたしの妹の結婚式で」彼女は言った。

「あなたの妹？」

「メ、リ、ク、の妹でした」訂正して、その言いまちがいをブルーと愉しそうに笑っている自分の声を聞いた。ブルーはまえよりずっと若く見えると思い、本人にそう伝えることにしたが、誘惑するような表情で言ってしまい、たちまち恥じ入った。

「なんと、本当にそう思うかい？」ブルーは素直に顔を赤らめた。「いや、家族にちょっといい知らせがあったものだから、正直に言うとね。そ、う、」

その〝そう〟は、いまのところこれ以上言えないという意味だった。アナベルは完全に理解した。ブルーが高潔な人であることはわかるし、生涯の友人になれればいいなと本気で思っていた。ただブルーが考えていることは、それとは少しちがうかもしれない。いや、ちがう考えを抱いているのは自分のほうだろうか。

それはさておき、厳しい話をするときだった。アナベルはエアナの提案にしたがって、イッサに見せた資料のコピーを持ってきていた。同じくインターネットで自由に入手できる、ドクトル・アブドゥラの電話番号、住所、メールアドレスを印刷したものも。時間がないことを思い出して、その二枚をリュックサックからさっと取り出し、ブルーに手渡しながら、鏡で自分の姿を確認した。

「交渉はあなたにおまかせします」いちばん厳格な声で言った。「イスラム的な贈与を旨《むね》とする人です」まだ目的をしっかり説明しておらず、これからするつもりだったが、ブルーが資料を当惑顔で見ているあいだ、またリュックサックにいそいそと手を突っこんで、今度はまだ換金していない五万ユーロの小切手を取り出した。それについては改めて感謝しなければならないと感じていて、いざ感謝しはじめると止まらず、聞いているブルーはドクトル・アブドゥラの資料を読むどころではなくなって、そのことにふたりで笑った。笑いながら互いの眼をまっすぐ見つめ合った。それはアナベルがいつもは避けていることだが、信頼するブルーが相手ならかまわなかった。いずれにせよ彼女はブルーより大きな声で笑っていて、いけないと自分を制し、鏡をまた見て、乱れているところはないか確かめた。

「少し複雑なのです。わかります？」アナベルは相変わらずブルーの顔を見ながら言った。それまで家族のちょっといい知らせで明るく輝いていた顔に、心配そうなしわが刻まれたのが残念だったが、しかたがない。

複雑なのはこういうことです、と彼女は説明した。わたしの依頼人は基本的に財産のすべてをイスラムの大義のために手放したいと考え、そのためにどうすべきか、高徳で偉大なドクトル・アブドゥラの指示を仰ぎたい。ところが知ってのとおり、依頼人はきわめて微妙な立場にある。当然の配慮からここではくわしく話さないけれど、とにかく彼は直接ドクトルに近づくことができず、したがって、父親の遺産を正式に請求し、あなたが言うように問題なく手続きがすんだあとは、愛情をこめてミスター・トミーと呼ぶあなたに残りの手配をお願いしなければならない。

「もしブルー・フレールとしてそういう方法が受け入れられれば、ですが」アナベルは依然として相手の眼を見ながら話し終え、いちばん輝かしい笑みを送ったが、またしても悲しいことに、ブルーは確信を持って笑みを返せないようだった。

「で、われわれの依頼人は……大丈夫なのかな？」といかにも疑っているように訊いた。心配で寄せた眉は顔にめりこみそうだった。

「いまの状況を考えれば、大丈夫なほうです、おかげさまで、ミスター・ブルー。というより、とてもいいと思います。もっともっとひどいことになっていても、おかしくなかった。そう言っておきましょうか」

「で、彼はまだ……いまのところ……」

「まだです」途中でさえぎった。「ミスター・ブルー、わたしたちの依頼人はあなたが最後に見たときのままです、おかげさまで」

「安全なところにかくまわれている？」

「現状ではもっとも安全な場所にいます。多くの人に守られて」

「ならばきみはどうなんだ、アナベル？」ブルーは急に声音を変えて訊き、テーブルに身を乗り出して彼女の腕をつかみ、愛情とやさしさがあふれる眼で見つめながら、そのままつかんでいた。アナベルの最初の衝動は、いっしょに心配して思いきり泣きたいということだったが、次の瞬間には、さっと後退して自分の職業に逃げこんでいた。ブルーが彼女をファーストネームで呼び、話し方が恥ずかしげもなく恋人同士のようになっているのにも気づいた。どちらも彼女の同意なしでやったことで、認められなかった。いかなる言いわけもできない。いつの間にか体が強張《こわば》っていて、そのことでもブルーを責めたくなった。嚙《か》み合わせた歯のあいだから、押し殺したように自分がものを言っていることについても。胸も痛んだが、自分の胸がいつ痛み、いつ痛まないかなど誰が気にする？　少なくとも、親しげに腕に手をかけているこの中年の銀行家は気にしていない。

「わたしはへこたれません」アナベルは宣言した。「納得しました？」

ブルーは納得した。すでにいけないことをしたというように手を引きかけていたが、なぜか彼女の手首のところで止めた。

「へこたれません。弁護士ですから」

「しかも非常に優秀な弁護士だ」ブルーは笑えるほどすばやく同意した。

「父も法律家、母も法律家、義兄も法律家です。つき合っていた人も法律家だった。カーステンといいます。保険会社のために働いていたので、わたしのほうから縁を切ったんです。アスベストの健康被害の訴訟をずるずる引き延ばして、原告が死ぬのを待つような男だったから。わたしの家族は、この職業につく者が感情に動かされることを許しません。悪態をつくことも。わたしは一度あなたに悪態をついた。後悔しています。謝ります。あなたのくそ銀行と言ったけれど、くそ銀行ではなく、ただの銀行です。品位も名誉もある完璧な銀行。

もしそんなものがこの世に存在するなら」

手首をつかむだけでは飽き足らず、ブルーは腕を彼女の背中にまわそうとしていた。アナベルは振り払った。自分はひとりで立てる。実際にそうした。

「わたしは交渉できる立場にない弁護士です、ミスター・ブルー。それはこの宇宙でおそらくもっとも馬鹿げていて、役に立たないものです。慰めのことばはかけないで。わたしは巧妙で賢い計画に加わることができない。これをやりとげなければ、イッサは死にます。これは〈イッサを救え協会〉なんです。イッサのために唯一可能で理性的なことをせよ。わかりました？」

しかし、ブルーがうまいなだめ方を思いつくまえに、アナベルはうしろの椅子にどさりと坐り、店の遠い隅にいた女性ふたりがあわてて駆け寄ってきた。ひとりはブルーが腕をまわそうとしていたところに自分の腕をまわし、もうひとりは通りの端に違法駐車していたボルボのワゴン車に、分厚い手をひらひら振っていた。

12

ギュンター・バッハマンは屋台の準備をしていた。この日の朝九時から、ベルリンの大物の買い物客が二、三人ずつ、続々とアルニ・モアの控え室に入って、モアのコーヒーをおそるおそる飲み、携帯電話にがなりたて、ノートパソコンに顔をしかめていた。駐車場には公用のヘリコプターが二機駐まり、ふだんそこに駐車する職員は厩舎《きゅうしゃ》のまえを使わなければならなかった。趣味の悪い灰色のスーツを着たボディガードたちが、野良猫のように中庭をうろついていた。

これらすべての原因であるバッハマン、みずから道を切り開いた男、一着しかないまともなスーツを着た経験豊富な現地要員は、官僚の偉物と小声で話したり、旧友の肩をうしろからたたいたりしながら部屋のなかを歩きまわっていた。その品物は作るのにどのくらいかかったのかとバッハマンに訊いてみればいい。それなりの知り合いに対しては、道化師の笑みを浮かべて、くそ二十五年だよとつぶやくだろう。それがほぼ、秘密のぶどう園でバッハマンが働いてきた期間だった。

エアナ・フライは彼を見捨てていた。〝かわいそうなあの娘《こ》〟のそばにいてやらなければならない。いまはアナベルをそう呼んでいる。第二の口実が必要なわけではないが、あえて言えば、エアナ・フライは、ケルンのドクトル・ケラーと同じ空気を吸うくらいなら地球を横断する。落ち着きを与える彼女の影響力がないために、バッハマンはいつもより機敏に動き、快活にしゃべった——故障したエンジンさながら、妙に動きすぎていたかもしれない。

愛想よく笑い、横目を使う男女の誰がこの日のバッハマンの味方で、誰が敵なのか。彼らが忠誠を誓っているのは、どんなうしろ暗い委員会や省庁、宗教団体、政党なのか。バッハマンが知るかぎり、怒る人々の爆弾が炸裂《さくれつ》するのを聞いたことがある者はひと握りしかいなかったが、情報部内の覇権《はけん》をめぐる静かな戦争においては、みな百戦錬磨の兵士だった。

九・一一後、にわかに活況を呈した諜報と関連業種の市場で、急速にのし上がってきたこれらの管理者たちに、バッハマンが心から聞かせてやりたい講義がもうひとつあった。ベルリンにまた呼び戻された日のためにこっそり取ってある〝バッハマンのカンタータ〟だ。すなわち、戸棚にどれほどスパイの最新のおもちゃをしまっていようと、魔法の暗号をどれだけたくさん解読しようと、音のひずんだ会話をどれだけ傍受して、敵の組織の構造や、そもそも構造がないことや、内輪もめについてすばらしい推論をしようと、はたまた、飼い慣らされたジャーナリストが、偏《かたよ》った手がかりやこっそりポケットに入れる褒美《ほうび》と引き替えに、怪しげな情報をどれほど提供しようと、最終的に頼りになる知識を与えてくれるのは、胡散《うさん》臭い導師や、恋に破れた秘密工作員や、賄賂《わいろ》しか頭にないパキスタンの防衛技術者、昇進に見放されたイラン軍の中堅幹部、ひとりで眠れなくなった潜伏員《スリーパー》たちなのだ。彼らが提供する確実な情報がなければ、あとは地球を滅ぼす法螺《ほら》吹きとイデオローグと政治狂いに食わせる飼葉《かいば》でしかない。

だが、講義をしても誰が聞くというのか。バッハマンは荒野に消えた預言者で、そのことは本人が誰よりもよく知っていた。この日集結したベルリンの諜報官僚のなかで、バッハマンの同盟者と言えるのは、物憂げで頭が切れ、そろそろ老けてきた長身のミヒャエル・アクセルロットだけだった。そのアクセルロットが、いままさに屈んで話しかけてきた。

「ここまで万事順調かね、ギュンター？」いつもの薄笑いを浮かべて訊いた。

そう訊くのにはわけがあった。イアン・ランタンがちょうど入ってきたのだ。前夜、アクセルロットのなかば強引な誘いで、三人はフォー・シーズンズ・ホテルのバーに行き、一杯やりながらじつに愉《たの》しく会話した。小柄なランタンはいかにもイギリス人らしく、ギュンターの池で釣りをすることを申しわけなく思っていて、もしイッサを確保できたらロンドンがどうするつもりか、腹蔵なく率直に話した。「正直に言えば、ギュンター、われわれから見て彼はまったくの小物ですから、結局〝この件ではお互い協力して、なんであれ、あなたがいましていることを引きつづきやりましょう〟ということになると私は確信しています」バッハマンは、それまでずっとランタンを誤解していたと思った。

しかし、彼がまったく予期していなかったのは、ランタンのすぐあとからアルニ・モアの待合室に堂々と入ってきたマーサだった。ランタンを先触れの使者に指名したかのように登場したが、本当に指名したのかもしれない。威風堂々たるマーサ。CIAベルリン支局の畏《おそ》るべきナンバーツーで、支局にあと何人いるかは神のみぞ知る。黒いスパンコールのついた真紅のカフタンふうのドレスを着て、まさに死の天使という装いだった。そんなマーサの巨体に隠れるようにすぐうしろについていたのは誰あろう、身の丈六フィート少々のニュートン、別名ニュートだった。かつてベイルートのアメリカ大使館で諜報活動の補佐を務め、バッハマンの連絡相手だった男だ。ニュートンは昔の同志を見つけると人混みをかき分けて駆け寄り、抱きしめて、大声で叫んだ。「いや驚いた、ギュンター。最後にあんたを見たのは、コモドール・ホテルのバーで伸びてたときだったな！　よりによってハンブルクなんかで何してる、え？」

バッハマンも笑って軽口をとばし、総じて気のいい仲間らしくふるまいながら、胸の内でニュートンに同じ質問をしていた——そっちこそ、ＣＩＡのベルリン支局がうちの縄張りにずかずか入りこんできて何してる。誰が、なぜ、声をかけた？　マーサとニュートンが別の獲物を探していなくなると、バッハマンはすぐさま怒りを含んだ声で、アクセルロットにその質問を投げかけた。

「彼らは無害な立会人だよ。落ち着きたまえ。まだ始まってもいないのに」

「何に立ち会うんです。ニュートは立ち会うどころか喉《のど》を掻《か》き切る男だ」

「アブドゥラの扱いを確認したいらしいのだ。サウジアラビアの住居施設への攻撃や、未遂に終わったクウェートの米軍通信傍受基地への攻撃の資金調達に、アブドゥラが一枚噛《か》んでいると信じていてね」

「だから？　それを言えば、ツインタワーの攻撃にだって資金援助してるかもしれない。われわれはアブドゥラを裁くのではなく、雇おうとしてるんでしょう。どうしてＣＩＡがここに来るんです。誰が知らせたんですか」

「合同運営委員会だ。ほかにいるか？」

「委員会の誰です。どの部会です。半ダースある部会のどれですか。ブルクドルフが呼んだのですか。ブルクドルフが私の作戦をアメリカ人にくれてやったんですか」

「全会一致の決定だ」アクセルロットがぴしりと言ったそのとき、マーサがアルニ・モアを振りきって、大型の定期船よろしくまっすぐバッハマンに針路を定め、航跡にイアン・ランタンをしたがえてきた。

「これはこれはギュンター・バッハマン、まったく驚かせるわね」水平線に彼を初めて認めたかのように、艦対艦の大声を轟かせた。「どうしてこんなところで相変わらず刑期を務めてるの」バッハマンをひとり占めする必要があるかのように、彼の手首をつかんで自分の大きな体に引き寄せた。「わたしの可愛い《かわい》イアンにはもう会った？　もちろん会ってるわね。イアンはイギリスから来たわたしのプードルよ。シャルロッテンブルクを毎日散歩させてるの。でしょう、イアン？」

「ほとんど宗教的な規則正しさで」ランタンが言い、うれしそうにマーサにすり寄った。「地面を汚したあともきれいにしてくれるんですよ」とつけ加えて、新しい友人ギュンターにウインクした。

アクセルロットはいなくなっていた。部屋の向こうで、ブルクドルフが副官のドクトル・オットー・ケラーにぼそぼそ話しているが、バッハマンのほうを見ているから、おそらく話題はバッハマンなのだろう。揺るぎない特権を持つ者は、それらしく見えるものだが、齢《よわい》六十のブルクドルフは、自分より兄弟のほうが母親に愛されているとむくれる、わがままな子供のように見えた。両開きのドアが開いていた。興行主のアルニ・モアが胸を張り、両腕を恭《うやうや》しく体の横に当てて、招待客を饗宴《きょうえん》に案内していた。

バッハマンはアメリカ人が現われたことに動揺し、当惑もしながら、長い会議机の端のあらかじめ指定された席についた。モアが最上位の場所を用意してくれたのだ——それとも劣等生の席か。たしかにバッハマンはこの作戦の発案者であり請願者だが、事態が悪い方向に進んだ場合には刑事被告人にもなる。合同運営委員会の決定は、アクセルロットがさっき改めて指摘したとおり、内紛があるにもかかわらず強固な全会一致だ。バッハマンのような一匹狼の請願者は、共通の利益になると同時に危険にもなりうるから、全会一致で受け入れられるか、拒否されるかだった。おそらくそのことを意識して、ブルクドルフとアクセルロットの対立する陣営は、おのおの防衛のためにバッハマンの向かい側に固まって坐り、バッハマンとのあいだに味方の官僚を入れていた。

立会人としての役割を強調するために、モアはマーサとニュートンに専用の机を用意していたが、バッハマンがなおさら驚いたことに、いつの間にかそこに四十がらみの女が加わって三人になっていた。いかつい肩、完璧な歯並び、灰色がかったブロンドの長髪の女だ。しかも駄目押しのように、身の丈六フィート少々のニュートンは、バッハマンを抱擁《ほうよう》してからのわずかな時間で顎ひげを生やしていた。それとも、急に抱きしめられて驚いたバッハマンが気づかなかっただけだろうか。ニュートンの顎の先に、完璧に手入れされたスペード型の黒いひげがちょこんとついていた。ちょうど殴るときに狙う位置だが、ニュートンはパンチを決められるまえに相手をたやすく殴り倒す。

人当たりがよく礼儀正しいイアン・ランタンは、外国人ながら入会を認められていた。中央の会議机に席を与えられているが、立会人の机にほど近く、マーサの耳にささやきかけることができる。ランタンの左はブルクドルフだが、充分な距離を置いていた。粋で清潔で魅力的なブルクドルフは、人と接近しすぎることを好まない。ブルクドルフのふたつ横に、ベルリンでマネーローンダリングの調査を担当している誇大妄想の女性職員ふたりが坐っていた。その職務は、ニュルンベルクのイスラム系の慈善事業で調達された善意の一万ドルの資金が、銀行振替のあと、どうしてバルセロナの裏庭のガレージにしまわれた五百リットルの毛髪染料になるのかといった謎を解き明かして、年齢より早く老けこむことだ。

バッハマンのまえに並ぶほかの面々は、政府関係者か、それより性質《たち》が悪かった——財務省幹部、首相府から来たしめやかな女性職員、連邦警察の馬鹿げているほど若い署長、そして報道記事を握りつぶすのが専門だった、ベルリンの新聞社の元外信部長。

そろそろ始めるべきだろうか。モアがドアを閉めて鍵をかけていた。ドクトル・ケラーが携帯電話にうなったあと、それをポケットに押しこんだ。ランタンが、さあ、ギュンター、と勇気づけるような笑みを送った。バッハマンはそれをしおに切り出した。

「フェリックス作戦について」と宣言し、「皆さん、資料は読まれていると考えてよろしいですか。資料をお持ちでないかたは？」

いなかった。全員の顔がバッハマンのほうを向いた。

「では、アジズ教授にターゲットの詳細を説明してもらいます」

〝まずアジズで攻めて、むずかしいところは最後まで残しておくように〟がアクセルロットの助言だった。

二十年ものあいだ、バッハマンはアジズを愛していた――アジズがアンマンで最高位のエージェントだったときにも、アジズがスパイのネットワークをつぶされ、ファミリーが身を隠しているあいだ、トルコの刑務所で腐っていたときにも、打擲《ちょうちゃく》された足に何もはかずに刑務所の門からよろよろ出てきて、待っていたドイツ大使館の車に乗り、空港から再定住先のバイエルン州へ飛び立った日にも。

彼はいまもアジズを愛していた。打ち合わせどおり、マクシミリアンが脇のドアを開けて少しだけ姿を見せると、そこから黒髪にダークスーツ、立派な口ひげという軍人ふうの小柄な男が静かに入ってきて、会議机の奥にある一段高い演壇に立った。再定住したスパイのアジズ、ジハードの裏社会については委員会随一の専門家であるアジズは、カイロの学生時代に学友だったドクトル・アブドゥラの活動と思想についても、当然くわしかった。

ただし、アジズは彼をアブドゥラとは呼ばず、〈道しるべ〉と呼ぶ。それはアクセルロットが気まぐれに選んだ暗号名で、出所はムスリム同胞団の指導者、サイイド・クトゥブがエジプトの獄中で著し、イスラム過激派にあまねく行き渡った同名の手引書だ。アジズの声は重々しく、苦痛に裏打ちされている。

「〈道しるべ〉は、たったひとつの点を除いて、あらゆる意味で神の子です」と被告を弁護する役柄で話しはじめる。「正真正銘の碩学《せきがく》で、疑いの余地なく敬虔《けいけん》です。つねに平和の道を説き、腐敗したイスラム政府を転覆《てんぷく》させるために暴力を使うことは、イスラム法に完全に反すると心から信じています。最近、預言者ムハンマドのことばのドイツ語新訳を出版しましたが、あれ以上のものはないと思われるほど、すぐれた翻訳です。質素な生活を送り、蜂蜜を食べます」誰も笑わない。「彼は大の蜂蜜好きです。蜂蜜にかける情熱は、イスラム教徒のあいだでもよく知られています。イスラム教徒はイメージの固まった人物を好みます。彼は神の子、書物の子、蜂蜜の子です。しかしながら、あいにくわれわれの認識では、爆弾の子でもある。断言はできませんが、証拠には説得力があります」

バッハマンは会議机をさっと見まわす。蜂蜜、神、爆弾。全員の眼が軍人ふうの小柄な教授、蜂蜜好きの爆弾魔の元友人に向けられている。

「五年前まで、彼は仕立てたスーツを着るしゃれた男でした。しかし、ドイツのテレビや公開討論会に出るようになってからは、地味な服装をするようになりました。謙虚さや慎ましい生活で人目を惹《ひ》こうとしたのです。これは事実です。どうしてそんなことをしたのかはわかりません」

聞いている者たちにもわからない。

「これまでの人生で〈道しるべ〉は〝ウンマ〟のなかの宗派のちがいを乗り越えようと誠実に尽力してきました。その点は称讃に値します」

そこでアジズは間を置く。〝ウンマ〟とは世界じゅうのイスラム教徒の共同体であることを、全員とはいかないまでも、参加者のほとんどが知っている。

「資金調達活動において〈道しるべ〉は数多くの慈善団体の理事会に名を連ねていますが、そのうちのいくつかは〝ザカート〟の徴収と分配をめぐって激しく対立しています。ザカートは、イスラム教徒がイスラム法《シャリアット》にもとづいて、所得の二・五パーセントを大義のために差し出すというものです。学校、病院、困窮者の食料、学生への奨学金や、児童養護施設に使うのです。イスラムの児童養護施設ですが、そこに彼は大きな愛情を注いでいます。同胞の孤児のためなら地上のあらゆるところへ出かけていく、残りの人生で一睡もできなくてもいい、と宣言しています。その点も称讃しなければなりません。イスラム世界には大勢の孤児がいます。〈道しるべ〉自身も幼いころから孤児で、非常に厳しいコーラン学校で育てられました」

だが、その献身には好ましくない面があることが、アジズの声の強張《こわば》りからわかる。

「社会的大義とテロリストの大義が否応なく混在する場所は数多くありますが、イスラムの児童養護施設もそのひとつと言えるでしょう。そこは死者の子供が受け入れられる聖域です。

死者のなかには、戦場で死んだ兵士であれ、自爆テロ犯であれ、イスラム教を守るためにみずからの命を犠牲にした男女、すなわち殉教者が含まれています。慈善事業への寄付者は、殉教がどのような形態だったのかは問いません。したがって、残念ながら、ここではテロの協力者とのつながりが不可避なものとして発生します」

ここでもし集まった会衆が満足げにアーメンとつぶやいたとしても、バッハマンは驚かなかった。

「〈道しるべ〉は怖れ知らずです」アジズ教授はまた被告側弁護士の役割に戻って主張する。「人生を賭けた使命を果たしながら、地上でも最悪の地域でイスラムの兄弟姉妹の窮状を見てきました。誰がどう見ても最悪の地域です。ここ三年はわが身の危険を顧みず、ガザ、バグダッド、ソマリア、イエメン、エチオピアを訪ねました。さらにはレバノンも訪問して、あの国にイスラエルがもたらした荒廃を己《おのれ》の眼で確かめました。それでも彼は足を止めていません」

アジズは体を勇気で満たそうとするかのように大きく息を吸う。しかし、バッハマンの記憶にあるかぎり、アジズに勇気が不足したことはない。

「こうした場合には、イスラム教徒であるか否かにかかわらず、つねに同じ質問が当てはまると言わなければなりません。すなわち、もし説得力のある証拠が正しいとすると、〈道しるべ〉のような人物は、悪をなすために小さな善をなしているのか、それとも、善をなすために小さな悪をなしているのか。私見を述べれば、〈道しるべ〉がめざしているのは、つねに善をなすことです。暴力が許されるのはいつか、と彼に尋ねてみるといい。テロの問題を考えるときには、侵略に対する正当な反撃と、とうてい容認できないただのテロを区別しなければならない、という答えが返ってくるでしょう。国連憲章も侵略に対する抵抗は認めています。われわれも同じ意見です、ほかの自由主義のヨーロッパ諸国と同様に。ですが」——急に顔を曇らせて——「ですが、これらの事例でわかることは、善なる人間がみずからの仕事に必要な要素として、小さな悪を受け入れるということです。〈道しるべ〉も、説得力のある証拠を見るかぎり、例外ではありません。それが二十パーセントという人もいるし、十二パーセント、十パーセント、あるいはわずか五パーセントという人もいるでしょう。しかし、その五パーセントは非常に悪いかもしれない、たとえ残りの九十五パーセントが非常によいものだとしても。当人は反論するでしょうが、頭のなかでは」——と自分の頭をたたいて——「その五パーセントは消せないと思っているのです。心のなかにテロを受け入れる場所があって、それをかならずしも否定していない。その場所を」——自分の良心を探して、アブドゥラのものに見立てているのだろうか——「痛みをともなうが、偉大な多様性にとっては必要な捧げ物と見なしています。その多様性こそがウンマなのです。ですが、不幸なことに、それは言いわけにはならない。あえて言うなら、説明にはなります。したがって、〈道しるべ〉の頭のなかでは正しい道がはっきりわかっているとしても、過激派に面と向かってまちがっているとは言わないでしょう。なぜなら、心のなかではっきりしていないからです。それは解決できない矛盾であり、彼以外の人にも言えることです。そもそも真の信者はみな正しい道を探しているわけですし、神の教えもたちどころに理解できるものでもない。〈道しるべ〉も過激派の行動を心底嫌っているかもしれない。おそらく嫌っています。が、〈道しるべ〉と比べて過激派は敬虔《けいけん》でない、神に導かれていないと誰が言えますか？もちろん、証拠に充分説得力があると仮定してですが」

バッハマンはちらっとブルクドルフを見る。次にマーサを。アメリカのトップスパイと、これからのドイツ諜報界の皇帝《ツァーリ》が、同じ眼つきで互いに見つめ合っている。表情はなく、親しい間柄であることしか感じられないが。注意深いランタンもふたりが交わす視線に気づく。無理してそこに加わろうと椅子の上でのけぞり、宝石で飾ったマーサの耳にこれでもかと近づいて何事かささやくが、マーサの表情はまったく変わらない。

アジズはそのやりとりに気づいていたとしても、無視する。

「もうひとつの可能性についても考えなければなりません」と続ける。「すなわち、〈道しるべ〉はみずからの来歴とそこから派生した人脈によって、同胞の信者から道義的な圧力を受けているかもしれない。ありえます。彼の協力は想定されるだけでなく、要求されているのです。〝われわれを支援しないのは裏切り行為だ〟と。別の形態での強制もあるかもしれない。〈道しるべ〉には前妻と、彼女とのあいだにできた可愛《かわい》い子供がサウジアラビアにいますから。実状はわかりません」痛ましい顔つきで強調した。「永遠にわからないでしょう。〈道しるべ〉自身にもわからないかもしれない。どうして彼がいまのようなことになってしまったのか――もちろん、われわれの仮説が正しいとしてですが」どうやら理解していない聴衆に、覚悟を固めて最後に訴える。「五パーセントが最終的にどこへ行くのか、〈道しるべ〉は知りたくないのかもしれません。あるいは、本当に知らない。最後のつながりまで知っている人は、おそらく誰もいないのです。モスクに屋根が必要だ。病院にもうひとつ棟が必要だ。そこで慈悲深いアッラーのお恵みによって、資金を提供する仲介者が現われる。ですが、もっとも貧しいイスラムの辺境は、細密正確な会計で名をなしているわけではありません。そこで仲介者は資金をいくらかまわして、自爆テロで使うベルト二本のための爆発物を買う」そして、最後のメッセージ。「〈道しるべ〉の九十五パーセントは自分がしていることを知っているし、愛しています。しかし、残る五パーセントは知りたがらないし、知ることもできない。残念です」

何が残念なのだ。バッハマンは訊きたくなる。

「結局、彼は何者なのだ」しびれを切らした男性の声が突然問いかける。ブルクドルフだ。「行動で判断してですか、ヘル・ブルクドルフ？　実質的にどうかという質問でしょうか。われわれの証拠が正しいと仮定して？」

「そういう話をしてるんじゃないのか。正しいと仮定したうえで、行動を判断するんだろう？」

気むずかしい子供のブルクドルフは、リベラルであいまいな物言いを毛嫌いしていることで有名だ。「次からは白か黒か断定できる顧問を呼んでくれ、ミヒャエル」公《おおやけ》の場での口喧嘩で、ブルクドルフはアクセルロットを罵倒《ばとう》したとも噂される。「こちらではどうこう、もう一方ではどうこうとかいうやつは、もう出さんでくれ！」

「〈道しるべ〉はひとつの中継所なのです、ヘル・ブルクドルフ」アジズ教授は演壇で悲しげに認める。「活動の主要な部分ではなく、細かいところで。ここで少し削り、削ったものを別のところにまわし――合計金額は大きくありません。昨今のテロの規模なら、大金もかかりません。数千ドルで充分。最悪の地域なら数百ドルで事足ります。ハマスがやるのなら、もっと少額でも」

まだ言い足りなそうに見える。数百ドルで何ができたか思い出そうとしているのかもしれないが、ブルクドルフが割りこむ。

「要するに、テロに資金提供しているわけだ」大声で言い、多くの出席者にわかりやすく説明してやる。

「実質的には、ヘル・ブルクドルフ、そうです。もしわれわれが信じている情報が正しければ。彼の九十五パーセントはウンマの困窮者や病人を支えている。しかし、五パーセントはテロに資金を提供しています。意識的に、工夫を凝らして。したがって、彼は邪悪な人間です。それが彼の悲劇です」

アクセルロットはこの瞬間が訪れるのを感じ取って準備していた。

「アジズ教授、あなたは少しちがったことを提案したいのではないかな？　いままでの話の行間を読むと、どうだろう、次のようなことにならないかね。適切な誘因を与え、圧力と不運を適切に混ぜてぶつければ、〈道しるべ〉は平和を実現する理想的なエージェントになりうると？　ちょうど昔のあなたのように。何年もまえ、直接行動を支援するイスラムの同胞だったあなたのようにだ」

アジズ教授は聴衆に別れの会釈をして、部屋の外に連れ出される。保安上、彼に問題がないことはわかっているが、念には念を入れて悪いことはない。アジズが去るのを見ながら、バッハマンはマーサがあえてまわりに聞こえるようにランタンにささやくのを聞く。「教えましょうか、イアン。わたしなら五パーセントで手を打つわ」

アジズの退去とともに、まとまりのない一連の行動が起きた。マーサが立ち上がって携帯電話を耳に当て、ニュートンと、いかつい肩のブロンドを引き連れて、部屋の外へと出航した。ＣＩＡが無害に立ち会えるように、モアが彼ら専用の部屋を用意しているようだった。ブルクドルフは、坐っているケラーに顔を寄せ、相手とは反対の方向を見ながら、耳元で何かつぶやいていた。バッハマンは胸の内でふくらむ不安を懸命に抑えこんで、歌われないカンタータのことばで祈っていた――

〝われわれは警察ではない。スパイだ。ターゲットを逮捕しない。ターゲットは開発して、より大きなターゲットに振り向けるものだ。そしてネットワークを発見し、監視し、そこに耳を傾け、入りこみ、徐々にコントロールする。逮捕には負の効果しかない。貴重な資産を破壊してしまう。作戦は振り出しに戻り、また躍起《やっき》になって新しいネットワークを見つけようとするが、それだって台なしになったネットワークの半分の価値もない。もしアブドゥラが既知のネットワークに含まれていなければ、私自身が投入してやる。必要なら、彼だけのために新しいネットワークを作ってもいい。過去にそうやって成功してきたし、アブドゥラの場合にもきっとうまくいく。どうか私にチャンスを与えたまえ、アーメン〃

ベイルートの大使館に短期間いたときにバッハマンに見出された、フラウ・ツィマーマンという伝説的な女性調査員によって、〈道しるべ〉は、五パーセントの瑕《きず》のある蜂蜜好きの宗教学者から、凶悪なテロリストの資金源に変貌しつつある。

フラウ・ツィマーマンのうつむいた頭の上のスクリーンに、家系図に似た図が映し出され、〈道しるべ〉が運営する名高いイスラム系の慈善事業のうち、どれが悪用されてテロリストに資金と物資を流していそうかを示している。彼の五パーセントの取引は財務のみとはかぎらない。ジブチの地に呪われたる者たちが砂糖を百トン欲しがっている？〈道しるべ〉の慈善団体のひとつがただちに必要な物資を出荷する。しかし、援助船がジブチに向かう途中で、たまたまほかの積み荷をおろすために、戦禍の絶えないソマリアの北部にあるベルベラの貧しい港に立ち寄る、とフラウ・ツィマーマンはうるさい虫を追い払うようにポインターでいらいらとスクリーンを指しながら説明する。

そのベルベラで、これもたまたま手ちがいで十トンの砂糖がおろされる。まあ、そういうことは、ベルベラだろうとハンブルクだろうと起こりうる。その小さな手ちがいは、船がふたたび出港したあとでようやくわかる。そして船がようやく公式の目的地のジブチに着くと、受け取る側はあまりに飢えているので九十トンを大喜びで受け取り、なくなった奇妙な十トンに関しては誰も文句を言わない。一方、ベルベラでは、十トンの砂糖と引き替えに、起爆装置や、地雷、拳銃、肩撃ち式のロケットランチャーが買われ、人生の目的といえば格安の値段で破壊と殺戮《さつりく》を広めることであるソマリアの過激派の手に渡る。

とはいえ、名のある慈善団体が、まぎれもない善意にもとづいて、ジブチの貧しい人々に砂糖を届けることを誰が責められるだろう。あらゆる宗教の信者のなかで最高の忍耐力と包容力を持ち、九十五パーセントは敬虔《けいけん》な〈道しるべ〉を、誰が責められようか。

フラウ・ツィマーマンは責める、誰をおいても。

彼女はまた、この発見に至るまでの細かい推論を記したフェリックスの資料に、聞き手の注意をうながす。他方、ものわかりの悪い人間のために図をもう一枚用意していて、これは最初のよりさらに単純だ。大小さまざまの商業銀行が地球上に群島のように散らばっている。よく知られた大手銀行もあれば、本店がパキスタンの丘陵の村で掘っ立て小屋に囲まれているような銀行もある。どれも線でつながっていない。共通するのは小さな光の点だけで、それはフラウ・ツィマーマンが、自分を置き去りにしたバスに怒って傘を振り立てる小柄な女性のように、ポインターを振り向けたときに生じる。

ある晴れた日、この銀行にありきたりの金額が預けられる、と彼女は言う。たとえば、アムステルダムの銀行としましょう。そこにたとえば、一万ユーロ。人のよさそうな男性が通りから入ってきて、その金額を預ける。

お金は銀行のなかにとどまる。名義は個人かもしれないし、会社、機関、慈善団体かもしれない。しかしその後はまったく動かず、幸運な口座名義人の預金として残る。たとえば六カ月。あるいは一年。

さて一週間後、なんと今度は何千キロも離れたカラチのこの銀行に、同じ額が預けられ、それも銀行のなかにとどまる。電話もないし、振り込みもない。たんにちがった感じの男性が通りから入ってくるだけだ。

「そして一カ月後、ほぼ同じ金額がここに届きます」フラウ・ツィマーマンの鋭い声が怒りで高くなる。ポインターの先はキプロス北部に止まっている。「最初から意図されていた場所に。くわしい作戦情報がなければとてもあとをたどれないような、静かな物々交換の支払いです。この種の取引が毎時間、無数に発生しているのです。そのなかでテロリストの活動を支えているのはごくわずか。いくつもの情報源を集めて、コンピュータでデータを解析すれば、たまに鎖のつながりが見えることもありますが、それもたった一本でしかない。じつにもどかしいのです。今回つながりを追跡できたとしても、次もまたできるとはかぎりません。次はまったく別のものになるかもしれない。それがこのシステムの強みです。ただし、その鎖の管理者がいいかげんになったり、怠《なま》けたりして、同じことをくり返しはじめれば、もちろん事情は変わります。そこに特定のパターンが生まれ、やがていくつかの推測が可能になるでしょう。いちばん効率がいいのは、鎖の管理者と最初の環を特定することです。〈道しるべ〉は怠けはじめた鎖の管理者なのです」

光の点がキプロスの首都ニコシアの上についている。ポインターが責めるように一度そこをたたき、また止まる。

「暗号解読においても、見えない金の流れにおいても」伝説のフラウ・ツィマーマンは、女性教師の南部ドイツ語で説明を再開する。「調査員が夢見るのは〝くり返し〟です。長年、食料その他の日用品を怪しげな場所で誤っておろし、さほど熱心に取り戻そうとしなかった、このきわめて平凡な船会社を三年間監視し」——突然〈セブン・フレンズ海運〉という当たり障りのない会社名が、島の上を横切るように派手に現われるが、ポインターは頑として動かない——「〈道しるべ〉の最初の環である支払いが、この銀行のこの慈善団体の口座におこなわれ」——リヤドが光り、銀行名がアラビア語と英語で出る——「同じ金額がこの銀行に支払われ」——ポインターがパリに移動する——「さらに同じ金額がこの銀行に行き」——今度はイスタンブール——「それらがみな、あらかじめこちらで特定できた口座に入金されていることを考えると、〈道しるべ〉がテロリストの資金調達に加わっていることは自明と言えるでしょう。もし〈道しるべ〉が潔白なら、これほど低級な使い捨ての海運会社に直接連絡をとるはずがありません。ところが彼はみずから連絡をとって、一度ならずこの会社を利用している。この船が一度ならずまちがった場所に物資をおろしたことを知っているにもかかわらずです——知っているからこそと言うべきかもしれません。証明はできませんが、推論の基礎としては、事実だと叫んでいるも同然です」

その叫びが天井の垂木《たるき》に消えていくと、部屋の遠い端から威風堂々たるマーサの艦対艦の呼号が響きわたって、フラウ・ツィマーマンの几帳面《きちょうめん》な声をさえぎった。

「〝自明〟だと言うけれど、シャルロッテ」――いったいどうして彼女のファーストネームを知っているのだ、とバッハマンは思う。それに、いつどうやって部屋に戻ってきた？――「証拠はあるの？　われわれが望むとおりに彼が動いたら、つまり鎖の最初の環がわかったら、証拠が得られるの？　アメリカの裁判所で使えるような」

狼狽《ろうばい》したフラウ・ツィマーマンが、それは自分の職掌《しょくしょう》を超える質問ですと抗議しかけたところで、アクセルロットが巧みに引き取る。

「どの裁判所のことを言っているのかな、マーサ？　閉じられた扉の向こうの軍事法廷なのか、それとも、何で訴えられているのかを被告が知ることができる、昔ながらの法廷なのか」

何人かの自由な魂の持ち主が笑う。残りは聞こえなかったふりをする。

「ヘル・バッハマン」ブルクドルフがすかさず言う。「作戦上の提案があるんだろう。それを聞かせてもらおうか」

みずから道を切り開く男は、魔法を披露しているときに初心者に肩越しにのぞかれることを好まない。バッハマンは、創造のプロセスを公開することにかけては芸術家並みに神経質だったが、それでも聴衆の要望に応えようと努力した。スパイの仕事をろくに知らない人々にも受け入れられるように、素人《しろうと》向けの平易なことばを使って手早く書き上げ、エアナ・フライとアクセルロットの助言をもとに添削した提案を、かいつまんで説明しはじめた。この作戦の狙いは〈道しるべ〉の有罪の証拠を固めることだが、同時に〈道しるべ〉の地位と名声はいまのままで保ち、長期的にはさらに高めることをめざす。慈善事業における人や物のつながりも、そのまま維持する。つまり、彼の五パーセントを引き継いで、流通経路および聴音基地として使うということである。バッハマンはそこで、使いたくはなかったが〝テロとの戦い〟ということばをあえて使った。したがって、最初の動きがもっとも重要になる。〈道しるべ〉を完全に支配下に置き、そのことを本人にわからせたうえで選ばせるのだ。いままでどおりウンマの精神を体現する高名な第一人者でありつづけるか、それとも――

「それとも何なの、ギュンター？　教えて」無害な立会人のマーサが割りこむ。

「世間に恥をさらし、投獄される可能性に怯《おび》えるか」

「可能性？」

アクセルロットが助け船を出した。「ここはドイツなのだよ、マーサ」

「ええ、もちろんドイツよ。彼を裁判にかけ、まあ、かりに有罪にできたとしましょう。何年の刑になる？　六年で執行猶予三年？　あなたがたは本物の刑務所を知らない。誰が尋問するの？」

アクセルロットは自信を持って答えた。「彼はドイツの囚人となり、ドイツの法のもとで尋問される。もしこちらに協力しなかった場合だ。それよりはるかにいいのは、いまの場所にいつづけ、われわれに協力することだ。彼はそうすると信じているよ」

「なぜ？　狂信的なテロリストよ。むしろ自爆するほうを選ぶんじゃない？」

ふたたびバッハマン。「アブドゥラを研究したかぎり、それはないというのがこちらの読みです、マーサ。家庭人として落ち着いた生活を送っていて、ウンマの全域で尊敬され、西欧諸国でも称讃されている。最後に刑期を終えてからすでに三十年。われわれは彼に裏切者になってくれと頼むのではありません。忠誠心の新しい定義を持ちかけるのです。この国での地位を確保してやり、これまで六回申請してそれでも得られなかった市民権も与えると約束してやる。たしかに最初は脅しますが、それは前戯です。そのあと友情を培《つちか》う。〝さあ、こっちへ来なさい。力を合わせて独創的に考え、よりよい穏当なイスラム社会をいっしょに作ろうではないか〟と」

「過去のテロ活動に対する恩赦は？」マーサが、今度は水を差すより議論に加わろうという態度で言った。「それも与えてやるの？」

「本人が洗いざらい自白すれば、という条件がつきますが。そのうえでベルリンが認めるなら、このパッケージに欠かせない要素として、ええ、与えます」

互いに抱いていた敵意の暗い影は消え、マーサは満面の笑みを浮かべていた。「ギュンター、ダーリン、あなたところで歳はいくつ？　百五十歳？」

「百四十九歳です」バッハマンは冗談につき合って答えた。

「わたしなんて、十七歳と半年で最後の理想が消え失せたのにね！」マーサが大声で言い、イアン・ランタンの音頭でわっと笑いが広がった。

しかし、バッハマンの提案はとうてい認められていなかった。会議机のまわりの顔をざっと見てみると、やはり彼が最初から怖れていたことが当たっていた——テロリストの資金源との誠実な友好関係は、万人の好みには合わないのだ。

「敵という敵にいますぐ市民権を与えるということですね」外務省のよく知られたおどけ者が辛辣《しんらつ》に言った。「国際テロリストと特定された〈道しるべ〉だけでなく、われらが親友フェリックス、イスラム関連の複数の暴力行為で前科のある、ロシアのあの逃亡犯にまで。外国の犯罪者に対するわが国の厚遇はとどまるところを知らないようだ。完全にこちらの意のままにできる男に、動機づけとしてドイツの市民権を与える。われわれの思いやりの深さはいったいどこまで行くことやら」

「あの女性がいたからだ」バッハマンは色をなして反駁《はんばく》した。

「ああ、そうだった。女性がいましたね。忘れてた」

「フェリックスを自由にすると確約しなければ、彼女の協力はぜったいに得られなかった。そして彼女の協力がなければ、フェリックスをここまで動かすことはできなかった。彼女がフェリックスと心をかよわせ、〈道しるべ〉のところへ行くように説得したのだ」

根本から疑うとは言わないまでも、どうも信じられないというような沈黙ができたのを受けて、バッハマンは頭を下げて攻撃態勢に入った。「私はフェリックスを自由にすると彼女に約束しました。それはエージェントの運用者がエージェントにした約束だから、破るわけにはいかない。そういう取り決めでした。委員会も承認しています」最後の一撃は、直接ブルクドルフに向けた。アクセルロットは落ち着かない様子で眉をひそめて中空を見ていた。「彼女はフェリックスの弁護士です」――今度は室内の全員に向けて――「顧問弁護士として、依頼人を守るためにできることはなんでもすると固く決意しています。彼女がこちらに協力するのは、依頼人の利益になるとわれわれが保証したからです。フェリックスは自由になり、ひとりで学び、祈る。彼が望むのはそれだけです。だから彼女はわれわれの言うことを聞いているのです」

「すでに彼らは恋愛関係にあると聞いてるがね」同じ辛辣な声が、まったく反省の色もなく言った。「おそらく問題は、どのくらいの愛情がわれわれのために残されているかだ」

バッハマンはアクセルロットの警告の一瞥《いちべつ》も気にせず、あとで後悔するようなことばでこの愚弄《ぐろう》に応じようとしたが、そのときランタンが、場をなごませようと如才なく割りこんだ。

「ユニオンジャックを小さく振ってもかまいませんか、アクス？」――イギリス流のユーモアの受け手にアクセルロットを選んで――「これはぜひとも指摘しておかなければならないと思うのですが、イギリスのある一流銀行が加わっていなければ、フェリックスが父親の遺産を相続することもできないし、〈道しるべ〉がその使い途《みち》を指導することもできませんね」

だが、それに続いた笑いは控えめで、緊張がほぐれることはなかった。マーサはニュートンと、灰色がかったブロンドの謎の女と三人でこそこそと相談していたが、急に顔を上げた。

「ギュンター。イアン。アクス。わかったわ。次の質問に答えてくれる？　あなたたちは本気でこれがうまくいくと思ってるの？　つまり、わかるでしょう、いまわたしたちの手元にあるものを見てみましょうか。神経がまいりかけてる愚かでリベラルな女性弁護士がひとり。その彼女に惚《ほ》れた、なかば使い物にならないイギリスの銀行家がひとり。紙飛行機を飛ばして、音楽を聞いて、いつか医者になりたいと思っている、ロシアの官憲から逃れてきた半分チェチェン人の自由戦士がひとり。で、あなたたちは彼らをひとところに集めて、生涯かけて裏街道を渡り歩いてきた、筋金入りのイスラム系マネーローンダラーを捕まえさせようと本気で考えている。そういうことなの？　それとも、わたしの頭が少々おかしくなってる？」

バッハマンが安堵《あんど》したことに、今度ばかりはアクセルロットが力強く答えた。

「〈道しるべ〉から見て、フェリックスは降って湧いたように出てくるのではないよ、マーサ。資料を見てもらえばわかるが、こちらの配下にあるイスラム系ウェブサイトに、フェリックスの記事を大量に書かせている。われわれの活動の成果があがっていることを示す記事も。スウェーデンの指名手配と、ロシア警察の報告書も害にはならなかった。すでにわれわれが聞いたこともないようなウェブサイトがフェリックスを取り上げて、偉大なチェチェンの戦士だとか、脱獄の達人などと褒《ほ》めたたえている。彼ら全員が顔をそろえるころには、フェリックスの名声は〈道しるべ〉を上まわっているだろうね」

誰かが作戦の手順について訊いていた。〈道しるべ〉を確保して完全に支配下に置いたとき、行方不明になったと騒がれないでどのくらい長く引き止めておけるのか。

バッハマンは、それはその夜の〈道しるべ〉のスケジュール次第だと答えた。時間の余裕はない。例の女性とフェリックスはどちらもまいりかけている。

一同の注意がアルニ・モアに向いた。モアはどうしても自分の存在感を増そうと、前夜に警察本部を訪ねたことを報告していた。選ばれた署員に作戦の計画の一部を——当然ながら全部ではない——説明してきた、と。

聞いているうちに、バッハマンは病気のような絶望に包まれた。警察は〈道しるべ〉が自爆用のベルトをつけていた場合に備えて、銀行のまわりに狙撃手を配置することを提案した、とモアが誇らしげに宣言していた。

〈道しるべ〉が武装して現われることは当然想定しておくべきだから、ブルー・フレール銀行での決定的な接触を、五方向から援護することも提案された——アルスターの湖岸、通りの両側、建物の正面と裏側から。

さらに屋上からも、とモアは続けた。モアの基本計画は、〈道しるべ〉が銀行に入ると同時に付近一帯を封鎖し、車、自転車、徒歩で行き交う彼独自の人員を配置することだった。警察の協力も得て、近隣の住宅とホテルからも人々を一時的に退去させる。

ケラーが同意した。

ブルクドルフは反対しなかった。

マーサはただの立会人であるにもかかわらず、喜んで許可した。

ニュートンは、役に立つものがあればなんでも提供すると言った——遊び道具、暗視装置、ほかの細々《こまごま》したものなど、なんでも。

灰色がかったブロンドの謎の女は、唇をきりっと結び、手斧のように尖《とが》った顔でうなずいて同意を示した。

モアの壮大な計画を多少抑えこむために、アクセルロットが注意をうながした。〈道しるべ〉がブルー・フレールを訪ねているあいだも、その前後も、モアと警察の提唱する警戒措置の痕跡はいっさい残してはならない。報道機関であれ、彼を崇敬するイスラム共同体のなかであれ、その情報がもれたら、〈道しるべ〉を価値の高い情報提供者として使う希望は完全に断たれてしまう。

そして、そう、とアクセルロットも譲歩した。警察が〈道しるべ〉を実際に逮捕する際にはアルニ・モアもその場にいてかまわないが、逮捕はあくまで〈道しるべ〉を懐柔するまえの脅しの手段として望ましいとバッハマンが考えた場合だけにしてほしい。皆さん、それでよろしいかな。

バッハマンを除く全員が満足したようだった。打ち合わせは突然終わった。陪審が立会人に助けられて、評決を検討するためにいったん退廷し、バッハマンは、このときが最初ではないが、厩舎《きゅうしゃ》に帰ってやきもきしながら結果を待つことになった。

「非常によくできていた、バッハマン」ブルクドルフが彼の肩をたたいて言った。彼が人の体に触れるのはめったにないことだ。

バッハマンの耳には、讃辞が死亡告知のように聞こえた。

バッハマンは机について両手に顔を埋めた。机の向かい側ではエアナ・フライがコンピュータでむずかしい作業を几帳面《きちょうめん》にこなしていた。

「彼女はどうしてる？」

「想像される程度にはどうにか」

「それはどの程度だ」

「自分よりイッサのほうが不幸だと思っているかぎり、持ちこたえられる」

「よかった」

「本当に？」

バッハマンとしてそれ以上何が言えただろう。エアナもあの娘が好きになってしまったのだとしたら、それは彼の責任だろうか。それともエアナの責任？　ほかのみんなが彼女を好きになっているのに、どうしてエアナだけが例外でなければならない？　愛とはとにかく耐えることができて、仕事も続けられるものだ。

厩舎の雰囲気はどこもかしこも陰鬱だった。マクシミリアンとニキは、その日入ってきた暗号を解読して、内容を確かめていた。家に帰る以外のことなら、なんでもいいのだ。しかし、バッハマンの耳に人の声はまったく届かず、笑い声も驚きの声も聞こえなかった。隣の調査員の部屋からも、通路の並びの盗聴員の部屋からも、階下にいる運転手や監視員の小さな集団からも、何も。

バッハマンは窓辺に立ち、既視感にとらわれながら、ケラーの公用のヘリコプターがケルンへ飛び立つのを見ていた。続いてブルクドルフのヘリがベルリンに発《た》った。役人たちとアクセルロットの一団が同行し、最後に乗りこんだのはマーサだったが、ニュートンも、灰色がかったブロンドの女もいなかった。

黒いメルセデスの車列が正門へと走っていった。遮断棒が上がり、そこで静止した。

バッハマンの机で暗号化された電話が鳴っていた。バッハマンは受話器を耳に当て、ときどきうなるように「ええ、ミヒャエル」、「いいえ、ミヒャエル」と言った。

エアナ・フライはまだコンピュータを操作していた。

バッハマンが「では、ミヒャエル」と言って、電話を切った。エアナ・フライは作業を続けた。

「出たぞ」

「何が出たの」

「青信号だ。ただし、条件つきで。前進していいが、できるだけ早くだ。彼らはわれわれが火山の上にのってることを心配してる。彼から最初の八時間をもらった」

「八時間。九時間ではなく」

「八時間で充分だ。八時間たってもまだ餌に食いつかなければ、アルニが警察を動かして逮捕してもよくなる」

「それでその八時間、彼をどこに連れていくつもり？　訊いてよければだけど。アトランティック・ホテル？　それともフォー・シーズンズ？」

「港のきみの隠れ家だ」

「あそこの毛をつかんで引きずっていく？」

「招待するのさ。彼が銀行から出てきたらすぐに。〝ヘル・ドクトル、ドイツ政府を代表して、あなたがいまおこなった違法な財務処理についてお話ししたいことがあります〟」

「で、彼はなんと言うの？」

「そのころにはもう車に入ってる。なんと言おうとかまうものか」

13

彼女は体が硬直する病気だ。

彼らのせいでおかしくなっている。

こんなことがあと一週間続けば、ジョージーのように反撃しだすだろう、まだやっていなければだが。彼女はおそらく私もおかしくなったと思っている。

初めてアトランティック・ホテルで会ったときには、私は古き良きトミー・ブルー、危うい銀行と危うい結婚を抱えた危うい子孫、ふわふわ漂う風船だった。

トルコ人の家では、五万ユーロの金で彼女の人生に入りこもうとした罪深い老人だった。その金に彼女は触れもしなかった。

そして、制限速度の時速百三十キロで北西に車を走らせている、いまの私はなんだろう。わが亡父を堕落させた連中に脅迫されて僕《しもべ》となり、五パーセントが悪人の高潔なイスラム学者を丸めこんで、彼女がおそらく愛している若者を救わせようとしている。

「たんにいつもの裕福な顧客の要望に応えているだけだ」ランタンは前夜の打ち合わせで安心させるように言った。夜でなければ暑すぎて耐えられないランタンの最悪の隠れ家のアパートメントは、六階下の中庭にある共用プールの塩素のにおいがした。「ただ、あなたの銀行の暗い側での対応だから、とりわけ慎重に行動しなければならないのは確かだ。この資金を管理していた投資マネジャーとも相談することになる。どんな人物かは気にしなくていい。そうすれば、相手がケーキをどう切ろうと、あなたには多額の手数料が入ってくる」ブルーが大嫌いだったパブリックスクールにいた、小さな監督生の断定調でつけ加えた。「完全にいつもどおりの状況だよ、トミー」

「私に言わせれば、ちがう」

「いつもどおりの業務でもある」ランタンは無礼な発言を大目に見て続けた。「今回の仕事は、問題の顧客の弁護士によって伝えられた要望にしたがって、これから訪ねる紳士が適格かどうかを審査することだ。それできちんと要約していることになるかな?」

「ひとつの要約ではある」ブルーは言い、勧められてもいないのにスコッチをたっぷりついで飲みはじめた。

「抜け目なく、客観的に、持てる業務知識のすべてを使って、両当事者、すなわち問題の顧客とあなたの銀行にとって何が最適かを判断する。これから話し合う高貴なイスラム紳士のことを気にかけるとしても、せいぜい二の次だ」

「そして、持てる業務知識のすべてを使って、彼こそがこの仕事にふさわしい高貴なイスラム紳士であると判断しなければならないわけだ」ブルーは皮肉をぶつけた。

「まあ、どれを選ぼうという贅沢《ぜいたく》が許されているとは言いがたいかもしれないね。だろう、トミー？」小柄なランタンは勝利の笑みを灯して言った。

十二時間前、ミッツィはミッツィで小さなニュースを伝えた。

「ベルンハルトが退屈な人になるの」ブルーが《フィナンシャル・タイムズ》紙に没頭しているときに言った。「ヒルデガルトが出ていくんですって」

ブルーはコーヒーをひと口飲み、唇にナプキンを当てた。ふたりでするゲームの第一の鉄則は、何を聞いても驚かないことだった。

「だとすると、退屈な人になるのはヒルデガルトのほうだろう」

「ヒルデガルトはもともと退屈だから」

「気の毒なベルンハルトは何をしてそうなったんだい？」ブルーは男の役割を演じて訊いた。

「わたしに結婚を申しこんだの。わたしがここを出て、あなたと離婚して、夏のあいだはジルト島に彼と滞在して、残りの人生をすごす場所を決めるんですって」怒って言った。「お爺《じい》さんになったベルンハルトと生活をともにするなんて想像できる？」

「私に言わせれば、どんなものでも彼とともにするのは想像しがたいね、正直なところ」

「ヒルデガルトはあなたを訴える腹づもりのようよ」

「私を？」

「あるいは、わたしを。どっちでも同じでしょう。あなたをお金持ちだと思ってるみたい。だからあなたは彼女を黙らせるためにベルンハルトを訴えなきゃならなくなる。お仲間のヴェスターハイムに最高の弁護士を紹介してもらうことにするわ」

「ヒルデガルトは世間の注目を浴びても平気なのか」

「彼女は注目が大好きなの。自分から飛びこんで浸りたいほう。いままで聞いたなかでいちばん下世話な話だわ」

「きみはベルンハルトの申し出を受け入れたのか」

「考え中」

「ほう。で、どこまで考えた？」

「わたしたち、お互いどれだけ相手の役に立ってるんだろうと思うの」

「きみとベルンハルト？」

「あなたとわたし」


平坦でよそよそしい田園地帯の上に黒い空が広がっていた。アウトバーンがガラスのように光っていた。対向車のヘッドライトが突進してきた。そうか、私たちはもう互いに相手の役に立っていないわけだ。わかった。こっちはべつにかまわない。まだ売れるものがあるうちに銀行を売り払って、自分の人生を手に入れる。カリフォルニアに飛んで、懐かしいジョージーの結婚式に顔を出してもいいかもしれない。孫ができることはまだミッツィに話していなかった。ちょうどいい。たぶん永遠に話さないだろう。すでに話していればいいが。懐かしいスジョージーは母親に秘密を明かしたのだろうか。すでに話していればいいが。懐かしいスーは大喜びするだろう。一度激しいやりとりをしたあとは、彼女も口はうるさいが性格はそうひどくないことがわかる。もっと早くにわかっていればよかった、正直なところ。ミッツィと出会ったあとではなく、たとえばそのまえに。だが、いまとなってはもう打つ手がない。スーはイタリアのワイン生産者と平和に暮らしているわけだし。あれはどう見ても気のいい男だ。ワインの等級に自分たちの子供の名前をつけるのだろう。

束の間感じた大きな喜びは、濡れた道路の振動音のなかに消え、ブルーはまたアナベルといっしょにいた。彼らがアナベルをあんな姿に変えてしまったことに庇護者の怒りを覚えた――あのロボットのような歩き方、上の空の少年聖歌隊の声。あの声はメリクの寝室でブルーを責めたてたときの熱意からほど遠かった。〝あなたのくそ銀行がなければ、わたしの依頼人はここにはいなかったってことよ！〟

「銀行はあなたから恩義を受けた、フラウ・リヒター」自分の尊大さをわざとまねて、フロントガラスに宣言した。「だから、こうして恩返しができてうれしい」

銀行はきみを愛する、と心のなかで続けた。きみを所有するためではなく、きみが勇気を取り戻せるように。私が明らかに手に入れられなかった人生を生きてほしい。きみはイッサを愛しているのか、アナベル？　ジョージーなら即座に恋に落ちるだろう。ジョージーはきみのことも好きになって、私の世話をよろしくと言うだろう。そういう考え方をする子だ。みんながみんなの世話をしなければならない。だから何かにつけ失望している。きみがイッサを愛していることは、そもそも重要だろうか。辞書どおりの意味で愛していることは。まったく重要ではない。彼を自由にすることが重要なのだ。

「このお祭り騒ぎがすっかり終わったあと、アナベルはどうなる？」ブルーは長引いた打ち合わせでランタンに訊いていた。ちびちび飲んでいるスコッチはもう何杯目かで、ランタンも数えきれないほど炭酸水のグラスを満たしていた。その日はブルーの基準でもさんざんな一日だった。朝食時にはミッツィがベルンハルトの爆弾を落とし、銀行では祝祭日の交替勤務について現金室で大反乱が勃発した。次いで、離婚というものを聞いたことがないかのような、グラスゴーにいる高名な顧問弁護士と一時間話し、そのあと〈ア・ラ・カルト〉で、オルデンブルクから来たユーモアゼロの金持ち夫妻のために、腹を抱えるほどおかしい役を演じるという無分別な昼食に二時間を費やし、それで悪酔いして、いまは迎え酒をせっせとつぎ足していた。

「彼女はどうなる、ランタン？」ブルーはくり返した。

「完全にドイツの専権事項だよ、トミー」ランタンはまた監督生の声を用いて、思慮深そうに答えた。「推測を言えば、いまのままにしておくんじゃないかな。回想録を書くとか、その手のボートを揺らすようなことをしないかぎり」

「それでは足りない」

「何が？」

「それは推測だ。確実に保証してほしい。書面にして彼女に渡し、私は写しをもらう」

「なんの写しかな、具体的に、トミー？　ひょっとして少し腹を立てているのか？　このことについては別の機会に話し合ったほうがいいかもしれない」

ブルーは汚い部屋で仁王立ちになった。

「別の機会があると誰が言ってるんだ。そんなものはないかもしれない。私が動かなければ、なくなるな。それでどうだ、え？」

「ふむ、その場合には、トミー、ロンドンはあなたの銀行になんらかの制裁を加えざるをえないかもしれない」

「加えればいい。それが私の助言だ。好きなだけやりたまえ。歓迎する。ブルー・フレールはドブに流される。バーでは大いに追悼の声があがるだろう。だがいつまで？　誰から？　誰が嘆く？」ついに真剣勝負になった。ブルーの意見では、遅すぎたくらいだった。お互いナイフを出した。さあ、目にもの見せてやる。「銀行は毎日のようにつぶれている。とりわけうちのように古くて効率の悪いやつはね。あんたたちの夢の作戦が失敗に終わっても、つぶれることにはならないんだろう？　私には一マイル先からでも大勝負のにおいがわかる。今回のこれは大勝負だ。〝若造のイアンは残念だったな。もっとやれるやつだと思っていたが。どこかよそでいい仕事が見つかることを祈ろう〟。乾杯だ。あんたの輝かしい未来に、それから、あんたをこきおろす連中に」

乾杯が返ってくるのを待ったが、ありがたいことに、それはなかった。

「どうすれば怒りがおさまるのか、具体的に話してもらえるかな、トミー」しゃべる時計のように平板な声でランタンが訊いた。

「まずは大英帝国勲章第四位。女王とのお茶会。それから、ブルー・フレールをロシアのコインランドリーにするための一千万ポンド」

「冗談だね、それは」

「もちろん。底抜けにおもしろい冗談だ、この作戦全体と同じように。私にはもっと要求がある。最低条件と言っていい」

「それは何かな、トミー？　その要求とは」

「第一に……書き留めたほうがよくないか？　それとも全部憶えられるかね？」

「憶えるよ。ご助言ありがとう」

「正式な書状だ。宛先はフラウ・アナベル・リヒターで、写しを私に。管轄権を有するドイツ当局の署名と捺印《なついん》入りで、フラウ・リヒターに協力を感謝し、彼女に対して法的措置を含め、いかなる措置もとらないことを保証する。手始めにそれだ、いいかね？　さらに大事なことが続く」そこで、信じられないというようなランタンの表情を見て、「冗談を言っているのではない、ランタン。真剣そのものだ。完全に満足しなければ、明日は何があろうとアブドゥラの玄関に入らないと思ってくれ。第二に、イッサ・カルポフが遺産請求に署名した時点で有効になる、新規発行のドイツのパスポートを事前に見せてもらう。なんらかの敵対行為が始まるまえに、私のこの手でアナベルに見せたい。誰が彼女を操っているのか知らないが、そいつが裏切らずにきちんと約束を果たすという動かしがたい証拠として。わかったかな？　それとも字幕が必要か？」

「それは単純に不可能だ。ドイツ人のところへ行って、彼のパスポートを作らせ、あなたに預けろと言っているのか？　そんなことは夢の世界でもできない」

「戯言《たわごと》を。掛け値なしの、くそくだらないでたらめだ、無礼なことばで言えば。魔法の杖の仕事をしてるんだろう。小さい杖かもしれないが、それをひと振りすればいい。それと、もうひとつある」

「何だ？」

「いまのパスポートについて」

「いまのパスポートについて、何だ？」

「パスポートはあんたたちの世界じゃ一ダース十セントだろう。それはわかっている。偽物も作れるし、取り消せるし、回収もできれば、他国の当局宛ての陰険なメッセージを山ほどつけることもできる。そうだろう？」

「だから？」

「あんたを担保に取る。よく憶えておくように。それはイッサにパスポートが発行されても失効しない。あんたが彼に汚いことをしたとちょっとでも耳に入ったら、私は警笛を鳴らす。思いきりうるさく、思いきり長く、思いきりはっきりと吹き鳴らしてやる。在ベルリン・イギリス大使館のランタン、約束を破ったスパイだとね。あんたが私を捕まえるころには、もう遅い。さて、家に帰るよ。答えが出たら電話してくれ。いつでも出られるようにしておく」

「あなたの奥さんは？」

彼女がどうしたというのだ。ブルーはベッドに横たわり、揺れている天井が自然に止まるまでじっと見つめていた。ミッツィの書き置きがあった――〝ベルンハルトとサミット会談〟。

まあがんばれ。サミット会談は誰しも必要だ。

真夜中にランタンから電話があった。

「話せるかな」

「ひとりだ、そのことを訊いているのなら」

ランタンは魔法の杖を振っていた。


ブルーは右折信号を出して、バックミラーを見た。一般道への出口が近づいているが、彼らはまだうしろにいる。家を出たときから、ふたりの男が乗ったBMWがずっと尾《つ》けてきていた。〝誰かがあなたを見ている〟とランタンは薄ら笑いを浮かべて言っていた。

その町は、霧が広がる野原に赤煉瓦《れんが》の建物の一群を投げ捨てたようなところだった。赤い教会、赤い鉄道駅、消防署。目抜き通りの片側にバンガローふうの家が並んでいて、反対側にはガソリンスタンドと、鉄筋コンクリートの学校があった。フットボール場もあるが、誰もプレーしていなかった。

大通りは駐車禁止だったので脇道に車を停め、歩いて戻った。ランタンがつけた番人は消えていた。おおかたガソリンスタンドで他人のふりをして、コーヒーでも飲んでいるのだろう。

がっしりした体にぶかぶかの茶色のスーツを着た、アラブ人らしい男ふたりが立って、ブルーが近づくのを見ていた。歳上のほうは数珠《じゅず》をぶらぶらさせ、若いほうは汚らしい茶色の煙草を吸っていた。歳上がすり足で一歩まえに出て両手を差し出した。通りの五十メートル先で制服警官がふたり、何事かと生け垣の陰から出てきた。

「許可しますか？」

ブルーは許可した。肩、襟《えり》、腋の下、横のポケット、背中、腰、股間、ふくらはぎ、足首、性感帯だろうが何だろうがかまわず、あらゆる場所が調べられた。二番目の男が煙草を踏み消して、胸ポケットの中身を見せてもらうと言い張った。〝ごくふつうの万年筆だ〟とランタンは言っていた。〝万年筆のように見えて、万年筆のように書けるが、万年筆のように聞ける。たとえ彼らが分解しても、ただの万年筆だ〟と。

彼らは分解しなかった。

ふいに陽の光が射して、あたりが美しく見えた。芝生が伸びすぎた前庭で、全身を黒い布で覆《おお》った女性がデッキチェアに坐って赤ん坊をやさしく抱いていた。ジョージーの子が生まれるのは七カ月後だ。玄関のドアが開いていた。スカルキャップをのせて白いローブをまとった、ドアの半分の背丈の少年がその向こうから顔をのぞかせた。ジョージーの赤ん坊はたぶん男の子だ。

「ようこそおいでいただきました、ミスター・ブルー」少年は英語で熱心に言い、にっこりと笑った。

ポーチから家のなかに入ると、いきなり居間だった。足元に白い服を着た女の子が三人いて、レゴで農場を作っていた。音を消したテレビに金色のドームと尖塔《せんとう》が映っている。階段の下に、縦縞模様の裾長のシャツにチノパンツという恰好で、顎ひげを生やした若者が立っていた。

「ミスター・ブルー、ドクトル・アブドゥラの個人秘書のイシュマエルです。ようこそいらっしゃいました」右手を心臓の上に置いたあと、まえに出してブルーと握手した。

もしランタンが言うように、ドクトル・アブドゥラの五パーセントが悪なら、それは非常に小さな存在の五パーセントだった。とても小柄で、輝いていて、父性愛を感じさせ、禿《は》げていて、温厚で、眼は明るく、眉は濃く、歩くときに踊るようなリズムがあった。机のまえからさっと立ち上がると、あっという間にブルーの手を両手で握りしめ、じっとそうしていた。黒いスーツに、白いシャツの襟をとめ、紐のないスニーカーをはいていた。

「あなたが偉大なミスター・ブルーですか」流暢《りゅうちょう》な英語の早口で興奮して言った。「お名前は私たちのあいだでも知られていますよ。あなたの銀行は昔、アラブとのつながりがあった。良好なものとは言いかねるが、つながりはつながりです。ことによるとお忘れかもしれない。それが現代社会の問題のひとつですよ。忘れることが。犠牲者は決して忘れません。アイルランド人に、一九二〇年にイギリス人がしたことを訊いてごらんなさい。何月何日何時に同胞の誰それが殺された、ということまで答えるでしょう。イラン人に、一九五三年にイギリス人がしたことを訊いてごらんなさい。やはり教えてくれる。彼の子供も、孫も、教えてくれる。もしできたなら曾孫《ひまご》もです。しかし、イギリス人に訊いたところで──」無知な人間のふりをして両手を広げた。「昔は知っていたとしても、忘れている。〝前進しろ!〟とあなたがたは言う。〝前進しろ! われわれがおまえたちにしたことは忘れろ。明日はまた別の日だ〟。しかし、そうではないのです、ミスター・ブルー」まだ手を握っていた。「〝明日〟は昨日作られているのです。わかりますか。それをあなたに言いたかった。昨日だけでなく、一昨日によっても作られている。歴史を無視するのは、玄関にいるオオカミを無視するのと同じです。さあどうぞ、お坐りください。道中、苦労はありませんでしたか」

「ありませんでした、おかげさまで。快適でした」

「快適ではない。雨でしたからね。いましばらくは陽が射している。人生においては、現実と向き合わなければなりません。息子のイシュマエルには会われましたね。私の秘書をしています。こちらは娘のファーティマ。神の思《おぼ》し召しがあれば、十月からロンドン・スクール・オブ・エコノミクスで学びはじめます。イシュマエルのほうはいずれ父と同じ道を選んで、カイロに行くでしょう。私としては寂しくはあるが、誇らしい気分になる。お子さんは？」

「娘がひとりいます」

「ではあなたも祝福されている」

「見たところ、あなたほど祝福されてはいません」ブルーは愛想よく言った。

イシュマエルと同じように、ファーティマも父親より頭ひとつ分、背が高かった。顔が大きくて、美しい。茶色のヒジャブがケープのように両肩に垂れかかっていた。

「こんにちは」彼女は言い、視線を下げて右手を心臓に当てて挨拶《あいさつ》した。

「アメリカ人に至っては、あなたがたイギリス人より性質《たち》が悪いが、彼らには言いわけがある」ドクトル・アブドゥラは相変わらず陽気な調子で続け、ブルーを客用の豪華な肘かけ椅子へと導きながら、握った手首は離さなかった。「彼らの言いわけは、知らないということです。自分たちがまちがったことをしているのを知らない。だが、あなたがたイギリス人はよく知っている。昔から知っていた。それでもあなたがたは、やりつづけている。あなたは冗談を解しますな？　ユーモアが私の破滅のもとだとよく言われます。ですが、誤解なさらないでください。私は哲学者ではありません。哲学はあなたがたのものであって、私のものではない。たしかに私は宗教の権威だが、哲学は神を必要としない俗人のものです。いま私たちがいる世界はひどい状況です。言われなくてもわかる。それは誰の責任でしょう。一千年前、イスラム教徒が支配していたスペインのコルドバのひとり当たりの病院数は、いまより多かった。当時の医師たちは、現代の医師にもできないような手術をおこなっていた。どこでまちがってしまったのか、とわれわれは自分に問いかける。外国の介入？ ロシアの帝国主義？ それとも世俗主義？ しかし、責任はわれわれイスラム教徒自身にもあります。われわれの一部は信仰に疑いを抱いた。もう真のイスラム教徒ではなくなった。それが失敗のもとでした。ファーティマ、すまんがお茶を淹《い》れてくれないか。私はケンブリッジの新入生でした。カイアス・カレッジの。それももうご存知でしょうね。インターネットとテレビによって秘密は何もなくなりました。念のため申し上げると、情報は知識とはちがいます。情報には命がない。神のみが情報を知識に変えることができる。ケーキも頼むよ、ファーティマ。ミスター・ブルーは雨のなか、ハンブルクからわざわざ運転してこられたのだ。暑すぎるとか、寒すぎるということはありませんか？ 正直におっしゃってください。ここでは客人を手厚くもてなします。神の命令をできるだけ実行しようと努力しています。快適にすごしていただきたい。お金を運んできてくださるのなら、なおのこと快適に。快適なほどよろしい！ こちらです、どうぞ。相談室にご案内しましょう。あなたは心の広いかただ。われわれはよく言うのですが、顔つきがちがう」

どの五パーセントが悪いというのだ。ブルーは緊張しながらも憤《いきどお》って考えていた。ランタンにその質問をしたときには、くわしい説明がなかった。〝私のことばをただ信じればいい、トミー。五パーセントとだけ知っていれば充分だ〟。五パーセント悪くない人間がいるなら教えてほしい。ブルーは家族全員と狭い廊下を歩きながら、そう胸につぶやいていた。さら怪しい投資と、怪しい顧客、リピッツァナーを抱えたブルー・フレールはどうなのだ。さらに、見とがめられないときにはインサイダー取引にまで手を染めていたとなると？　おそらく十五パーセントぐらいだ。われらが高潔な取締役頭取、すなわち私についてはどうだ？　良妻と離婚し、残された子供をようやく愛しはじめたがすでに手遅れで、尻軽女と再婚してしまい、その女にも捨てられようとしている。五パーセントどころか、五十パーセントだ。

「彼は残る九十五パーセントで何をしている？」ブルーはランタンに訊いたのだった。

〝いい仕事〟という答えで逃げられた。

私は残った部分で何をしている？　何もしていない。ふたりのそれぞれについて集計結果を見れば、どちらのほうが五パーセントよけいに悪いだろうとみな思いはじめる。

「ではどうぞ、始めてください。ご都合のいいときに。ですが英語でお願いします。子供たちにとって、あらゆる機会に英語を学ぶことがきわめて重要ですので。こちらです。どうぞ」

彼らは裏庭が見える質素な学者の書斎に入っていた。本が置かれていないところには、カリグラフィー（西洋や中東の装飾文字）作品があった。ドクトル・アブドゥラは簡素な木の机について坐り、手を組んで身を乗り出していた。ファーティマはあらかじめ紅茶を用意していたにちがいない。砂糖をまぶしたビスケットの皿といっしょにすぐに持ってきた。そのあとから、玄関のドアを開けた小さな少年が急ぎ足で入ってきて、いちばん勇敢な幼い三姉妹が続いた。イシュマエルのあとについて階段をのぼってきたときには、ブルーは汗が一滴、体の右側を冷たい虫のようにぞくっとすべり落ちるのを感じたが、一同が部屋に入って坐ると、気分が落ち着き、銀行家としての自信も戻ってきた。用意は万全だった。頭のなかでランタンの説明を何度もリハーサルしたし、やるべき仕事も把握していた。そして彼のまえのどこかに、かならずアナベルがいた。

「ドクトル・アブドゥラ、お赦《ゆる》しください」しかつめらしく切り出した。

「何を赦すというのでしょう」

「電話でお話しした私の顧客は、最大限の秘密を求めています。彼の置かれた状況は、ごく控えめに言っても危ういのです。したがって、この件については、あなたと私だけで進めたいと思います。申しわけありませんが」

「しかし、あなたはまだ彼の名前すら明かそうとしていない、ミスター・ブルー！　あなたの大切な顧客が誰かもわからないのに、どうして私が危害を及ぼせるというのです」

アラビア語で彼が何かつぶやくと、ファーティマが立ち上がって、ブルーのほうをちらとも見ずに部屋から出ていき、次いで幼い子供たち、最後にイシュマエルが去っていった。そのあとドアが閉まるのを待って、ブルーはポケットから封をしていない封筒を取り出し、ドクトル・アブドゥラの机に置いた。

「私に手紙を届けるために、はるばるこんなところまで？」ドクトル・アブドゥラはユーモアを交えて訊いたあと、ブルーの真剣な表情を見て、すり傷の入った読書眼鏡《めがね》をかけた。封筒から紙を取り出して開き、そこにタイプされた数字の列をとくと眺めた。そして眼鏡をはずし、手で顔をこすって、またかけた。

「これは何かの冗談ですか、ミスター・ブルー？」

「高額とおっしゃりたいのですか」

「あなたにとっても高額ですか」

「個人的には、いいえ。ですが私の銀行にとっては、ええ、高額です。これだけの金額に愉しくさよならを言う銀行はありません」

まだ信じられない思いで、ドクトル・アブドゥラはもう一度数字を見た。「私のほうも、これだけの金額にようこそと言うことには慣れていません、ミスター・ブルー。どうすればいいのです。あなたに感謝する？〝はい〟と言う？あなたは銀行家ですが、私はしがない神への懇願者です。私の祈りが叶えられるということでしょうか、それとも、私をからっておられるのでしょうか」

「ただし、条件があります」ブルーはあえてその質問には答えず、厳しく言い渡した。

「喜んでうかがいましょう。条件があればあるほどいい。北半球の私のすべての慈善事業に集まる資金の合計が年間どれくらいか、ご存知ですか」

「見当もつきません」

「銀行家はなんでも知っているのかと思った。最大でもこの金額の三分の一です。むしろ四分の一に近い。アッラーはどこまで恵み深いのでしょう」

アブドゥラはまだ机に置いた紙を見つめていた。自分のものだというように両手を紙の両側に添えて。ブルーは長年の銀行稼業の特権として、あらゆる状況下にある男女が、突然自分のものになった富の大きさに目覚める瞬間に立ち会ってきたが、この善良な学者ほど純粋な喜びで顔を輝かせている姿は見たことがなかった。

「これほど莫大な資金が、私の支援する人々にとってどういう意味を持つか、想像もつかないだろうと思います」彼は言い、眼に涙を浮かべてブルーを戸惑わせた。その眼を閉じて、頭を垂れていたが、また顔を上げたときには、声も質問の内容も鋭かった。

「この大金がどこから来たのか、うかがってもよろしいですか。あなたの顧客はどうやってこれを手に入れたのか」

「ほとんどは十年から二十年、私の銀行に預けられていました」

「だが、あなたの銀行からこの資金が生まれたわけではない」

「それはそうです」

「ではどこで生まれたのです、ミスター・ブルー？」

「これは遺産です。私の顧客が言うには、不正に手に入れたもののようです。利子もつきました、イスラム法ではつかないと聞きますが。私の顧客は、正式に引き出しの請求をするまえに、それがみずからの信仰に適《かな》う行動だと確信する必要がありました」

「条件があるとおっしゃいましたね、ミスター・ブルー」

「私の顧客は、この富をあなたの慈善団体に分配する際に、チェチェンを最優先に考えていただきたいと考えています」

「そのかたはチェチェン人なのですね、ミスター・ブルー?」声はまた穏やかになったが、眼の表情は厳しくなり、砂漠の太陽を見つめているかのように、まわりに細かいしわが寄った。

「彼は抑圧されたチェチェンの人々の窮状に心を痛めています」ブルーはまた相手の質問に直接答えなかった。「第一に希望するのは、彼らに薬と医院を提供することです」

「その重要な仕事に特化した慈善事業も数多くあります、ミスター・ブルー」黒い小さな眼が依然としてブルーの眼を見すえていた。

「彼自身がいつか医師になりたいという希望もあります。非道な扱いを受けたチェチェン人を癒《い》やせるように」

「癒やすことができるのは神だけです、ミスター・ブルー。人間にできるのは、それを助けることだけで。ところで、あなたの顧客は何歳なのですか、訊いてよろしければ。成人男性なのでしょうか。自分の財産を合法な世界で作り出しているような?」

「年齢や社会的な地位がなんであれ、彼、あるいは彼女かもしれませんが、とにかく私の顧客は医学を学び、自分の寛大な計らいの最初の受益者になりたいと思っています。きれいでないと考える資金を直接使う代わりに、イスラム系の慈善団体を介して、ここヨーロッパで、医師になるための完全な訓練を受けたいのです。寄付全体からすれば、その費用は微々たるものですが、それで顧客は倫理的に行動していると確信することができる。そして、以上のすべてについて、あなたに個人的な指導を仰ぎたいと希望しています。ハンブルクで、ご都合のいい時間と場所を指定していただければ」

ドクトル・アブドゥラの視線がまた眼のまえの書類に移り、ブルーに戻った。

「あなたの本心に問いかけてもかまいませんか、ミスター・ブルー?」

「もちろんです」

「あなたは誠実なかただ。私にははっきりとわかります。誠実で、親切です。ほかのことはどうでもよろしい。キリスト教徒だろうと、ユダヤ教徒だろうとかまいません。あなたは見たとおりのかたです。私と同じ父親でもある。そして世の中を知っておられる」

「そうありたいと思っています」

「ですから、どうか教えてください。どうしてあなたを信用しなければならないのですか」

「信用すべきでない理由がありますか」

「なんとなれば、このすばらしすぎる提案は口のなかに嫌な味を残すからです」

〝誰かを処刑場に連れていくわけではない〟とランタンは言っていた。〝彼に、まっとうな人間として寛大なおこないをするチャンスを与えるのだ。だから罪悪感など覚える必要はないよ。一年後、彼はあなたに感謝しているだろう〟

「もし嫌な味がするなら、それは私のせいでも、私の顧客のせいでもありません。おそらくこの資金がどうやって作られたかに由来するのでしょう」

「あなたはそう言われた」

「私の顧客はこの資金の不幸な起源を忘れようにも忘れられません。そこで顧問弁護士とじっくり話し合って、思いついた解決策があなただったというわけです」

「顧問弁護士がいるのですか」

「います」

「ドイツに？」

質問がまた鋭くなってきた。ブルーにはむしろありがたかった。

「ええ、そのとおりです」と明るく答えた。

「優秀な人ですか」

「だと思います。本人が彼女を選んだのですから」

「すると女性ですね。それがいい。女性弁護士がいちばんだと聞きます。あなたの顧客はその弁護士を選ぶときに助言を受けましたか」

「受けたと思います」

「彼女はイスラム教徒ですか」

「ご自身で彼女に訊いてください」

「あなたの顧客は私と同じように人を信じやすいほうですか、ミスター・ブルー？」

〝彼に伝えるのはここまでで、あとは話さないこと〟とランタンは言っていた。〝その気にさせるために足首だけちらっと見せて、そこでやめるのだ〟

「私の顧客は悲劇的な体験をした人物です、ドクトル・アブドゥラ。数多くの不当な仕打ちを受けましたが、それらに耐え、抵抗してきました。ただ、傷は残っています」

「だから？」

「だから、彼としては汚れた金と見なしているものを、あなたと彼が同意した慈善事業に直接移すよう、弁護士を介して私の銀行に指示したのです。あなたと彼の立ち会いのもとで、ブルー・フレールから受け取り主に。彼はほかの人間が介在することを望んでいません。あなたのすぐれた業績について知っていて、あなたの著作も研究し、あなたの指導だけを望んでいます。ですが、この取引を自分の眼で確かめなければならないのです」

「そのかたは、アラビア語はできますか？」

「申しわけありません」

「ドイツ語は？　フランス語は？　英語はどうです？　チェチェン人なら、きっとロシア語は話しますね。それともチェチェン語だけでしょうか」

「彼が何語を話すにしても、適切な通訳者が同席します」

ドクトル・アブドゥラは机の書類を物憂げにいじりながら、ふたたびブルーを見すえて、考えに沈んだ。

「あなたはおかしな人だ」ついに不満をこぼした。「まるで自由になった人のようだ。なぜです？　銀行が大金に別れを告げようとしているのに、あなたは微笑んでいる。矛盾しています。それがイギリス人の不実な笑みというものですか」

「おそらく私のイギリス人の笑みには理由があります」

「だとすると、おそらくその理由が私を不安にしている」

「今回の資金源を不快に感じているのは、私の顧客だけではありません」

「しかし、お金ににおいはないと言います。とりわけ銀行家には。ちがいますか」

「それでも、わが行は小さな安堵《あんど》のため息をついていると思います」

「だとすると、あなたの銀行家としての道徳規範は称讃に値する。どうかほかのことを言ってください」

「もし言えるなら」

また冷や汗がひと筋流れた。今度は反対側の横腹だった。

「この話全体、ひどく急いでおられるようだ。どうしてです？　どんな奇妙な力が働いているのですか。さあ、話してください。私たちはどちらも正直な人間です。そしてここには、ふたりしかいません」

「私の顧客は、天に与えられたわずかな時間を生きているのです。いまこのときにも、今回の寄付を正式にできない立場になってしまうかもしれない。あなたにできるだけ早く用意していただきたいのは、推薦できる慈善団体と、その活動目的をまとめたリストです。私がそれを顧客の弁護士に渡し、弁護士が彼に見せて許可を求める。それでこの仕事は完了です」

ブルーが立ち去ろうとすると、ドクトル・アブドゥラはまた茶目っ気のある活発な人物に戻った。

「つまり、私には時間もほかの選択肢もないということですな」なじるように言って、両手でブルーの手を握り、輝く眼で彼を見上げて微笑んだ。

「こちらも同様です」ブルーも同じユーモアと不満げな口調で応じた。「それもまもなく解決すると思いたいところですが」

「帰り道もどうぞご無事で。よく言うように、温かい家族のもとへ。アッラーのご加護がありますように」

「あなたもお体に気をつけて」ぎこちなく握手しながら、ブルーも同じく温かいことばを返した。

車に戻る途中で、ブルーはシャツが汗でぐっしょり濡れ、上着の襟《えり》も帯状に湿っていることに気づいた。アウトバーンに入ると、例の番人ふたりがまたうしろについて、呆けたようににやにやしていた。彼らを愉しませるどんなことをしたのかわからなかった。ブルーはこれほど自分を憎んだこともなかった。

ブルーがアブドゥラの家を八時間前に発《た》ってから、エアナ・フライとギュンター・バッハマンはほとんどひと言もことばを交わしていなかった。マクシミリアンのコンピュータの画面が並んでいるまえで、体をくっつけるようにして坐っていたのだが。ひとつの画面はベルリンの信号情報センター、別の画面は衛星監視装置、三番目は車に乗ったアルニ・モアの五人の監視チームにつながっていた。

十五時四十八分、静まり返った部屋のなかで、彼らは眼を半分閉じ、ブルーとアブドゥラのやりとりを聞いた。ブルーの盗聴用万年筆から、通りの向かいのガレージに待機したランタンの監視員を経由して、暗号化のうえ厩舎《きゅうしゃ》に送られてくる音声だった。バッハマンがひとつだけ見せた反応は、音を立てずに拍手することだった。エアナ・フライはまったく反応しなかった。

　十七時十分、アブドゥラの家から、このあと続いて傍受された電話の最初のものがかけられた。信号情報の画面で、アラビア語からドイツ語の同時通訳の文字が流れた。アラビア語が話せるバッハマンにとって通訳はよけいだったが、エアナ・フライや、バッハマンのチームのほとんどの人員にとっては必要な情報だった。

　通話があるたびに、相手の名前が画面のいちばん下に現われた。隣の画面に、その人物の特徴と詳細追跡情報が表示された。合計六回あった通話の相手はすべて、人望の厚いイスラム教徒の資金調達者と慈善団体の職員だった。調査員が寄せたコメントによれば、そのなかに現在調査中の人物はひとりもいなかった。

　通話の内容はどれも同じだった――資金が手に入ったよ、わが同胞。かぎりなく豊かで慈悲深いアッラーが、われわれに偉大で歴史的な贈り物をする価値があると判断してくださった。どの会話にも奇妙に共通しているのは、ドクトル・アブドゥラが、贈り物をアメリカドルではなく、あたかもアメリカの米であるように語ることだった。あまり説得力のないその単純な暗号で、何百万ドルは何百万トンに言い換えられた。

　調査員のコメントによると、そうして偽るのは、たまたま会話を耳にした現地の職員が、まちがっても欲心を起こさないようにと用心してのことだった。六つの会話にほとんどちがいはなかった。すべてひとつの台本で用が足りた。

「最高品質のものが十二・五トンだよ、わが友人。アメリカのトンだ。わかるかね？ そう、トンだ。最後のひと粒まで信者に配らなければならない。そう、ものわかりの悪い男だな、トンだ。神の慈悲深い手でその愚かな耳をたたいてもらおうか？ ただし、条件がある。多くはないが、それでも守らなければならない。聞いているかね？ 支給品はまず、われわれの抑圧されたチェチェンの同胞たちにまわさなければならない。彼らの飢えを最初に満たすのだ。それから、医師の訓練を増やさなければならない、神の御心《インシャラー》のままに。すばらしいことじゃないかね？ ヨーロッパにおいてもだ。すでにひとり訓練候補者がいる！」

この通話の相手は、シャイフ・ラシッド・ハッサンなる人物だった。アブドゥラがカイロで学生だったころからの長年の友人で、いまはイギリスのサリー州ウェイブリッジに住んでいる。同じ理由から、アブドゥラとはいちばんつき合いが長く、いちばん親しい友人だった。しかし、会話の終わり方は謎めいていて、調査員もそこに注目した。

〝われわれの善き友人が、議論すべきことを議論するために、あとでかならずきみに連絡する〟とアブドゥラが約束する。返事はどうともとれるうなり声だ。

十九時四十二分、最初のライブ映像が映る。

〈道しるべ〉が、バーバリーの薄い色のレインコート、イギリスのハンチング帽というヨーロッパ人のような恰好でポーチに現われる。ひとりだけだ。正面の門で、黒いボルボのセダンが後部ドアを開けて彼を待っている。

調査員のメモ――ボルボは、ハンブルクの北百五十キロのフレンスブルクでトルコ人が所有するレンタカー会社の登録。その会社にも、所有者にも前科はなし。

〈道しるべ〉はふたりのボディガードのうち歳上のほうに助けられて、ボルボの後部座席に乗りこむ。ボディガードは助手席に入る。監視カメラの視点が変わり、ボルボのうしろについて尾行しはじめる。敬虔《けいけん》な信者はあまり自分で運転したがらない、とバッハマンは考える。バッハマンは助手席のボディガードを見ていて、ボディガードはバックミラーとサイドミラーを見ている。

ボルボがアウトバーンに乗り、北東に向かって速度を二十、四十、五十七キロと上げていく。黄昏《たそがれ》が濃くなり、カメラが暗視レンズのくすんだ緑色に変わる。その間ずっと、ボディガードの頭のシルエットは両方のミラーを代わる代わる見ている。ボルボがサービスエリアに入ると、いっそうあたりに注意を払う。

ボディガードが助手席からおりて用を足しがてら、サービスエリア内に不審なものはないか調べているようだ。カメラのほうをじっと見る。おそらく、五十メートルうしろに停まったモアの監視車を気にしているのだろう。

ボディガードがボルボに戻り、後部ドアを開けて、なかに話しかける。〈道しるべ〉が出てきて、風に飛ばされそうになる帽子を押さえ、サービスエリアの東の橋にあるガラスの公衆電話ボックスに歩いていく。ボックスに入るとすぐに、手に持っていたクレジットカードを使う。馬鹿め、とバッハマンは思う。だが、カードもボルボのように〈道しるべ〉の所有物ではないのかもしれない。

〈道しるべ〉がダイヤルすると、マクシミリアンの画面のひとつに名前が現われる。この夕方に〈道しるべ〉が自宅からかけた相手、ウェイブリッジのシャイフ・ラシッド・ハッサンだ。しかしこの間に〈道しるべ〉の声には奇妙な変化が生じている。ベルリンの信号情報センターが遅まきながら、そして数秒の時差とともに、それをとらえる。

最初バッハマンには、聞こえてくるものがほとんど理解できない。しかたなく隣の画面の同時通訳に頼る。〈道しるべ〉はたしかにアラビア語を話しているが、きついエジプト方言の、それも口語を使っている。たまたま誰かが盗み聞きしてもわからないことを狙っているのだろうとバッハマンは思う。

だとすると、読みははずれている。同時通訳者が誰か知らないが、彼はまちがいなく天才で、少しもつまずかない。

道しるべ　シャイフ・ラシッド？
ラシッド　そうだ。
道しるべ　ファイサルだ。きみの名高い義父のいとこの。
ラシッド　で？

道しるべ　義父殿にメッセージがある。伝えてもらえるか？
ラシッド　（間）伝えよう。神の御心のままに《インシャラー》。
道しるべ　モガディシュの彼の兄上の病院に届ける、義肢と車椅子の発送が遅れている。
ラシッド　それがどうした？
道しるべ　遅れはすぐに解消する。だから安心してキプロスの休暇に出かけてほしい。そう伝えてもらえるかな。喜ぶことと思う。
ラシッド　義父に伝えよう。神の御心のままに《インシャラー》。

シャイフ・ラシッドが電話を切る。

14

「フラウ・エリ」ブルーは慣れ親しんだ日常業務という雰囲気で話しかけた。

「ミスター・トミー」フラウ・エレンベルガーが答え、毎日の儀礼的なやりとりに備えたが、あてがはずれた。この日のブルーは経営者だった。

「うれしい知らせだ。今夜をもって最後のリピッツァナーの口座が解約される、フラウ・エリ」

「ほっとしました、ミスター・トミー。そろそろそうなりませんと」

「今夜、終業時刻のあとで請求者が訪ねてくる。彼のたっての希望なのだ」

「今晩は用事が入っていません。喜んでお手伝いします」フラウ・エリは謎めいた熱心さで答えた。

リピッツァナーが消えるのをどうしても見届けたいということだろうか。それともグリゴーリー・ボリソヴィッチ・カルポフ大佐の私生児にどうしても会いたいのか？

「ありがとう。だがその必要はないよ、フラウ・エリ。顧客が完全なプライバシーを要求しているから。だが、関連する書類を掘り出して、私の机に持ってきてもらえるとありがたい」

「請求者は鍵を持っていると考えてよろしいですか、ミスター・トミー？」

「彼の弁護士によれば、まさに必要な鍵を持っているとのことだ。われわれの鍵もあるね。どこかな？」

「地下牢です、ミスター・トミー。壁の金庫のなかに。コンビネーションがふたつついています」

「箱形の金庫の横？」

「箱形の金庫の横です」

「鍵はつねにできるだけ金庫から遠ざけておくのが当行の方針だと思っていたが」

「それはミスター・エドワードの時代です。ハンブルクではそれほど厳しくない方針を採用しています」

「まあいいか。その鍵を預かっておこう」

「出納課長に手伝ってもらわなければなりません」

「なぜだね？」

「コンビネーションのひとつは彼女が管理しているからです、ミスター・トミー」

「なるほど。これがどういう件か、彼女に説明する必要があるかな？」

「ありません、ミスター・トミー」

「であれば、説明しないでくれ。それから今日は早めに閉店する。遅くとも午後三時までに、全員ここから出てほしい」

「全員ですか？」

「私以外の全員だ、もしよければ」

「けっこうです、ミスター・トミー」彼女は言った。

しかし、フラウ・エレンベルガーの顔に浮かんだ怒りは、ブルーを落ち着かない気分にさせた。理由がわからないだけになおさらだった。指示どおり、午後三時には誰もいなくなり、ブルーはランタンに完了の電話をかけた。数分とたたないうちに呼び鈴が鳴った。行内にひとり残ったブルーが慎重に階下におりていくと、正面の入口に青いオーバーオールを着た男が四人立っていた。彼らの背後の車寄せには、リューベックの〈スリー・オーシャンズ電気〉という文字が書かれた白いワゴン車が停まっていた。驚くにはあたらないが、この商売では彼らを盗聴屋《バガーズ》と呼ぶ（バガーには、嫌なやつ、ゲイなどの意味もある）、とランタンがこの侵入者について説明するときに言っていた。

四人のなかでいちばん年嵩《としかさ》の男は、海賊のような金歯を二本入れていた。

「ミスター・ブルー？」彼が金歯を光らせて訊いた。

「なんの用だね？」

「あなたのシステムを調べる予約が入っています」英語で苦労して言った。

「ほう、では入りなさい」ブルーはドイツ語で不機嫌に答えた。「やるべきことをやってくれ。ただ、できれば壁の漆喰《しっくい》は傷つけないでもらいたい」

ブルーはランタンに、銀行内外にはちゃんと監視カメラが設置してあると口が酸《す》っぱくなるほど言っていた。盗聴屋が同じものを設置するより、すでにあるものを使えばいいのでは？　しかし、ランタンの言う〝われわれのドイツの友人たち〟にとっては、それでは不充分なのだった。その後一時間かけて男たちが作業しているあいだ、ブルーは手持ちぶさたで建物のなかをうろついていた――廊下、受付、階段、出納《すいとう》係が働くコンピュータ室、秘書室、トイレ。地下牢は彼らのために自分の鍵で開けてやらなければならなかった。

「それから、あなたの部屋もお願いします、ミスター・ブルー。もしよろしければ」金歯の笑顔の男が言った。

彼らが執務室を冒瀆《ぼうとく》するあいだ、ブルーは階下《した》をぶらぶらしていた。が、どこに傷がついたのだろうと探しても、仕事の跡はまったく見つからなかった。また自分の部屋に戻ったときにも、やはり何も手を加えていないように見えた。

男たちは意味のない尊敬の表情を浮かべて去っていき、ブルーはまたひとりになって急に孤独を感じ、机のまえにどさりと腰をおろした。フラウ・エレンベルガーが彼のために置いていった、かび臭いリピッツァナーの書類に手を伸ばすのも億劫《おっくう》だった。

しかし、ほどなく別の人格が自己主張しはじめた。古い自己なのか、新しい自己なのかは関係ない。それは〝帰ってきたブルー〟だった。両手をポケットに突っこみ、部屋を横切って、ブルー家の手書きの家系図の原本をじっと眺めた。三十五年間、自分が至らぬ人間だということを毎日思い出させてくれた家系図だ。われわれのドイツの友人たちは、このうしろに盗聴器を仕掛けたのだろうか。初代家長その人が、私の立てるあらゆる音を盗み聞きしているのだろうか。

まあ、聞かせておくさ。これから数週間後には、車輪つきの緑のゴミ箱のなかから盗み聞きすることになるだろう。

くるりと振り返って部屋のなかを見た。私の部屋、経営者である私の机、私の〈ランドールズ・オブ・グラスゴー〉の木製のくそ物かけ、私の本棚。父親のものではなく、その父親のものでも、さらにその父親のものでもない。そしてそこに並ぶ、表紙を開いてみたことすらない本も、私のものだ。そろそろ彼らも気づくべきだ。私自身も気づくべきだった。私のものということは、私が何をしてもいいということだ。燃やそうが、売ろうが、地に呪われたる者たちに寄付しようが。

好きにしてやる《バガー・ゼム》。私が好きにされた《バガード》ように、ハ、ハ。

少し卑猥《ひわい》な含みがあったかもしれないと思い、考えるほどに気に入って、今度は声に出して言ってみた。丁寧《ていねい》な、正しい英語で、まずランタンのために、次にランタンのドイツの友人たちのために、そして最後に、あらゆるところにいる聞き手全員に。もうスイッチを入れているのだろうか。好きにしろ。

そのあと、本番の席の配置について入念に検討しはじめた——イッサはここに坐り、アブドゥラはそこ、私はあくまでこの机のうしろだ。

アナベルは？

当然ながら、アナベルは教室のうしろに追いやられたりはしない。私の銀行でそれはない。彼女は私の大切な客であり、私がふさわしいと考える接待を受けるのだ。

思案しているうちに、部屋のもっとも暗い隅に片づけていた祖父の椅子が眼に留まった。ごてごてと彫刻のほどこされた醜い椅子で、背もたれのいちばん上にブルー家の紋章が入り、色褪《いろあ》せた張り地にブルー家の格子模様が刺繡《ししゅう》されている。それを奥から引き出して、クッションをふたつのせ、自分の工夫に満足した。これで彼女らしい坐り方ができる。ぴしっと背筋を伸ばし、よけいな口出しをしたらただではおかないというような。

最後の仕上げに、アルコーブの冷蔵庫まで歩いていき、無炭酸のミネラルウォーターの壜《びん》を二本取ってきて、彼女が来るころには室温になるように、コーヒーテーブルの上に並べた。ついでに自分にスコッチをつごうかとも思ったが、我慢した。夜の会議が始まるまえに、最後にもうひとつ重要な仕事がある。それを心待ちにしていた。

何も理由は説明せずに、ブルーはアトランティック・ホテルがいいと主張した。予備調査を終えたランタンは、おとなしく同意した。待ち合わせは七時、初めてアナベルと会ったときと同じ時刻だ。ロビーも同じにおいに包まれていた。同じヘル・シュヴァルツが働いていた。バーから同じざわめきが聞こえた。やはり同じように無視されたピアニストが愛の曲を奏でるなかで、ブルーは同じ重商主義の絵画の下の同じ席に坐り、同じ両開きのドア《スイングドア》に眼を向けた。天気だけがちがった。沈みかけた春の太陽が路上に照りつけ、通行人を解き放って、実際より大きく見せていた。少なくともブルーにそう見えたのは、彼自身が解き放たれて、大きな気分になっていたからかもしれない。

早めに着いたが、ランタンとふたりの部下はもっと早く到着して、ブルーの指定席とスイングドアのあいだに、三人の企業中堅幹部のように坐っていた。おおかた、ブルーがイッサのパスポートをつかんで逃げ出したら、そこで阻止するといったところだろう。通路の向こうの厨房《ちゅうぼう》の入口近くに、レストラン〈ルイーズ〉でアナベルを助けに駆け寄ってきた女性ふたりが坐っていた。またいつでもそうしそうな雰囲気だった。にこりともせずに、街の地図をいっしょに見ながら、いかにも嘘くさい会話を律儀に交わしていた。

彼女はリュックサックを捨てた。

スイングドアから入ってくる彼女を見たときに、ブルーが最初に気づいたのはそのことだった。リュックサックがなく、歩き方が遅く、自転車もない。黄土色のボルボが店の入口まで彼女を運んできた。タクシーではないから、彼女の番人が車で送ってきたにちがいない。レイラの家に行ったときにヒジャブとして使ったのと同じスカーフを、首に巻いていた。厳格な法律家ふうの黒いスカート、長袖のブラウスとジャケットは、ブルーの意表をついた。まるで法廷に立つまえか、立ったあとの弁護士のようではないかと思ったところで、自分も今晩のドクトル・アブドゥラとの会合のために、いちばん色の濃いスーツを選んできたことに気づいた。

「水かな？」ブルーは様子をうかがいながら提案した。「レモンなし？　室温？　まえと同じ組み合わせで？」

彼女は「ええ、お願いします」と言ったが、微笑まなかった。

ブルーは水をふたつ、自分の分も含めて注文した。握手したあと、何を見ることになるのか怖くて彼女を正視できなかった。その顔はやつれ、寝ていないようだった。自制心を働かせて唇をしっかりと閉じていた。

「エスコートがついているんだろう？」わざと明るい調子で言った。「なんなら彼らに飲み物でもふるまってやろうか。シャンパンのボトルとか？」

ジョージーのように肩をすくめた。

ブルーはあえて無遠慮な態度をとって、イギリスの大馬鹿者のふりをしていた。喜劇を演じても始まらないのに、ほかにどうすればいいかわからなかったのだ。大事な場面に向けて彼女を励まし、彼女を愛していることを伝えたいと思っている、年寄りの演技過剰の役者だった。

「そちらは少々護衛が足りないようだね、アナベル。われわれは調教師にとってとても重要な人間だというのに。お伴がふたりしかいないじゃないか。私は三人だ。確かめたければ、ほら、あそこに」彼らのほうを指さした。「あのスーツ姿のちんまりした若いのが、彼らの知的指導者だ。名前はランタン。在ベルリン・イギリス大使館のイアン・ランタン、いつでも大使に確認してくれたまえ。残りのふたりは……まあ、下の人間だな。両耳のあいだにあまりものが詰まっていない。きみも盗聴器をつけている？」

「ええ」

いま微笑みかけただろうか。そんな気がする。「よろしい。つまりわれわれには立派な聴衆がついているわけだ。それとも」――突然不安になったかのように――「それとも、きみの護衛はきみの声しか聞こえず、私のほうは私の声しか聞こえないのかな。いや、そんなことはありえない。だろう？　私は電子機器マニアではないが、ふたつが別の波長ということはありえない。いや、あるのかな？」左右の肩のうしろを振り返って確かめるまねをした。「そういうことをあまり気にしてもしかたがないか」自責の念で首を振った。「いずれにせよ、われわれが今夜のスターだ。彼らは聴衆。ただ聞くことしかできない」と説明すると、ようやく笑みが返ってきた。見る者に力を与える完全に無警戒な笑みで、なかにいるだけで愉しいまったく新しい世界に包みこまれた気がした。

「彼のパスポートを手に入れてくれたんですね」彼女は笑みを浮かべたままで言った。「彼らから、あなたが親切に働きかけたおかげだと聞きました」

「親切かどうかはわからないけれど、きみがそれを見たいだろうと思った。私自身も見たいと思ったよ。いまどきの取引の相手がどういう人間かはわからないからね。だが残念ながら、まだいまは渡せない。見せることはできるが、右にいる若いミスター・ランタンにまた返して、ミスター・ランタンがきみの国の人に渡し、われわれの依頼人が意図していたこと、そして意図されていたことをやったときに、きみの国のその人がパスポートを〝有効〟にする――その言い方が正しければ」

ブルーはパスポートを彼女に差し出していた。とくに隠すでもなく、テーブル越しによく見えるように出したので、両グループの監視者たちはいまや別の用事があるふりをやめて、ひたすらふたりを見ていた。

「それとも、きみのほうではちがった説明を受けているかな?」ブルーは快活に続けた。「気づいたのだが、彼らと話すときには、何通りかのバージョンを比較することが本当に重要なのだ。彼らはとても聖人君子とは言いがたいからね。私が聞いた説明はこうだ。きみが依頼人を銀行に連れてくる。依頼人は引き出し手続きをすませ、銀行から直接――そこはしっかり確認した――私には住所が知らされていない建物に連れていかれ、そこで三通の書類に記入し、ドイツのパスポートを渡される。いまここにあるこれが、その時点で有効になるのだ。どうだろう、話が一致するかな。それとも問題がある?」

「一致します」彼女は言った。

そして、ブルーからパスポートを受け取って確認した。まず写真、次にいくつかの無害な出入国スタンプ。日付が新しすぎるものはない。そして三年七カ月先の有効期限。

「これを回収するために、わたしも彼に同行しなければなりません」かつての決然とした口調で言って、ブルーを喜ばせた。

「もちろんだ。彼の弁護士として、ほかに選択肢はない」

「彼は病気です。時間をかける必要があります」

「もちろんだ。今夜から先は好きなだけ時間をかけられるようになる」ブルーは言った。

「それから、あなたに個人的に渡したい書類がある」パスポートを受け取り、待っている彼女の手に、封をしていない封筒をのせた。「いま見る必要はない。迷惑な宝石の贈り物ではないよ。ただの紙一枚だ。しかし、これできみも自由になれる。報復の起訴だとか、その手のことがないようにするものだ。きみが同じことをまたやらなければ、という条件つきだが、私としてはまたやってくれることを期待している。彼らはきみがいわば〝協力〟してくれたことに感謝もしている。この業界では、ほとんど結婚の申しこみに近いね」

「わたしが自由になることはどうでもいい」

「いや、どうでもよくないと思う」ブルーは応じた。

しかしブルーは、そこからドイツ語ではなくロシア語でしゃべっていた。おもしろいことに、通路の両側にいるふたつのグループに激しい動きが生じた。みなの頭がさっと持ち上がり、途方に暮れて通路越しに相談していた――誰かロシア語が話せる人は？　彼らの当惑顔を見るかぎり、いないようだった。

「数分ふたりきりになれたようだから――なれたことを祈るが」ブルーはパリで学んだ古典的なロシア語で続けた。「きわめて個人的で極秘の事項についていくつか話したい。いいだろうか」

彼女の顔が魔法のように明るくなって、ブルーは喜んだ。

「どうぞ、ミスター・ブルー」

「きみは私の銀行について話した。私のくそ銀行について。ただ、私の銀行がなければ、彼はここにはいなかった。だが、いまはいる。そして願わくは、これからもいられる。彼が来なければよかったと思うかい？」

「いいえ」

「ならばよかった。あと伝えたかったのは、私にはジョージーナという名の愛する娘がいる。私は短くジョージーと呼んでいるが。まえの結婚でできた子だ。私がまだ結婚というものの本質を理解していなかった人生の早い時期にね。それを言えば、愛というものも理解していなかった。当時の私は、結婚にも、父親であることにも適していなかった。だが、いまはちがう。ジョージーにはもうすぐ赤ちゃんができる。私は祖父になることを学ばなければならない」

「おめでとうございます」

「ありがとう。ずっと誰かに言おうと思っていたのだ。いま言えてうれしい。ジョージーは鬱病だ。私はこの種の用語を信用しないが、あの子については、その症状が当てはまると言わざるをえない。〝バランス調整〟が必要なのだ。たしかそういう言い方だった。ジョージーはカリフォルニアに住んでいる。物書きといっしょにね。拒食症だったこともあった。飢えた鳥のようになってしまって。かといって、こちらは何もしてやれない。つらい時代だった。離婚も状況の改善にはならなかった。あの子は賢明にもアメリカに渡った。カリフォルニアに。そこにいまいる」

「それはもう聞きました」

「失礼。要するに言いたいのは、あの子がちゃんとした生活を始めたということだ。何日かまえの夜にも電話で話したばかりだ。ときどき思うんだが、電話の距離が広がれば広がるほど、幸せに暮らしているかどうか訊きやすくなるものだね。まえにも赤ん坊ができたことはあるが、死んでしまった。今度の子はぜったいにそうならないと思う。私にはわかる。話がそれたね。申しわけない。思いついたことがあるのだ。このことが終わったら、ちょっと自分に休養を与えて、あの子に会いにいこうと思っている。しばらくあちらにいるかもしれない。銀行は正直言って、つぶれかけている。惜しむ気持ちはない。何事にも寿命はあるものだ。それで思った。私があちらに行って少し落ち着き、きみもちゃんとした生活に戻れたら、何日かわれわれのところに滞在してもらったらどうだろうとね。もちろん費用は私が持つ。お望みなら誰かいっしょに連れてきてもいい。ジョージーと赤ん坊に会ってもらいたいのだ。それからあの子の夫にも。ろくでもないやつであることは保証するが」

「行きたいわ」

「いま答えなくてもいい。口説いているわけではない。考えてみてもらえるかな。言いたかったのはそれだけだ。さて、聴衆の不満が爆発するまえにドイツ語に戻ろうか」

「行きます」彼女はまだロシア語で言った。「行きたいんです。考える必要なんてありません。行くのはわかっています」

「それはすばらしい」ブルーはドイツ語に戻って、机から離れていた時間を確かめるかのように腕時計を見た。「もうひとつだけ仕事がある。ドクトル・アブドゥラのチェチェンに関するリストだ。イスラム共同体全体に向けた提案ではあるが、とくにチェチェンに関してはこれだけの候補を選んで推薦するという。今晩の会合のまえに、われわれの依頼人に一度見てもらったほうがいいのではないかと考えたようだ。これで話し合いがいっそうとどこおりなく進むだろう。では、今晩十時、おふたりに会うのを愉しみにしていると言ってよろしいかな」

「けっこうです」彼女は言った。「もちろん」元気よくうなずいて、ことばを強調すると、立ち上がり、すでに護衛が待っているスイングドアのほうへぎこちなく歩いていった。

「治安妨害ではないよ、イアン」ブルーはイッサのパスポートをランタンに返しながら、気軽な調子で請け合った。「お互い自由意思にしたがっていただけだ」

アナベルの女性たちが彼女を港のまえでおろしたのは、八時半だった。アナベルはひとりで屋根裏部屋までの階段をのぼった。これで最後だと思った。イッサが彼女の囚人で、彼女がイッサの囚人であるのは最後。港の光がまたたくアーチ窓のそばでロシア音楽を聞くのも最後。イッサを、養い甘やかすわが子として、触れることのできない恋人として、耐えがたい苦痛と希望の教師として見るのも最後。あと一時間で、イッサをブルーとドクトル・アブドゥラのもとへ送り届ける。あと一時間で、バッハマンとエアナ・フライは望んだものを手に入れる。イッサの助けで、彼らはサンクチュアリー・ノースが歴史のすべてをかけても救えないほどの無辜《むこ》の命を救う——殺されなかった人をどう数えるかという問題はあるにせよ。

「これはドクトル・アブドゥラの推薦ですか」イッサは天井中央にある埋めこみ型のライトの下に立って、いくらか横柄《おうへい》な態度で訊いた。

「いくつかはね。あなたが要求したとおり、チェチェンをリストの最初に置いている」

「賢明な人だ。ここにあげられている名前は、チェチェンでよく知られています。この慈善団体は聞いたことがある。チェチェンの山岳地帯の勇敢な兵士たちに医薬品や包帯を届けています。麻酔薬も。ここは支援すべきです」

「よかった」

「でも、まずはグロズヌイの子供たちを救わないといけない」リストを眺めながら言った。

「その次に、夫を亡くした女性たちを。本人の意思に反して穢《けが》された若い女性は、罰されずに、神の思《おぼ》し召しで特別な宿泊施設に収容される。たとえ本人の意思が疑われるときでも、やはりそこに収容する。それがぼくの希望です」

「わかった」

「誰も罰されない。家族によってもです。彼女たちには特別な世話人をつけます」ページをめくった。「殉教者の子供を手厚く扱わなければならないのはアッラーの意志ですが、それは彼らの父親が無実の民を殺していない場合にかぎります。ただ、無実の民を殺すという、アッラーがお赦《ゆる》しにならないことを父親がした場合でも、子供は宿泊施設に収容してやらなければならない。これに同意しますか、アナベル？」

「すばらしいと思う。少し混乱しているけれど、すばらしい」彼女は微笑みながら言った。「この慈善団体もいいと思います。聞いたことはないけれど、いいと思う。チェチェンの子供たちへの教育は、長い独立戦争で無視されてきました」

「好きなものに印をつけたらどう？　鉛筆はある？」

「全部好きです。あなたも好きです、アナベル」

リストをたたんでポケットに押しこんだ。

言わないで。アナベルは部屋の端のいつもの場所から彼に頼んでいた。わたしに約束させないで。実現できない夢を描いてみせないで。わたしはそれに耐えられるほど強くない。やめて！

「あなたが神様の信仰、つまりぼくの母と民族の宗教に改宗して、ぼくが西欧のきちんとした資格とミスター・ブルーのような車を持つ偉い医者になったら、仕事以外の時間をすべて、あなたの安らぎのために捧げます。それは保証します、アナベル。あなたも臨月になるまでは、ぼくの病院の看護師として働きます。気づいたのですが、あなたは厳しくないときには、とても大きな思いやりの心を持っている。でも、まず訓練を受けなければなりません。法律家の資格だけでは看護師になれないから」

「そうね」

「聞いているのですか、アナベル？　お願いです、集中して」

「時計を見てただけよ。ミスター・ブルーから、ドクトル・アブドゥラより先に、時間の余裕を持って来てほしいと言われているの。まず請求の手続きをしなければならない、たとえあなたがそのお金を受け取りたくなくてもね」

「わかっています、アナベル。ぼくはそういう手続きにはくわしい。だから、彼のリムジンが早めにここに迎えにくるんですよね。メリクとレイラも式に参加しますか」

「いいえ、ふたりはトルコにいるわ」

「それは悲しいな。ぼくがこれからすることを見れば、きっと安心するのに。ぼくたちの子供には多彩な教育を与えますよ。あいにくチェチェンの学校にはやれませんが。危険すぎるので。まずコーランを学ばせる。そのあと文学と音楽を。〝五絶〟の体得をめざします。ぼくたちは子供を愛し、彼らといっしょに何度も祈ります。じつは、あなたの改宗に必要な手続きについてはよく知りません。そこは知識の深い導師におまかせします。このドクトル・アブドゥラに実際に会って、どういう人か見きわめたら――すでに著作には感銘を受けていますが――彼に頼むかどうか考えましょう。ぼくはあなたにずっと誠実だった、アナベル」

「わかっています」

「それから、あなたはぼくを誘惑しようとしなかった。するんじゃないかと怖れたときもあったけれど、あなたは自分を抑えた」

「そろそろ出かける準備をしないと、ね？」

「ラフマニノフをかけよう」

アーチ窓まで歩いていって、CDプレーヤーのスイッチを入れた。ひとりのときに聞いている大音量のままだったので、いきなりすさまじい和音が響いて天井の垂木《たるき》にぶつかった。彼は窓のほうを向き、順に外出用の服に着替えはじめた。彼女はそのシルエットを見ていた。カーステンの革ジャケットはもう気に入らないようだった。今回は昔の黒いコートとウールの帽子を選び、茶色のサドルバッグを肩からかけた。

「さあ、アナベル、ついてきてください。あなたを守ります。それがわれわれの伝統です」

しかし、イッサはドアを開けたところでぴたりと足を止め、それまでになかったほど真正直な眼で彼女を見つめた。いっときアナベルは、彼がまたドアを閉めて自分を閉じこめようとしていると信じた。そうして、ふたりきりの世界で共有してきた生活を永遠に続けるつもりだと。

そうなればいいと彼女もなかば願っていたかもしれない。が、イッサはもう階段をおりはじめていて、手遅れだった。車体の長い黒のリムジンが待っていた。運転手がうしろのドアを開けて立っていた。若いブロンドの男盛りだった。アナベルは車のなかに入った。運転手はイッサが続くのを待ったが、イッサは断わり、運転手が助手席のドアを開けるとそちらに入った。

ブルーが先頭に立って彼の至聖所に向かった。イッサがあとに続き、法律家の黒いスーツを着て頭にスカーフを巻いたアナベルが最後だった。ブルーはイッサの人格が変わっていることにすぐさま気づいた。敬虔《けいけん》なイスラム教徒の逃亡者から、赤軍大佐の百万長者の息子になっていた。入口のホールでイッサは、銀行の堂々たる建物に慣れていないかのように嫌悪の表情でまわりを睨《にら》みつけた。勧められもしないのに、ブルーがアナベルのために取っておいた椅子に腰かけると、腕と脚を組み、説明が始まるのを待っていた。アナベルは期せずしていちばん端の椅子に追いやられた。

「フラウ・リヒター、もう少しこちらに寄りたいのではないかな？」ブルーは全員に通じるロシア語で訊いた。

「ありがとうございます、ミスター・ブルー。ここでけっこうです」彼女はいままでにない笑みを浮かべて答えた。

「では始めよう」ブルーは不満を呑みこんで宣言した。

六フィートしか離れていないふたりに話しかけるというより、満員の会場で講演しているような奇妙な感覚を抱きながら、話しだした。ブルー・フレールを代表して、イッサを長年の賓客の息子として公式に歓迎した。顧客の逝去《せいきょ》に追悼《ついとう》のことばを述べることは巧みに避けた。

イッサはつんと構えていたが、受け入れてうなずいた。ブルーは咳払いをした。現状に鑑《かんが》みて、形式的な手続きは最小限に抑えることを提案したい。イッサの顧問弁護士から――アナベルのほうに軽くお辞儀して――遺産を引き出すと同時に、選定したイスラム系の慈善団体に全額寄付するという条件でのみ、請求をおこなうという要望を聞いている。

「さらに、その目的のために、高名な宗教学者であるドクトル・アブドゥラの指導を仰ぎたいという話もあったので、私のほうで本人にその旨《むね》伝えた。ドクトル・アブドゥラはのちほど喜んでこの会合に加わる」

「アッラーの指導にしたがうのです」イッサは不機嫌そうにうなって訂正したが、話しかけているのはブルーではなく、手に握りしめているコーランの飾りがついたブレスレットだった。「神のご意志です」

ブルーはかまわず続けた。その要望を叶えるには、通常なら請求者の身元の確認が必要なのだが、フラウ・リヒターの議論に説得力があったので――そこはしっかり強調して――正式な身元確認は省略できると考えており、依頼人がまだ同じことを要望しているのなら――もう一度アナベルのほうを向いて――ただちに請求の手続きに入りたいと思う。

「はい、請求します」イッサはアナベルが答えるまえに叫んだ。「すべてのイスラム教徒のために請求します！　チェチェンのために請求します！」

「ならば、私についてきていただこう」ブルーは言い、受信トレイから、小さく精巧に作られた鍵を取り上げた。

地下牢の扉が軋《きし》んで開いた。技術者が帰ったあと、銀行の警備システムはひとつしか動いていなかった。一方の壁に沿って金庫が積まれていた。深緑で、それぞれに二個の鍵穴がついている。ものに馬鹿げた名前をつけるのが大好きだったエドワード・アマデウスは、それらをまとめて〝ハト小屋〟と呼んでいた。ブルーが知るかぎり、いくつかは五十年間開けられていない。おそらく永遠に開けられないだろう。アナベルのほうを振り返ると、顔を輝かせ、まわりに気を配りながらも熱中していた。ブルーをまっすぐに見つめて、イッサが持ってきたアナトーリーの手紙を差し出した。インクの太い字で金庫の番号が書かれている。ブルーは番号を憶えていた。金庫自体も、中身は忘れたものの憶えていた。まわりの箱より傷んでいて、ロシアの弾薬箱を思わせる。四隅を小さな鉄の爪で固定された、汚れた黄色いラベルの文字は、エドワード・アマデウス自身が几帳面《きちょうめん》に書きこんだものだった。ＬＩＰ、スラッシュ、番号、そして注意書き――〝ＥＡＢに無断でいっさい行動してはならない〟。

「きみの鍵をお願いできるかな？」ブルーはイッサに尋ねた。

イッサはブレスレットを手首に戻すと、裾の長いコートのボタンをはずし、シャツの胸元に手を突っこんで、セーム革の携帯袋を引っ張り出した。その口をゆるめ、鍵を出してブルーに押しつけた。

「あいにくこれは、きみ自身がやらなければならないことだよ、イッサ」ブルーは父親の笑みを浮かべて言った。「私の鍵は、ほら、ここにある」銀行の鍵を持ち上げてイッサに見せた。

「イッサが先ですか」アナベルがパーティゲームに興じる子供のように訊いた。

「それが慣習だと思うけれど、どうだろう、フラウ・リヒター？」

「イッサ、ミスター・ブルーが言うとおりにして、お願い。あなたの鍵を入れてまわすの」

イッサがまえに進み出て鍵を左の鍵穴に入れたが、まわそうとすると引っかかった。困って鍵を引き抜き、右の鍵穴を試してみた。まわった。イッサはうしろに下がった。今度はブルーがまえに出、銀行の鍵を左に入れてまわした。彼もそこでうしろに下がった。

ブルーとアナベルは並んで立ち、グリゴーリー・ボリソヴィッチ・カルポフ大佐の息子が混じり気のない反感とともに、亡き父親の巨額の遺産をわがものにするところを眺めた。父親が不正に入手し、亡きエドワード・アマデウス、大英帝国勲章第四位がイギリス情報部に命じられて、彼のために大事に蓄えていた金だった。最初、金庫の中身はそれほどの大金には見えなかった。封じられず、住所も書かれていない大きな油紙の封筒がひとつあるだけだった。

イッサの痩《や》せ細った手が震えていた。頭上の光に照らされた彼の顔は、あばたと影のある刑務所の顔に逆戻りし、そこに嫌悪が加わっていた。大きな紙幣のように見える浮き出し印刷の書類を、汚いものにでも触《さわ》るように親指と人差し指でつまんで引き出した。封筒を別の日に使うために脇に挟むと、書類を開き、ブルーとアナベルに背を向けて読みはじめた。とはいえ、なんらかの情報を得ているというより、見せかけでそうしているようだった。書かれていることばはロシア語ではなく、ドイツ語だったからだ。

「フラウ・リヒターが階上《うえ》で訳してくれるよ」一分以上、身じろぎもしないイッサに、ブルーはやさしく話しかけた。

「リヒター？」イッサはその名前を聞いたことがないかのようにくり返した。

「アナベル。フラウ・リヒター。きみの弁護士だ。彼女のおかげで、きみはいまここにいる。さらにこう言ってよければ、彼女はほかにもたくさんのことをしてくれた」

イッサはどこかさまよっていた場所から戻ってきて、書類をアナベルに渡し、封筒も渡した。

「これがお金ですか、アナベル？」

「これからお金になるの」

また階上《うえ》に上がったとき、ブルーはことさら淡々と手続きを進めた。父親の怪物性の証拠を手にしたイッサが請求を取り消すと言いだすのが心配だったからだ。アナベルもおそらく同じ不安を感じたのだろう、ブルーに倣《なら》って、依頼人にてきぱきと無記名債券の取引条件を説明し、何か質問はあるかと尋ねたが、イッサはすべてに肩をすくめ、ぼんやりと黙諾《もくだく》するだけだった。質問はなかった。イッサが署名すべき受領書があり、ブルーはそれをアナベルに渡して、目的を依頼人に説明してほしいとうながした。アナベルは静かに、辛抱強く、イッサに〝受領書〟の意味を説明した。

その意味とは、ふたたび手放すまで金はイッサのものだということだった。受領書に署名する際に、気が変わって手元に置いておきたくなったり、別のことに使いたくなったりした場合には、自由にそれができる。彼女の説明を聞いているうちに、ブルーはふと、アナベルが依頼人への忠誠を、自分の調教師への忠誠より重んじていることに気づいた。彼女にとっては主義の問題であり、じつに勇敢な行為でもあった。ここに至るまでのすべてが危険にさらされるからだ。

しかし、イッサは断固決心を変えなかった。右手のペンを振り、指を閉じた左手を額に押し当て、そのあいだから金鎖をのぞかせて、イッサは怒ったような斜め線で受領書に署名した。アナベルが一瞬イスラム的な作法を忘れて手を伸ばし、ペンを受け取ろうとして彼の手に軽く触れた。イッサはびくっとしたが、彼女は気にせず取った。

リヒテンシュタインの財団のファンドマネジャーが資産報告書を用意していた。無記名債券と、いま署名された受領書によって、イッサは財団の単独所有者になった。資産の合計額は、ブルーがドクトル・アブドゥラに伝えたとおり、千二百五十万アメリカドル。ドクトル・アブドゥラがサリー州ウェイブリッジの友人に使った表現では、アメリカの米十二・五トンだった。

「イッサ」ぼうっとしている彼を現実に引き戻そうと、アナベルが呼びかけた。

無記名債券を見つめながら、イッサは両手で落ちくぼんだ頬をなで、唇だけで静かに祈りの文句をつぶやいた。突然収入を得た人々のあらゆる反応を見慣れていたブルーは、欲望や、勝利や、安心からもれ出す小さな光をイッサに探したが、見つからなかった。アブドゥラのときと同じだ。たとえ見えたのだとしても、その光はまずアナベルに移り、現われたかと思う間に消えてしまっていた。

「さて」ブルーは明るく言った。「これで議論すべきことはなくなったと仮定して、次に私がフラウ・リヒターに提案したのは――というより、きみの承認待ちでもう暫定的《ざんていてき》に手配しているのだがね、イッサー――この全額を当行の口座に一度移し、そこから電信振替で、きみとドクトル・アブドゥラが倫理的、宗教的配慮により指定した受取人に、即座に送ることだ」腕をさっとまえに出して、高価な時計を一瞥《いちべつ》した。「あと、そうだね、七分以内に。私がまちがっていなければ、もっと早く」

ブルーはまちがっていなかった。銀行の正面に車が停まるところだった。アラビア語のくぐもった声が聞こえた。運転手と乗客が別れの挨拶《あいさつ》をしていた。ブルーは〝神の御心のままに《インシャラー》〟ということばを聞き、ドクトル・アブドゥラの声だと思った。別れの〝平和《サラーム》〟という単語が聞こえ、車が走り去って、ひとりの足音が正面のポーチに近づいた。「少々失礼します、フラウ・リヒター」ブルーは無用に丁寧な物腰で言って、次なる行動へと階段を駆けおりていった。

アルニ・モアは監視用の新しい大型車を誇らしく思っていて、警察と共同でブルーの銀行のまわりに設定した立入禁止区域の外でしか使わせなかった。区域内はアルニの路上監視員と警察の狙撃手たち、区域外はその大型車とバッハマン、バッハマンのチームからふたり、そして誰も乗っていない広告だらけのクリーム色のタクシー。それがケラーとブルクドルフに了承された配置だった。アクセルロットが異を唱えたが認められず、バッハマンも抗議しながら受け入れるしかなかった。

「ゴミのように細かいことでいちいち彼らと争うわけにはいかないのだ、ギュンター」アクセルロットは、バッハマンが期待していたより投げやりな調子で言った。「彼らのクイーンと引き替えに、こちらのポーンをいくつか手放さなければならないというのなら、私はそれでかまわない」とつけ加えて、かつてベイルートのドイツ大使館の地下にあった防空壕でいっしょにしていたチェスを思い出させた。

「ですが、クイーンはわれわれのものでしょう？」バッハマンは不安になって言い募った。「取り決めた条件では、そう、そのとおりだ。もしきみが〈道しるべ〉を隠れ家に連れていくことができ、われわれの同意した線で話をつけることができ、彼が協力する姿勢を見せたなら、われわれのものだ。これで質問に答えているかね？」

いや、答えていない。

なぜそこで三つも条件を出さなければならないのか、訊きたくなる。

マーサがあの会合で何をしていたのか、なぜベイルートの殺し屋のニュートンを連れてきたのか、説明できない。

手斧のような顔で、灰色がかったブロンド、いかつい肩のあの女が誰なのかも。

一同着席したあとで、なぜあの女が密輸品のようにこっそり会議室に招き入れられ、終了後はホテルの娼婦のようにこっそり連れ出されなければならなかったのかも。

そして、バッハマンと同じくらいアメリカ人の同席を嫌がるはずのアクセルロットが、なぜあれを阻止できなかったのか、またなぜブルクドルフが大目に見ていたのかも。

その大型車は通常のように家具運搬車や、引っ越し用トラックや、コンテナトラックに偽装されることなく、本来の姿だった街路清掃車のままで、鈍重な灰色の大きな車体には、まだ掃除用の装備も残っていた。しかも眼に見えない、とモアは鼻高々だった。どこにいようと誰も気にとめないし、夜中に街の中心部をのろのろ走るのならなおさらだ。動いていても、停まっていても自由に作業ができ、時速三キロで街を巡回しても文句ひとつ出ない。

バッハマンは街路清掃車の待機地点を、ブルーの銀行から五百メートルほど離れた、アルスター湖岸と目抜き通りのあいだの道路待避所にした。街灯のオレンジ色の光の下で、バッハマンのチームは街路清掃車のフロントガラスの向こうの栗林と、後部の隠された銃眼の向こうで永遠に凧《たこ》をあげようとしているふたりの少女のブロンズ像を見ることができた。

モアと対照的に、バッハマンはチームの人数を最小限に抑え、計画も単純なものにしていた。監視カメラの画像と衛星画像を確認するために、マクシミリアンに加えて、いつもいっしょのガールフレンド、ロシア語とアラビア語が堪能なニキを連れてきていた。予想外の緊急事態も考慮して、高性能に改造したアウディに路上監視者をふたり乗せ、立入禁止区域のすぐ外で待機させていた。バッハマンが車にいるかぎり、彼ひとりがアルニ・モアとベルリンの合同運営委員会のアクセルロットと連絡をとり合う。バッハマンはエアナ・フライにも同行を頼んだが、彼女はまたしても断固説得に応じなかった。

「かわいそうなあの娘《こ》は、わたしから奪えるものをすべて奪っている。彼女自身が知っているよりはるかに多くのものを」とエアナ・フライは答え、長い沈黙のあと、バッハマンが見つめているのに気づいて言った。「わたしは彼女に嘘をついた。嘘はつかないと言ったのに。真実のすべてを話すことはないけれど、話すことについてはかならず真実のはずだった」

「それで?」

「彼女に嘘をついた」

「さっき聞いたよ。何について?」

「メリクとレイラ」

「メリクとレイラの何について嘘をついたんだ」

「尋問しないで、ギュンター」

「するとも」

「もう忘れたかもしれないけれど、アルニ・モアの部署にわたしのディープ・スロートがいるの」

「テニスの下手《へた》なやつだろう。忘れちゃいない。そのテニスの下手なやつと、メリクとレイラについてアナベルに嘘をつくのと、どういう関係があるんだ」

「アナベルがふたりのことを心配していた。真夜中にわたしの部屋に来て、イッサをかくまったことでメリクとレイラがぜったいにつらい目に遭わないようにしてほしいと言った。心やさしい人たちが正しいことをしただけなのだからと。アナベルは彼らのことを夢に見ると言った。でも、横になっても眠れなくて心配してるんだと思う」

「それできみは?」

「ふたりはレイラの娘さんの結婚式を愉しんで、すっきりと幸せな気分で帰ってくる。メリクはリングで挑戦者を次から次へと倒して、レイラは新しい旦那《だんな》さんを見つけ、ふたりにとって何もかもがすばらしくなると言った。でもそれはお伽噺《とぎばなし》だった」

「どうして？」

「アルニ・モアと、ケルンのドクトル・ケラーが、彼らの居住許可を取り消すべきだと提言したの。イスラム教徒の犯罪者をかくまい、トルコ人共同体のなかで暴力の可能性を高めたということで。モアたちはアンカラの当局にも知らせるべきだと主張している。ブルクドルフも、トルコでの身柄拘束が〈道しるべ〉の作戦に悪影響を与えないならかまわないと同意した」

エアナ・フライは怒りもあらわにコンピュータの電源を切り、スチール製の戸棚に書類を入れて鍵をかけ、〈道しるべ〉を深夜に迎える準備をするために、港の隠れ家に引き上げた。

バッハマンはひとり残され、気分が悪くなるほど憤《いきどお》って、もう一度アクセルロットに訴えたが、返答は怖れていたとおりのものだった。

「いいかげんにしてくれ、ギュンター！　どれだけ闘わせれば気がすむんだ。ブルクドルフに噛《か》みついて、擁護庁をスパイしていることを告げろと言うのか？」

この二時間、作戦情報が不断に街路清掃車のなかに入ってきて、すべて良好な結果だった。〈道しるべ〉の前夜の外出は明らかに常軌を逸していた。いつもの行動パターンなら、公衆電話は使わない。暗くなってから、妻子を護衛なしで家に残して外出することも、ふだんとはちがった。だが今夜はいつもどおり、近所に住む引退した土木技師で、気のいい友人であるファドに運転手を頼んでいる。パレスチナ人のファドはこの偉大な宗教学者を車であちこちに運び、深遠な知識のやりとりをすることを人生最大の愉しみにしていた。まえの晩は地元の文化施設の講演会に出席していたが、今夜は空いていて、〈道しるべ〉のふたりの護衛も本来の持ち場の自宅に残っていた。

だが、銀行での会合が終わったあと、〈道しるべ〉はハンブルクの一夜をどこですごすのだろう。本人はどこですごそうと思っているのか。もし友人たちが待っていたら――もしホテルを予約していたら――もし夜中に車で帰宅して自分のベッドで寝るつもりなら――バッハマンの八時間の期限は三、四時間に短縮されるかもしれなかった。

少なくともこの点に関しては、神々はバッハマンたちに微笑んだ。〈道しるべ〉はファドの義弟のキュロスというイラン人の家に泊まることにしていたのだ。何度も滞在したことのある家で、キュロス一家はリューベックの友人宅を訪ねて翌朝まで帰らないので、ファドに家の鍵をあずけていた。

さらに好都合なことに、〈道しるべ〉は銀行での仕事が終わったら、ひとりでその家に向かうことにした。ファドは銀行の外で待たせてほしいと言ったが、〈道しるべ〉は譲らなかった。

「どうか神が用意してくれた弟さんの家にすぐ行って、くつろいでくれたまえ」と自宅からの電話でファドにうながした。「そうしてもらうよ、わが友。きみの心はその胸に入りきらないほど大きい。気をつけないと、人生これからというときにアッラーのもとに引き抜かれてしまうかもしれない。銀行から直接タクシーを呼ぶから、心配しないでくれ」

かくして、空《から》のタクシーが街路清掃車と並んで停まっていた。

かくして、タクシーのダッシュボードの上にある運転者証に、セロファンに包まれたバッハマンの顔写真が取りつけられていた。

かくして、バッハマンのみすぼらしい上着と船員帽が、清掃車の横腹のドアにかかっていた。もしすべてが計画どおりに進めば、その衣装で〈道しるべ〉を港の隠れ家に連れ去り、正しい道への改宗を迫ることになる。

「夜明けまでに三つの願いを叶えて」エアナ・フライは感情もあらわに出ていきながら言ったのだった。「まず〈道しるべ〉を無事届けてもらう。次に、フェリックスとかわいそうなあの娘を自由にする。最後に、あなたが片道切符でベルリン行きの列車に乗っている。エコノミー席でね」

「きみは?」

「年金と、大海に向かうヨットよ」

〈道しるべ〉はブルー・フレール銀行に二十二時に来ることになっていた。

二十時三十分、モアの監視員からの報告によれば、ファドが〈道しるべ〉の玄関先に、人生の誇りである新車のBMW335iを停めた。その車を使うことがわかったのは直前で、盗聴器を仕掛けるには遅すぎた。

家から出てきた〈道しるべ〉は活力に満ちていた。道向かいの指向性マイクがとらえた妻と家族への指示は、身のまわりに気をつけて、神を称《たた》えよということだった。傍受者はその声に〝特別なことに対する予感〟を聞いたようだ。〝虫の知らせ〟と言う者もいた。また別の者は、〝これから長い旅に出て、いつ戻ってくるかわからないような〟話し方だったと言った。

二十一時十四分、ヘリコプターの監視班から、BMWが街の北西部の郊外に無事到着したという報告が入った。そこの駐車場に車を停めて、おそらく祈り、銀行での会合まで時間をつぶすと考えられた。アラブの習慣に反して、〈道しるべ〉は異常なほど時間に几帳面《きちょうめん》なことで知られていた。

二十一時十六分――つまり二分後――バッハマンの路上監視員が、ブルーの銀行に向かうリムジンにフェリックスとアナベルが乗りこんだと知らせた。リムジンはフェリックスがどうしてもと主張して、アルニ・モアが喜んで提供したものだった。

立入禁止区域から、モアが彼らの到着を伝えてきた。すでにその様子をマクシミリアンの画面で見ていたバッハマンには、まったく必要のない情報だったが、アルニ・モアはもとより重複を気にする人間ではない。

二十一時二十九分、バッハマンは、ほかならぬベルリンのアクセルロットから、イアン・

ランタンがどうやったのかまんまと立入禁止区域にもぐりこみ、銀行が間近に見られる横道に車を停めていることを知らされた。そのプジョーの助手席には、特定できない人物が坐っているという。

バッハマンは愕然《がくぜん》としたが、すでに作戦実行態勢だったので、怒声を放ったりはしなかった。その代わり暗号電話の向こうのアクセルロットに、落ち着いて静かな声で、具体的には誰の決断でランタンが作戦に加わることになったのかと尋ねた。

「彼にはきみと同じくらいそこにいる権利がある、ギュンター」アクセルロットは指摘した。

「私を上まわる権利のようですね」

「きみは若い娘のことを心配し、ランタンは銀行家について心配している」

しかし、バッハマンにとっては筋が通らなかった。たしかにランタンはブルーの管理官《コントローラー》かもしれないが、わざわざ横に控えて手を取り、台詞《せりふ》をまちがえたら教えてやるような立場だろうか。バッハマンが知るかぎり、ランタンに残された仕事は、会合が終わり次第、活動員を引き受けて、額の汗をふいてやり、報告を受け、すばらしい働きぶりだったと褒《ほ》めることだけだ。そのためにターゲットの建物から百メートルの地点まで近づいて、これから赤ん坊が生まれる父親のように気をもんでいる必要はない。しかも助手席には誰がいる？　どうして彼または彼女がこれに加わっているのだ。

しかし、アクセルロットはすでに電話を切り、マクシミリアンが手を上げていた。引退した土木技師のファアドが〈道しるべ〉を銀行に送り届けるところだった。

15

トミー・ブルーの階上《うえ》の至聖所で、準備してきたことすべてが報われようとしていた。くり返しそう呼びつづけてきた〝われわれの尊敬すべき通訳者〟をなんとか説得して祖父の椅子に坐らせ、中央に持ってくることができた。彼女は期待したとおり、クッションの上で背筋をまっすぐ伸ばして坐った。その左にイッサ、右にドクトル・アブドゥラが坐り、ブルーと机を挟んで向かい合った。ドクトル・アブドゥラと会ったあと、イッサはまたしても別の人格に変わっていた。不安そうで、内気になり、新しく現われた師に話しかける共通の言語がないことに戸惑っていた。ドクトル・アブドゥラはまず彼にアラビア語で挨拶《あいさつ》し、次にフランス語、英語、そしてドイツ語と立てつづけに切り替えた。いくつかチェチェンのことばまで並べたが、イッサは一瞬顔を輝かせたきり恥ずかしそうに下を向いて、流暢《りゅうちょう》な話しぶりはすっかり鳴りをひそめた。

ブルーの眼には、ドクトル・アブドゥラも前日とはちがって見えた。ブルー自身も緊張していたので、ドクトルがそれに輪をかけて緊張していようとは思ってもみなかったのだ。アラブ式の抱擁《ほうよう》をするために両手を上げて、ゆっくりとイッサに近づいていくアブドゥラは、最後の瞬間まで挨拶を終えられるかどうか自信がなさそうに見えた。ドイツ語で話してアナベルに通訳してもらうことが決まってからも、用心深く敬意を払いながら、相手を探るように話した。

「われわれの善《よ》き友人であるミスター・ブルーは、もっともな理由から、私にあなたの名前を明かしていません。そうすべきです。あなたはミスターXであり、どこから来られたのかも私は知るべきではない。ですが、互いに秘密にし合う必要はありません。私には私の情報源、あなたにもあなたの情報源がある。でなければ、イギリスの銀行家を私のもとに送って調べさせることもなかったでしょう。あなたが私について聞いていることは真実です、わが弟イッサ。私は何をおいても平和を愛する人間ですが、だからといって、私たちの偉大な闘いをただ傍観しているわけではない。暴力の友ではないけれども、戦場から戻ってきた人々は敬います。彼らは煙を見てきた。私と同じように。預言者、そして神のために拷問を受けた。私と同じように打ちすえられ、投獄され、それでも壊れなかった。暴力は彼らが作り出したのではない。彼らは暴力の犠牲者なのです」

答えを待ちながら、イッサのほうをうかがった。同情と好奇心をたたえた顔で、自分のことばが与えた影響を推し量っていたが、アナベルの通訳を聞いたイッサは黙ってひとつうなずいただけだった。

「したがって、私はあなたを信じないわけにはいかない」アブドゥラは続けた。「信じることは神のまえの義務です。もし神がわれわれにそれほどの富を与えると言うのなら、神のしがない僕《しもべ》である私が断われるはずがあるでしょうか」

しかしそこで、ブルーが前日聞いて記憶にとどめていたように、アブドゥラの声が強張《こわば》った。

「だから教えてください、どうか親切に。いったいどのようなアッラーの寛大な計らいで、どれほど独創的な手段を用いて、あなたはこの国で自由に活動しているのですか。どうしてわれわれはこうしてあなたと坐り、あなたに話しかけ、触れることができるのだろう。インターネットやほかの経路から入ってくる情報によると、世界の半分の警官があなたを鉄格子の向こうに入れたいと思っているのに」

イッサはアナベルのほうを向いて通訳を聞き、彼女自身が答えるあいだに、またアブドゥラに眼を戻した。アナベルの答えは調教師が用意したものではないかとブルーは思った。

「ドイツにおけるわたしの依頼人の状況は予断を許しません、ドクトル・アブドゥラ」彼女はまずドイツ語で言い、次に小声のロシア語で要約した。「ドイツの法律によれば、拷問や死刑をおこなう国に送還されることはないはずですが、残念ながらドイツ当局は、ほかの西欧の民主主義国家の例に倣《なら》って、この法律をたびたび無視します。それでもドイツへの亡命は申請するつもりですが」

「するつもり？　あなたの大切な依頼人はもうどのくらいこの国にいるのです」

「彼はいままで病気でした。ようやく回復しはじめたのです」

「現状は？」

「現状は、どこの国にも受け入れられず、追われていて、たいへん危険な状態です」

「しかし神の慈悲によって、こうしてわれわれといっしょにいるではありませんか」ドクトル・アブドゥラはまだ納得せずに反論した。

「いまのところ」アナベルは決然と続けた。「ドイツ当局から、いかなる状況でもトルコやロシアに追放することはないという法的拘束力のある確約が得られないかぎり、わたしの依頼人は断じて彼らに身柄を託しません」

「では、これから誰に託すのです、もし訊いてよければ」ドクトル・アブドゥラは食い下がり、眼をアナベルからイッサ、ブルー、そしてまたアナベルと激しく動かした。「彼は囮《おとり》なのですか。あなたがたは？　あなたがた全員が囮なのではありませんか？」――いまや凝視する先にブルーも入れて――「私はアッラーに仕えるためにここにいます。ほかの選択肢はありえません。しかし、あなたがたは誰に仕えているのですか。心からうかがいたい。あなたがたは善人なのですか、それとも私を滅ぼすためにここにいるのですか。私には計り知れない方法で、だましたり、悪いことをさせたりするつもりですか。もし腹立たしい質問だったらお赦《ゆる》しください。なにぶんひどい時代なので」

ここはアナベルを守らなければとブルーが考えをまとめているあいだに、アナベルが先に答えた。今度は通訳もしなかった。

「ドクトル・アブドゥラ」怒りか絶望を感じさせる声で言った。

「なんでしょう」

「わたしの依頼人は、今晩大きな危険を冒して、あなたの慈善事業に多額の寄付をするためにここに来ました。その寄付をして、あなたが受け取ってくださることだけを望んでいます。見返りは何も要求しません――」

「神が報いてくださる」

「――たったひとつ、寄付をする慈善団体のひとつから、医師になるための学費を出していただくということを除いて。そのことを約束してくださいますか、それとも、引きつづき彼の意図を問い質《ただ》しますか」

「神のご意志によって、彼の学費は支払われます」

「しかし、依頼人の身元、ここドイツでの状況、あなたの慈善事業に渡そうとしている資金の出所については、固く秘密を守っていただきたいというのが本人の希望です。それが寄付の条件であり、あなたが尊重してくださるなら、彼も尊重します」

ドクトル・アブドゥラの視線がイッサに戻った――取り憑《つ》かれたような眼と、やつれ、苦痛と混乱で張りつめた顔、痩《や》せこけて長い指を合わせた両手、すり切れたコート、ウールのスカルキャップ、そして無精ひげに。

見ているうちに、アブドゥラの視線が和らいだ。

「イッサ、わが息子」

「はい」

「あなたはわれわれの偉大な宗教の教えを、まだあまり受け取っていないと考えてよろしいか」

「そのとおりです！」イッサは大声で言った。これ以上我慢できないというように声が跳ね上がった。

しかし、アブドゥラの小さく明るい眼は、イッサがそわそわと指から指へ移動させているブレスレットに向けられていた。

「それは金でできているのかな、イッサ、いまその手にある飾りは？」

「最高の金です」通訳しているアナベルを不安げにちらっと見た。

「そこについている小さな本は、神聖なコーランを象《かたど》っているのだろうか」

イッサはアナベルが訳し終えるずっとまえにうなずいた。

「そしてアッラーの名前が──アッラーの聖なることばが──表紙に彫られている？」

アナベルの通訳のあと長い間を置いて、イッサはアナベルだけに「はい」と答えた。

「そのようなもの、そしてそのような見せ方は、キリスト教やユダヤ教の慣習の貧しい模倣《もほう》だよ、イッサ。たとえば、金のダビデの星とか、キリストの十字架のような。われわれイスラム教徒にそれが禁じられていることは、あなたの耳に届いていないかな？」

イッサの顔が曇った。頭《こうべ》を垂れ、手のなかにあるブレスレットを一心に見つめた。

アナベルが救出に乗り出した。「お母さんの形見なのです」依頼人がひと言も発していないうちにそう言った。「母方の民族の伝統です」

彼女の突然のことばを、何事も起きなかったように無視して、アブドゥラはイッサの瀆神《とくしん》行為の重さについて考えつづけた。

「それを手首に戻しなさい、イッサ」彼はようやく言った。「袖をその上にかぶせて、私の眼に入らないようにしてくれるかな」アナベルの通訳を聞き、イッサが命令にしたがうのを待って、また説教を始めた。

「世界には〝ドゥンヤ〟だけを気にかけている人間がいる、イッサ。われわれが金とものに囲まれて地上で送る短い人生のことだ。一方、ドゥンヤには見向きもせず、〝アーヒラ〟のことだけを考えている人間もいる。そちらは神の眼から見た善いおこないと悪いおこないにしたがって、われわれが死後永遠に送る人生のことだ。ドゥンヤでの生活は、種まきのための時間だ。われわれはアーヒラで自分の収穫物が何であったのかを知る。さあ、話しておくれ、イッサ、あなたが捨てようとしているのは何だね？　誰のために？」

アナベルが通訳し終わらないうちに、イッサは立ち上がって叫んだ。「博士！　どうか聞いてください！　ぼくは父の罪を捨てるのです、神様のために！」

マクシミリアンの横にうずくまり、並んだ画面の下の作業台に両手の拳《こぶし》をのせて、バッハマンは四人のあいだで交わされる会話の変化や身ぶりを細大もらさず見ていた。イッサについては何も驚くことがなく、ドイツへの到着以来、彼をずっと知っているように思われた。初めてつぶさに見た〈道しるべ〉もやはり期待どおりの姿で、何度となく見た録画や、報道記事の写真と同じだった。記事はみな彼を、機知と節度と包容力に富んだドイツを代表するイスラム教徒だと褒《ほ》めそやしていた。ちょうど人生の峠を越えたあたりに見え、抜け目なく、知的で、カリスマ性があり、洗練された隠遁者でありながら、自己宣伝に余念がない印象も与えた。

しかし、バッハマンがもっとも引き寄せられたのはアナベルだった。アブドゥラの詰問を巧みにさばく手並みにことばを失うほど感心した。そう思っているのは彼だけではなかった。マクシミリアンも手をキーボードの上の空間で止め、固まってしまったように坐っているし、ニキも顔を覆《おお》った手の指のあいだから画面を凝視していた。

「神よ、われわれを弁護士から守りたまえ」思わず起きた安堵《あんど》の笑いのなかで、バッハマンはようやく息を吐いて言った。「生まれつきの才能の持ち主だと私が言っただろう?」

そして胸につぶやいた――エアナ、かわいそうなあの娘《こ》のいまの勇姿を見るべきだったな。

オフィスのなかの雰囲気は依然として厳粛だったが、ブルーは緊張するというより退屈していた。イッサの知識不足を知ったドクトル・アブドゥラが、みずから支持するイスラム系の幅広い慈善事業と、その資金調達システムのもととなる考えについて講義しだしたのだ。ブルーは頭取の革張りの椅子の背にもたれ、できるだけ興味津々《しんしん》に見えるように努めながら、アナベルの通訳に感嘆していた。

〝ザカート〟は、とドクトル・アブドゥラは根気よく話していた。イスラム法においては〝税〟ではなく〝神への奉仕〟と定義される。

「まさにそのとおりです」アナベルの通訳を聞いて、イッサがつぶやいた。ブルーは敬虔《けいけん》な同意の表情を浮かべた。

「〝ザカート〟はイスラムの心を与えることだ」ドクトル・アブドゥラは諄々《じゅんじゅん》と説き、アナベルの通訳を待った。「己の富の一部を与えることは、神と預言者の指示なのだよ。神に平和あれ」

「ですが、ぼくはすべてを与えます！」イッサがまたアナベルのことばを聞き終わらないうちに立ち上がって叫んだ。「最後の一コペイカまで！　おわかりになるでしょう。ぼくは百パーセントを差し出します。チェチェンの兄弟姉妹のために！」

「ウンマ全体のためにも。私たちはひとつの大きな家族だから」ドクトル・アブドゥラは辛抱強く諭した。

「博士！　お願いです！　チェチェンがぼくの家族です！」アナベルの怒濤《どとう》の通訳の途中でイッサが叫んだ。「チェチェンはぼくの母です！」

「しかし、われわれは今晩、西欧社会にいるのだ、イッサ」ドクトル・アブドゥラはイッサのことばが聞こえなかったかのように、確固たる口調で続けた。「知っておいてほしいのだが、今日《こんにち》、西欧社会にいる多くのイスラム教徒は、ザカートを自分の友人や血縁者に与えるより、われわれの数あるイスラム系慈善団体にいったん預け、ウンマのなかで必要とされるところに分配することを好むのだ。あなたもそれを望んでいると聞いたのだが」

アナベルが通訳し、イッサが頭《こうべ》を垂れ、眉根を寄せて考え、同意するまでの間ができた。

「その理解にもとづいて」ドクトル・アブドゥラは続け、ようやく本題に入った。「あなたの寛大な配慮に値すると思われる慈善団体のリストを用意した。すでに手元に渡っていると思うけれど、どうだろう、イッサ。あなたはそこから送金先を選んでいる。正しいかな？」

正しかった。

「あのリストは満足できるものだっただろうか、イッサ。それとも、私が推薦した慈善団体の活動について、もっと踏みこんだ説明が必要かな？」

イッサはもう充分だと思っていた。「博士！」またもや急に立ち上がって叫んだ。「ドクトル・アブドゥラ！　わが兄上！　ひとつだけ明言してください、お願いです。われわれはこのお金を神様とチェチェンに与えている。ぼくが聞きたいのはそれだけです！　この金は、泥棒、強姦魔、殺人者の金です。利子《リーバ》にもとづく悪い利益です。禁止行為《ハラーム》です！　アルコールと豚肉とポルノで得た利益です。神の金ではありません。悪魔の金です！」

アナベルの通訳に真剣に耳を傾け、アラビア語について助言したあとで、アブドゥラは落ち着いて答えた。

「あなたは神の意志を実現するためにこの金を与えるのだよ、わが善良なる弟イッサ。賢明で正しい判断だ。そして与えたとき、あなたは自由に学び、清く慎ましく神を崇拝することができる。もとの金は盗んだものかもしれない。神の法で禁じられた高利貸しや、その他の方法で蓄えられたものかもしれない。だが、それはまもなく神だけのものとなる。地上での生活のあと、あなたに何が訪れようと神は慈悲をかけてくださるだろう。あなたへの報酬は神だけが決めることができる。天国にいようと、地獄にいようと」

そこでようやくブルーは、行動を起こせるときだと思った。

「さて、では」イッサと同じく立ち上がって、明るい声で言った。「出納課に移動して、この仕事を終わらせるとしましょうか。もちろん、フラウ・リヒターに異議がなければですが」

フラウ・リヒターに異議はなかった。

「行きます？」ブルーと〈道しるべ〉がドアに向かい、イッサとアナベルが続くのを画面で見ながら、マクシミリアンがバッハマンに尋ねた。

バッハマンはタクシーに乗り、自分はアウディのふたりの監視員に連絡してあとを追わせましょうか、という意味だった。

バッハマンはベルリンとつながっている画面に親指を突き出した。

「まだ青信号が出ない」と反対して、ベルリンの官僚たちに精いっぱいの冷笑を浮かべてみせた。

最後の、最終的な、あと戻りも否定もできない無条件のくそ青信号が出ない。ブルクドルフ、アクセルロット、残りのスーツ族、あの慢心もはなはだしい、頭が固くて内輪もめばかりしている、弁護士頼みの連中からは出てこないということだ。陪審はまだ協議中なのか？合同運営委員会はいまも、ノーという方法はないかと革張りの高級ソファの下を探ってるのか？　もしかして、あの五パーセントの悪はイスラム穏健派の傷ついた感受性をさらに刺激する価値があるほどの悪なのか、と飽きもせず論じ合ってるのか？

こっちは出口を用意してやってるんだよ！　バッハマンは心のなかで彼らに叫んだ。このやり方なら誰にも気づかれないんだ！　それとも作戦を全部やめて、ヘリでベルリンに飛び、あんたらが一生懸命身を遠ざけている五パーセントの悪が現実世界ではどういうものか、教えてやろうか。血の海が靴先を濡らし、爆弾で百パーセント死んだ人間が五パーセントずつの断片になって、街の広場の一キロ四方に散らばってる世界だ。

とはいえ、バッハマンがいちばん怖れていることは、自分に対してもことばにしたくないことだった——マーサと、彼女の仲間たちだ。立ち会うだけで参加せず、あたかもその役割に満足しているかのようなマーサ。ブルクドルフの心の友である新保守主義のマーサ。リベラルなドイツの好事家たちが始めたヨーロッパの珍妙なパーティゲームか何かのように、フエリックス作戦を大声で笑いとばしたマーサ。バッハマンは彼女がベルリンにいるところを想像した。殺し屋のニュートンも横にいるのだろうか。いや、あいつは灰色がかったブロンドの女とハンブルクのどこかにいる。合同運営委員会の会議室で、ブルクドルフに、最高の地位につきたければどうするのがいちばんか助言しているマーサを想像した。ラングレーは協力してくれた友人を決して忘れない、と吹きこんでいるのだ。

「青信号は出ていません」マクシミリアンが確認した。「指示があるまで待機します」

彼女は彼の弁護士で、自分の摘要書しか知らなかった。イッサを絶望的な状況から救い出すために押しつけられ、エアナ・フライにたたきこまれた摘要書の内容は、依頼人を交渉の席につかせ、遺産の受け取りに署名させ、パスポートを取得して自由にしてやることだった。

彼女は母親のように判事ではないし、父親のように偏屈な外交官でもなかった。弁護士であり、イッサにしたがうことがすべてだった。このイスラムの賢人が正しかろうが、まちがっていようが、無実だろうが有罪だろうが、彼女の摘要書には何もかかわりがない。ギュンターは彼の頭の髪の毛一本にも触れる気はないと言った。彼女はそのことばを信じていた。少なくとも、四人でブルーの銀行の立派な大理石の階段をおりながら、自分にそう言い聞かせていた。ブルーが先頭に立ち、アブドゥラがその次で——それにしても、アブドゥラはどうして急にあれほど弱腰になったのか——イッサとアナベルが殿《しんがり》だった。

イッサは少し背を反《そ》らし、右腕をうしろにやって彼女に持たせていた。持つといっても服越しだ。つねに服越しだった。それでも体温は伝わってきて、脈拍も感じられる気がしたが、それは彼女自身の脈だったのかもしれない。

「アブドゥラは何をしたの？」彼女は昼食をとりながら何度かエアナ・フライに尋ねたことがあった。事態が切迫しているからエアナの口も軽くなるのではないかと期待して。

「彼は大きな汚い船の小さな一部分よ」ヨットに情熱を傾けるエアナは、謎めいた答えを返した。「ナットの抜け止めのコッターピンのような。船にくわしくなければ見つけるのもむずかしい。そして簡単に見失ってしまう」

イッサの向こうにドクトル・アブドゥラの白いスカルキャップが見えた。不安定に揺れながら六段下をおりている——汚い船の小さな一部。

出納課のドアが開いていた。ジョージーナの父親のブルーがコンピュータのまえに立っていた。使えるのだろうか。わたしの助けが必要なら、手伝うけれど。

街路清掃車のなかで、バッハマンと部下ふたりは、出納課に集まった四人と同様に沈黙に包まれていた。出納課の奥に設置されたカメラが魚眼レンズで全体像を映し出し、もう一台が、坐ってキーボードを操作しているブルーの近影をとらえていた。ドクトル・アブドゥラが差し出したプリントアウトを見ながら、人差し指二本で苦労して分類コードと口座番号を打ちこんでいるのが、天井のライトに隠された三台目のカメラで見て取れた。ベルリンの委員会とつながったもうひとつの画面には、ブルーのたどたどしい入力に合わせて、同じリストが再生され、ドクトル・アブドゥラがイッサの承認を求めたときには含まれていなかった慈善団体が赤字で強調されていた。

「急いでください、ミヒャエル」バッハマンは直通回線でアクセルロットに訴えた。「いまでなければ、いつなんです」

「まだタクシーには乗るな、ギュンター」

「証拠が挙がってるじゃありませんか！　何を待ってるんです！」

「そこにいてくれ。私自身がいいと言うまで、銀行にはぜったい近づいてはならない。これは命令だ」

誰より近づくなということだろうか。アルニ・モアより？　ランタンと、特定できない乗客より？　だが、アクセルロットはまた電話を切っていた。バッハマンは画面を凝視し、ニキの視線に気づいて眼をそらした。命令か。誰からの命令だろう。アクセルロット？　ブルクドルフ？　マーサに耳打ちされているブルクドルフ？　それとも内戦中でありながら、温かい血のにおいが決して入りこまないカプセルのなかで生きている、委員会の全会一致の命令だろうか。

バッハマンは鋭くニキに向き直った。画面の上の棚に置かれた、場にそぐわない旧式の黒電話が野暮ったい音で鳴っていた。ニキは顔色ひとつ変えなかった。問いたげに眉を上げたり、受話器を取れとせっついたり、いっしょに迷ったりせず、ただ鳴らしておいてバッハマンの指示を待った。バッハマンは彼女にうなずいた――取ってくれ。ニキは首を傾げて、ことばで言われるのを待っていた。

「出てくれ」バッハマンは言った。

ニキが受話器を取り、はきはきと歌うような調子で話しだすと、音声がスピーカーシステムで流れた。「〈ハンザ・タクシー〉です。お電話ありがとうございます。どちらにうかがいますか」

この夜彼らがずっと聞いていた声よりくつろいだ調子で、ブルーが銀行の住所を、書き取れる速さで告げた。

「そちらのお電話番号は？」

ブルーが伝えた。

「少々お待ちください！」ニキが歌って、コンピュータで確認しているつもりの間を置き、受話器の送話口を手で押さえてふたたびバッハマンの指示を待った。バッハマンは一瞬考えて立ち上がり、ドアのフックから船員帽を取って頭にかぶった。運転手ふうの上着も取って袖を通し、両肩のあたりを引っ張って形を整えた。

「これから行くと伝えてくれ」

ニキは送話口から手を離した。

「十分でうかがいます」と言って電話を切った。

バッハマンはドアのまえから最後に画面を振り返った。

「〝出た〟でいいからな」マクシミリアンとニキのふたりに言った。「青信号がついたら、〝出た〟とだけ教えてくれ」

「なかったら？」ニキがふたりを代表して訊いた。

「なかったらとは？」

「青信号がつかなかったら？」

「そのときには何も言わない。だろう？」

ブルーは壁一面がハイテクのおもちゃで埋まった出納課に入ってぞっとした。理由は、自分が技術に疎《うと》いことだけではなかった。これまでの人生でもっとも悲しい瞬間のひとつは、ウィーンの庭の焚《た》き火のまえに立ち、隣に前妻のスー、反対側にジョージーがいて、世に聞こえたブルー・フレール銀行の索引カードが煙になって昇るのを見ていたときだった。またひとつの闘いに敗れた。またひとつの過去が消された。これからわれわれは、残りのみなと同じになる。

ドクトル・アブドゥラはベビーパウダーのにおいがする。数字のひと組をやっとのことで入力したときに気がついた。アブドゥラの家では気づかなかったが、今夜は本番ということで念入りにつけてきたのかもしれない。アナベルも気づいただろうか。終わったあとで訊いてみようと思った。

アブドゥラの白いシャツとスカルキャップが蛍光灯の光で輝いていた。アブドゥラはブルーに身を寄せ、肩を押しつけるようにして、人差し指で愛想よく分類コードや送金すべき額を指し示していた。

ブルーは正直なところ、体の接触にしろ、ベビーパウダーにしろ、部屋の気温にしろ、自分にとって快適な空間にアブドゥラが割りこみすぎると感じはじめていた。アラブの男はそんなことはまったく気にしないと何かで読んだことがある。男同士、しかもその界隈《かいわい》でもっとも屈強な男ふたりが手をつないで平気で道を歩いたり、カフェに坐ったりするという。それでもブルーは、もう少し離れてくれないものかと思った。作業をする気が失せてしまう。

イシュマエル。なぜ突然イシュマエルが頭に浮かんだのだろう。ジョージーに弟を作ってやれればよかったといつも思っているせいかもしれない。あれは好青年だった。もし私が彼の年頃であんな感じだったら、大いに注目を集めただろう。いや、じつはあんな感じだったのに、注目を集めそこねたのかもしれない。そんなものだ。ファーティマが行くのは——どこだっけ、ベリオール・カレッジ？——ロンドン・スクール・オブ・エコノミクス、それだ。ジョージーはそんな高学歴にはたどり着けなかった。めっぽう頭はよくて、一瞬で人を見抜くし、あの眼からは何も逃れられないが、あれは教育を受けて伸びる類の精神ではない。多くの点で生まれながらに教育されているが、ふつうの意味での学習者にはなれないのだ、あのジョージーは。

またベビーパウダーのにおいが漂ってきた。アブドゥラが体を押しつけてくる。次に気づいたときには、この膝の上にのっているのではないか。それからあの小さな子供たち。三人だったたか。四人いた？　あと、庭にもひとり？　あんなふうに子供を育てるのは特別なことにちがいない。いわば無心で育てることになるのだろう。神のご意志にしたがって、せっせと励むだけだ。

アブドゥラの人差し指が何行か下に移っていた。キプロスの船会社だった。そんなものがどうして出てくる？　リヤドに本部がある世界的に著名なイスラム系の慈善団体が出てくるかと思えば、次はニコシアの得体の知れない船会社だ。アブドゥラの接触から逃れたかったのと、念のため確認したかったのとで、ブルーはアナベルのほうを振り返った。

「これはふたりとも承知しているのかな?」ドイツ語で訊いた。「印はついていないようだが。金額しか書かれていない。五万アメリカドル。ニコシアのセブン・フレンズ海運に」

「ああ、これはイエメンで苦しむ人々のためにどうしても必要なのです」アナベルが質問をイッサに伝えるまえに、アブドゥラが説明した。「あなたの依頼人がウンマの全域に医薬品を届けたいと思っているのなら、これはその目的に不可欠の相手先です」

ブルーはキーボードの左右に手を置いて、アナベルがロシア語に通訳するのを聞いた。

「ドクトル・アブドゥラは、イエメンの人たちが貧困にあえいでいると言っている。この信用ある船会社は長いあいだ彼らを助けてきた実績があるのだけれど、送金を認めますか。それとも認めませんか」

イッサは、いいかな、やめようかなと言ったり、肩をすくめたりしながら考えていたが、やがてはっと思いついた。「トルコの刑務所にいたときに、重い病気にかかって死んだイエメン人がいました。あんなことはもう起きてはならない。送ってください、ミスター・トミー!」

ブルーはおとなしくしたがって船会社のデータを打ちこみ、想像のなかでその行方を追った。まず電信為替の際に経由しなければならない大銀行――コンピュータ以前の時代なら、ブルー・フレールの名前だけですんだものだが――次にアンカラの銀行、そしてニコシアのトルコ系キプロス人が経営するみすぼらしい銀行。おそらく、薄汚れた野良犬が入口で何頭も日向《ひなた》ぼっこをしている、屋外便所のような銀行だろう。アナベルが彼の肩をたたいていた。

それまで握手以外に彼女がブルーに触れたことはなかった。

「そこは〈&〉のキーを打たなければなりません。いま〈/〉《スラッシュ》のキーをたたきましたけど」

「え？　どこ？　あ、本当だ。うっかりしていた。ありがとう」

〈&〉に置き換えた。仕事は終わった。十四のくそ銀行と、小便臭い船会社がひとつ。あとは〈GO〉のボタンを押すだけだった。

「これで完了かな、フラウ・リヒター？」ブルーはキーボードの上に中指を下げた掌《てのひら》を浮かし、陽気な声で尋ねた。

「イッサ？」彼女が訊いた。

イッサは上の空でうなずき、また物思いに耽った。

「ドクトル・アブドゥラ、気になることはありませんか」

「ありがとうございます。当然ながら、たいへん満足していますよ」

あなたの百パーセントが？　とブルーは思った。

相変わらず〈GO〉のキーを見おろしながら、触れたときにどんなしぐさをすべきか、顔にどんな表情を浮かべるべきか考えた。

自分は幸せな銀行家だろうか。千二百五十万ドルの資産を手放すことができて？　そんなわけはない。

長年の得意客の相続人である息子にサービスを提供できて、幸せだろうか。

あるいは、アナベルを怖ろしい苦境から救い出し、イッサを永遠の投獄かそれより悪いことから救うことができたのが、いちばん幸せだろうか。

最後は当たっていたが、いちばん安全な取締役会用の表情を作り、待ちかねた安堵《あんど》とともに、思っていたより強く〈GO〉のボタンを押した。

最後のリピッツァナーがぽんと消えた。さらば、エドワード・アマデウス、大英帝国勲章第四位。さらば、イアン・ランタン、あんたと、あんたをこきおろす連中に神のご加護を。

やるべきことがあとひとつだけ残っていた。

「ドクトル・アブドゥラ、費用は当行持ちでタクシーを呼ばせていただきます」

そして善良な学者の答えを待たずに、ランタンからこのときのために与えられていた番号にかけた。


モアの立入禁止区域の見えない三角コーンを通過し、通りの角に停められた不思議と反応のない車や、所在なさげだが無害の太った通行人や、説得力に欠ける手つきで街灯の配電箱をしきりにいじっている作業員のまえを通りすぎて、バッハマンはブルー・フレール銀行の少し高くなった車寄せにタクシーを乗りつけ、いかにも客待ちをしている運転手のように、みすぼらしい上着の襟《えり》を立て、無線に耳をそばだてながら、ぼんやりとフロントガラスの向こうを見つめた。ただ、ダッシュボードの下部で静かにまたたいている衛星ナビゲーションパネルには、少し注意を払っていた。映像は現われるものの、モアの技術屋が最後の最後にしくじって、音が出ない画面だった。

タクシーを停めたのとほとんど同時に、部下の監視員ふたりの乗ったアウディが半階分下の通りに停まった。もし〈道しるべ〉が慣れない目的地に連れ去られることに素直に応じなかった場合には、彼らの出番になる。ただしバッハマンは、指示するまで決して車から出てはならないと厳しく言い渡していた。モアの部下たちともめごとを起こしたら〝破門〟のおそれがある。

バッハマンは通りの左右に立ち並ぶ建物をひそかにうかがい、一軒の屋上にふたつの黒い人影があるのに気づいてぞくっとした。内アルスターの湖岸から来る道との交差点にも、ふたりいる。音の出ないナビゲーションパネルには、アナベルとフェリックスが一階のホールにいる画像が映っていた。ブルーがまず〈道しるべ〉を一階のクロークに案内し、自分もコートを取るためか、あるいはどうしても一杯飲みたくなったのか、また二階へ上がっていった。

画面ではアナベルとフェリックスが二ヤード離れて向き合い、ぎこちなく笑っている。バッハマンは初めてアナベルが頭にスカーフを巻いているところを見る。彼女の笑みを見るのも初めてだ。フェリックスは両手を頭の上に広げて、小さくジグを踊っている。チェチェンの踊りもいくらか入っているのだろうとバッハマンは思う。長いスカートをはいたアナベルがこわごわパートナーを務めるが、踊りは始まってすぐに終わる。

バッハマンは眼を閉じ、開けた。やはり自分はここにいる。最後の青信号をまだ待っている。アクセルロットの命令がないので、まだ動けないが、ギュンター・バッハマンはあえて冒険することで名をなした男であり、何があってもそれは変わらない。現場の人間がいちばんよく知っている、というのがバッハマンの法則だった。それにしてもなぜ、どうして、これほど遅れているのか。待てど暮らせど青信号にならないのは、なぜなのだ。ベルリンがひどいへまをしたのでないかぎり――たしかにその可能性はつねにあるが――アブドゥラは地獄に堕ちたのだから、作戦は成功したも同然だ。なのになぜオーケストラは最大音量で鳴り響いていないのか。あと数分の猶予しかないのに、どうしていまだに青信号が出ない？

携帯電話が鳴っていた。ニキがマクシミリアンに代わってしゃべった。「書面の命令です。いま届きました」

「読んでくれ」バッハマンはつぶやいた。

「計画は延期する。ただちに撤収してハンブルクの庁舎に戻れ」

「誰が署名してる、ニキ？」

「合同運営委員会です。上に擁護庁の紋章があって、下に合同運営委員会の署名が」

「名前はない？」

「ありません」ニキが答えた。

全会一致の決定だ。委員会の決定はそれしかない、誰が糸を引いていようと。

「計画と書いてあるんだな？　計画が延期だと。作戦ではなく？」

「はい、計画です。作戦には何も触れていません」

「フェリックスも出てこない？」

「まったく」

「〈道しるべ〉も？」

「〈道しるべ〉についても書かれていません。いま読んだのがすべてです」

携帯電話でアクセルロットにかけると、留守番伝言サービスにつながった。合同運営委員会との直通電話は話し中。交換台にかけても誰も出てこなかった。足元の画面では、ブルーが二階から戻ってきている。三人がホールに立ち、〈道しるべ〉がクロークから戻ってくるのを待っている。

計画は延期する、と彼らは言った。

どのくらい？　五分、それとも永遠に？

アクセルロットは押さえこまれたのだ。押さえこまれたが、かろうじて命令を出すことはできたので、あえてあいまいなことばを使って私が誤解するように仕向けた。

延期されたのは〈道しるべ〉でも、フェリックスでも、作戦でもない。たんなる計画だ。アクセルロットは、自分で考えて行動しろと言っている。行けるなら行くがいい。だが、私が命令したとは言わないでくれ。命令の文言が理解できなかったことにしろ。〝いいえ〟を〝はい〟にするのだ。

イッサとアナベルとブルーは、まだ〈道しるべ〉がクロークから出てくるのを待っていた。バッハマンも同じだった。

長々と何をしてる。殉教の準備でもしてるのか？　バッハマンは〈道しるべ〉が初めてイッサを抱擁《ほうよう》するために進み出たときの表情を憶えていた——私は兄弟を抱擁するのだろうか、それとも自分の死を引き寄せているのだろうかという表情だった。ベイルートで、いかれた連中が自爆するまえにあれと同じ顔をしていた。

彼が出てきた。〈道しるべ〉がようやくクロークから姿を現わした。薄茶色のバーバリーのレインコートを着ているが、もうスカルキャップはつけていない。クロークに置いてきたのだろうか。ブリーフケースに入れたのだろうか。それとも、われわれに何か告げているのだろうか。彼が最初からずっと考えていたことを？　私を連れ去りなさい、わかってはいるが、餌つきの罠にかかってあげよう、神と和解する方法はほかにはないのだから、さあ、連れ去りなさい、と。

〈道しるべ〉がイッサの真正面に立って、称讃するように見上げている。イッサは当惑して、ちらちらと彼を見おろす。〈道しるべ〉は腕を伸ばしてイッサを温かく抱きしめ、わが息子というふうに軽く肩をたたく。ふたりの西欧人が文化の隔たりを感じながら見ているまえで、イッサの顔をなで、両手を自分の手で包みこみ、それを胸にそっと持ってくる。イッサは自分を導き諭《さと》す師にいまさらながら感謝し、敬意を表する。アナベル・リヒターが通訳する。長い別れの挨拶《あいさつ》になりつつある。

「何も言ってこないか、ニキ？」

「消えました。画面も何もかも」

自分ひとりだ。いつもそうだった。現場の人間がいちばんよく知っている。あいつらなどくそくらえだ。

とはいえ、バッハマンの画面は音こそないものの、まだ奇跡的に動いている。ホールが空《から》になった。四人全員が消えた。モアの技術屋の失敗がまたひとつ。玄関付近に監視カメラをつけ忘れたのだ。

銀行正面の扉が開いてきた。カメラも画面も関係ない。ついに裸眼が仕事を引き継ぐ。まぶしすぎる防犯センサーライトが階段とまわりの柱を照らし出す。まず出てくるのは〈道しるべ〉だ。足元がおぼつかない。ひどく怯《おび》えている。

イッサも彼が弱っているのに気づき、横に並んで片手を師の腕の下に添える。イッサは歩きながらにやにや笑っている。

彼のうしろにいるアナベルもにやにやしている。ついに自由な空気。星が出ている。月さえも。アナベルとブルーが最後尾。いまやブルーも含めて、全員がにやにや笑っている。アブドゥラだけが不幸せそうだが、私はべつにかまわない。まず彼にとって最悪の恐怖が現実になったことを教えてやる。そして私が、困ったときの唯一最高の友人になってやるのだ。

彼らがこちらに歩いてくる。イッサとアナベルが愉しげに彼に語りかけている。アブドゥラもどうにか微笑むが、木の葉のように頼りない。

バッハマンはタクシーに近づいてくる小集団に、帽子をかぶった頭をゆっくりと起こす。あらかじめ考えておいた演技だ。もう眠いハンブルクのタクシー運転手があとひとつだけ仕事をして、この夜はおしまいにする。

ブルーが先頭に立っている。イギリス紳士のブルーが、去っていく顧客を堂々と案内している。

帽子にみすぼらしい上着のバッハマンは、ほんの十五秒前に衛星ナビゲーションパネルのスイッチを切っていたが、窓を下げて、いかにも夜中のタクシー運転手らしく、ブルーに慇《いん》懃《ぎん》からほど遠い挨拶《あいさつ》をする。

「ブルー・フレールで呼んだタクシーかな？」ブルーが陽気に尋ね、バッハマンの開いた窓のほうに屈んで、後部ドアのハンドルに手をかける。「すばらしい！」そして同じ快活な口調で〈道しるべ〉のほうを振り向き、「今晩はどちらに行かれます、ドクトル、もしうかがってよろしければ？　このままご自宅まで帰られても当行はかまいませんよ。仕事のすべてが今夜のように友好的に進むと、本当にありがたいんですがね」

だが、アブドゥラにはそれに答える時間がなかった。もしあったとしても、バッハマンには聞こえなかった。高さのある白いマイクロバスが全速力で車寄せに飛びこんできて、バッハマンのタクシーに激突したからだ。タクシーは斜めにはじきとばされ、横の窓は砕け散り、運転席のドアはくしゃくしゃにつぶれた。割れたガラスのシャワーを浴びて助手席に投げ出されたバッハマンは、ブルーが跳びのいて難を逃れるのをスローモーションで見た。スーツの上着が水の上を流れるようにはためいていた。バッハマンが体を途中まで引き上げたとき、スモークガラスのメルセデスがマイクロバスのすぐうしろに停まり、別の一台が高速でバックしてきてバスの正面に停まるのが見えた。衝突と車のヘッドライトで眼がくらんでいたが、バッハマンはまるで真昼の光のなかで見るように、タイヤを軋《きし》らせて白いマイクロバスのうしろに急停止した最初のメルセデスのフロントガラスの向こうに、マスクをかぶった運転手と、手斧のような顔に灰色がかったブロンドの女の姿を認めた。

最初アナベルは夢だと思った。次には現実だとわかった。一歩足を踏み出した彼女は、自分ひとりが進んでいるのに気づいた。アブドゥラはぴたりと動きを止め、小さな両足をそろえて立ち、彼女の向こうの通りを見つめて自分のなかに閉じこもっていた。もし彼が偉大なイスラム学者でなかったら、アナベルも直感にしたがって相手の腕をつかんでいた。アブドゥラはぐらぐら揺れはじめていて、すぐに一種の発作で倒れると思ったからだ。

しかし、それはなかった。

アブドゥラは立ち直ってアナベルをほっとさせたが、何かを悟った苦悩と恐怖の表情を顔に浮かべて、ただ通りの先を見ていた。もっとも怖れていたことを目にした男の顔だった。アナベルは、アブドゥラがそれから逃れようと体を縮こまらせ、痩《や》せこけた頭を両肩のあいだに埋めているのにも気づいた。すでにうしろから強烈な打撃を加えられているところを想像しているようだった。うしろにそんな人間などいなかったが。

そのころには、アブドゥラの奥にいるイッサも見えていた。アナベルは彼にこちらを向かせ、心配していることを伝えようとしたが、イッサとアブドゥラがすでに凝視している先にいつしか眼をやっていた。ようやく彼らが見ていたものが見えた。けれども彼女のなかに、アブドゥラを震え上がらせたほどの恐怖はすぐには湧き起こらなかった。

たしかにサンクチュアリー・ノースで仕事をするうちに、物理的に拘束された男たちや、打ちすえられて強制的に国外に追放された少数の人たちの報告は聞いてきた。飛び立つ飛行機の窓から手を振っていたマゴメドの姿も、死ぬまで忘れられないだろう。

だが、彼女が経験しているのはそこまでだったので、想像を超えているが現にそこにある事実を把握するのに、時間がかかった。銀行のまえで停まっていたクリーム色のタクシーと、迷いこんできたスモークガラスのメルセデス二台による複雑な事故が起きているだけでなく、明らかにその事故の原因となった白いマイクロバスの横のドアが大きく開き、そこから目出し帽に黒いトラックスーツ、スニーカーという恰好の四人の男――いや、五人か――があわてる様子もなく出てきていたのだ。

理解するまでにもたついたので、彼らにとっては赤子の手をひねるようなものだった。ハンドバッグを引ったくるように、彼女の横からアブドゥラをさらっていった。暴力の存在に早くから気づいていたイッサは、自分の指導者に懸命にしがみつき、痩せこけた腕を相手の腕に絡ませて膝が地面につくまでぶら下がり、引き止めようとした。

しかし、それも残りの目出し帽の男たちが、ラテン語の授業でアナベルが〝テストゥード〟と習った古代ローマの陣形さながら、ふたりを取り囲むまでのことだった。彼らはふたりを引きずり、持ち上げながらマイクロバスまで連れていって、なかに放りこむと、自分た

ち も入り、ドアを勢いよく閉めて外界とのつながりを断った。

アナベルは、ブルーがそばに走ってくるのを見て、目出し帽の男たちに英語で声をかぎりに叫ぶのを聞いた。なぜ英語なのだろうと思ったが、そういえば目出し帽の男たちは互いに早口のアメリカ英語で罵《ののし》り合っていた。だからブルーも英語で叫んだのだ。男たちは見向きもしなかったから、黙っていても同じことだったけれど。

そしておそらくブルーがそばにいたから、アナベルもわれに返ることができた。動きはじめたバスに全力で突進し、正面に立って停めようとしたが、バスのひしゃげたボンネットと、そのまえに車体後部を寄せていたメルセデスのあいだには入れなかった。

助手席側のドアから右腕を使って外に這《は》い出たバッハマンは、足を引きずってマイクロバスの横を走りながら、右手の拳で白い側面をたたきつづけた。まえにいるメルセデスのトランクに倒れこんでバスの前面を蹴りつけたが、運転席と助手席にいる目出し帽は知らぬふりだった。バスが出ようとしていた。車体の横のスライドドアが閉まるまえ、なかに黒い目出し帽とトラックスーツの男たちが立ち、ふたりの人間——ひとりは黒くて長いコート、もうひとりは薄茶色のバーバリー——が床にうつぶせに倒れて手足を広げているのがちらっと見えた。叫び声が聞こえた。アナベルだった。ドアのハンドルを握り、バスに引っ張られながら叫んでいた。「ドアを開けて。開けて。開けなさい」英語で何度もくり返していた。

マスクをつけた運転手と、助手席に手斧のような顔で灰色がかったブロンドの女が乗っている後続のメルセデスが横に出て、アナベルを追い払おうとした。マイクロバスは加速していたが、アナベルはまだ離れず、「この野郎《バスターズ》、この野郎《バスターズ》」とやはり英語で叫んでいた。また叫ぶのが聞こえた。「あなたを連れ戻すから！」今度はロシア語で、誘拐者ではなくイッサに呼びかけているのだった。「これが最後でも、あなたを連れ戻す」彼女の人生でする最後のことになっても、という意味だったのだろうが、すでにその手は空《くう》をつかんでいた。ブルーが彼女にしがみついて止め、ハンドルから手を離させていたのだ。ブルーが立たせたあとも、彼女はマイクロバスのほうに腕を伸ばして引き戻そうとしていた。

バッハマンは車寄せの傾斜路をおりて、通りに立った。アウディの監視員ふたりはまだ彼の指令を待ってじっと坐っていた。バッハマンは舗道《ほどう》を歩きつづけ、湖に続く行き止まりの道まで来た。アルニ・モアの監視車が停まっていたところだが、すでに車はなく、ただ街灯の下の舗道にモアが立って、ベイルート時代を思い出させるニュートンと話していた。その横には小柄なランタンがいて、いつもどおり微笑みながら、仲間に入れてもらおうと待っていた。バッハマンは、ランタンの車に乗っていた不特定の人物はニュートンだったのだと思った。

バッハマンが近づくと、モアはわざとらしく無関心な表情を浮かべ、電話をかけに通りの先へ遠ざかっていったが、スペード型の新しい顎ひげを生やしたニュートンは機嫌よく進み出て、旧友に挨拶した。

「なんと、ギュンター・バッハマン！　ぎりぎり本番に間に合ったわけだ。いったいどうやって？　あんたはアクセルロットの丁稚《でっち》だと思ってたがな。それとも、ブルクドルフ兄さんがリングサイドの席を用意してくれたか？」

しかし、バッハマンに近寄りながら、折れた腕と、ぼろぼろになった服、眼にこめられた荒々しい非難を見て取ると、ニュートンは友人を誤解していたことに気づき、はたと足を止めた。

「聞いてくれ。あんたのタクシーのことは悪かった。な？　局から来た田舎者どもは運転が下手《へた》でね。さあ、その腕の手当をしてもらえよ。イアンが病院に連れていってくれる。だろう、イアン？　いいってさ。さあ、行くんだ」

「彼をどこへ連れていった」バッハマンが訊いた。

「アブドゥラか？　さあね。どこかの砂漠の穴倉だろう。誰が気にする？　〝正義はなされた。これでみな家へ帰れる〟」

最後のことばは英語だったが、放心状態のバッハマンには意味がつかめなかった。

「なされた？」呆けたようにくり返した。「何がなされたんだ。なんの正義のことだ？」

「アメリカの正義だよ、まぬけめ。ほかの誰の正義だと思ってる？　くそ事情通の正義さ。くそ真剣な正義。そういう正義だ！　くそ弁護士がゆがめたりしない正義。〝四人特例引き渡し〟ってのを聞いたことがないのか。ない？　へっぽこドイツもそろそろそういう単語を持たないと。もうドイツ語は捨てたのか？」

バッハマンが何も言わないので、ニュートンは続けた。

「目には目をだろう、ギュンター。報復としての正義だ、な？　アブドゥラはアメリカ人を殺してた。われわれはそれを原罪と呼ぶ。ソフトボールのスパイゲームがしたいのか？　そんなのはヨーロッパのちびどもとやってろ」

「イッサのことを訊いていた」バッハマンは言った。

「イッサなんてのは空気だ」ニュートンはいまや本気で怒って言い返した。「あれは誰のくそ金だ？　イッサ・カルポフはテロの資金源です。以上。イッサ・カルポフは極悪人にお金を送ります。本当に送った。くそくらえだ、ギュンター。オーケイ？」まだ大事なことを言い残していると感じたようだった。「あいつがつき合ってたチェチェンの過激派はどうなんだ、え？　おとなしい子猫ちゃんだとでも言うつもりか？」

「彼は無実だ」

「ふざけるな。イッサ・カルポフは百パーセントの共謀者だ。あと数週間後には、もしそこまでもてばだが、自白するさ。さあ、こっちが放り出すまえに失せてくれ」

背の高いアメリカ人の陰に隠れて、ランタンも同意したようだった。

湖から冷たい夜風が吹き寄せ、港の油のにおいを運んできた。アナベルは車寄せのまんなかに立ち、マイクロバスが走り去った空っぽの通りを見おろしていた。ブルーが横に立った。アナベルのスカーフが首のまわりに落ちていて、彼女は呆然とそれをまた頭にかけ、喉元《のどもと》で結んだ。足音が聞こえてブルーが振り向くと、衝突されたタクシーの運転手がよたよたと歩いてきていた。アナベルも振り向いて、運転手がギュンター・バッハマンだったことを知った。みずから道を切り開く男が、彼女の十メートル先に立ち、それ以上近づけないでいた。アナベルは彼を食い入るように見て、首を振り、震えはじめた。ブルーは、彼女の肩のずっと触れたかったところに腕をまわしたが、彼女はそこに腕があることにも気づいていないのではないかと思った。

謝辞

次のかたがたに感謝の意を表する。困難な調査を精力的に続けているシュピーゲル・オンラインのヤシン・ムシャルバシュ。法律上の助言をしてくれた、イギリスの慈善団体リプリーブ[*]のクライヴ・スタッフォード・スミス、サーディア・ショーダリー、アレクサンドラ・ツェルノーヴァと、ブレーメン在住のベルンハルト・ドッケ[†]。初期に実り多い情報を提供してくれ、草稿を細かいところまで読んでくれた、ハンブルク在住のライター・ジャーナリストのミヒャエル・ユルクス。世慣れた態度のかつての同僚たちに私を紹介してくれた、元プライベート・バンカーのヘルムート・ラントヴェーア。架空の姉妹組織であるサンクチュアリー・ノースの創作を許可してくれ、架空の職員と、架空の依頼人まで提供してくれた、ハンブルクのフルフト・プンクト[*]のアンネ・ハルムスとアンネッテ・ハイゼ。賢明な助言をしてくれた、著作家であり中東の専門家であるサイイド・アブリッシュ。そして、人生の思いがけない偶然によって私を旅に赴かせ、かけがえのない最初の知識と助言を与えてくれた、カーラ・ホーンスタインに。

＊リプリーブは、法律を用いて正義を実現し、死刑囚監房からグアンタナモ米軍基地収容所に至るまでの人命の救助にたずさわる。フルフト・プンクトは、ハンブルクで亡命希望者と無国籍者に法的支援やその他の援助をおこなう。どちらの組織も慈善団体として登録されている。

†ベルンハルト・ドッケは、グアンタナモ収容所で四年半のあいだ不当に拘束されたトルコ系ドイツ人イスラム教徒、ムラット・クルナズを無料奉仕で弁護している。

訳者あとがき

ジョージ・スマイリーを引退生活からひっぱりだしたふたつの事件のいまひとつは、最初の事件の数週間後、おなじ年の秋口に起きた。こんどはパリではなくて、かつてはいにしえの趣きと自由の気風をとどめていたハンザ同盟ゆかりの地、いまはおのが繁栄の喧騒に息も詰まらんばかりのハンブルクの町でだった。

——『スマイリーと仲間たち』

スパイ小説の大家、ジョン・ル・カレの二十一作目の長篇『誰よりも狙われた男』（*A Most Wanted Man*）をお届けする。すでに邦訳刊行されている『ミッション・ソング』と『われらが背きし者』のあいだに入る作品である。舞台はハンブルク。ル・カレの作家としての地位を不動のものにしたスマイリー三部作の三作目『スマイリーと仲間たち』でも重要な役割を果たした場所だ。作者自身が一時期、ハンブルクのイギリス領事館で働いているから、土地勘も思い入れもあるのだろう。

そのハンブルクにロシアからイッサという名の若者がやってきて、トルコ人の家に滞在することになる。医学を学ぶために来たというが、瘦《や》せぎすの若者の体には拷問を受けたような跡があり、イスラム教徒と称するものの、教えはきちんと身についていない。密入国者であるイッサの支援に、慈善団体の弁護士アナベル・リヒターが乗り出し、彼がたずさえていた手紙の内容をもとに、銀行家のトミー・ブルーにたどり着く。ブルーの銀行にはある人物の秘密口座があった。

一方、イッサにドイツの諜報界が目をつけ、そのあとを追いはじめる。たたき上げのスパイであるバッハマンが作戦の指揮をとることになったのはいいけれど、諜報界には主導権争いがあってバッハマンの思うにまかせず、なぜかイギリスやアメリカまでが作戦に口を出してくる。やがてアナベルとブルーも否応なくその流れに巻きこまれ——

とにかく読ませる。前半はハンブルクに突然現われた若者の謎と、一見無害な銀行に隠された過去の秘密に興味をかきたてられ、後半はスパイ活動と登場人物の行く末に心がはやる。女性弁護士アナベルの視点で語られることが多いのも特色だ。ル・カレ作品でこれだけ女性の視点が出てくるのは珍しい（すぐに頭に浮かぶのは、イギリスの女優がイスラエルのスパイになってパレスチナに潜入する名作『リトル・ドラマー・ガール』だが）。情報局のバッハマンをはじめとするスパイたちの駆け引きも、当然ながら名手の独壇場で、背筋の寒くなるところ、胸に迫るところがあるかと思えば、ときにはおかしみまで感じさせる。オールドファンなら、本書のバッハマンとフラウ・エレンベルガーとの対話で、『スマイリーと仲間たち』のスマイリーとコニー・サックスのあの名場面を思い出すかもしれない。アルスター湖やハンブルク港など、映像向きの背景もそろっている。本書はすでにアントン・コービン監督で映画化されて、二〇一四年、イギリス、アメリカ、ドイツなどで公開予定である。バッハマンを演じるのはフィリップ・シーモア・ホフマン、アナベルはレイチェル・マクアダムズ、トミー・ブルーはウィレム・デフォーと、なるほどと思わせる配役だ。

なお、本書のイッサにはモデルが存在するようだ。アメリカ軍にテロ容疑の濡れ衣を着せられて拘束された、ドイツ在住トルコ人のムラット・クルナズ氏で、グアンタナモ収容所で獄中生活を送った末に釈放された。ル・カレは彼と親しく、コーンウォルの自宅に招いたりもしているし、本書の巻末では彼の弁護士に謝意を捧げている。

冷戦の終結以降、スパイ小説は精彩を欠いたと言われてきたが、近年オレン・スタインハウアーや、チャールズ・カミング、ジェイソン・マシューズらが力作を発表して、復興の兆しがあるようだ。冷戦というわかりやすい対立構造こそなくなったが（言うまでもなく、今日の〝テロとの戦い〟は国対国の戦いではない）、ル・カレも本書を含めて広い意味でのスパイ小説を書きつづけ、むしろ解き放たれたかのように質の高いエンターテインメントを読者に届けている。

それと関連して興味深い記事が、《フィナンシャル・タイムズ》紙のオンライン版にのっていた（http://www.ft.com/intl/cms/s/2/fd09ae7e-15a4-11e3-950a-00144feabdc0.html#axzz2jq6GTlhy）。ル・カレの友人でもある弁護士・著作家のフィリップ・サンズが書いたもので、記事によると、五十年以上にわたって執筆されてきたル・カレの作品群の背骨となるものは、〝岐路《きろ》に立ち、道徳的に疑わしい結果をもたらす決断をしなければならなくなった個人の責任〟だという。本書のアナベルもブルーもその決断を迫られる。各作品の背景は冷戦だったり、グローバル企業や対テロ活動の暴走であったりするが、根底にあるテーマはあくまで個人、そして個人がそれぞれの立場で引き受ける責任ということだろう。まさに作者自身も、世の人々に訴える力を持った個人の責任として、執筆に取り組んでいるように思われる。

作者の近況を紹介すると、二〇一三年春、『われらが背きし者』に続く二十三作目の *A Delicate Truth* が上梓された。ジブラルタルで実行された対テロ作戦の隠された真実を描くもので、邦訳も来年、早川書房より刊行される予定なのでご期待いただきたい。巨匠はこの十月で八十二歳になった。相変わらずの健筆には驚くばかりである。

二〇一三年十一月

訳者追記

七月某日、本作の映画の試写会に呼んでもらって鑑賞したところ、『裏切りのサーカス』とはまたちがった意味での傑作だった。原作から想像されるとおり派手さはないが、自分のなかの大事なところにずっとしまっておきたい映画である。小説のほうはアナベル、ブルー、バッハマン、イッサの誰もが主役という気がするけれど、映画のほうは、脇役陣の充実はあれど、今年二月に亡くなったフィリップ・シーモア・ホフマン演じるバッハマンの独壇場と言っていいだろう。ちょっと見はただのオジサンなのに、どうしてあんなにかっこよく、したたかそうで、ときに愛おしくも感じられるのか。

ホフマンについては、アメリカでの映画公開前に、ル・カレ自身がニューヨーク・タイムズ紙に讃辞を寄せていた。「多くの俳優は知性を演じようとするが、フィリップは本物だった。握手して太い腕を相手の首にまわし、頬をすりつける瞬間から、その知性が一対のヘッドライトのように近づいて人を包みこむ、聡明で芸才あふれる博識家だった」、「初対面でフィリップほど私に衝撃を与えた役者はいない。リチャード・バートンも、バート・ランカスターも、アレック・ギネスですら彼ほどではなかった」、「もうひとりのフィリップが出てくるまで、われわれは長いあいだ待たなければならない」などなど、ル・カレってこんなに他人を褒める人だったのかと驚くほどの激賞である。それにしても、映画のあの退場の仕方は悲しすぎますよ、ホフマンさん……

最後に少しだけ宣伝を。最新作 *A Delicate Truth* の邦訳も遠からずお届けできると思う。ジブラルタルでおこなわれた対テロ作戦とイギリス国内での隠蔽を描くスリラーで、特定秘密の保護とはまさにこういうことだという話。ル・カレ先生、さすがです。

二〇一四年八月

本書は二〇一三年十二月に早川書房より単行本
として刊行された作品を文庫化したものです。

スパイ小説

アメリカ探偵作家クラブ賞、英国推理作家協会賞受賞
寒い国から帰ってきたスパイ
ジョン・ル・カレ／宇野利泰訳
ベルリンの壁を挟んで展開する、英国と東ドイツの息詰まる暗闘。スパイ小説の金字塔。

ティンカー、テイラー、ソルジャー、スパイ〔新訳版〕
ジョン・ル・カレ／村上博基訳
ソ連の二重スパイを探せ。引退生活から呼び戻されたスマイリーの苦闘。三部作の第一弾

英国推理作家協会賞受賞
スクールボーイ閣下 上下
ジョン・ル・カレ／村上博基訳
英国に壊滅的な打撃を与えたソ連情報部の大物カーラにスマイリーが反撃。三部作第二弾

スマイリーと仲間たち
ジョン・ル・カレ／村上博基訳
老亡命者の暗殺を機に、スマイリーはカーラとの積年の対決に決着をつける。三部作完結

ケンブリッジ・シックス
チャールズ・カミング／熊谷千寿訳
キム・フィルビーら五人の他にソ連のスパイが同時期にいた？　調査を始めた男に罠が！